Harold B. Wright

Wer auf diesen Felsen baut ...

Harold B. Wright

Wer auf diesen Felsen baut...

Schulte & Gerth

Die amerikanische Originalausgabe erschien
im Verlag Bethany House Publishers, Minneapolis, Minnesota,
unter dem Titel „A Higher Call“.

Nach der von Michael Phillips bearbeiteten Ausgabe
aus dem Amerikanischen übersetzt von Beate Peter

Best.-Nr. 15 150
ISBN 3-89437-150-1
1. Auflage 1991
Umschlaggestaltung: Bethany House / Ursula Stephan
Satz: Typostudio Rücker & Schmidt
Druck und Verarbeitung: Ebner Ulm
Printed in Germany

Vorwort

Das vorliegende Buch, ursprünglich 1909 unter dem Titel *The Calling of Dan Matthews* erschienen, ist die Fortsetzung von Harold Bell Wrights Bestseller *The Shepherd of the Hills* (der deutsche Titel lautet: *Der Fremde und das Mädchen*). Dan Matthew, die Hauptfigur dieser neuen Erzählung, ist der Sohn von Sammy Lane und Young Matt; Dan wuchs unter den Fittichen seines Lehrers Daniel Howitt heran, nach dem er auch benannt worden war.

Was jedoch die geistliche Aussage betrifft, so ist diese Erzählung mehr mit Wrights Buch *The Least of These My Brothers* (*In den Herzen ein Feuer*) verbunden. Der Leser wird schnell erkennen, daß es hier um weitaus mehr als eine fiktive Begebenheit geht. Mit beiden Büchern wollte Wright auf zwei wesentliche Dinge hinweisen, nämlich erstens die unbedingte Notwendigkeit der persönlichen Nachfolge Jesu und zweitens die beklagenswerte Scheinheiligkeit, von der die Kirche als Institution nur allzu oft durchsetzt ist.

Wohlgemerkt: Mit seiner messerscharfen Kritik meint Wright die zu Formalitäten und Oberflächlichkeit erstarrte Kirche, keineswegs die heilige Gemeinde, deren Haupt Christus selbst ist. Wrights Buch ist als klarer und durchdringender Ruf nach Erweckung gemeint. Es geht darum, das

Pharisäertum aus unserer Mitte zu verbannen – aus unseren Kirchen wie aus unseren Herzen. Als Geistlicher, der er von Beruf war, fand er die Zustände in den Kirchen oft betrüblich. Mit diesem Buch wollte er die Menschen Gottes zu einem tieferen Glaubensleben bewegen, und zu diesem Zweck hat er in der Gestalt Dan Matthews das Leiden unter einer falschen Frömmigkeit und ein mögliches Gegenbild der Nachfolge Christi drastisch ausgezogen.

Wrights Kritik an den Christen seiner Zeit gleicht der Kritik des Apostels Paulus, mit der er Irrlehren entlarvte und die Gläubigen zu einem gottesfürchtigen Leben aufforderte. Bei seinen Worten an die Gemeinde in Korinth nahm er kein Blatt vor den Mund. In Korinth war Unmoral an der Tagesordnung, und die christliche Gemeinde dort erwies sich in vieler Hinsicht als unreif. Paulus hatte nicht nur moralische Mißstände an ihr zu bemängeln, sondern auch die Tatsache, daß die Gemeinde in sich gespalten und zerstritten war. So schrieb Paulus an diese neutestamentliche Gemeinde, um sie durch Lehre und Ermahnung zu korrigieren. Wie es seine Art war, drückte Paulus sich ganz direkt und unmißverständlich aus: „Ich ermahne euch aber, liebe Brüder, daß ihr einerlei Rede führet und lasset nicht Spaltungen unter euch sein ... Denn es ist mir kundgeworden, ... daß Zank unter euch sei ... Und ich, liebe Brüder, konnte auch mit euch nicht reden als mit geistlichen Menschen, sondern als mit fleischlichen, wie mit jungen Kindern in Christus ... Denn wenn Eifersucht und Zank unter euch sind, seid ihr da nicht fleischlich und wandelt nach menschlicher Weise? ... Niemand betrüge sich selbst ... Nicht schreibe ich solches, daß ich euch beschäme; sondern ich ermahne euch als meine lieben Kinder ... Es blähen sich aber etliche auf ... Und ihr seid aufgeblasen."

Es ist sicherlich kein Zufall, in welche Stadt Harold Bell Wright seinen jungen Idealisten, den Pfarrer Dan Matthew, schickt. Es gibt viele andere Parallelen, Methaphern und Vergleiche, von denen die meisten entweder aus der Bibel entnommen sind oder verborgen und symbolhaft für die Aussage des Autors stehen. Wie schon angedeutet, handelt es sich hier um weitaus mehr als nur um eine Erzählung; es soll

Ihnen aber, lieber Leser, selbst überlassen bleiben, die Vielfalt an allegorischen Sinnbildern zu entschlüsseln.

Nur soviel sei gesagt: Wright ging es darum, in aller Schärfe eine Art von modernem „Korinthianismus" aufzuzeigen, von dem sich die christliche Gemeinde um jeden Preis befreien muß, wenn sie sich je – um mit dem Apostel Paulus zu sprechen – von der „festen Speise" des Heiligen Geistes ernähren will.

Sollten Sie das Buch *In den Herzen ein Feuer* noch nicht kennen, so werden Sie, wie ich meine, darin einen ebenso herausfordernden Ruf nach Erweckung und Erneuerung finden wie in dem vorliegenden Band.

Michael Phillips

Die Heimat des Verbündeten

„Und wegen der Wesensart der Stadt, von der ich erzählen will, hielt dort ein Geist Einzug – eine seltsame, geheimnisvolle Macht, spielerisch, boshaft und tödlich; eine Macht, die einem zugleich Furcht und Anhänglichkeit abnötigte, die verleugnet werden wollte, um gerade im Leugnen eingestanden zu werden; ein tödlicher Feind, ein willkommener Freund, ein übermächtiger Verbündeter."

Diese Geschichte, deren Anfänge schon niedergeschrieben worden sind, beginnt in den Ozark-Bergen. Sie folgt dem Pfad, von dem niemand zu sagen weiß, wie alt er ist, und sie handelt von einem Mann, der den Pfad aus seiner Heimat in eine andere Welt ging, um den Menschen dort zu helfen, in Wahrheit zu leben. Der Schauplatz dieser Geschichte ist Corinth, eine Kleinstadt im mittleren Westen der USA.

Über Corinth läßt sich nicht viel sagen. Die Geschichte hätte sich ebensogut in jeder anderen Stadt ereignen können. Was die wesentlichen Bestandteile des Alltags in Corinth betrifft, so gleicht er allen Städten, ob groß oder klein, im ganzen Land. Dies ist auch der Grund, weshalb sich die Geschichte ebensogut in Ihrer Heimatstadt hätte zutragen können; und vielleicht ist das schon geschehen.

Vor Jahren, als die Bahnlinie mitten durch das Ozark-Gebirge verlegt wurde, war Corinth schon gegründet. Schon zu Zeiten des Bürgerkriegs war die Stadt ein bedeutender Ort, und es ließe sich manch eine spannende Geschichte erzählen aus den Tagen, als die Wälder voller Soldaten steckten und der Ort bald von dieser, bald von der anderen Seite eingenommen wurde. Noch heute leben viele dieser Geschichten weiter, denn die alteingesessenen Bewohner von Corinth lieben es, die Kriegsjahre wieder aufleben zu lassen und mit ausgestreckter Hand auf Hauswände voller Kugelnarben oder ähnliche Schauplätze des Gefechts in der Altstadt zu deuten.

Die Söhne und Töchter dieser Generation dagegen zogen es vor, gemeinsam mit ihren eigenen Söhnen und Töchtern einer vielversprechenden Zukunft entgegenzuschauen und von den glorreichen Errungenschaften zu sprechen, die ihnen nun ganz gewiß bevorstanden: die neue Fabrik, das Sägewerk, von dem sich alle Welt Arbeit und Wohlstand erhoffte, die langersehnte Stromleitung, die von der Großstadt her nach Corinth verlegt werden sollte, und die reichen Geschäftsleute von „irgendwo an der Ostküste", die das Land und die unbebauten Grundstücke aufkaufen sollten, um dort neue Wohnhäuser, Hotels und Betriebe zu errichten.

Der Doktor meint, daß es in der ganzen Vergangenheit Corinths nur zwei nennenswerte Ereignisse gebe, nämlich der Anschluß an die Eisenbahnstrecke und der Tod seines guten Freundes, des Staatsmannes. Die Eisenbahn verlief ursprünglich nicht direkt durch Corinth, sondern dicht daran vorbei. Mit Richter Strongs Hilfe erkannten die Väter und Mütter der Stadt jedoch die einmalige Gelegenheit und ergriffen die Maßnahme, von der ihnen der redegewandte Richter eine „herrliche Zukunft für alle" versprach. Wenn die Bahnlinie schon nicht nach Corinth kam, dann konnte die Stadt ihr wenigstens ein Stück entgegenstreben. Corinth sollte auf die Linie zuwachsen, so hatte der Richter überlegt, bis der Ort sie in sich vereinnahmt hatte. Ein jeder Zug würde dann mitten durch Corinth fahren und Passagiere, Geld und Fortschritt mit sich bringen.

So kehrte man dem schönen, trockenen Stück Boden den Rücken, das ursprünglich für die Erweiterung der Stadt ausgesucht und gerodet worden war, und bebaute statt dessen das Sumpfgelände zu beiden Seiten der vielgelobten, wie ein Heiligtum verehrten Gleisstrecke. Das Sumpfgelände gehörte, so sei hier nebenbei angemerkt, niemand anderem als dem patriotisch gesinnten Richter Strong persönlich. Die Grundstücke, die zum Bau neuer Häuser entlang der Bahnlinie abgesteckt wurden, wiesen bei weitem nicht die solide Qualität des Landstreifens jenseits der Stadt auf, doch Fortschritt und Wohlstand waren, wie der Richter behauptete, eng mit der Eisenbahnlinie verknüpft.

So verleibte sich Corinth buchstäblich die Eisenbahnlinie ein. Der Bahnhof, die Rangiergleise und Frachtlager, das Schalthaus aus roten Ziegeln und der Wasserturm machen sich mitten im neuen Stadtkern breit. Jeder Zug, der zum Nachfüllen von Kohle anhält, was ohne Ausnahme und mit größter Regelmäßigkeit geschieht, blockiert zwei der drei Hauptstraßen. Wenn nun aber der Fußgänger, dessen Geduld bei Regen oder Schnee hart auf die Probe gestellt wird, sich endlich zu dem Umweg über den einzig verbleibenden Schienenübergang entschließt, so wird ihm dort just in diesem Moment der Weg von einem langen Güterzug abgeschnitten, der auf ein Nebengleis rangiert wird. Nirgendwo gibt es eine Zuflucht vor den schrillen Pfiffen, den scheppernden Glocken und dem Krachen der Kolbenstangen. Bei Tag und Nacht zerreißt das Rattern der schweren Lokomotiven den Frieden der kleinen Stadt.

Zählte auch Richter Strong zu den größten Nutznießern der Bahnlinie, so ging doch die Stadt Corinth selbst nicht leer aus:

Eine Zeitlang wuchs die Stadt in Windeseile an. Die Erfüllung aller glorreichen Versprechungen, die der Richter gemacht hatte, schien nun unmittelbar bevorzustehen. Dann, so plötzlich, wie sie gekommen war, endete die Zeit des Aufschwungs wieder. Die Sägewerke, Fabriken, Läden und Betriebe, von denen die Rede gewesen war, wurden nun in anderen Orten gebaut. Verstummt war das Hämmern der Zimmerleute, nirgends sah man mehr Fuhrwerke mit Bauholz und Werkzeug. Der Doktor sagt, daß Richter Strong wohl selbst zu sehr an seine eigenen Voraussagen geglaubt habe, oder zumindest aus Angst, von dem bevorstehenden Reichtum nicht den Löwenanteil sein eigen nennen zu können, davor zurückgeschreckt sei, weitere Grundstücke aus seinem Besitz zu veräußern – es sei denn zu Preisen, die jeder Großstadt von Weltrang Ehre gemacht hätten.

Nachbarorte, die erst gegründet wurden, als Corinth schon stand, blühten plötzlich zu bedeutenden Städten auf. Die gesamte Umgebung erfreute sich eines nie gekannten Wohlstands. Von Jahr zu Jahr dröhnen nun hochbeladene Güterzüge aus der Großstadt am fernen Fluß durch Corinth, wo sie lediglich anhalten, um Kohlen aufzunehmen. In dem bewegten Strom des Lebens ist Corinth in Brackwasser abgeglitten. Das Leben dort kreist um kleine Dinge, sofern überhaupt noch von Leben die Rede sein kann. Die Kinder hören auf zu wachsen, sobald Männer und Frauen aus ihnen geworden sind, und sie begnügen sich damit, die Träume ihrer Vorfahren zu träumen, während sie deren einstige Häuser bewohnen. Allein die Bäume, die die Straßen säumen, sind gewachsen; sie sind gewachsen und gewachsen, bis sich ihre Kronen über der Straße berührten und den Himmel aussperrten, und ihre mächtigen Stämme bringen die alten, von Rissen verunzierten Bürgersteige zum Aufplatzen.

Die Altstadt von Corinth ist voller Unrat und Verfall. Die wenigen Gebäude, die noch dort stehen, gleichen Ruinen; nur einige davon sind von ihren armen Bewohnern dürftig zurechtgeflickt worden. Und auf dem Hügel steht die alte Akademie mit ihren zerbrochenen Fenstern, vermodernden Wänden und bröckelnden Schornsteinen als Zeugnis einer verlorenen Ära von Bildung und Würde. Weder die Stadt noch ihre Bewohner haben Wachstum aufzuweisen. Überall, innen wie außen, in den Häusern und in den Herzen, herrschen die Zeichen des Stillstands.

Armseliges Corinth! Vergessen sind die Tage, in denen es sich seiner Nützlichkeit rühmte; die Tage seiner langersehnten Ehre und Bedeutung liegen noch in weiter Ferne.

Und wegen der Wesensart der Stadt, von der ich erzählen will, hielt dort ein Geist Einzug – eine seltsame, geheimnisvolle Macht, spielerisch, boshaft und tödlich; eine Macht, die einem zugleich Furcht und Anhänglichkeit abnötigte, die verleugnet werden wollte, um gerade im Leugnen eingestanden zu werden; ein tödlicher Feind, ein willkommener Freund, ein übermächtiger Verbündeter.

Weint deshalb nicht um Corinth! Weint um seine Bewohner, die sich so hoch zu stehen dünken; denn sie sind dem Verbündeten ergeben, ohne es zu wissen. Weint um jene in euren Städten und Kirchen, die unwissentlich in der Armee des Verbündeten kämpfen.

In Corinth vergaß man die Erniedrigung des geschäftlichen Versagens schnell, um sich statt dessen in dem feineren Erfolg landesweiter Berühmtheit zu sonnen. Diese Selbstachtung, dieser Stolz auf den eigenen Ort, ohne den niemand der Welt unter die Augen treten mochte, verdankte Corinth dem Staatsmann, der ihm zwar keinen Wohlstand, jedoch einen Namen unter den Städten des Landes verlieh.

Der Staatsmann, ein Bürger der Stadt Corinth und ein Absolvent der ehemaligen Akademie dort, brachte es in seinem Werdegang vom Stadtsekretär über Bürgermeister und Kreissekretär zum Senator und schließlich zum Kongreßabgeordneten der Vereinigten Staaten von Amerika. Sein Eifer, mit dem er sich für eine hochgelobte Angelegenheit der höheren Politik einsetzte, brachte ihm landesweite Anerkennung und seiner Stadt bleibenden Ruhm ein.

Ungewöhnliche Talente besaß dieser Mann, dazu Aufrichtigkeit und einen rechtschaffenen Lebenswandel. Er war ein guter, gerechter Mensch, der es sich zur Aufgabe gemacht hatte, seinem Nächsten sowie der Menschheit zu dienen. In der Politik sah er eine Gelegenheit, seinen Mitmenschen zu helfen. Wie man auch über die Maßnahmen urteilen wollte, für die er sich einsetzte, so zweifelte doch niemand je daran, daß er nur aus den edelsten Beweggründen heraus handelte. Darum war es selbstverständlich, daß ein solcher Mann den

Respekt und die Freundschaft der wahrhaft großen Staatsmänner der Nation gewann. Trotz all der hohen Ehrungen, die ihm zuteil wurden, verlor er dennoch nie seine Verbundenheit mit der kleinen Stadt am Rande der Ozark-Berge, und hier, unter jenen, die ihn am besten kannten, bewirkte er am meisten, wie er sich auch hier des höchsten Ansehens und der größten Beliebtheit erfreute. So kam es, daß der Staatsmann alles, was die Eisenbahn in Corinth versäumt hatte, um ein Vielfaches aufholte.

Nach dem Tod des Staatsmannes war es das alte Corinth aus der Zeit der Akademie, das den Bau des Denkmals zu seinen Ehren anregte. Die Ausführung des gußeisernen Denkmals besorgte jedoch das Corinth der neueren Eisenbahnzeit. Es stellte eine lebensgroße Statue des toten Staatsmannes auf, versehen mit einem Zitat in kleinen Metallbuchstaben aus einer seiner berühmten Ansprachen über eine politische Angelegenheit, mit der er sich einmal befaßt hatte.

Der Doktor vertritt aus tiefster Überzeugung heraus die Ansicht, daß die verfallenen Bürgersteige, die Nutzlosigkeit der Eisenbahnlinie, die Gegenwart und der Einfluß des Verbündeten sowie manch anderer Mißstand am Ort samt und sonders die Folge dessen sind, was er „dieses abscheuliche Monstrum aus Gußeisen" nennt. Daraus läßt sich ersehen, daß der Doktor eine Art Philosoph ist. Die Stadt verewigt seinen toten Freund mit einem ebenso toten Monument, anstatt in ihrem Lebenswandel jene Prinzipien zu beachten, die den Staatsmann zu dem gemacht hatten, was er war. „Wenn er hier wäre", sagt der Doktor oft, „dann wäre er der erste, der das Monument niederreißen würde! Ihm wäre es wichtig, daß sein Leben den Lebendigen gilt, nicht den Toten! Die Bürger sollten ihm als Menschen aus Fleisch und Blut ein Andenken bewahren, nicht irgendeiner Ansprache, die er einmal gehalten hat."

Das Monument steht an der Ecke der Holmes-Straße und Strong-Avenue. Gegenüber wohnt der Doktor mit seiner Frau Martha. Ihr Haus ist bescheiden, denn sie haben keine Kinder, und der Doktor ist kein reicher Mann. Es ist weiß mit grünen Fensterläden, und über dem Eingang rankt sich dichtes Blattwerk. Die Stufen sind ausgetreten, und an den Enden der Bretter fault das Holz schon von der Feuchtigkeit der Ranken. Der Doktor sagt, er hege keinerlei Absichten, eine solch prächtige Kletterpflanze zu zerstören, nur um die Treppen zu erneuern, und ohnehin würden die Stufen sowohl ihn als auch Martha noch um Jahre überdauern. Daraus schließt man, daß der Doktor auch eine Dichternatur besitzt.

Am hinteren Zaun des Grundstücks steht ein Holzschuppen neben einem Stall, und entlang des vorderen Zauns an der Holmes-Straße wachsen die Rosen des Doktors. Diese Rosen erregen die Bewunderung und den Neid jeder blumenzüchtenden Hausfrau in ganz Corinth.

Volle fünfzig Jahre hat der Doktor seine Heilkunst in Corinth und Umgebung ausgeübt. Nun erklärt er sich für zu alt, um sich noch nützlich zu machen; er werde sich damit begnügen, sich in die Angelegenheiten seiner Nachbarn einzumischen, seine Rosen zu hegen und zu pflegen und bei schönem Wetter angeln zu gehen. Den Rest seiner Zeit verbringt er damit, von seinem Stuhl auf der Veranda aus zuzuschauen, wie das Leben in Corinth ohne ihn weitergeht.

„Alte Ärzte und alte Hunde haben eine Menge gemeinsam“, brummt er. „Wir sind beide gleichermaßen nutzlos, und beide hätten wir manches zu sagen, wenn wir es nur wagen könnten, den Mund aufzumachen!“

Er ist ein großer Mann, der Doktor; groß und stämmig und alt. Er kennt jede Seele in ganz Corinth, besonders die Kinder, denn den meisten von ihnen hat er ja ans Licht der Welt geholfen. Auch jeden Hund und jede Katze kennt er, jedes Pferd und jede Kuh, und er weiß um ihre Eigenarten und Kunststücke: von der alten Milchkuh, die sich selbst das Gatter aus dem Weg schiebt, um sich gemächlich über den Rasen herzumachen, bis zu der jungen Bulldogge, die beim Anblick der alten Oma Brown den Schwanz einzieht. Im Umkreis von mehreren Meilen kennt er jede Straße, jede Einfahrt, jeden Pfad und jede Abkürzung. Seine Praxis, so behauptet er, hat ihn finanziell so gut wie ruiniert, und um seine innere Fassung sei es ebenso geschehen. Es kommt vor, daß er einem ausgewachsenen Mann grob übers Maul fährt, aber um einen Säugling vergießt er Tränen. Er würde sogar so weit gehen, einen mittellosen, des Lesens unkundigen Hinterwäldler in dessen dürftiger Hütte mit der gleichen Zuvorkommenheit zu behandeln wie den Vorsitzenden der Bank von Corinth oder gar den Richter Strong persönlich.

Niemand hält den Doktor für einen Mann, der zu irgend etwas oder irgend jemanden viel Zuneigung hegt. Das kommt daher, weil er äußerlich so korpulent und grobschlächtig wirkt. Jeder aber, der Kummer hat, kommt geradewegs damit zu ihm, denn innerlich ist er ein großherziger, freundlicher Mensch. Es gibt ein geflügeltes Wort in Corinth, demzufolge jemand, der ernstlich erkrankt ist oder einen schweren Unfall erlitten hat, lieber den Doktor fluchen als den Pfarrer beten hört. Außer ihm gibt es noch andere Ärzte in Corinth, doch ein jeder weiß sofort, wer gemeint ist, wenn jemand sagt: „Hol den Doktor!" Überall zollt man ihm nur den höchsten Respekt.

Wer kennt auch die Menschen einer Stadt so gründlich wie der Arzt, der mitten unter ihnen wohnt? In den Augen der Welt waren seine Patienten Arbeiter, Bankbesitzer, Schneiderinnen, Reinemachfrauen, Farmer, Lehrerinnen, Pfarrer; für den Doktor waren sie Männer und Frauen. Andere kannten ihre Berufe, doch der Doktor kannte ihr Leben. Die Pfarrer wußten, welcher Kirche sie angehörten; er wußte jedoch, welchen Glauben sie hatten. Die Stadtgesellschaft sah sie in ihrer feinsten Kleidung, doch der Doktor sah sie im Bett. Er hat mehr Stunden in den Häusern seiner Patienten zugebracht als in seinem eigenen, und es gibt in der ganzen Stadt kein Geheimnis, zu dem er nicht den Schlüssel besitzt.

Auf der Strong-Avenue, gegenüber dem Monument, steht ein kleines Haus mit nur vier Zimmern. Zu der Zeit, in der diese Geschichte spielt, war die Farbe abgeblättert, und manches andere daran befand sich in schlechtem Zustand. Das Grundstück jedoch war gepflegt und sauber, und ein großer Fliederbusch hinter der Pforte verlieh ihm ein anheimelndes Aussehen. Der Garten neben dem Haus war auf das beste bewirtschaftet und ließ auf Ehrlichkeit und Genügsamkeit schließen. Hier wohnte die Witwe Mulhall mit ihrem verwachsenen Sohn Denny.

Denny hatte einmal katholischer Priester werden sollen, doch ein Unfall machte ihn zum Krüppel und zerschlug ihm diesen Traum. Und nach dem Tode seines Vaters, der bei der Ausübung seines Amtes als Polizeimarschall der Stadt ums Leben gekommen war, konnte Deborah Mulhall keinen blanken Heller mehr erübrigen, um auch nur ein einziges Buch zu kaufen.

Wenn es nur irgendwo eine Arbeit gab, die Deborah verrichten konnte, so verdingte sie sich den Tag über. Trotz seines geschundenen, mißgestalteten Körpers versorgte Denny den Garten und zog solch prächtiges Gemüse darin, wie es in ganz Corinth niemand sonst ernten konnte. Von früh bis spät plagte sich der arme Bursche draußen auf den Gemüsebeeten, und der gepflegte, wunderhübsche Anblick des Gartens wurde einzig durch Denny selbst und durch den großen Felsbrocken getrübt, der sich zwischen den Beeten aus dem Boden erhob.

„Zu dumm, daß sich der Brocken ausgerechnet da breitmachen muß!" hieß es zuweilen, wenn ein Nachbar über den Zaun schaute oder seine Gemüsebestellung abgab. Dann antwortete Denny mit seinem geduldigen Lächeln: „Ach, ich weiß nicht recht. Schlimm wäre nur, wenn er sich darauf besinnen sollte, mir quer durch den Garten zu rollen, aber er liegt doch ganz friedlich da. Und sehen Sie nur, ich hab' die Ranken hier daneben gepflanzt, damit er ein bißchen hübscher aussieht. Und auf der anderen Seite, da hat er eine kleine Nische, auf der's sich bestens sitzen läßt, wenn ich mich von der Arbeit ausruhen muß."

Manchmal, wenn der Doktor das gußeiserne Abbild seines alten Freundes mit der gußeisernen Starrheit betrachtete, diese Eisenstatue, die den Staatsmann mitten in einer Ansprache über eine längst vergessene Anordnung verewigte, dann lachte er; aber manchmal entfuhr ihm mitten im Lachen auch ein verstimmtes Schimpfen.

Aber wenn der Doktor während der Ereignisse unserer Geschichte über die Straße schaute, wo Denny mit seinem armen, mißgestalteten Körper, seinem nutzlosen Arm und nachgezogenen Bein voller Fröhlichkeit in seinem Garten arbeitete, dann verkündete der alte Arzt, Philosoph und Dichter, daß ihm danach zumute sei, ein Loblied anzustimmen.

Alles nahm mit einem Ausflug zum Angeln seinen Anfang.

Der Doktor und der Junge

Martha sagt, daß beim Doktor alles mit der Angelrute anfängt und aufhört. Martha ist für solche Redensarten bekannt. In diesem Fall hat sie jedoch nicht ganz unrecht, denn bei ihrem Mann beginnt und endet tatsächlich fast alles mit dem Angeln.

Diese Geschichte fängt mit der ersten Reise des Doktors in die Ozark-Berge an.

Wenn er einen schwierigen Fall betreute, eine knifflige Aufgabe zu lösen hatte oder eine schwerwiegende Entscheidung treffen mußte, dann suchte er oft Zuflucht bei einem schattigen Fleckchen Erde an einem ruhigen Fluß in der Nähe. Er versichert jedem, der es hören will, daß er seinen ganzen Erfolg als Arzt und seinen Ruf, in allen wichtigen Angelegenheiten besonnen und richtig zu handeln, einzig dieser Angewohnheit verdanke.

„Der leichtfertige, wankelmütige Hitzkopf", behauptet er zuweilen, wenn ihm danach zumute ist, „trägt seine Büchse durch Wald und Feld und veranstaltet mit seinem Rudel Jagdhunde einen Höllenlärm. Der wahre Denker aber verzieht sich still mit Rute und Schnur, und während sein Haken in den tiefen, stillen Wassern versinkt oder die Fliege auf der schäumenden Strömung tanzt, erforscht sein Verstand die wahren Tiefen dessen, was ihm zu schaffen macht. Auf diese Weise gelingt es ihm, die Angelegenheit von allen Blickwinkeln ausgiebig zu betrachten."

Schon vor Jahren hatte der Doktor von den famosen Angelstellen in den spärlich besiedelten Teilen des Ozark-Gebirges gehört, aber bei seiner stets wachsenden Patientenzahl blieb ihm nur dann und wann genug Zeit für einen kleinen Ausflug an einen der nahegelegenen Bäche. Etwa um die Zeit aber, als Martha ihm zu sagen begann, daß er nun zu alt dazu sei, um den ganzen Tag an feuchten Bachufern zuzubringen, und Dr. Harry, sein Assistent, ihm den größten Teil seiner Patienten abgenommen hatte, wurde eine Eisenbahnlinie durch die Bergwildnis verlegt. Gleich im Jahr darauf beschloß der Doktor, die Angelrute einzupacken und den Haken in neue Gewässer auszuwerfen.

Von diesem folgenschweren Ausflug an überglänzten die Tage voller Schönheit und Zauber in den Bergen sogar die hellsten Tage im Leben des Doktors. Hier war es, wo ihm der Junge begegnete, hier in den Ozark-Bergen mit ihren mächtigen Gratlinien, wo die Hänge von oben bis unten mit Bäumen bewachsen sind, die in der Sommerbrise zittern und wogen, wo es stille Täler, kühle Haine und liebliche Lichtungen und die tiefen, feierlichen Wälder gab.

Und die Bäche! Die Bäche in den Ozark-Bergen! Der Doktor konnte es kaum fassen, daß es auf Gottes weiter Erde solch klare, glitzernde Bäche geben konnte.

Er stieg an einem kleinen Bahnhof aus dem Zug, wo die Schienen über den Weißen Fluß hinüberführen, und zwei Tage später angelte er an der Mündung des Herbstbachs. Es war spät am Nachmittag. Der Junge kam von bachaufwärts; er befand sich auf dem Heimweg. Kaum zwölf Jahre alt war er, aber hochgewachsen und kräftig für sein Alter. Den unebenen Pfad am Fuß des Abhangs hinab lief er mit dem geschmeidigen, sicheren Gang eines jungen Rehs.

Beim Anblick des Doktors blieb er stehen, wie alle Kreaturen des Waldes stehenbleiben, sobald sie einen Menschen sehen. Dann kam er näher, und in Gesicht und Gebaren stand ihm ein unverhohlenes Interesse an dem Besucher.

Seine klaren, sonnenüberfluteten Züge erröteten ein wenig in der Gegenwart des Fremden.

„Guten Tag", wünschte der Doktor mit seiner bärbeißigen Freundlichkeit. „Anglerglück gehabt?"

Das offene Lächeln des Jungen zeigte die ebenmäßigsten Zähne, die der Arzt jemals gesehen hatte, und seine junge Stimme fügte sich in die Harmonie des Waldes ein, als er antwortete: „Ich habe keine Fische gefangen, Sir."

An diesen Worten und an dem Licht in den braunen Augen erkannte der Philosoph ihn sogleich als einen wahren Angler. Verwundert nahm er die gewählte Ausdrucksweise des Knaben zur Kenntnis, die sich deutlich von dem ortsüblichen Dialekt unterschied; und die bemerkenswerte Weisheit, die dieser Junge zu besitzen schien, erstaunte ihn sehr. Der Fang eines Fisches ist für jene, die mit Verständnis bei der Sache sind, doch nur ein zusätzlicher Lohn ihrer Beschäftigung. Die Antwort des Knaben war zugleich eine Erklärung und eine Frage. Sie erklärte, daß er nicht allein wegen der Fische angeln ging, und sie fragte den Fremden nach seiner Sicht der Dinge: Warum angelte er? Was verstand er unter „Anglerglück"?

Der Doktor legte sich eine Antwort zurecht, während er bedächtig die Schnur einholte, um den Köder zu prüfen. Der Junge stand derweil ruhig da und musterte ihn mit einem weiten, fragenden Blick. Der Mann wußte, daß seine nächsten Worte großes Gewicht trugen.

Dann gewann die jugendliche Ungeduld des Knaben die Oberhand.

„Waren Sie schon bachaufwärts", erkundigte er sich, „gerade hinter der Biegung, wo die hohen Pappeln stehen, wo auf den Felsvorsprüngen Fichten wachsen und Weidenbüsche am Ufer? Dort ist es herrlich! Viel besser als hier!"

Jetzt hatte er dem Fremden Gelegenheit gegeben, sich unter Beweis zu stellen. Wenn der Doktor Einlaß in die Welt des Knaben gewährt bekam, dann mußte er sich jetzt dieses Vorrechts als würdig erweisen. Der ältere der beiden Angler sah dem jüngeren geradewegs in die braunen Augen und fragte: „Gibt es dort etwa mehr Fische?"

Der Junge lachte laut, ein klares, reines, jungenhaftes

Lachen voller Verständnis. Dann setzte er sich mit der Vertrautheit jener, die sich hier heimisch fühlen, neben den Doktor und antwortete: „Nicht unbedingt, obwohl es manchmal schon den Anschein hat. Nein, dort läßt sich einfach viel besser angeln als hier." Damit war die Sache geklärt. Die beiden verstanden einander.

Eine Stunde später, als der Schatten des Berges den Bach erreichte, sprang der Junge auf die Füße.

„Höchste Zeit, daß ich gehe!" rief er aus. „Mutter möchte, daß ich zum Abendbrot daheim bin, und wenn ich mich beeile, kann ich es gerade eben noch schaffen."

Aber dem Doktor tat es leid, daß der Junge sich schon verabschieden mußte.

„Wo wohnst du denn? Ist es weit von hier?" fragte er.

„Nein, gar nicht. Nur ungefähr sechs Meilen. Aber bis zum Wolfsgrat ist der Pfad ziemlich steil."

„Sechs Meilen zu Fuß – noch vor Anbruch der Dämmerung? Das schaffst du doch unmöglich!"

„Mein Pferd steht dort oben am Bach", antwortete er. „Zumindest habe ich es dort zurückgelassen."

Er legte die Finger an den Mund und stieß einen schrillen Pfiff aus, dessen Echo zwischen den beiden Bachufern entlangtanzte. Ein lautes Wiehern von irgendwo in der Schlucht, durch die der Herbstbach auf den größeren Fluß zurauschte, war die Antwort. Der Junge pfiff ein zweites Mal, und wenig später kam ein schwarzes Pony aus dem Dickicht getrottet, die Zügel hinter sich herschleifend.

„Vagabund und ich werden es schon schaffen", sagte der Junge, „nicht wahr, alter Freund?" Und er klopfte dem Pferdchen auf den glänzenden Hals, während es sein Maul an der Schulter seines jungen Herrn rieb.

Der Doktor wählte die vier größten Fische aus seinem Fang aus, vier stattliche schwarze Barsche.

„Hier", sagte er, als sich der Junge auf das Pony geschwungen hatte, „nimm die mit nach Hause!"

Der Junge nahm das Geschenk an, ohne zu zögern, und der Doktor wußte, daß die Freundschaft der beiden damit besiegelt war.

„Vielen Dank", sagte der Junge. „Mutter mag Barsch

sehr gern, und wir übrigen auch. Das wird eine reichliche Mahlzeit für uns alle ergeben." Mit einem Lächeln fügte er hinzu: „Mutter angelt auch gern. Sie hat's mir beigebracht."

Der Doktor sah ihm nachdenklich dabei zu, wie er die Zügel nahm.

„Schau mal", sagte er, als der Junge das Pony wendete, „wie wär's, wenn du morgen wiederkommst? Wir könnten uns prächtig miteinander unterhalten. Was meinst du?"

Der Junge ließ die Hand sinken.

„Ja, gern", sagte er langsam. Dann, nachdem er einen Moment lang überlegt hatte, fügte er hinzu: „Ich denke, übermorgen kann ich Sie hier treffen. Vater und Mutter werden mich gewiß gern zu Ihnen gehen lassen, wenn ich daheim von Ihnen erzähle."

Hatte sich je ein alternder Angler und Arzt so sehr durch einen einfachen Satz geehrt gefühlt? Es waren nicht so sehr die Worte selbst, sondern eher das feine Gebaren des Jungen und der inhaltsreiche Klang in seiner Stimme, die dem Doktor wohltaten.

Das Pony hatte sich schon abgewandt, als der alte Mann dem Jungen nachrief: „Warte! Warte noch einen Augenblick! Du hast mir ja gar nicht gesagt, wie du heißt. Ich bin Dr. Oldham aus Corinth. Ich habe mich flußabwärts bei Familie Thompson einquartiert."

„Und ich heiße Daniel Howitt Matthew", antwortete der Junge. „Ich wohne auf der alten Matthew-Farm auf dem Grat oberhalb der Hammelsteige."

Dann ritt er auf dem gewundenen Pfad am Herbstbach davon.

Den ganzen nächsten Tag verbrachte der Doktor in der Nähe der Stelle, an der ihm der Junge begegnet war. Er befürchtete, daß der Junge womöglich wieder des Wegs kommen und ihn vergeblich suchen könnte. Er ging sogar eine Meile bachaufwärts durch den Wald in der Hoffung, seinen jungen Freund dort wiederzusehen. Ständig fragte er sich dabei, wie er sich nur den Zauber erklären mochte, den der Junge auf ihn ausübte.

„Wer ist er bloß?" ging es ihm ein ums andere Mal durch den Kopf. Er hatte dem Doktor seinen Namen genannt, aber das genügte diesem bei weitem nicht. Die Frage nach seinem Namen hatte im Grunde nichts damit zu tun, was der alte Mann in Wirklichkeit wissen wollte. Der Junge hatte etwas Ungewöhnliches, Rätselhaftes an sich, das sich durch den Namen allein nicht erklärte.

Wer war der Junge? Was hatte es nur mit ihm auf sich? Der Doktor grübelte unaufhörlich über ihn nach. Rein äußerlich fand der Arzt eine unmißverständliche Antwort: Ein Junge war er, ein Junge der verlassenen Bergwelt, ein Knabe von einem bemerkenswerten Äußeren und einer kraftvollen Gestalt, der dazu einen selten scharfen Verstand besaß – selten wohl für diesen Landstrich und gewiß für einen so jungen Menschen. War er aber trotz allem im Grunde nichts weiter als nur ein Junge?

Jene Richterinstanz jedoch, der die Entschlüsse unseres Gehirns unterstehen, jene Urteilskammer, die sich mit höchster Autorität über unsere rationalen Schlußfolgerungen hinwegsetzt, wies diese Antwort von sich. Sie war bei weitem zu oberflächlich. Sie hatte den ruhigen Ausdruck in den Zügen des Jungen und den tiefen Frieden in seinen Augen außer acht gelassen, und sie erklärte mit keinem Wort, warum der Doktor auf sonderbare Weise von dem Jungen angetan war.

„Was ist mit mir los", brummte er vor sich hin, „daß mich ein Junge, den ich kaum kenne, so sehr beschäftigt? Ich bin doch immerhin ein hartgesottener alter Arzt, abgestumpft nach all den Jahren der Praxis. Hunderten von Kindern habe ich ans Licht der Welt geholfen, habe zu viele Fälle von Masern, Keuchhusten und Windpocken erlebt, um von einem einfachen Jungen derart bewegt zu sein!"

Bei Familie Thompson hätte er gewiß allerhand an Auskünften über den Jungen erhalten, aber der Doktor schrak davor zurück, sich zu erkundigen. Er wollte sich nichts über dieses Kind erzählen lassen, würde doch niemand seinen Fragen Genüge tun können, denn schon jetzt war ihm, als kenne er den Knaben so gut wie sich selbst. Es war genau dieses Gefühl, den Jungen schon wie seine Westentasche zu kennen, das den Doktor am meisten beunruhigte. Es war ihm, als habe er schon seit Urzeiten sein Haus mit ihm geteilt, um ihm erst jetzt von Angesicht zu Angesicht zu begegnen. Ihm war wie einem Blinden zumute, der sein Leben lang eng mit jemandem befreundet ist und dem plötzlich sein Augenlicht wiedergegeben wird, so daß er zum ersten Mal das Gesicht dieses Freundes erblicken kann.

In den Jahren seit dieser Begegnung begriff der Doktor allmählich, daß der Knabe für ihn weniger ein Geheimnis, als vielmehr eine Offenbarung war: die Offenbarung eines unausgesprochenen Ziels, einer Wahrheit, deren er sich immer schon bewußt war, ohne sie sich selbst je eingestanden zu haben; eine Wahrheit war es, die sein eigenes Wesen betraf, doch die zu tief unter dem Schotter seines langen Lebens vergraben lag, um von ihm selbst erkannt zu werden. In diesem Jungen nun war er auf den verborgenen Kern seiner selbst gestoßen, wo seine wahrhaftigsten, kostbarsten, heiligsten Wesenszüge schlummerten, die er wie die meisten Leute verleugnet hatte – obwohl er von jeher geahnt hatte, daß er ihnen ebensowenig wie dem Leben selbst entfliehen konnte. Kurz gesagt, der junge Daniel Matthew war für den Doktor jener Mensch, zu dem er eigentlich selbst bestimmt gewesen war und zu dem er auch geworden wäre, wenn er es sich nicht selbst versagt hätte.

Sammy und Young Matt

Noch früh am nächsten Vormittag hörte der Doktor einen fröhlichen Gruß aus der Ferne, und dann kam der Junge auch schon aus dem Dickicht der kleinen Schlucht geritten, um sich zu seinem Freund am Bachufer zu gesellen. War es Neid oder Bedauern, das der Doktor empfand, als er ihm nun dabei zuschaute, wie er behende zu Boden sprang, mit geschickten Fingern ein paar Dinge aus dem Sattel nahm, die Riemen löste und dem Pony das Zaumzeug abnahm?

„Du kommst aber früh", bemerkte er.

Der Junge lachte.

„Ich wäre gern noch früher gekommen", sagte er. Dann ließ er das Pferdchen laufen und wandte sich voller Eifer zu dem Arzt um.

„Waren Sie schon da? Oben am Bach, meine ich?"

„Aber nein!" antwortete der Doktor. „Ich habe auf dich gewartet, damit du mir alles zeigen kannst."

Das hörte der Junge gern und führte den Doktor kurz darauf am Fuß des Abhangs entlang zu seinem Lieblingsplatz am Bach.

Den Verlauf dieses Tages zu beschreiben wäre ein viel zu langwieriges Unterfangen: wie die beiden im Schatten der hohen Bergpappeln saßen und dem sanften Rauschen des Baches zuhörten; wie sie sich über die freie Natur um sie her austauschten, über Blume und Baum, Moos und Ranke und über die Kreaturen, die darin in Nestern und Höhlen lebten; wie sie eine stattliche Anzahl von prächtigen Flußbarschen fingen; wie der Doktor seine Stiefel abstreifte, um mit dem Jungen im Bach zu waten, wie ihr gemeinsames Lachen in den Bergen widerhallte und wie ein Adler ihnen bei der Mittagsmahlzeit hungrig von seinem Ausblick hoch auf einem kahlen Fichtenwipfel am Felsvorsprung zuschaute.

Als der Tag weit fortgeschritten war, der Schatten des Berges das Bachtal wieder in sich versinken ließ und das kleine Pony auf das Pfeifen des Jungen aus dem Dickicht hervorgetrottet war, um sich für den Heimritt satteln zu lassen, da betrachtete der Doktor seinen jungen Kameraden erneut mit Versonnenheit.

Als der Junge auf dem Pony saß, sagte er zu dem Doktor: „Vater und Mutter haben mich gebeten, Sir, Sie zu uns einzuladen, bevor Sie wieder von hier abreisen."

Als er das Erstaunen und das Zögern in dem Gesicht des Doktors sah, fügte er hinzu: „Sie müssen wissen, daß ich meinen Eltern von Ihnen erzählt habe, und jetzt möchten sie Sie auch gern kennenlernen. Bitte besuchen Sie uns doch! Sie werden sich bestimmt gut mit meinen Eltern verstehen, und wir würden uns sehr über Ihren Besuch freuen. Ich hole Sie gleich morgen ab, wenn Sie möchten."

Wenn er mochte? Der Doktor war ja so angetan von dem Knaben, daß er mit Vergnügen bis nach China oder Afrika gereist wäre, wenn dieser ihn dorthin eingeladen hätte!

Jener Besuch bei Familie Matthew war der Anfang einer lebenslangen Freundschaft. In jedem Jahr, das darauf folgte, besuchte der Doktor sie auf mehrere Wochen, und mit jedem Besuch wuchs das herzliche Einvernehmen, das ihn mit den Matthews verband. Unter den zahllosen Häusern, die er im Laufe seines Arztdaseins betreten hatte, erschien ihm dieses Haus in den Ozark-Bergen wie ein herrlicher Tempel inmitten von Baracken und Bretterbuden. Den Grund dafür begriff der Philosoph aus der Stadt jedoch erst, als Mrs. Matthew ihm die Geschichte von Dad Howitt erzählt hatte.

In dem Wesen von Young Matt und Sammy – Dans Eltern –, in ihrem Familienleben und in ihren Kindern erkannte der alte Arzt die Frucht der Lehren, die jener Hirte des Gebirges ausgesät hatte. Am ausgeprägtesten erschien sie ihm in dem jungen Daniel, dem Erstgeborenen aus der Verbindung eines Mannes und einer Frau, die von den zerstörerischen Einflüssen unserer Zivilisation unberührt geblieben waren, um allein in der Natur um sie her ein Leben der Hingabe zu führen.

Als der Doktor das erkannt hatte, war ihm auch Daniel kein Rätsel mehr. Der Knabe hatte glänzende Anlagen. Er war ein Kind der Natur. Er war, was ein junger Bursche zu sein bestimmt ist. Er trug nicht jene Last, unter der so viele von uns schon früh im Leben zusammenbrechen. Aus diesen Gründen wurde der Knabe dem wachsamen alten Arzt und Beobachter des Weltgeschehens zu einer Offenbarung jenes Kerns in seinem eigenen Herzen, der wie ein ungeschliffener Diamant in den Tiefen seiner Lebenserfahrung geschlummert hatte. Von Jahr zu Jahr wuchs nun dieses Gefühl, das der Doktor in der Gegenwart des Knaben verspürte, während sich ihre Freundschaft vertiefte.

Stets war es Daniel, der den Doktor an der kleinen Bahnstation in der Wildnis abholte und der sich am Ende des Besuchs als letzter von ihm verabschiedete. Wie zwei unzertrennliche Kameraden durchstreiften sie die Berge, angelten am Bach, erforschten die Landschaft nach unbekannten Ausblickspunkten oder suchten ihre alten Lieblingsplätze. Auf seine stille Art beschlagnahmte Daniel den betagten Doktor für sich, weil er ihn als erster entdeckt hatte, und andere gaben vergnügt nach, um den Doktor, wie Young Matt, Daniels Vater, lachend zu sagen pflegte, „zum dritten Vormund unseres Sohns“ zu machen.

Und so beobachtete der Doktor während seiner alljährlichen Reisen in die Berge und durch die häufigen Briefe, welche Fortschritte sein junger Freund machte, und oft malte er sich aus, welche Stellung im Leben der junge Daniel einmal als erwachsener Mann einnehmen würde. Nicht selten stand in den Zügen des alten Arztes beim Anblick des Jungen ein Ausdruck von Neid und Bedauern zugleich.

Zusätzlich zu dem Unterricht in der kleinen Landschule

wurde Daniel stets von seiner Mutter unterwiesen, die die Lehren ihres einstigen Lehrmeisters, des Hirten, an ihn weitergab, wie nur eine Mutter es vermag. Als aber die Zeit für eine höhere Ausbildung kam, überließ man die Wahl eines Colleges dem Doktor aus der Stadt.

Der Doktor zögerte mit seinem Ratschlag. Er schreckte davor zurück, den Knaben in die Welt zu schicken. Der Gedanke daran, diesen Sohn der herrlichen Natur unter den Erscheinungsweisen des niederen Lebens zu wissen, war ihm unerträglich.

Doch die Mutter antwortete: „Warum, Doktor? Wozu ist der Junge da?" Und Young Matt richtete den Blick auf das Garbertal, wo dröhnend ein Expreßzug über die Brücke voranstampfte, und sagte auf seine bedächtige Art: „Das Unterholz ist schon gerodet, Doktor. Die Wildnis schwindet schnell dahin. Der Junge muß in seinem eigenen Zeitalter leben und seine eigene Arbeit verrichten."

Als sie sich nun über die Veränderungen unterhielten, die diesem friedlichen Landstrich bald unausweichlich bevorstanden, riet ihnen der betagte Freund dazu, die Mine tief unter der Dewey-Kuppe zu verkaufen und mit dem Jungen in die Stadt zu ziehen, doch beide schüttelten nur entschlossen den Kopf und sagten: „Nein, Doktor, unser Platz ist hier in den Bergen."

Als der Junge dann seine Heimat verließ, um ein Studium in der fernen Großstadt aufzunehmen, da war ein Mann aus ihm geworden, das jedes Mutterherz mit Stolz erfüllt hätte. Er besaß den mächtigen Körperbau und die Muskeln seines Vaters, und das unversehrte Leben der Berge und Wälder pochte in seinen Adern, doch sein Wesen trug die feinen Charakterzüge und den klaren Verstand seiner Mutter. Sein zerzaustes rotbraunes Haar glich dem seines Vaters, doch seine Augen waren die Augen seiner Mutter mit ihrem unvergleichlichen, fragenden Blick, der stets nach der reinen Wahrheit hinter allen Dingen forschte. Dazu besaß er die Fähigkeit seiner Mutter, die Gedanken eines anderen Menschen zu erfassen, bevor dieser sich ihrer auch nur recht bewußt war, und auch ihr Lachen, das Sammy Lane zum Leben und Sonnenschein der Berge gemacht hatte.

„Big Dan" hatten die Gebirgler diesen Sohn von Young Matt und Sammy seit jeher genannt, und „Big Dan" hieß er nun auch am College, denn junge Leute, ob in Stadt oder Land, haben ein Gespür für Namen, die den Nagel auf den Kopf treffen.

Insgeheim hoffte der Doktor, Dan würde sich für eine Laufbahn in der Medizin entscheiden, die ihm selbst so sehr am Herzen lag. Welch ein großartiger Arzt könnte aus ihm werden, da er ein solch begabtes, großmütiges und ausgeglichenes Wesen besaß, und mehr noch: eine tief empfundene Nächstenliebe und das ehrliche Bedürfnis, der Menschheit zu dienen! Kurz: der Junge würde ein Arzt werden, wie der alte Doktor es einst für sich selbst erträumt hatte. So schmiedete der alte Mann in Gedanken eine Zukunft für den Jungen zurecht, die er an sich selbst versäumt hatte und nun in Daniel endlich zu verwirklichen hoffte.

Es war ein arger Schrecken für den Doktor, als er einen Brief von Dan erhielt, in dem von einem völlig anderen Beruf die Rede war als von dem, den der Doktor vorgesehen hatte. Zum ersten Mal hatte der Junge ihm eine große Enttäuschung bereitet.

Mit seinem Angelzeug flüchtete sich der alte Mann an den nächsten Fluß. Und dort, an dem tiefen, stillen Wasser, in das er seinen Angelhaken ausgeworfen hatte, wurde er ruhiger und begann, den Inhalt von Dans Brief zu begreifen. Es war der gleiche Grundton im Leben des Jungen, das feste Grundprinzip in seinem Wesen, daß sein Leben der Welt den größtmöglichen Nutzen schuldete, und die Leidenschaft zum Dienst an anderen Menschen, die ihn zu dieser Wahl veranlaßt hatten. Dem Ziel, das ihm in die Wiege gelegt worden war und das der Einfluß des alten Hirten über Young Matt, seinen Vater, und Sammy, seine Mutter, in ihm verstärkt hatte, konnte er sich ebensowenig entziehen wie der Farbe seiner Augen.

„Aber was weiß er schon darüber?" kämpfte der Doktor mit sich selbst. Dann dachte er über seine eigenen Worte nach, den Blick auf den Korken geheftet, der unter dem Schnappen eines hungrigen Fisches im Wasser umhertanzte.

„Er wird die Wahrheit schon entdecken", sann er. „Dazu

hat er das Zeug. Aber wenn er sie entdeckt, dann wird er mich brauchen. Ja, dringend wird er mich dann brauchen!"

Der Korken versank im Wasser, und der Doktor verspürte ein heftiges Reißen an der Schnur. Ein mächtiger Brocken von Fisch hatte angebissen.

„Jawohl", sagte er zu sich selbst, während er einen wohl fünfzehn Zoll langen Barsch einholte, „dann wird er mich bitter nötig brauchen!" Nun war sein Denken wieder klar, und er sah die Dinge, wie er sie von Anfang an hätte sehen sollen. „Wenn die Zeit kommt, dann werde ich ihm zur Seite stehen müssen."

Jahrmarkt in Corinth

Ganz Corinth befand sich mitten im Jahrmarktstrubel. Die Nachbarstadt, um ein Vielfaches größer und von erheblicher Bedeutung, hatte in diesem Jahr einen Jahrmarkt veranstaltet, und in Corinth wollte man ihr nun in nichts nachstehen.

Alles, was die Großstadt tat, fand wenig später in Corinth seine Nachahmung. Auf diese Weise hielt man sich in Corinth mit herrlich einfacher Schlußfolgerung für ebenso modern und großstädtisch wie die Bürger der Metropole, ähnlich wie sich auch jene, die sich nach der neuesten Mode von der Ostküste kleideten, für den Gipfel der Eleganz hielten. Die Büroangestellten in Corinth und die Gemüsejungen, die sich hinter ihren Theken und in den Ladeneingängen aufhielten, der Sekretär des Rechtsanwalts mit seinen Füßen auf der Fensterbank, der Lehrling des Schmiedes, die Schulkinder – sie alle ahmten die Großstädter nach, indem sie sich hochtrabend aufführten und abfällig über die einfachen Leute vom Land urteilten, die zu Besuch in die Stadt gekommen waren. Dabei ahnten sie nicht, daß sie selbst in der Großstadt mit der gleichen Abfälligkeit „Bauerntölpel" geschimpft wurden.

Ganz Corinth veranstaltete nun also einen Jahrmarkt. Auf jedem freien Fleckchen Boden standen Käfige und Pferche, aus denen es nur so grunzte, quiekte, wieherte, bellte, blökte, gackerte und krähte. Im Rathaus, das auch zugleich als Opernhaus diente, waren lange Tische mit fast sämtlichen Landwirtschaftserzeugnissen aus der Umgegend aufgebaut: Eingekochtes, Gebackenes, Gepökeltes, Gedörrtes und Eingelegtes gab es dort zu begutachten, aber auch Genähtes von der Hand der Farmersfrauen. Zu beiden Seiten der Hauptstraße waren Stände aufgebaut worden, auf denen die Ausstellungsstücke der Geschäftsleute von Corinth prangten: Farmgeräte, Kutschwagen, Zaumzeug und dergleichen mehr. Der Hauptunterschied zwischen den Waren vom Land und denen aus der Stadt bestand darin, daß die Farmer ihre Erzeugnisse zum Anschauen hergebracht hatten, während die Geschäftsleute ihre zum Verkauf feilboten.

In einem leeren Ladenraum hielt auch die Strong-Gedächtniskirche ihren alljährlichen Basar ab; als Zeitpunkt hatte man die Jahrmarktwoche gewählt. In anderen Ecken des Raumes boten auch die anderen Kirchen der Stadt Brathähnchen, Eiscreme oder andere Verlockungen zum Verkauf an, durch die sie erhofften, daß die Farmersgroschen in ihre eigenen Klingelbeutel fielen. Die Veranstalter des Jahrmarkts sahen sich auf diese Weise von den Kirchen am Ort unterstützt. Von sämtlichen Fenstern, Türen, Torbögen, Laternenpfählen, Ecken, Giebeln, Türmen und Kuppeln der Stadt flatterten Fahnen, auf denen für die geschäftstüchtigen Ladeninhaber und für die nicht weniger geschäftstüchtigen Kirchen von Corinth geworben wurde.

An den Nachmittagen wurden sportliche Wettspiele zwischen der Landjugend und der Stadtjugend veranstaltet. Es gab Baseballspiele, Wettläufe, Reitturniere, eine Jagd auf eine eingeseifte Sau, einen glattgefetteten Pfahl, den es zu erklettern galt, dazu eine bunte Vielzahl von anderen Attraktionen.

Von den fernen Wäldern, von den Bergen, von den Bachniederungen und dem Fluß kamen die Besucher in Scharen und drängten sich um die Käfige, Einzäunungen und Tische, um die Erzeugnisse und Besitztümer ihrer Nachbarn zu bewundern, die sie doch schon oft genug auf deren Farmen zu sehen bekommen hatten. Sie unterhielten sich an den Straßenecken. Sie spazierten vor den Ständen auf und ab. Sie schrien sich bei den Wettspielen heiser und ließen sich vor lauter Trubel dazu hinreißen, Brathähnchen und Eiscreme von den Kirchen und allerhand Waren der Geschäftsleute zu kaufen, die den Jahrmarkt veranstalteten.

Es war jedoch nicht der Jahrmarkt allein, der diesem Tag besondere Bedeutung für Corinth verlieh. Ob es durch reinen Zufall oder mit voller Absicht geschehen war – jedenfalls hatten die Gemeindeältesten nun Anlaß, den heutigen Tag mit Rotstift auf dem Kalender zu vermerken. Nach vielen Jahren des treuen Dienstes war nämlich der betagte Pfarrer der Gedächtniskirche vor einigen Monaten in den Ruhestand getreten, und heute sollte sein Nachfolger am Ort eintreffen – ein junger Mann, über den man nur das Beste gehört hatte.

An diesem Tag war der Doktor eine ganze Stunde früher als gewöhnlich auf den Beinen. Beim Frühstück warf Martha ihm einen argwöhnischen Blick zu, als er nach einer halben Portion seiner sonst üblichen Mahlzeit schon die Serviette zusammenfaltete.

„Bis zur Ankunft sind es noch gute drei Stunden, weißt du", bemerkte sie trocken.

Ohne eine Antwort stand der Doktor auf und ging auf die Veranda hinaus.

Schon waren die Leute vom Land in ihren besten Röcken, die Gesichter strahlend, zum Jahrmarkt unterwegs. Kaum hatten sie den Arzt erblickt, als manch einer ihm munter einen guten Tag wünschte und seine freundliche Antwort mit einem Lachen quittierte.

Es war möglich, so dachte der Doktor bei sich, daß der Herrgott schon Tage so herrlich wie diesen hatte werden lassen, doch er konnte sich auf keinen besinnen. Zart durchdrangen seine Rosen die Luft mit ihrer Süße; das Gras vor dem Haus war frisch und grün, die Blumen am Pfad leuchteten bunt und hübsch, und die mächtigen Ahornbäume überdachten die Straße mit ihrem tiefen Blattwerk wie die Bögen einer Kathedrale, so daß das alte Herz des Doktors von der

Schönheit um ihn her nahezu überwältigt war. Nun mischte sich noch die erwartungsvolle Vorfreude dazu, und die Dichternatur des Doktors nahm gänzlich Besitz von ihm!

Alles hatte sich so gewendet, wie er es sich erhofft hatte. Zuerst war Martha argwöhnisch gewesen, als er die Sprache darauf gebracht hatte, wie es oft geschah, wenn der Doktor von gewissen Dingen redete. Der weise alte Philosoph hatte sich jedoch darauf verstanden, die richtigen Argumente ins Feld zu führen, und so hatte sich alles zu seiner besten Zufriedenheit ergeben. Sammy hatte ihm einen Brief geschrieben, in dem sie ihre Freude über die Entwicklung der Dinge zum Ausdruck gebracht hatte.

Dort auf der umrankten Veranda vor seinem Haus stand der Doktor nun und ließ seine Gedanken zu dem Tag zurückschweifen, als der Junge ihm am Bachufer begegnet war, und zu den vielen glücklichen Tagen aus Dans Jugendzeit, die er mit dem Knaben in den Bergen verbracht hatte.

„Sein Leben", so sann er bei sich, „sein Leben ist wie dieser Tag heute, so frisch und sauber und ..."

Er hielt inne und sah auf das Monument auf der anderen Straßenseite, das als kalte, leblose Maske inmitten einer Welt voller lebendiger Freude und Schönheit stand. Von dem Monument wandte er sich zu Dennys Garten um.

„Und", so führte er seinen Satz zu Ende, „und voller Möglichkeiten."

„Was murmelst du da?" fragte Martha, die ihm nach draußen gefolgt war, als sie ihr Frühstück beendet hatte.

„Ich habe mir gerade gewünscht", sagte der Doktor, „daß ich ... daß es immerzu nur Morgen wäre, daß es weder Nachmittage, Abende noch Nächte gäbe."

„Für einen Mann in deinem Alter", antwortete seine Frau nicht ohne Liebe, „redest du das dümmste Zeug daher! Wann wirst du endlich erwachsen und denkst vernünftig?"

„Was könnte nur vernünftiger sein als das, was mir gerade durch den Sinn ging, meine Liebe? Wenn es Morgen wäre, dann stünde ich immerzu am Anfang meines Lebenswerks, anstatt es aufgeben zu müssen. Ich könnte den Erfolgen meiner Träume entgegensehen und brauchte nie auf meine gescheiterten Versuche zurückblicken."

„Du bist aber nicht oft gescheitert, John“, gab Martha ihm einlenkend zu bedenken.

„Und wenn es Morgen wäre“, fuhr der alte Philosoph mit einem Lächeln fort, „dann würde ich nicht aufhören, das beste und hübscheste Mädchen im ganzen Land zu küssen.“

Martha warf den Kopf in den Nacken, und eine Spur von Röte stahl sich ihr in die verrunzelten Wangen.

„Die größten Narren sind doch immer die alten Narren“, sagte sie mit einem Funken von Mädchenhaftigkeit.

„Aber ein junger Narr genießt sein Narrendasein um ein Vielfaches mehr als ein alter“, gab ihr Mann zurück. „Bedenke doch die Verantwortung, die das Alter mit sich bringt. Was ist schon die Jugend dagegen? Nimm Dan zum Beispiel ...“

Wieder sah er zu dem Monument.

„Ach ja, liebe Güte!“ rief Martha aus. „Und ich habe noch Berge von Arbeit, bevor ich mit dem Kochen anfangen kann! Geh und schlachte mir drei junge Hähne, drei Stück, sag' ich.“

„Aber er kommt doch erst zum Mittagessen, meine Liebe.“

„Das soll nicht deine Sorge sein. Um das Essen kümmere ich mich schon selbst. Ich habe schon für manchen Pfarrer gekocht. Will nur hoffen, daß er dich dazu bringt, dir endlich um deine ewige Zukunft Gedanken zu machen, anstatt der Vergangenheit nachzutrauern.“ Damit machte sie sich geschäftig ans Werk.

Nachdem der Doktor die drei Hähne geschlachtet hatte, nahm er Hut und Stock und machte sich auf den Weg in die Stadt, obwohl es bis zur Ankunft der Eisenbahn noch eine gute Stunde war. Als er das Gartentor öffnete, rief ihm Denny von seinem Garten gegenüber einen munteren Gruß zu, und der alte Doktor ging zu ihm, um ein paar Worte mit dem verwachsenen Jungen zu wechseln.

„Prächtig schauen Sie heut' morgen aus, Herr Doktor, prächtig!“ sagte Denny und unterbrach seine Gartenarbeit, um sich auf dem Felsbrocken niederzulassen. „Kommt er mit dem Zug um zehn Uhr vierzig?“

Der Doktor bemühte sich um ein unbekümmertes Aussehen. Mit betontem Gleichmut warf er einen Blick auf seine Uhr und antwortete: „Ja, ich glaube, es ist der Zug um zehn Uhr vierzig. Und wie geht es dir heute morgen?"

Der junge Bursche legte sich den kraftlosen linken Arm auf den Schoß.

„Gut, Herr Doktor, kann nicht klagen. Danke der Nachfrage. Mutter geht's auch gut, und mein Garten gedeiht bestens." Er sah um sich. „Die frühen Sorten sind schon abgeerntet, aber die übrigen wachsen fleißig. Jawohl, uns geht es gut. Hab' gerade heute morgen noch zu Mutter gesagt: ‚Mutter', sag' ich, ‚die heilige Jungfrau hat uns doch nicht vergessen. Könnte wetten, daß die Kartoffeln diesen Sommer zuweilen einen ganzen Zoll über Nacht gewachsen sind. Und schau nur, was für ein herrliches Wetter wir für den Jahrmarkt haben!'"

Nochmals sah der Doktor auf seine Uhr, während Denny fortfuhr: „Alle Welt freut sich mächtig auf den neuen Pfarrer. Man redet ja schon von nichts anderem mehr – höchstens über den Jahrmarkt, versteht sich. Da wird ein frischer Wind in unserem Städtchen wehen, wenn er erst hier ist, das spür' ich jetzt schon."

„Ihr beiden werdet euch bestimmt gut miteinander verstehen, Denny."

Der verwachsene junge Bursche wäre um ein Haar von seinem Felsbrocken gefallen.

„Ach, Herr Doktor, wirklich? Aber ... aber der Pfarrer wird für Leute wie mich doch gar keine Zeit haben! Und wird er wirklich bei Mrs. Morgan dort drüben zur Miete wohnen?" Er deutete mit einer Kopfbewegung auf das Haus nebenan.

„Dort oben ist sein Zimmer", antwortete der Doktor und zeigte auf das Eckfenster. „Da haben wir's beide nicht weit zu ihm."

Denny sah das Fenster gedankenverloren an.

„Das ist famos, Herr Doktor, nicht?" sagte er dann. „Von da aus hat er einen prächtigen Blick auf das Denkmal."

„Ja", fiel ihm der Doktor beinahe ins Wort, „auf das Denkmal und deinen Garten."

Er wandte sich unvermittelt ab und ging weiter, um dem

verwunderten Denny nur nicht erklären zu müssen, was er mit seiner Bemerkung gemeint hatte.

An diesem Morgen grüßte den guten Doktor, so wollte es ihm scheinen, fast jedermann mit einem Lächeln, und manch einer blieb sogar stehen und tauschte ein paar Worte mit ihm über die Ankunft seines Freundes aus. Als er den Bahnhof erreicht hatte, winkte ihm der Fahrscheinverkäufer zu.

„Guten Morgen, Herr Doktor", sagte er. „Sie sind wohl auf der Ausschau nach Ihrem Pfarrer, was?"

„Meinem Pfarrer?" rief der Doktor zurück. „Wie kommen die Leute nur darauf, daß der Mann mir gehört?"

Der betagte Arzt kehrte dem Mann den Rücken und ging auf den Bahnsteig. Am Ende des Bahnsteigs stand eine ganze Schar von Frauen, rege Mitglieder der Frauenhilfe der Gedächtniskirche, die ihre Posten an den Basartischen verlassen hatten, um einen ersten Eindruck von dem neuen Pastor zu erhaschen. Nathaniel Jordan, einer der beiden Gemeindeältesten, kam soeben mit seiner Tochter Caritas dazu.

„Guten Morgen, guten Morgen, Doktor!" sagte der Gemeindeälteste und schüttelte seinem Freund die Hand so kräftig, als hätte er ihn seit Jahren nicht gesehen. „Nun, ich sehe, wir sind vollzählig hier versammelt."

Er wandte sich voller Stolz zu den Frauen um, die sich mit dem Ausdruck höchster Gewichtigkeit näherten, als sei, so dachte der Doktor, ihre Gegenwart hier unabdingbar.

„Bald dürfte er hier sein, unser Junge", fuhr Nathaniel fort.

„Unser Junge!" dachte der Doktor ergrimmt. „Er ist noch nicht einmal eingetroffen, und schon wollen sie ihm ihre eigenen Vorstellungen aufzwingen!"

Die Frauen machten dienstbeflissene Gesichter. Eine von ihnen legte ihren Arm um Caritas und sagte: „Wie nett von dir, daß du auch gekommen bist!"

Deutlich verspürte der Doktor die unsichtbare Gegenwart des Verbündeten. Zum Glück hatte gerade in diesem Moment jemand der Anwesenden die Dampfwolke des Zuges in der Ferne erspäht, wohl zwei oder drei Meilen entfernt, an der Biegung hinter der Pumpstation.

Der Portier des Hotels gegenüber vom Bahnhof ratterte mit seinem kleinen Gepäckwagen über die Gleise. In dem Wagen hatte er die Koffer von zwei Reisenden, die mit dem Zug weiterfuhren. Der Spediteur von Corinth kam mit seiner alten Kutsche an, um eine Güterkiste an den Zug zu bringen. Die rundgesichtige Tochter des Stationsvorstehers hastete mit einem Stapel Briefe aus dem roten Ziegelhaus. Als der Zug sich nun näherte, wimmelte der Bahnsteig von Leuten mit allerlei Bündeln, Körben und Taschen, unterwegs zu unzähligen unterschiedlichen Reisezielen und tausend verschiedene Auskünfte erbittend.

Mit schrillem Geläut und schnaubender Lokomotive fuhr der lange Zug in den Bahnhof ein. Als er seine Fahrt fast bis zum Stillstand verlangsamt hatte, schwang sich der Schaffner behende auf den Bahnsteig und ging, die Uhr in der Hand, eilig zur Dienststube. Dann sprangen auch schon Gepäckträger und andere Eisenbahner auf den Bahnsteig, und mit einem lauten Zischen und Dröhnen kam der Zug endgültig zum Stehen.

Inmitten des Trubels, des Wirrwarrs und des Stroms von Passagieren, die beim Ein- und Aussteigen begriffen waren, inmitten von tränenreichen Abschieden und fröhlichen Begrüßungsszenen, inmitten von klappernden Kisten, ratternden Gepäckwagen und zischenden Dampfwolken stand der Doktor mit schmerzlich pochendem Herzen da und überflog mit suchenden Augen jedes Gesicht in der Menge.

Dann hatte er ihn auch schon erblickt. Sein wohlgeformter Kopf ragte aus der drängenden Menschenmenge hervor. Mit dem Rücken zu ihnen bahnte Dan sich gerade einen Weg an ein offenes Fenster des Waggons, aus dem er soeben gestiegen war, wo er sich ernsthaft mit einer Frau zu unterhalten begann. Einen Augenblick lang schien er sich der Menschenmenge um ihm her völlig unbewußt zu sein.

„Da ist er“, sagte der Doktor, „der große Bursche da am Fenster.“ Bei diesen Worten hörte der Arzt mehrere kritische Bemerkungen. Er wandte sich um und sah, wie die Frauen ihre Blicke auf den jungen Mann geheftet hatten. Der Gemeindeälteste schaute stirnrunzelnd drein.

„Er scheint sich aber sehr für die Frau dort in dem Waggon zu interessieren", meinte eine der Frauen.

„Nun, hübsch ist sie ja", fügte eine andere hinzu, während der Gemeindeälteste das Vorgehen mit sichtlichem Mißfallen verfolgte.

Der Doktor hörte ungläubig zu. Um ein Haar wäre er herausgeplatzt: „Ihr elenden Narren, das ist doch ..." Doch dann beherrschte er sich gerade noch rechtzeitig, und auf seinem Gesicht machte sich ein Grinsen breit. Er schwieg amüsiert.

Die Uhr in der Hand, rief der Schaffner zur Abfahrt. Die Gepäckträger stiegen in die Waggons, die Glocke läutete, der Lokführer mit der langen Ölkanne schwang sich wieder in das Führerhäuschen, und langsam setzte sich der schwere Zug in Bewegung. Dan ging auf dem Bahnsteig neben dem losrollenden Waggon her und wechselte noch ein paar letzte Worte mit der Frau hinter dem offenen Fenster, bis er mit dem Tempo des Zuges nicht mehr Schritt halten konnte. Dann winkte er noch ein letztes Mal zum Abschied und schaute dem Zug nach, als sei sein Denken von der Dame dort in dem Bahnwaggon beherrscht, die seinen Blicken nun immer rascher entschwand.

Er stand noch am Rand des Bahnsteigs und sah dem Zug hinterher, als sein alter Freund zu ihm kam und ihn von hinten beim Arm nahm. Ruckartig fuhr er herum.

„Doktor!" rief er, und ein sonniges Lächeln erhellte ihm das Gesicht.

Welch ein stattlicher junger Mann er war! Mit dem kräftigen Körperbau und den rötlichen Haaren seines Vaters und den Augen und dem Mund seiner Mutter, dazu ihrer Wesensart, wirkte er durch und durch blitzblank und rein. Schon starrten die Leute am Bahnsteig ihn an. Wieder empfand der Doktor den alten Zauber – dieses Gefühl, in Dan eine Offenbarung von etwas vor sich zu haben, was er schon seit Urzeiten kannte, die lebendige Verkörperung einer unausgesprochenen Wahrheit. Mit Stolz führte er Dan nun auf den Gemeindeältesten Jordan zu, um ihn vorzustellen.

Die Damen der Kirchengemeinde, die den Umgang mit Pfarrern wie das Nähen beherrschten, wirkten sonderbar verlegen. Dieser Pfarrer war völlig anders als alle anderen, die sie je gesehen hatten, doch in den Augen stand ihnen die Bewunderung. Caritas hieß den jungen Mann nun mit leicht bebender Stimme willkommen. Das Gebaren des Gemeindeältesten Nathaniel Jordan glich dem eines Richters. Dan dagegen machte einen unbefangenen Eindruck, als befinde er sich mit dem Doktor allein an einem Bachufer in der Bergwildnis, fern von Kirchen und Gemeindemitgliedern. Der Doktor glaubte jedoch zu bemerken, wie der junge Mann leicht zusammenzuckte, als er ihn als „Pfarrer Matthew" vorstellte. Vielleicht hatte er sich damit aber nur geirrt, dachte der Doktor. Dennoch war dem alten Mann in dem Moment, als er Dan den Abgesandten seiner Kirche vorstellte, als sei plötzlich etwas Sonderbares zwischen ihn und den Jungen getreten, etwas, das er niemals zuvor empfunden hatte, und es verstörte ihn durchaus. Doch vielleicht irrte er sich auch darin.

Nach der Vorstellung auf dem Bahnsteig machte sich die kleine Gruppe auf den Weg. Der Doktor, noch in Gedanken über das rätselhafte Gefühl, das ihm zu schaffen machte, schob Dan so unachtsam neben sich her, daß dieser versehentlich mit einer jungen Frau zusammenstieß, die noch am Bahnsteig stand. Sie trug einen kleinen Koffer; alle Zeichen deuteten darauf hin, daß sie soeben mit dem gleichen Zug wie Dan eingetroffen war. Jeder Zusammenstoß mit Big Dan war ein unsanftes Erlebnis, und ein Ausdruck der Empörung blitzte in dem Gesicht der jungen Frau auf. Dieser wich jedoch augenblicklich einem Lächeln, als der hochgewachsene junge Mann, den Hut in der Hand, die ergebenste Entschuldigung für das hervorbrachte, was er „meine Unachtsamkeit" nannte.

Dem Doktor fiel das feingeschnittene Gesicht des Mädchens auf. Sie wirkte auf erfrischende Weise gesund und ausgeglichen, dachte der Doktor bei sich. Zugleich fand er, daß Dan auf seine Entschuldigung mehr Zeit verwandte, als notwendig gewesen wäre.

Als sie ihn mehrmals seiner Unschuld versichert hatte, erkundigte sie sich bei ihm nach dem Weg zu Dr. Abbotts Arztpraxis.

Das war ja seine eigene Praxis, dachte der Doktor, die Praxis, die er sich inzwischen mit Dr. Harry teilte. Er schaute die junge Frau verwundert an, während Dan ihr antwortete: „Tut mir sehr leid, aber ich kenne mich hier nicht aus. Ich bin fremd hier, aber mein Freund ..."

Der ältere Mann unterbrach ihn mit einer knappen Wegbeschreibung und dem Hinweis, daß Dr. Abbott zur Zeit unterwegs sei und erst gegen vier Uhr nachmittags zurückerwartet wurde.

„Wo finde ich dann ein Hotel?" fragte sie.

Der Doktor zeigte auf das Hotel jenseits der Bahngleise. Dann führte er Dan weiter des Wegs.

Die Frauen der Kirchengemeinde samt Caritas und ihrem Vater befanden sich schon auf dem Rückweg zu dem Basar. Eine halbe Straße weiter wurden der Doktor und Dan von einer aufgeregten Menschenmenge aufgehalten. Ein Zwischenfall schien sich ereignet zu haben. Noch im Stehen wandte Dan sich nach der jungen Frau um, die mit demselben Zug wie er selbst eingetroffen war und die sich ihnen nun langsam näherte.

Wieder fuhr es dem Doktor durch den Sinn, daß Dan eine weitaus längere Entschuldigung vorgebracht hatte, als unbedingt notwendig gewesen wäre.

Die Fremden

Joe Hardy wohnte achtzehn Meilen von Corinth entfernt oben in den Bergen an der Windbucht des Flusses. Er hatte dem Jahrmarkt schon seit Monaten erwartungsvoll entgegengesehen.

Allerdings besaß Joe weder landwirtschaftliche Produkte, die er zum Jahrmarkt tragen konnte, noch das Geld dazu, um ausgestellte Erzeugnisse dort zu kaufen; denn Joe behauptete zwar, der Besitzer und Bewirtschafter eines vierzig Morgen großen Landstücks am Fluß zu sein, doch seine Einkünfte bestritt er eher aus Gelegenheitsarbeit in den Feldern seiner Nachbarn. Anstatt Erzeugnisse von seiner Farm anzubieten, machte Joe Hardy sich lieber selbst zum Ausstellungsstück, wodurch er die „bunten Attraktionen", von denen in den Werbeschriften und in der Corinther Tageszeitung die Rede war, noch um etliches bunter gestaltete.

Die Leute aus der Gegend um die Windbucht pflegten zu sagen: „Wenn Joe nüchtern und guter Laune ist und Geld in den Taschen hat, dann ist er ein recht anständiger Zeitgenosse, solange ihm nur niemand Verdruß bereitet." Hinter diesen Worten steckte die weit und breit bekannte Tatsache, daß Joe niemals guter Laune war, wenn er nicht nüchtern war; daß er niemals nüchtern war, wenn er Geld in den Taschen hatte, und daß es mit Ausnahme von drei oder vier Gesinnungsgenossen, deren Bewunderung für ihn nur von ihrer Angst vor ihm übertroffen wurde, noch niemandem gelungen war, einen Zusammenstoß mit Joe zu vermeiden, wenn dieser sich in seinem normalen Zustand befand.

Mit seinen drei Kumpanen war Joe an diesem Tag zeitig mit den ersten Jahrmarktsbesuchern in Corinth eingetroffen, um sich nach dem langen Ritt als erstes einmal aufzuwärmen. Bis zehn Uhr hatten sie dies gründlich besorgt. Gerade um die Zeit, als der Zug um zehn Uhr vierzig in den Bahnhof einfuhr, begann Joe mit seiner Vorführung.

Da die Post in Kürze geliefert werden sollte, hatte sich eine große Menschenmenge vor dem Postamt eingefunden. Der Bursche von der Windbucht baute sich nun dreist vor der Tür auf, um den Kunden den Weg zu versperren. Vor den Frauen und jungen Mädchen trat er beiseite und huldigte ihnen mit ausladenden, betrunkenen Gesten und rührseligen Komplimenten. Die Männer, die sich an ihm vorüberdrängten, beschimpfte und bedrohte er mit finsterer Miene. Seine Kumpane schauten ihm aus sicherer Entfernung bewundernd zu und meinten untereinander: „Das wird noch 'nen schönen Ärger geben, so wie Joe sich da aufführt!“

Es dauerte nicht lange, bis der Sheriff auftauchte. Er war ein kleiner Mann mit einem großen Stern auf der Brust und einem Gehstock in der Hand. Höflich bat er Joe, den Weg freizugeben.

Joe ergriff die Gelegenheit beim Schopf, um seine Kraft und seine Kühnheit vor der versammelten Menge unter Beweis zu stellen. Er wiederholte die Bitte des Sheriffs lautstark, stieß ein paar ungehobelte Bemerkungen aus und versetzte dem Hüter des Gesetzes dann einen solchen Kinnhaken, daß er benommen am Boden landete, während Joe lauthals lachend auf die Straße lief.

Die Fußgänger blieben augenblicklich stehen und traten erschrocken beiseite, um dem betrunkenen Mann von der Windbucht freie Bahn zu machen. Durch die geteilte Menschenmenge hindurch spazierte Joe Hardy nun, schleuderte grobe Beleidigungen aller Art in die Zuschauermenge und genoß es dabei sichtlich, Herr der Straße zu sein.

In der Menge befanden sich zwar mehrere Männer, die sich nicht vor Joe Hardy fürchteten. Dennoch unternahm niemand etwas, denn während man seinem Nachbarn zuflüsterte, daß dergleichen nicht zu dulden sei, schaute man sich um, ob nicht etwa jemand anders schon zum Gegenangriff geschritten war.

Joe setzte seinen Triumphmarsch mit seinen drei Kumpanen im Gefolge fast bis zur nächsten Straßenecke fort. An der Ecke, wo die Menschenmenge nicht so gedrängt stand, sah er eine Gestalt, die sich anschickte, die Straße vor ihm zu überqueren.

„He du!" dröhnte er. „Scher dich zurück, wo du hingehörst! Was bildest du dir ein, daß du's wagst, mir im Weg zu sein? Siehst du nicht, daß hier die Prozession kommt? Scher dich von meiner Straße!"

Der mißgestaltete Denny hatte seinen Garten verlassen, um beim Metzger Fleisch für das Mittagessen zu holen. Gerade war er um die Ecke gekommen und wollte die Straße überqueren. Er ahnte nicht, daß Joes grölende Ausrufe ihm galten. Da ihm seine unsicheren, schleppenden Schritte seine gesamte Aufmerksamkeit abverlangten, begriff er nicht, was ihm drohte, sondern setzte mühsam seinen Weg über die Straße fort. Als der betrunkene Grobian feststellte, daß der Junge seinen Befehlen nicht Folge leistete, stampfte er mit schwerem Schritt und drohenden Fäusten auf ihn zu und verfluchte den hilflosen irischen Jungen auf das übelste.

Der Menschenmenge stockte der Atem. Mehrere Männer regten sich, aber bevor sie sich einen Weg durch die Menge bahnen konnten, kam ein kräftiger, gutgekleideter Fremder vom Bürgersteig auf die beiden Gestalten auf der Straße zugeeilt. Doch Dan kam zu spät. Ein Schlag, und Denny lag reglos im Staub am Boden.

Im Siegestaumel seines zweiten Erfolgs drehte Joe sich zu dem Fremden um, der sich ihm näherte.

„Na, komm schon, du schweinsäugiger Schwächling!

Für dich hab' ich auch noch was übrig. Komm und hol dir deine Medizin ab, du ..."

Doch im nächsten Moment hatte der kräftige Fremde ihn schon erreicht. Mit einem sauberen Treffer erwischte er den Mann von der Windbucht so gekonnt, daß dieser mehrere Fuß von seinem besinnungslosen Opfer entfernt am Boden landete.

Ein hingerissener Jubelruf wurde in der Menge laut. Der schmale, drahtige Joe besaß jedoch die Härte, die unter Männern von seinem Schlag üblich ist. Einen Augenblick lang schien die Wirkung des Alkohols verflogen zu sein. Blitzschnell sprang er wieder auf die Füße. Die unverhohlene Mordlust glimmerte in seinem Blick, während seine Hand nach dem Gurt an seiner Hüfte langte.

Wilde Panik brach unter den Umstehenden aus. Ein jeder suchte sich in Deckung zu bringen.

„Achtung! Achtung!" ertönten Warnschreie.

Doch der Pfarrer aus der Bergwildnis brauchte keine Warnung. Mit dem Sprung einer Katze war Dan auch schon bei seinem Angreifer, und bevor dieser wußte, wie ihm geschah, gab es ein Handgemenge, einen Schuß, einen stählernen Handgriff, einen schmetternden Schlag, und Joe landete ein zweites Mal am Boden, doch diesmal besinnungslos. Seine Waffe lag neben ihm im Straßenstaub. Die Kugel war weit über die Menschenmenge hinaus abgefeuert worden.

Die Zuschauer jubelten wild. Noch während des Applauses fragte man sich jedoch untereinander: „Wer ist denn der Mann? Kennen Sie ihn? Woher kommt er?"

Nun kamen mehrere Männer dazu. Als Dan sich davon überzeugt hatte, daß der betrunkene Grobian von so vielen Händen in Schach gehalten wurde, wie nur an ihn gelegt werden konnten, wandte er sich zu Denny um. Dort, über den ohnmächtigen Jungen gebeugt, kniete die junge Frau, die ihm am Bahnhof begegnet war. Mit ihrem Taschentuch wischte sie das Blut und den Straßenschmutz von Dennys Stirn. Dan blieb nur der Bruchteil eines Augenblicks, um die Gefaßtheit in ihrem Gesicht zu bemerken, bevor die Menschenmenge sie umringt hatte.

Im nächsten Moment bahnte sich auch schon der Doktor

einen Weg durch das Gedränge, und kaum hatte man ihn erkannt, als man seinen energischen Befehlen auch schon gehorsam stattgab und ein paar Schritte zurücktrat. Eine Kutsche wurde herbeigeholt, und Dan hob den ohnmächtigen Denny vom Boden auf. Der Doktor sprach kurz mit der jungen Frau. „Kommen Sie auch mit!" wies er sie an. Dann nahm er Denny samt den beiden Fremden mit zu Dennys Mutter.

In der Aufregung hatte sich niemand die Mühe gemacht, sich einander vorzustellen, und als die Leute nun zuschauten, wie Dennys Retter mit einer jungen Frau, die ebenfalls fremd in Corinth war, in der Kutsche davonfuhr, hieß es plötzlich, als bestehe ein Zusammenhang: „Wer sind denn die beiden Fremden?"

Als Denny das Bewußtsein wiedererlangt hatte und sowohl seine Verletzungen als auch seine jammernde Mutter pflegende Zuwendung erhalten hatten, versicherte der Arzt ihnen, daß der Junge in ein paar Tagen völlig wiederhergestellt sein würde. Dann verabschiedeten sich die beiden Männer und gingen über die Straße zu dem kleinen weißen Haus des Doktors.

„Also", erklärte Martha voller Inbrunst, nachdem Dan ihr vorgestellt und sie mit kurzen Worten von dem Zwischenfall in der Stadt unterrichtet worden war, „da bin ich aber froh, daß ich drei Hähnchen gebraten habe anstatt nur zwei!"

Dan lachte herzlich.

„Das bin ich auch!" sagte er. „Ihr Gatte hat mir daheim in den Wäldern schon den Mund wässrig gemacht mit seiner Beschreibung Ihrer Kochkünste. Wir haben ja immer gehofft, daß er Sie eines Tages einmal mitbringen würde. Wir hätten Sie zu gern auch kennengelernt."

„Nun, vielleicht komme ich irgendwann einmal mit", antwortete Martha munter. Dann wechselte ihr Gesichtsausdruck unvermittelt, als habe sie sich soeben auf etwas besonnen. „Sie werden mich entschuldigen, aber ich muß jetzt den Tisch decken", sagte sie steif. „Fühlen Sie sich nur hier wie daheim. Das tun alle Pfarrer hier, auch wenn der Doktor nicht zur Kirche gehört." Damit hastete sie in die Küche, und Dan sah seinen Gastgeber mit den fragenden Augen seiner Mutter an. Der Doktor wußte, um was es ging. Selbst bei seinem besten Freund daheim hatte es Dan ereilt. Es war der Pfarrer, den Martha bei sich willkommen geheißen hatte, nicht der Freund ihres Gatten. Und wieder war dem Doktor zumute, als habe sich etwas zwischen ihn und den jungen Mann gedrängt.

„Martha macht sich nicht viel aus dem Angeln", sagte er nur milde.

Gemeinsam gingen die beiden auf die Veranda hinaus, und der alte Mann zeigte Dan das Fenster seines Zimmers auf der anderen Straßenseite, von wo aus er einen Ausblick auf den Garten und das Denkmal haben würde.

„Mehrere Mitglieder deiner Kirche wollten dich bei sich daheim einquartieren", erklärte er ihm, „aber ich dachte ... nun, ich dachte, vielleicht wäre es dir lieber, wenn ... Also, das Zimmer dort liegt nicht weit von meinem Haus, und zur Kirche ist es auch kein langer Weg." Er deutete auf das Gebäude weiter oben an der Straße.

„Ja", nickte Dan, „damit haben Sie durchaus recht. Das war sehr nett von Ihnen." Dann erkundigte er sich, wem das Denkmal gewidmet sei.

Der Doktor zögerte. Dan sah ihn abwartend an.

„Das? Ach, das ist unser berühmter Staatsmann. Es wird ein Weilchen brauchen, bis du dieses Kunstwerk und seine Bedeutung für die Leute in Corinth zu schätzen weißt. Du wirst dich daran gewöhnen. Ich gewöhne mich auch schon seit Jahren daran."

Der junge Mann war im Begriff, eine zweite Frage über das Denkmal zu stellen, als er verstummte. Die junge Frau, die den verletzten Jungen auf der Straße versorgt hatte, trat soeben aus Dennys Haus auf die Straße. Die beiden Männer sahen ihr nach, wie sie unter den großen Bäumen auf dem Bürgersteig davonging. Dans Frage über das Denkmal war vergessen.

„Wer mag sie nur sein?" murmelte er.

Dem Doktor fiel die unsanfte Begegnung der beiden jungen Leute am Bahnhof wieder ein, und er lachte leise. Dann rief Martha die beiden auch schon zum Essen.

Den Rest des Tages über sprachen die Leute an den Straßenecken, an den Basartischen, in den Erfrischungsständen der Kirchen und in den Wohnhäusern der Stadt von nichts anderem als dem Spektakel des Mannes von der Windbucht, und alle Welt fragte sich: „Wer sind diese beiden jungen Leute nur?“

Dr. Harry und Miss Farwell

Nach dem Mittagessen brachte der Doktor Dan zu seinem Zimmer, um ihn seiner Vermieterin vorzustellen. Dann verabschiedete er sich von dem jungen Mann unter dem Vorwand, etwas Geschäftliches erledigen zu müssen. In Wirklichkeit hatte der Doktor das Bedürfnis, allein zu sein. Am liebsten wäre er mit seiner Angelrute an das nächstbeste Flußufer gegangen, doch da dies unter den gegebenen Umständen nicht möglich war, flüchtete er sich in seine Praxis.

Die Straßen waren nun bei weitem nicht mehr so voller Menschen, da das Ballspiel inzwischen angefangen hatte, und der Doktor erreichte seine Praxis, ohne angesprochen oder aufgehalten zu werden. Unterwegs grübelte er wieder darüber nach, was es nur war, das ihn nun nach all den Jahren enger Freundschaft plötzlich von dem Jungen trennte. Auf dem Postamt, wo er sich nach Post für ihn erkundigte, fand er einen Brief vor, der die Anschrift „Herrn Pfarrer Daniel H. Matthew“ trug. Um ein Haar hätte er den Brief in seiner Verwirrung zum Schalter zurückgebracht, um dem Beamten zu erklären, daß ihm niemand mit diesem Namen bekannt war, als er eine Stimme neben sich fragen hörte: „Hat Bruder Matthew sich schon von den Strapazen seiner langen Reise erholt, Herr Doktor?"

Des Doktors Verwirrung verflog im Nu. Er stopfte sich den Brief in die Tasche und sah seinem Gegenüber ergrimmt ins Gesicht.

„Ja", sagte er mit einer Spur von Spott, „Bruder Matthew hat sich recht gut erholt, würde ich meinen. Da er ein ausgewachsener Mann von ungewöhnlicher Kraft ist und sich einer glänzenden Gesundheit erfreut, darf ich wohl annehmen, daß er die Strapazen einer nur vierstündigen Bahnfahrt in einem bequemen Abteil durchaus gut überstanden hat." Damit wandte der Doktor sich ohne ein weiteres Wort ab.

In diesem kurzen Gespräch entdeckte der Doktor jedoch, was es war, das sich zwischen ihn und den Jungen gedrängt hatte: Der erwachsene Mann Daniel Matthew war nicht mehr der Freund des Doktors von einst, sein junger Kamerad vom Fluß in den Bergen.

Statt dessen war er nun „Pfarrer Matthew" oder „Bruder Matthew". Den ganzen Vormittag über hatte sich diese Sonderstellung nicht leugnen lassen. Niemand, nicht einmal die Frau des Doktors, konnte umhin, die Pfarrer anders als andere Männer zu behandeln, als entstammten sie einem zarten, kränklichen Menschenschlag, dem man mit Samthandschuhen und sanften Worten zu begegnen hatte. Der Doktor fragte sich im stillen, was dieser Hüne von Mann aus der Bergwildnis nur dazu sagen würde, auf das behutsamste und pfleglichste von Frauen und Müttern behandelt zu werden, deren eigene Männer und Söhne sich das tägliche Brot mit bloßen Händen erkämpfen mußten und die solcherlei Härten wie selbstverständlich hinzunehmen gewohnt waren. Pfarrer hingegen zählten nicht als gewöhnliche Männer. Niemals durfte man zulassen, daß sie sich die weißen Hände beschmutzten. Freundlich und mild hatte man sich in ihrer Gegenwart aufzuführen. „Unfug!" dachte der Doktor bei sich.

Bald hatte er seine Praxis erreicht, und der Anblick der vertrauten Räume, die manches schwere Schicksal und manche ernste Krankheit gesehen hatten, von denen oft nur der Betroffene und der Doktor von Berufs wegen wußten, zwang ihn dazu, mit seiner Grübelei fortzufahren.

Da war zum Beispiel Dr. Harry. Wem käme es je in den Sinn, ihn wie ein rohes Ei zu behandeln? Wer wollte ihn unter die Weichlinge einordnen? Wer fragte ihn je, ob er sich von den Strapazen seiner Reisen erholt hatte, Reisen nämlich, die er nicht etwa in bequemen Eisenbahnabteilen machte, sondern in seinem Einspänner auf Straßen, die sich in jedem nur denkbaren Zustand befanden, zu allen Tages- und Nachtzeiten, bei Wind und Wetter, ob Winter oder Sommer, bei Regen, Hagel und Schnee? Wer redete ihn ehrfurchtsvoll mit „Pfarrer" oder „Bruder" an? Nein, er war ja nur ein einfacher Mann, ein Arzt! Von ihm erwartete man, daß er hart arbeitete und sich selbst fast ins Grab schuftete, um andere am Leben zu erhalten!

Dann dachte der alte Doktor an die Zeit, als Dr. Harry nach Corinth gekommen war. Anfangs hatte er dem Doktor assistiert, später hatten sich die beiden Ärzte die Praxis geteilt, und jetzt, wo der Doktor im Ruhestand lebte, war er sein Nachfolger. Er stammte aus einer vornehmen Familie in den Südstaaten, doch seine Eltern hatten im Krieg, als Harry noch ein Kind war, ihren gesamten Besitz verloren. Sein Vater war bei einer Schlacht ums Leben gekommen, und seine Mutter starb im Jahr darauf, so daß der Junge früh verwaist war. Da er keine Angehörigen hatte, war er völlig auf sich selbst gestellt gewesen, und irgendwie war es ihm gelungen, sich durchzubringen und sich eine Schulbildung anzueignen. Durch die harte Arbeit seiner Hände hatte er sich sein Studiengeld verdient, und aus reiner Liebe zu dem Beruf wurde er Arzt. Gleich nach dem Abschluß seines Studiums kam er zu Dr. Oldham, dem damals seine Praxis zur Bürde zu werden begann. Als Dr. Oldhams Assistent wurde er allenthalben „Dr. Harry" genannt, und so nannte man ihn bis zum heutigen Tag.

„Und wie dieser junge Bursche gearbeitet hat!" dachte der Doktor bei sich.

Dr. Harrys Beruf und seine Arbeit in der Gedächtniskirche, wo er nicht nur Gemeindemitglied, sondern auch im

Vorstand war, beanspruchten jede freie Minute seines Lebens und manche Stunde seiner Nachtruhe dazu.

In den Monaten nach Dr. Harrys Ankunft übertrug Dr. Oldham ihm immer mehr an Verantwortung. Am Ende des zweiten Jahres hatte er ihn zu seinem Teilhaber gemacht. Etwa um diese Zeit kaufte Dr. Harry das alte Anwesen von Wilson Carter und stellte zwei ehemalige Sklaven seiner Eltern, den alten Onkel George und seine Frau, „Ma'am Liz", bei sich ein, damit sie ihm den Haushalt führten.

Mit jedem Jahr nahm der junge Arzt dem älteren mehr von der Last der Praxis ab, bis dieser sich schließlich gänzlich in den Ruhestand begab.

Und seit jener Zeit hat es zwischen den beiden Ärzten nur Worte des Vertrauens und der Freundschaft gegeben. Ihre einzige Meinungsverschiedenheit bestand darin, daß Harry zur Gebetsversammlung ging, obwohl der Doktor es für klüger hielt, sich statt dessen schlafen zu legen; zudem war Harry kein Angler.

Der junge Arzt war seit jeher ein höflicher, rücksichtsvoller Mensch, der sich hingebungsvoll seinem Beruf widmete und stets über die neusten Entwicklungen auf dem Gebiet der Heilkunde Bescheid wußte; doch zugleich räumte er auch den Launen des alten Doktors ihren Platz ein. Auch nach Dr. Oldhams Eintritt in den Ruhestand hatte Dr. Harry darauf bestanden, daß sein Schreibtisch in der Praxis blieb, damit er sich dort aufhalten konnte, wann immer er wollte. Auch heute noch besprach Dr. Harry häufig seine Fälle mit ihm.

Der Doktor saß auf seinem ausgedienten Praxisstuhl und sann über all diese Dinge nach, als er die Schritte seines Kollegen auf der Treppe hörte. Nach einem Hausbesuch, der ihn die ganze Nacht gekostet hatte, kehrte er staubig und abgekämpft von dem langen Ritt übers Land zur Praxis zurück. Seine müden Züge erhellten sich beim Anblick seines Freundes und Mentors Dr. Oldham.

„Tag, Doktor!" begrüßte er ihn. „Freut mich, Sie hier zu sehen!" Dabei ließ er seine Arzttasche fallen, zog sich den Rock aus und ging an das Waschbecken, um das Gesicht mit dem kühlen Wasser zu waschen. „Nun, ist er gut angekommen?“ fragte er. „Wie geht’s ihm?“

„Ihm fehlt nichts“, brummte der Doktor und wurde dabei wieder an seine Grübeleien über seinen jungen Kollegen erinnert. „Ist mit dem Zug um zehn Uhr vierzig gekommen. Aber du schaust mir zum Umfallen müde aus. Warum gönnst du dir nicht endlich mal einen Urlaub, Harry?“

Der junge Mann stand an der Tür und rieb sich das Gesicht und den Hals an dem groben Handtuch trocken.

„Urlaub?“ rief er lachend aus. „Was fange ich schon mit einem Urlaub an! Keine Sorge, sobald ich mir einen Teller von Ma’am Liz’ handfesten Eintopfgerichten einverleibt habe, geht’s mir wieder blendend.“

„Wo warst du denn?“

„Bei Jensens. Es war der Säugling. Armes Kerlchen. Ein paarmal in der Nacht habe ich befürchtet, daß nichts mehr zu machen sei. Jetzt wird er’s aber doch schaffen, denke ich.“

Dr. Oldham kannte die Jensens gut. Sie wohnten achtzehn Meilen von Corinth entfernt. Der Weg dorthin führte über die schlechtesten Straßen des Landes.

„Es wird mehr Jahre dauern, als der Weg dorthin Meilen hat, bis du den ersten Cent von denen bekommst“, knurrte er. „Bist dumm genug, daß du den Fall übernommen hast. Sollen sie doch den alten Quacksalber aus Salem holen. Der wohnt nur drei Meilen entfernt.“

Harry schlüpfte wieder in seinen Rock und ließ sich grinsend auf seinen Stuhl fallen.

„Was geben Sie mir, Doktor, wenn ich ein bißchen von dem eintreibe, was sie Ihnen noch schulden? Die Jensens haben mich rufen lassen, weil sie von jeher bei Ihnen persönlich in Behandlung waren. Sagen Sie, warum sind Sie denn selbst unzählige Male die achtzehn Meilen zu den Jensens geritten?“

Dann erging sich der Doktor in einer ausführlichen Schilderung der gesamten Jensen-Sippe draußen auf dem Lande, während Harry in aller Ruhe die Post auf seinem Schreibtisch durchsah.

„Schauen Sie mal, Doktor", unterbrach er die redegewandten Darlegungen des Doktors mit seinem Ausruf, „hier ist ein Brief von Dr. Miles. Schreibt, daß er mir eine Krankenschwester schickt. Genau das, was wir dringend brauchen!"

Er warf den Brief auf den Stapel zurück.

„Da wird bei Richter Strong daheim mächtig was los sein, wenn sie kommt", fuhr er fort. Er holte tief Luft. „Also", sagte er dann, „jetzt gehe ich am besten zum Essen nach Hause und lege mich kurz aufs Ohr. Das Frühstück bei den Jensens hält, wie Sie selbst gut wissen, nicht allzulange vor, und wenn ich bei Richter Strong vorspreche, muß ich gut bei Kräften sein. Wann wird sie wohl ankommen?"

„Sie ist schon hier", sagte der alte Doktor.

Als Dr. Harry ihm einen fragenden Blick zuwarf, erzählte er von der Begegnung am Bahnhof und von der Schlägerei auf der Straße. „Aber jetzt geh dich erst mal ausruhen", endete er. „Ich kümmere mich schon um sie, wenn sie sich melden sollte."

Harry hatte sich kaum den Hut aufgesetzt, als es an der Tür zum Wartezimmer klopfte. Er hängte den Hut an den Haken zurück und ließ sich mit dem Augenaufschlag gespielter Verzweiflung auf den Stuhl zurückfallen. Seine Stimme klang jedoch munter, als er rief: „Herein bitte!"

Die Tür öffnete sich, und die junge Dame vom Bahnhof trat ein.

Diesmal studierte der alte Arzt ihr Aussehen gründlicher. Was er sah, war eine junge Frau von schmaler, doch energischer Gestalt. Sie hatte eine klare Haut und schien sich bester Gesundheit zu erfreuen. Ihre großen, grauen Augen schauten ernst drein, wenn sie auch hinter aller Ernsthaftigkeit eine Spur von Humor verrieten. Sie hatte braunes Haar, ein festes, rundes Kinn und einen geschwungenen Mund. Ihre Hände fanden sein besonderes Augenmerk: hübsch geformt waren sie, wie dazu geschaffen, tatenfroh und dienstbereit zuzugreifen. Insgesamt wirkte sie wie ein Ausbund an Lebendigkeit und Weiblichkeit.

„Sind Sie Dr. Abbott?" erkundigte sie sich, den Blick auf

Dr. Harry gewandt, der sich von seinem Stuhl erhoben hatte. Der alte Doktor horchte auf den Ton ihrer Stimme. Sie war leise, aber klar und bestimmt.

„Ja, der bin ich", antwortete Harry.

„Ich heiße Irena Farwell", stellte sie sich vor. „Dr. Miles schickt mich. Sie brauchen eine Pflegerin für einen Ihrer Patienten, wenn ich mich nicht irre."

„So ist es", sagte Harry. „Wir haben heute seinen Brief bekommen. Gerade eben haben wir noch von Ihnen gesprochen, Miss Farwell. Das hier ist Dr. Oldham. Vielleicht hat Dr. Miles seinen Namen erwähnt."

Sie wandte sich mit einem Lächeln zu ihm um.

„Ja, das hat er. Aber wir sind uns schon begegnet, Dr. Oldham."

Die junge Frau brach in ein fröhliches Lachen aus, als der alte Doktor bärbeißig antwortete: „Das kann man wohl sagen. Habe Harry gerade von Ihrer abenteuerlichen Ankunft hier in Corinth erzählt."

„Wann können Sie Ihren Dienst antreten, Schwester?" erkundigte sich der jüngere der beiden Ärzte.

Sie sah ihn mit einer Spur von Verwunderung an.

„Jetzt auf der Stelle natürlich, Doktor", sagte sie.

„Das kommt nicht in Frage", widersprach der alte Doktor. „Es handelt sich um einen schweren Pflegefall. Sie werden die Nacht über auf den Beinen sein. Sie sind noch müde von der langen Reise, und Dr. Harry hier ist restlos am Ende, nachdem er die ganze letzte Nacht draußen auf dem Land einen Notfall behandelt hat."

„Aber Dr. Oldham", antwortete die junge Frau, „es ist meine Pflicht, jederzeit zum Dienst bereit zu sein. Nachtarbeit gehört zu meinem Beruf, wie Sie sicher wissen. Außerdem war die Bahnreise für mich die erste Erholung seit langem."

Der Doktor setzte sich wieder auf den Stuhl, aus dem er sich halb erhoben hatte, und seufzte.

„Ja ... natürlich", sagte er einlenkend. „Ich war wohl mit den Gedanken woanders. Sie müssen entschuldigen, Miss Farwell. Harry wird Ihnen sagen können, daß ich hin und wieder an solchen Anwandlungen leide."

„Darüber bin ich längst im Bilde“, antwortete sie mit einem Lächeln. „Dr. Miles hat mir schon von Ihnen erzählt.“ Dem Doktor war der verschmitzte Ausdruck in ihren grauen Augen nicht entgangen. Er fragte sich, was sein Freund Dr. Miles ihr wohl erzählt haben mochte.

„Also gut, dann lassen Sie uns zur Sache kommen“, brummte er. „Ich werde Ihnen nicht wieder ins Wort fallen. Schildere ihr den Fall, Harry.“

Das Gesicht der jungen Frau war im Nu wieder ernst, und sie hörte dem Arzt aufmerksam zu, als dieser ihr von dem Patienten erzählte, für den er Dr. Miles um eine Krankenpflegerin mit besonderen Kenntnissen gebeten hatte.

Richter Strong war der einzige Sohn des alten Richters, der vor Jahren in Corinth ansässig wurde. Er war von großer, hagerer Gestalt. Von seinem Vater hatte er nicht nur den Richtertitel, eine rein ehrenhalber verliehene Anrede, sondern auch dessen Anwesen, Stellung als Gemeindeältester sowie dessen allgemeine Gemütsverfassung geerbt – nicht zu reden von dem Geschick, Pachtgelder, Grundstücke und Reichtum im weitesten Sinne anzuhäufen.

Der alte Richter hatte nur das eine Kind. Der gegenwärtige Richter hatte gar keine Kinder. In seinem Herzen war wohl kein Platz für etwas anderes als seine Kirche und seine Besitztümer geblieben. Sein Denken war gänzlich mit dem Streben nach himmlischen sowie irdischen Ehrentiteln ausgefüllt. Mit seiner Frau Saphira bewohnte er ein geräumiges Haus an der Strong-Avenue, wo es nicht einmal einen Hund oder eine Hauskatze gab, die den gepflegten Rasen und die Gartenbeete in Unordnung hätten bringen können.

Der Patient, den Miss Farwell pflegen sollte, war Saphiras Schwester, eine kinderlose Witwe, die keinen eigenen Haushalt besaß. Der Richter hatte sich aus Angst vor dem Urteil der Öffentlichkeit dazu gezwungen gesehen, sie gegen seinen Willen bei sich aufzunehmen, und sowohl Dr. Oldham als auch Dr. Harry hatten darauf gedrungen, daß er eine private Krankenpflegerin für die Kranke in seine Dienste nahm. Die Pflege würde kein Vergnügen werden, warnten die beiden Ärzte die junge Frau; Miss Farwell würde von ihrem

Taktgefühl, das Dr. Miles ihr zugeschrieben hatte, reichlich Gebrauch machen müssen.

Dr. Harry erklärte ihr die Umstände ohne falsche Beschönigung, und als er geendet hatte, überraschte sie ihn mit ihrer sachlichen Frage: „Und welche Anordnungen haben Sie zu geben, Doktor?“

Auch der alte Doktor war recht überrascht. Mit keinem Wort hatte sie sich zu der schwierigen Stellung geäußert, die ihr nun im Hause des Richters Strong bevorstand, denn Harry hatte ihr in aller Offenheit von den unbequemen Seiten des Richters erzählt. Es konnte kein Zweifel daran bestehen, auf was sie sich durch ihr Kommen eingelassen hatte.

Ein Leuchten stahl sich in den Blick des jüngeren Arztes, das sein alter Kollege mit Freuden sah.

„Miles hat wohl gewußt, wovon er in seinem Brief gesprochen hat“, sagte Dr. Oldham anerkennend. Bei seinen Worten stieg der jungen Frau eine warme Röte in die Wangen.

Dann erläuterte Dr. Harry ihr den Zustand der Patientin eingehend. Es handelte sich um ein Nervenleiden, das durch des Richters aufbrausende Wesensart noch verschlimmert worden war.

„Nun, was meinen Sie zu dem Fall, Miss Farwell?“ erkundigte Dr. Harry sich, als er geendet hatte.

Sie lächelte nur.

„Wann trete ich den Dienst an?“ fragte sie zurück.

Harry ging ans Telefon und stellte eine Verbindung zu der Strong-Villa her.

„Die Krankenschwester aus Chicago ist hier, Richter Strong“, sagte er. „Sie ist heute vormittag eingetroffen. Wir würden sie gern gleich heute noch zu Ihnen bringen. Können Sie jemanden an den Bahnhof schicken, der ihren Koffer abholt?“

An dem Ausdruck in Harrys Gesicht konnte der ältere Arzt erraten, welche Antwort er erhielt. Harrys Kinn war angespannt, und aus seinen Augen sprühte der Zorn, doch seine Stimme klang ruhig und beherrscht.

„Richter, Sie kennen unsere Abmachung“, sagte er

schließlich. „Dr. Oldham ist hier bei mir, falls Sie gern seine Meinung dazu hören möchten."

Nach einer kurzen Pause sprach Harry wieder in das Telefon.

„Wir werden dafür sorgen, daß Sie Ihren Teil der Abmachung einhalten, Richter. Es tut mir leid, aber ... Also gut, Sir. Ich bringe die junge Dame gleich zu Ihnen. Bitte veranlassen Sie, daß ihr Zimmer hergerichtet wird. Und Richter, ich muß Sie nochmals darauf hinweisen, daß meine Patientin, Ihre Schwägerin, ernsthaft krank ist. Unterstehen Sie sich, ihre Behandlung und Pflege in irgendeiner Weise zu beeinträchtigen. Auf Wiederhören."

Er verzog das Gesicht zu einem schrägen Lächeln.

„Um Ihre Aufgabe beneide ich Sie nicht, Schwester Farwell", sagte er. Dann führte er ein zweites Telefongespräch, um einen Kutscher zu bestellen, der den Koffer der jungen Frau abholen sollte. Als der Mann wegen des Gepäckscheins vorgesprochen hatte, sagte Harry: „Nun, Schwester, mein Einspänner steht bereit. Wenn es Ihnen nichts ausmacht, wäre es wohl ratsam, recht bald nach Ihrem Koffer bei den Strongs zu erscheinen."

Vom Fenster aus schaute der alte Doktor zu, wie die beiden in den Buggy stiegen und auf der Straße davonfuhren. Mechanisch öffnete er den Brief von Dr. Miles, den er noch in der Hand hielt. „Eine ideale Krankenschwester, die den Beruf aus reiner Nächstenliebe ergriffen hat ... kenne die Familie seit Jahren ... aus erstklassigem Hause ... haargenau das richtige für einen Südstaatler wie Sie ... warne Sie aber, nehmen Sie sich in acht; ich möchte sie nämlich zurückhaben."

Mit einem leisen Lachen dachte der alte Doktor an Harrys Gesicht, als er mit der jungen Frau gesprochen hatte. „Wenn einer je das Junggesellendasein satt hat", dachte er, „dann ist es Harry. Nun, wer weiß, was aus der Sache wird."

Kurz darauf machte sich der alte Doktor auf den Weg zu Dan. Er fand ihn nebenan in Dennys Garten, wo Denny hoch auf seinem Felsbrocken saß, um sich vergnügt mit Dan zu unterhalten. Vom Haus aus sah Deborah zu. Sie konnte kaum fassen, wie ihr geschehen war: der neue Pfarrer persönlich saß dort draußen bei ihrem mißgestalteten Sohn Denny, der einmal Priester werden sollte, aber der jetzt zu fast gar nichts mehr fähig war.

Die Berufung des Daniel Matthew

Gemeinsam mit dem Doktor und seiner Frau war Dan an diesem Abend bei dem Gemeindeältesten Jordan zum Essen eingeladen worden. Martha war schon am frühen Nachmittag zu den Jordans gegangen, so daß die beiden Männer sich später ohne sie auf den Weg machten.

An dem Denkmal blieb Dan stehen. „Haben Sie ihn gekannt, Doktor?“ erkundigte er sich, nachdem er die Inschrift gelesen hatte.

Mit knappen Worten antwortete der Doktor: „Ich war da, als er geboren wurde, ich war zeit seines Lebens sein Hausarzt, und ich war bei ihm, als er starb.“

Etwas in der Stimme des Doktors ließ Dan aufmerken. „War er ein guter Mensch?“ fragte er leise.

„Einer der besten, die mir je begegnet sind – viel zu gut für diese Stadt. Schau dir doch nur dieses lächerliche Denkmal an. Man ist überzeugt, es bringe das dankbare Gedenken der Stadt zum Ausdruck. Das tut es in der Tat“, endete er verächtlich, „aber kaum auf die Art und Weise, die man beabsichtigt hatte.“

„Aber“, sagte Dan verwundert und musterte das Denkmal

erneut, „diese Inschrift hier ...“, und er las den Satz aus der Rede des Staatsmannes über ein längst vergessenes Thema vor.

Der Doktor schwieg.

Dan sah zu der gußeisernen Figur mit dem steif ausgestreckten Arm und dem Gebaren eines Vortragenden auf und fragte: „Hat er tatsächlich so ausgesehen?“

„So? Unfug! So hat er höchstens in den Augen der Dummköpfe ausgesehen, die dieses Denkmal aufgestellt haben“, knurrte der Doktor erbost. „Wenn mein Freund heute noch am Leben wäre, dann würde er seine Zeit nicht damit vergeuden, von Angelegenheiten zu reden, die längst unwichtig geworden sind. Er würde seine ganze Kraft auf Fragen verwenden, die uns heute betreffen. Dieses abscheuliche Ding hier“, und er klopfte mit seinem Gehstock dagegen, bis es einen dumpfen, hohlen Klang von sich gab, „dieses Ding ist kein Denkmal für das Leben und das Wesen meines Freundes. Es verewigt einen längst vergessenen Streitpunkt der Politik, mit dem er sich einmal vorübergehend befaßt hatte. Wenn er noch lebte, dann hätte er diese Rede vergessen und sich statt dessen mit neuen Fragen unserer Zeit beschäftigt. Er war zu gutherzig, zu tapfer, um die Welt tatenlos an sich vorübergehen zu lassen. Immerzu war er an vorderster Front. Dieses Ding aber“, und er klopfte erneut an den hohlen Eisensockel, daß der dumpfe Klang seinen Worten Nachdruck verlieh, „dieses Ding ist ein totes Andenken an einen toten Streit. Anstatt an sein Leben zu erinnern, schreit es laut zum Himmel, daß er tot ist.“

Schweigend standen die beiden Männer da; dann sagte Dan leise: „Aber es war doch gut gemeint, Doktor.“

„Genau das“, gab der alte Mann grimmig zurück, „sagen wir Ärzte auch, wenn wir unsere Kunstfehler auf dem Totenwagen zum Kirchhof fahren sehen.“ Er schwieg und fügte dann hinzu: „Du wirst sie mit der Zeit schon kennenlernen, mein junger Freund. Dann wirst du sie durchschauen, denn oft geben sie sich den Anstrich der besten Absichten, meinen es aber in Wirklichkeit völlig anders.“

Gemeinsam gingen sie weiter, bis sie die Kirche erreicht hatten. Hier blieb Dan erneut stehen. Er las die großbuchstabige Inschrift, die über dem Eingang in Stein gehauen war: „Strong-Gedächtniskirche". Wieder wandte Dan sich mit fragendem Blick zu dem Doktor um.

„Richter Strong. Der alte Richter", erklärte der Doktor. „Dort in dem Bleiglasfenster ist er abgebildet."

Die beiden Männer gingen weiter, bis sie an dem Haus der Familie Jordan angekommen waren. Nathaniel Jordan war ein Mann der edelsten Gesinnung. Wenn die Menschen im Jenseits dafür belohnt werden, stets ihrem Gewissen gefolgt zu sein, dann wird der Gemeindeälteste Jordan gewiß hohe Ehren erlangen. Er gehörte zu jenen, die ihr Leben zehn Jahre vor ihrem Tod aufgeben, um sich einzig und allein der Kirche zu widmen. Die Kirche war Nathaniels alleiniger Lebensinhalt.

Fräulein Caritas, das einzige Kind des Gemeindeältesten, war von Anfang an dazu bestimmt worden, einmal die Frau eines Pfarrers zu werden. Ein anderes Ziel kannten ihre Eltern nicht für sie. Als Dreijährige hatte sie in der Sonntagsschule eine Auszeichnung dafür gewonnen, gewisse Bibelverse fehlerlos aufgesagt zu haben; mit sieben Jahren war sie getauft worden und wußte die Gründe dafür zu erläutern; mit zwölf Jahren hatte sie angefangen, die Orgel bei den Zusammenkünften zur Bibelstunde zu spielen. Als Vierzehnjährige unterrichtete sie eine Sonntagsschulklasse, leitete Gebetsversammlungen, besuchte Kirchenkonferenzen, führte den Vorsitz der Jungschargruppe und wies voller Stolz darauf hin, daß sie von allen Gemeindemitgliedern der Gedächtniskirche die meisten Ämter aufzuweisen hatte. Die Wände ihres Zimmers waren mit Abzeichen, Medaillen, Auszeichnungen und Wimpeln und mit Bildern von jedem namhaften Gottesmann ihrer Konfession bedeckt. In ihrer Freizeit befaßte sich das Mädchen mit der Entstehungsgeschichte ihrer Gemeinde, las religiöse Schriften und bereitete sich auch auf allerlei anderen Gebieten auf ein Dasein als Stütze der Kirche vor.

Die ärmste Caritas war so mit ihrem vermeintlich heiligen Eifer geschlagen, daß Männer in ihren Augen keine Männer waren, sondern entweder Pfarrer oder keine Pfarrer.

Als Dan und der Doktor das Haus der Familie Jordan erreicht hatten, hatte diese Tochter der Kirche die beiden Besucher am Gartentor mit hoffnungsfrohem Eifer erwartet. Der Gemeindeälteste selbst saß indessen mit seiner Frau und Mrs. Oldham auf der Veranda vor dem Haus.

Martha wartete ungeduldig, bis die allgemeine Begrüßung vorüber und Dan der Gastgeberin Mrs. Jordan vorgestellt worden war. Dann wandte sie sich an ihren Mann.

„Eine Schande ist es, daß du Bruder Matthew nicht eher hergebracht hast", schimpfte sie. „Das Essen ist längst fertig. Man möchte ja denken, daß du von einem Notfall aufgehalten worden bist."

„Wir hatten tatsächlich einen dringenden Fall zu besprechen, meine Liebe", antwortete der Doktor, „und es war Dan selbst, der mich aufgehalten hat."

„Ja, ja, schiebe nur jemand anderem die Schuld in die Schuhe. Das ist man ja von dir gewohnt. Was in aller Welt soll der arme Bruder Matthew nur angestellt haben, um sich zu einer guten Mahlzeit zu verspäten?"

„Nun, er betrieb wichtige Studien ... laß schauen, Dan, was war es doch gleich? Kunst? Politik? Wirtschaft? Oder Theologie?"

Dan lächelte. „Ich glaube, es war Theorie und Praxis der Medizin", antwortete er, worauf die beiden Männer in ein schallendes Gelächter ausbrachen. Die übrigen stimmten ein, wenn der Doktor sich auch um nichts in der Welt den Grund ihrer Heiterkeit erklären konnte.

„Nun", sagte der Gemeindeälteste, als sein schrilles Lachen verstummt war, „es ist an der Zeit, daß wir unsere Studien am gedeckten Tisch fortsetzen. Das ist stets ein sättigendes Thema."

Nach der Mahlzeit begab man sich wieder nach draußen auf die Veranda, wo es bald offensichtlich war, daß Nathaniel nicht die Absicht hatte, die Zeit weiterhin mit geselliger Plauderei zu vergeuden. An seinem vertrauten, gewichtigen Räuspern erkannte selbst Dan, daß er nun gedachte, zu dem eigentlichen Anliegen des Abends überzugehen, welches in diesem Fall darin bestand, den Charakter, die Qualifikation und die allgemeine Tauglichkeit des jungen Pfarrers, gemessen an dem Urteil des Gemeindeältesten, durch eingehende Befragung zu ergründen. Nathaniel Jordan war fest dazu entschlossen, seiner Pflicht als einer der beiden Gemeindeältesten der Gedächtniskirche voll zu genügen; „bewahren, was mir anvertraut ist“ nannte er dies mit den Worten der Heiligen Schrift.

„Ähem, ähem“, räusperte sich der Älteste nochmals. Es wurde still in der Runde. Die Frauen rückten ihre Stühle erwartungsvoll zurecht, und der Doktor trat in eine Ecke der Veranda, um seine allabendliche Zigarre anzuzünden. Der Gemeindeälteste ergriff das Wort.

Mit einem weiteren, lauteren „Ähem!“ begann er: „Ich bedauere sehr, daß Bruder Strong heute abend nicht hier ist. Richter Strong meine ich, Bruder Matthew, den anderen Gemeindeältesten, müssen Sie wissen. Ich habe ihn eigentlich zu diesem Gespräch erwartet, aber offensichtlich ist er nun doch verhindert.“

Bei dem Gedanken an Dr. Harry und die Krankenschwester lachte der Doktor leise, so daß Nathaniel ihm einen stirnrunzelnden Blick zuwarf.

„Ähem“, fuhr der Gemeindeälteste dann fort, „gehe ich recht in der Annahme, daß Sie also direkt aus Ihrer Heimat hier zu uns nach Corinth gekommen sind, Bruder Matthew?“

Der Doktor konnte Dans Gesicht in dem Lichtschein des geöffneten Fensters sehen. Ihm war, als sähe er darauf einen leicht amüsierten Ausdruck.

„Nein, nicht direkt“, antwortete der junge Pfarrer. „Gestern war ich in der Großstadt.“

„Ähem, ähem“, hustete der Gemeindeälteste, „und auf dem Weg hierher haben Sie dann wohl die Bekanntschaft einer jungen Frau gemacht, nicht wahr? Wir haben gesehen, wie Sie ein paar Worte am offenen Abteilfenster mit ihr gewechselt haben, nachdem Sie aus dem Zug gestiegen waren.“

Dan ließ sich Zeit mit seiner Antwort. Der Doktor spürte förmlich, wie die übrigen interessiert aufmerkten. Schließlich antwortete der junge Mann: „So ist es, wenn ich auch gestehen muß, daß es sich hier um mehr als nur eine flüchtige Bekanntschaft handelt.“

Die Frauen stießen gedämpfte Ausrufe aus.

„Aha, aha!“ rief der Gemeindeälteste in der Gewißheit aus, einem Skandal auf der Spur zu sein.

Der Doktor hatte in der Dunkelheit des Abends Mühe, ein Kichern zu unterdrücken. „Dieser junge Fuchs!“ dachte er im stillen. „Er wirft dem alten Dummkopf geschickt den Köder hin!“

„Ähem! Sehr hübsche Dame, wie man sah. Sind Sie ... will sagen, kennen Sie sie schon länger?“

„Seit mehreren Jahren, Sir.“

„Und Sie ... äh, Ihr Verhältnis zu ihr ist ...“

„Die Dame, die Sie gesehen haben, ist meine Mutter“, lüftete Dan das Geheimnis. „Ich bin vorgestern mit ihr in die Großstadt gefahren, wo sie einige Einkäufe zu machen hatte, und dann habe ich sie auf dem Rückweg bis Corinth begleitet.“

„Aber Herr Doktor!“ rief eine der Frauen. „Sie haben uns ja völlig verschwiegen, daß es seine Mutter war!“

„Mich hat ja auch niemand gefragt“, kicherte der Doktor.

Die beiden älteren Frauen erhoben sich und gingen ins Haus zurück. Caritas dagegen setzte sich mit gebannter Aufmerksamkeit auf ihrem Stuhl zurecht, und die Befragung wurde fortgesetzt.

„Ähem“, bemühte Nathaniel sich um einen Rest von Würde in den Augen seiner Gäste, „ich weiß mehr über Ihre Familie, als Sie denken, Bruder Matthew.“

„Wirklich?“ gab Dan zurück.

„Jawohl. Sie müssen wissen, daß ich in Ihrer Heimat mit Erzminen spekuliere, recht ertragreiche Minen, möchte ich betonen. Richter Strong und ich besitzen gemeinsam recht umfangreiche Anteile. Vor zwei oder drei Jahren haben wir mehrere Reisen dorthin unternommen und bei der Gelegenheit einiges über Ihre Familie in Erfahrung gebracht. Ihre Mutter scheint eine bemerkenswerte Frau von erheblichem Einfluß zu sein. Ein Jammer, daß sie kein reguläres Kirchenmitglied ist. Unsere Pfarrer meinen oft, daß man mit so vielen guten Werken außerhalb der Kirche mehr Schaden als Nutzen anrichtet.“

Dan enthielt sich einer Antwort, aber als der Doktor sein Gesicht in dem Lichtschein sah, trug es den gemischten Ausdruck von Erstaunen und Zweifel.

Der Älteste fuhr mit seiner Befragung fort: „Auch über Ihren Vater kursierten die großartigsten Geschichten. Kräftiger Mann, nicht wahr?"

„Ja, Sir, er ist recht groß."

„Man hat uns von allerlei Schlägereien erzählt. Und dann haben die Leute auch ein weiteres Familienmitglied erwähnt, einen Dad ... Dad ..."

„Howitt", antwortete Dan sanft.

„Richtig, Dad Howitt. Eine Art Schafhirte war er wohl, hört man."

„So kann man's vielleicht ausdrücken."

„Hat die große Mine auf dem Land Ihres Vaters entdeckt. Wegen Dad Howitt hat Ihr Vater sich wohl auch in eine Schlägerei eingelassen, ist dem nicht so?"

„Doch, durchaus."

„Ähem, ähem, in dieser Hinsicht haben Sie wohl viel von Ihrem Vater geerbt, scheint mir. Weiß nicht recht, was ich davon halten soll, wie Sie diesen Kerl Joe Hardy heute morgen verprügelt haben. Irgend jemand mußte zwar eingreifen, aber ausgerechnet der neue Pfarrer – das ist doch recht ungewöhnlich. Weiß nicht, wie die Leute darüber denken werden."

„Ich fürchte, ich hatte einen Augenblick lang vergessen, daß ich Pfarrer bin", antwortete Dan etwas unbehaglich. „Ich hoffe, ich habe in Ihren Augen keinen Fehler begangen."

„Ähem, ähem, einen Fehler vielleicht nicht gerade, aber wie gesagt, man weiß nicht, wie die Leute darüber denken. Eins ist aber gewiß", sagte der Gemeindeälteste und ließ sein schrilles Gelächter ertönen, „sie werden in Scharen kommen, um Ihre erste Predigt zu hören! Aber zurück zur Sache. Ähem. Bruder Matthew, warum haben Ihre Eltern die große Mine unter der Dewey-Kuppe nicht geöffnet?"

„Das zu erklären überlasse ich wohl am besten meinen Eltern selbst", antwortete Dan ruhig.

„Ja, ja, aber es ist doch recht merkwürdig, wissen Sie, sehr ungewöhnlich, einem Mann mit Ihren Kräften und Ihrem Zugang zu einem enormen Wohlstand zu begegnen, der sich trotz allem zu dem Beruf des Pfarrers entschließt. Wenn die Mine geöffnet würde, könnte man das Geld aus dem Erlös darauf verwenden, eine ganze Anzahl von Pfarrern auszubilden."

„Vater und Mutter haben uns Kinder von Anfang an gelehrt, daß man in der Schlacht des Lebens keine Söldner kaufen kann, die einem die Arbeit abnehmen, und daß man in dem Beruf, den man ergreift, einen Dienst an der Menschheit sehen muß. Ich vertrete die Überzeugung, daß die Kirche von Gott dazu bestimmt ist, das Evangelium zu verkündigen, der Welt zu dienen und den Menschen ihrer Zeit zu helfen, das Beste zu leisten, zu dem sie fähig sind. Ich habe mein Leben in den Dienst der Kirche gestellt, weil ich natürlich hoffe, dadurch viel Gutes zu erwirken, und weil ich meine, den Menschen durch die Kirche besser als auf jede andere Weise helfen zu können."

„Soll er sich daran die Zähne ausbeißen!" dachte der Doktor im stillen. Mit seinen Worten hatte der junge Mann seinen betagten Freund tief beeindruckt. Eine solche Sichtweise des Pfarrdienstes war ihm noch nie begegnet. Gespannt wartete er die Antwort des Gemeindeältesten ab und vergaß dabei einen Moment lang seine Zigarre.

„Ähem, ähem, soll das bedeuten, daß Sie keine göttliche Berufung zu dieser Arbeit verspüren?"

„Mir ist daheim von meiner Kindheit an gesagt worden, daß ein jeder Mensch von Gott zu seiner Arbeit berufen wird, wenn sie Christus und der Menschheit dient. Gott wird seinen Segen zu der Arbeit an den Beweggründen des Arbeiters messen." Er schwieg und fügte dann leise und aus tiefster Überzeugung hinzu: „Jawohl, Sir, ich glaube, daß Gott mich zu dieser Arbeit berufen hat."

„Ähem, ähem, ich hoffe doch sehr, Bruder Matthew, daß Sie sich nicht zu diesen modischen Spielereien verleiten lassen, die unsere Gemeindemitglieder von der wahren Anbetung Gottes fernhalten."

„Ganz im Gegenteil. Es ist mein Wunsch, Sir, den Menschen hier eine Hilfe zur Anbetung Gottes zu sein, welche ja letztendlich im Gehorsam diesem Gott gegenüber besteht, nicht mehr und nicht weniger."

Der Doktor zündete sich seine erloschene Zigarre wieder an.

„Das höre ich gern", sagte der Älteste, „ausgesprochen gern. Anfangs hatte ich befürchtet, Sie wären einer von der Sorte, die die Schafe Christi in die Irre führen. Hier in Corinth erwartet Sie eine große Aufgabe, eine wahrhaft große Aufgabe. Ihr Amtsvorgänger war ein guter Mann, fest im Glauben, aber irgendwie hat er seinen Auftrag verfehlt. Um ehrlich zu sein, uns haben viele Gemeindemitglieder verlassen und sich anderen Kirchen zugewandt."

Eine geschlagene Stunde lang erging sich der Gemeindeälteste Jordan nun in einer langatmigen Erläuterung der religiösen Gegebenheiten in Corinth, wobei die Vergangenheit, Gegenwart und Zukunft der Gedächtniskirche eine vorrangige Stellung einnahm. Caritas, die ein jedes Wort des Gemeindeältesten wißbegierig verfolgte, geriet in zunehmendem Maße in Verzückung angesichts der Möglichkeiten, die sich mit dem neuen Pfarrer auftaten, während der Doktor allein mit seiner Zigarre in der Ecke der Veranda saß.

Endlich schloß der Gemeindeälteste mit den Worten: „Nun, Bruder Matthew, Sie sind jung, gesund und ledig, und Sie sind als Musterstudent und Sportler bekannt. Wir erwarten große Taten für unsere Kirche von Ihnen. Wir versprechen uns von Ihnen, daß die Mitgliederzahl während Ihrer Amtszeit beträchtlich ansteigt. Ich möchte noch erwähnen, daß wir eine der ältesten und bekanntesten Gemeinden unserer Konfession in diesem Staat sind. Wir haben allerhand berühmte Prediger hier zu Gast gehabt. Das gibt Ihnen die Gelegenheit, sich einen Ruf zu schaffen, der den Größten unter den Predigern in nichts nachsteht."

Dan hatte gerade gesagt: „Ich hoffe, Sie werden mit meiner Arbeit zufrieden sein", als die Frauen an die Tür traten. Martha hatte sich ihre Haube schon aufgesetzt.

„Komm, Nathan", sagte Mrs. Jordan, „wir dürfen Bruder Matthew keine Minute länger aufhalten. Nach der langen Reise und all der Aufregung wird der Ärmste todmüde sein."

Wieder dachte der Doktor an das Mädchen, das die gleiche Reise in einem Bahnwaggon zurückgelegt hatte. Er fragte sich, wie vergnüglich die junge Krankenschwester den Abend wohl verbracht haben mochte und wann sie endlich zu Bett gehen konnte.

„Ja, ja, Sie haben ja so recht!“ rief der Doktor aus und erhob sich von seinem Stuhl. „Eine Schande ist es, wie wir den Jungen traktiert haben!“

Deborah und der Doktor

Nathaniel Jordans Voraussage erwies sich als zutreffend.

Während der beiden Tage zwischen Dans Ankunft und seinem ersten Sonntag in Corinth ruhte der Verbündete nicht, bis der Name des hünenhaften Fremden, der den Mann von der Windbucht so mutig schachmatt geschlagen hatte, allseits bekannt war. Man redete auch viel über die junge Frau, die sich um den verletzten Denny gekümmert hatte, und bis zum Sonntag kannte jedermann in Corinth sowohl ihren Namen als auch ihren Beruf.

Der neue Pfarrer der Gedächtniskirche war die Sensation des Tages. Am Sonntagmorgen war die Kirche bis auf den letzten Platz gefüllt, während manche andere Kirche an diesem Tag nahezu leer blieb. Mit der Landbevölkerung, die während des Jahrmarktes in Corinth gewesen war, reiste der Verbündete weit in die Umgebung hinaus. In der Erwartung einer mondklaren Nacht für die Rückfahrt nach Hause kamen die Farmer in Scharen zum Gottesdienst herbei, um bei dieser Gelegenheit auch nebenbei den Prediger mit eigenen Augen zu sehen zu bekommen, der den weit und breit gefürchteten Joe Hardy von der Windbucht besiegt hatte. An diesem Sonntag wohnte auch manch einer dem Abendgottesdienst bei, der seit Jahren keine Kirche mehr betreten hatte. Auch der Verbündete war anwesend, doch dieser läßt niemals und nirgendwo einen Gottesdienst unbesucht.

Richter Strong saß mit dem Ausdruck frommer Zufriedenheit auf seiner bevorzugten Kirchenbank. Der andere Gemeindeälteste Jordan wachte von seinem Platz aus wie ein Spürhund auf die kleinsten Anzeichen jeglicher Irrlehre aus dem Mund des jungen Pfarrers. Caritas auf der Orgelbank heftete ihren bewundernden Blick auf das Gesicht des Predigers, wenn sie nicht gerade auf ihr Orgelspiel achten mußte. In letzter Sekunde vor dem Beginn der Predigt setzte auch Dr. Harry sich auf die Kirchenbank neben den alten Doktor.

Angesichts der Menschenmenge, die selbst in der Kleinstadt Corinth aus allen Schichten der Bevölkerung bestand, spürte Dan die unterschiedlichen Motive in den Herzen jener, die dort vor ihm saßen: reine Neugier, Sensationslust, Bewunderung, Argwohn, aufrichtige Herzlichkeit, Feindseligkeit, geistliche Hilflosigkeit. Und den jungen Mann aus den Bergen, der aus den reinsten Beweggründen und mit den höchsten Lebenszielen Pfarrer geworden war, überfiel einen Moment lang die Angst.

Einen Menschen wie Dan hatte man in dieser Kirche noch niemals auf der Kanzel gesehen. Er wirkte wie ein Botschafter aus einer anderen Welt. Es war nicht verwunderlich, daß viele der Anwesenden im stillen dachten: „Dieser Hüne scheint ja völlig fehl am Platze auf der Kanzel!“ Einige der Anwesenden hatten jedoch, wie schon der Doktor von Anfang an, das unbestimmte Gefühl, als sei dieser junge Mann eine Verwirklichung dessen, was gewesen sein mochte und was eigentlich sein sollte, wenn auch niemand über die Gründe nachdachte.

Der Titel der heutigen Predigt lautete: „Der Glaube der Väter“, und was der neue Pfarrer sagte, fand allgemein großen Anklang, denn am nächsten Tag behauptete Martha, noch nie eine bessere Predigt gehört zu haben; die Besucher aus den übrigen Kirchen hätten endlich zum ersten Mal im

Leben das Evangelium verkündet bekommen, meinte sie. Der Gemeindeälteste Jordan vertraute dem Doktor flüsternd an, daß der junge Mann glänzend gepredigt habe. Obwohl der Doktor schon lange wußte, daß Dan ein begabter junger Mann war, fand er eigentlich, daß sich seine Predigt nicht wesentlich von allen übrigen Predigten unterschied, die in der Gedächtniskirche über die Jahre hinweg von anderen Pfarrern gehalten worden waren, wenn Dan seinen Worten auch durch seine aufrichtige Ernsthaftigkeit Nachdruck verliehen hatte.

Gleich nach dem Abschluß des Abendgottesdienstes machte der Doktor sich auf den Heimweg. Dan mochte getrost bei jenen bleiben, die erst nach Hause gehen, wenn der Küster das Licht löscht, und Martha würde gewiß mit einigen der anderen Frauen nachkommen. Der Doktor sehnte sich danach, allein zu sein.

Um der Menschenmenge aus dem Weg zu gehen, überquerte er die Straße und ging langsam unter den großen Bäumen davon. Dabei versuchte er, sich an die Gestalt seines jungen Freundes in dem herkömmlichen Pfarrersgewand zu gewöhnen, der mit ebenso herkömmlichen Worten seine Predigt vorgetragen hatte. Der Doktor hatte gehofft, sein junger Freund würde sich nicht von der Kirche und ihren leblosen Traditionen verschlingen lassen, doch nun predigte er, wie alle Pfarrer vor ihm gepredigt hatten, mit den gleichen alten Redewendungen und frommen Phrasen. Dem Doktor war, als sähe er den Hünen Dan Matthew hinter den Gitterstäben einer Gefängniszelle.

Langsam und gedankenverloren ging er weiter bis zu dem kleinen Haus der Witwe Mulhall, wo Denny mit seiner Mutter vor dem Eingang saß. Gegenüber, vor seinem eigenen Haus, waren Martha und ihre Begleiterinnen in eine lebhafte Unterhaltung vertieft.

Der Doktor blieb stehen.

„Kommen Sie nur, Herr Doktor, gesellen Sie sich zu uns!“ lud Mrs. Mulhall freundlich ein. „Ein herrlicher Abend, und es ist noch so früh! Gerad’ eben habe ich noch zu Denny gesagt: ‚Denny‘, sag’ ich, ‚eine Schande ist’s, daß man solche Nächte mit Schlaf vergeuden muß.‘ Kommen Sie, setzen Sie sich hier auf den großen Schaukelstuhl, Doktor. Ich hol' geschwind noch einen Stuhl für mich."

Der Doktor folgte der Einladung und setzte sich. Dann erkundigte er sich nach Dennys Wohlergehen.

„Dem geht's wieder bestens, genau wie Sie gesagt hatten. Der Pfarrer hat ihn ja noch am selben Nachmittag nach draußen in den Garten geholt. Es war der reinste Segen, daß Hochwürden diesen Rohling daran gehindert hat, meinen Denny zu Tode zu prügeln. Hoffentlich werden Sie nicht den Weg zu unserem Garten vergessen, Herr Doktor, wenn Sie von jetzt an oft die Straße überqueren und Ihren jungen Freund besuchen."

In der Stimme der Witwe klang eine Spur ihrer irischen Herkunft an, und ihre freundlichen blauen Augen, ihre rundliche Gestalt und ihre herzliche Gastfreundschaft verrieten eine warmherzige Seele von Mensch.

„Nun gut, ich will mich bemühen, beide Richtungen gleich häufig einzuschlagen", versprach der Doktor lachend. „Und was halten Sie von Ihrem neuen Nachbarn, Deborah?"

„Ein feiner Kerl ist er, Herr Doktor, ein mächtig feiner Kerl, innerlich wie äußerlich. Denny und ich sind richtig stolz, ihn zum Nachbarn zu haben. Gesellig ist er dazu, gar nicht wie ein Priester. Jeden Tag seit seiner Ankunft hier ist er zu Denny in den Garten gegangen, hat ihm bei der Arbeit geholfen und sich mit ihm unterhalten. ‚Genau die Sorte von Arbeit fehlt mir', sagt er. ‚Nett von dir, daß ich mir ab und zu in deinem Garten Bewegung verschaffen darf', sagt er. Dabei sieht doch alle Welt, daß nur seine Großherzigkeit dahintersteckt, weil er dem Jungen helfen will. Für einen Pfarrer ist er aber ein absonderlicher Mann."

„Habe ich Sie und Denny nicht heute abend in der Kirche gesehen?" fragte der Doktor.

„Das haben Sie, Sir. Wissen Sie, es gibt doch keine katholische Kirche in der Nähe, und weil wir uns so arg nach ein bißchen Beten und dem Gotteswort sehnen, gehen wir hin und wieder in die evangelische Kirche. Das kann schließlich nicht schaden, Herr Doktor, was meinen Sie?"

„Ihnen und Denny oder der Kirche?" fragte der Doktor zurück.

„Ach, Herr Doktor, Sie und Ihre Scherze!" lachte sie. „Weder uns noch der Kirche natürlich! Wenn ich's mir recht überlege, dann ist's doch gleich, ob Denny und ich unsere Gebete hier in unserer bescheidenen Hütte sagen oder Sie in Ihrem vornehmen Haus gegenüber – der gleiche himmlische Vater hört sie doch alle! Wüßte nicht, daß Gott viel mit der Straßenführung hier in Corinth zu tun gehabt hat. Man sagt, das hat der alte Richter Strong besorgt."

„Und wie hat Ihnen Mr. Matthews Predigt gefallen?"

„Ich geb's ungern zu, Herr Doktor, aber ich hab' kein Wort davon gehört."

„Kein Wort? Aber Sie waren doch dabei."

„Waren wir auch, o ja. Und Denny hier, der kann Ihnen die ganze Predigt Wort für Wort aufsagen. Aber ich habe nach dem Gesang, als der Pfarrer aufgestanden war, rein gar nichts mehr gehört."

„Nanu? Aber warum denn nicht?"

„Der Pfarrer selbst ist daran schuld."

„Der Pfarrer?"

„Jawohl, Sir. Wirklich, Herr Doktor, ich hab' kein Wort von dem gehört, was er gesagt hat, weil ich ihn immerzu nur anschauen mußte, wie er so groß und stark und so sauber dastand, und dann das Gesicht! So was von ehrlich und nett! Plötzlich mußte ich wieder an all das denken, was ich mir einmal für meinen Denny hier erhofft hatte. Sie wissen doch, welch ein stattlicher Mann mein armer Jack gewesen ist, Sir, und wie Denny ihm schon als Säugling wie aus dem Gesicht geschnitten war. Ich hab' immer gewußt, daß aus ihm eines Tages ein zweiter Jack wird, so groß und kräftig. Und Sie wissen auch, wie wir wollten, daß ein Priester aus ihm wird, weil er ja immerzu nur seine Bücher im Kopf hatte, aber schauen Sie nur, wie armselig wir jetzt dastehen: mein Mann lebt nicht mehr, und mein Junge schleppt sich mit Mühe und Not umher und kann kaum noch etwas tun als seinen Garten versorgen. Nein, Sir, ich hab' die Predigt nicht gehört, weil ich den Pfarrer immerzu anschauen mußte."

Denny rutschte unbehaglich auf seinem Stuhl umher. „Mutter, wir wollen dem Doktor doch nicht mit unseren Sorgen den schönen Abend verderben", sagte er.

„Recht hast du, Denny. Bewahre, das dürfen wir nicht tun! Meinen Sie nicht auch, Herr Doktor, daß Dennys Garten in diesem Jahr besonders gut geraten ist?"

„Bestens!" gab ihr der Doktor recht. „Aber so ist es doch in jedem Jahr. Es gibt genug Leute in Corinth, die gerne wüßten, wie er das nur anstellt!"

Denny lachte erfreut. „Sie wollen mir nur schmeicheln, Herr Doktor", sagte er. „Aber dieses Jahr gedeiht alles besonders gut, scheint's."

„Ich will Ihnen sagen, woran's liegt, Herr Doktor", sagte seine Mutter. „Der Junge zieht die Pflanzen mit seiner Liebe groß. Wenn die Leute ihre Kinder nur so liebevoll hegen und pflegen wollten wie Denny seine Kohlköpfe und Kartoffeln, dann wär's ein Segen für die ganze Welt."

„Ja, die Pflanzen dort im Garten kommen mir oft wie Menschen vor, Herr Doktor", stimmte Denny ihr zu. „Ich sag' oft zu Mutter, daß es gar nicht so schlimm ist, kein Priester werden zu können. Der Pfarrer hat gestern gesagt, daß die Leute nicht nur für ihre Seelen Hilfe brauchen. Wenn ich den Menschen schon keine Predigten darüber halten kann, wie sie leben sollen, dann kann ich wenigstens gutes Gemüse anbauen, das sie am Leben erhält, und das ist gewiß nicht das Schlechteste auf der Welt."

„Wüßte nicht, was wir ohne den Garten täten", seufzte Deborah. „Kleidung und Brennholz und Lebensmittel müssen wir kaufen, ganz zu schweigen von dem, was wir jeden Monat für unser Häuschen hier schulden. Wir ..."

„Still, Mutter!" flüsterte Denny, als in dem Eckzimmer des Hauses gegenüber ein Licht anging. „Der Pfarrer ist wieder daheim."

Andächtig beobachteten sie das Licht und die schattenhafte Gestalt hinter dem Fenster. Durch die Äste der Bäume warf der Mond wogende Silberflecken auf das tiefe Grün des kleinen Rasens. Marthas Begleiterinnen hatten sich verabschiedet, und Martha selbst war ins Haus gegangen. Die Straße wirkte verlassen und still.

Deborah beugte sich vor und flüsterte: „Wir wissen immer, wann er des Abends heimkehrt und wann er zu Bett geht. Es ist beinahe, als wohnten wir im gleichen Haus mit ihm. Ein Trost ist das für uns, sag' ich Ihnen, so einen feinen Menschen zum Nachbarn zu haben. Armer Junge! Heut' abend ist er sicher müde. Aber es muß schön sein, so eine heilige Arbeit verrichten zu dürfen und mit dem Allmächtigen in Gemeinschaft zu leben, wo einen nichts kümmert und man einzig an Christus und die Heilige Jungfrau zu denken braucht. Alle Leute ziehen den Hut vor einem und bewundern einen. Eine feine Sache ist das, Herr Doktor, ein Priester zu sein. Nehmen Sie's mir nicht übel, Herr Doktor; ich weiß, Sie haben nichts für Kirchen übrig, obwohl Ihre Frau Gemahlin da ganz anders denkt."

Der Doktor erhob sich von seinem Stuhl, denn es war inzwischen spät geworden.

Als er sich auf den Stufen vor dem Haus verabschieden wollte, zeigte Denny plötzlich auf eine Frau, die gerade die Straße überquerte. Langsam ging sie auf das Haus des Doktors zu und trat zögernd vor das Gartentor. Unschlüssig blieb sie stehen, dann ging sie langsam auf der Straße weiter. Sie machte einen verstörten, womöglich sogar kranken Eindruck.

„Da stimmt etwas nicht", sagte der Doktor. „Kannst du erkennen, wer es ist, Denny?"

„Ja, Sir", antwortete der Junge, doch seine Mutter kam ihm zuvor. „Das ist doch das arme Mädchen von ... von Jim Connor, Sir", sagte sie.

Der Doktor schwieg. Ihm war recht unwohl zumute, denn Jim Connor war der Mörder von Deborahs Mann gewesen.

„Armes Ding!" murmelte Mrs. Mulhall. „Um Gottes willen, schauen Sie nur, Doktor!"

Das Mädchen hatte die Straßenecke erreicht und war am Fuß des Denkmals zusammengebrochen.

Die Witwe wollte auf die Straße hinauslaufen, aber Denny faßte sie beim Arm und rief: „Nein, Mutter! Das darfst du nicht! Du weißt doch, wie sie sich vor dir fürchtet. Laß den Doktor gehen!“

Doch der Arzt war schon zu dem Denkmal unterwegs, so schnell ihn seine alten Beine trugen.

Das Werk des Verbündeten

Jedes Dorf und jede Stadt auf der Welt hat ihre Anna Conner, die beklagenswerteste aller Kreaturen: ein anständiges Mädchen mit einem schlechten Ruf.

Anna war zuerst durch das üble Leben und die skrupellosen Taten ihres Vaters, für die sie keinerlei Schuld traf, in Verruf geraten, doch dann sorgte der mächtige Verbündete dafür, daß sie verachtungsvoll geschmäht wurde, denn ohne den Verbündeten kommt kein Ruf, ob gut oder schlecht, zustande.

Doktor Oldham kannte das Mädchen gut. Anna war als Kind häufig bei ihm daheim zu Gast gewesen, als sie Marthas Sonntagsschulklasse angehört hatte. Später war sie selbst ein Kirchenmitglied geworden, hatte eine Sonntagsschulklasse unterrichtet und sich an der Gemeindearbeit beteiligt.

Dann geschah der Mord, den ihr Vater an Jack Mulhall verübte. Als ihre Mutter wenig später verstarb, war Anna, deren Vater im Gefängnis saß, völlig auf sich selbst angewiesen. Seit jener Zeit brachte sie sich recht und schlecht durch, indem sie die Arbeiten annahm, die man ihr anbot, ob in den

Fabriken oder den Gasthäusern. Niemand wollte sie jedoch auf längere Zeit bei sich aufnehmen, weil sie die Tochter eines Mörders war.

Dem Beispiel der Älteren folgend, wichen ihr auch die jungen Leute der Kirche aus. Man befand, daß sie nicht mehr dazu geeignet sei, ihre Sonntagsschulklasse weiterhin zu unterrichten, und so wurde sie ihrer Ämter enthoben. Keine Mutter erlaubte ihrem Kind, mit der Tochter eines Verbrechers zu sprechen. Andere Zusammenkünfte, an denen sie einst regelmäßig teilgenommen hatte, wurden nun ohne ihr Wissen auf einen anderen Zeitpunkt verlegt, und wenn sie dennoch durch die heiligen Hallen des Gebäudes schritt, dann begegnete man ihr mit ausdruckslosen Gesichtern, wo man sie einst mit Herzlichkeit begrüßt hatte. Anna begriff, daß ihre Gegenwart nun unerwünscht war. Sie besuchte die Gottesdienste nicht mehr regelmäßig, und als eine Bekanntmachung verlesen wurde, der zufolge ihr Name aus der Liste der Gemeindemitglieder gestrichen worden war, hielt sie sich der Kirche gänzlich fern.

Es dauerte nicht lange, bis das Mädchen allgemein ins Gerede kam, denn der Verbündete sorgte dafür, daß das Plaudern der Leute an Orten wie der Gedächtniskirche Wasser auf seine Mühlen ist. So geschah es, daß das Mädchen innerhalb von wenigen Monaten völlig unverdient in einem so schlechten Ruf stand, daß niemand, der etwas auf sich hielt, ihr auch nur einen Gruß auf der Straße zunicken wollte. Überall hieß sie nur „diese verlotterte Anna Conner."

Weil Anna viel Schweres in ihrem jungen Leben hatte hinnehmen müssen und am härtesten von den frömmsten Leuten der Stadt getroffen worden war, lernte sie alle Menschen fürchten. Auf der Straße ging sie anderen aus dem Weg, und wenn sie eine Begegnung nicht vermeiden konnte, so huschte sie mit gesenktem Blick und ohne ein Wort vorbei. Nur mühsam gelang es ihr, genug Brot zu verdienen, um sich am Leben zu halten. Ihre Kleidung bestand aus abgetragenen, geflickten Lumpen, und ihre Gestalt wurde immer schmaler und ausgezehrter. Sie stand vor dem Ruin, doch ihr Wesen blieb rein und unschuldig.

Nun kauerte sie am Fuß des Denkmals, das Gesicht in den Händen vergraben, als der Doktor sie bei der Schulter faßte. Erschrocken schaute sie auf. Der Doktor hatte sein Lebtag noch kein so verzweifeltes Gesicht wie dieses gesehen.

„Was ist denn nur, mein Kind?“ fragte er gütig.

Sie schüttelte den Kopf und schlug die Hände wieder vor das Gesicht. „Bitte gehen Sie und lassen Sie mich in Ruhe!“ sagte sie.

„Komm“, entgegnete der Doktor und legte ihr wieder die Hand auf die Schulter, „so geht es doch nicht. Du mußt mir sagen, was mit dir los ist. Du kannst doch nicht so spät am Abend allein in der Stadt unterwegs sein!“

Sie hob den Kopf. „So spät am Abend?“ lachte sie jämmerlich. „Wen kümmert's schon, wo ich mich aufhalte?“

„Dich selbst sollte es kümmern, mein Kind“, antwortete der Doktor. „Um diese Zeit gehörst du längst nach Hause und in dein Bett.“

„Nach Hause? Ins Bett?“ Wieder lachte sie, doch es war ein hohles, leeres Lachen mit einem bitteren Klang.

„Steh auf und sage mir, was geschehen ist!“ verlangte der Arzt zu wissen, denn er merkte dem Mädchen an, daß es bald für seine Hilfe zu spät sein könnte.

Sie ließ sich von ihm auf die Füße helfen.

„Bist du krank?“ fragte er.

„Nein, Sir.“

„Was hast du denn getan?“

„Nichts, Herr Doktor. Ich ... ich bin nur in der Stadt umhergegangen.“

„Warum gehst du nicht zum Hotel zurück? Dort arbeitest du doch noch, nicht wahr?“

Sie rang nur schweigend die Hände.

„Schau mal, Anna“, sagte der Arzt, „du kennst mich doch, den alten Dr. Oldham. Willst du mir denn nicht sagen, was geschehen ist?“

Noch immer schwieg sie.

„Komm, ich bringe dich zum Hotel“, drängte er. „Es ist doch nicht weit dorthin.“

„Nein! Nein!“ rief sie aus. „Zum Hotel kann ich nicht gehen. Ich wohne nicht mehr dort.“

„Wo wohnst du denn?“ fragte er.

„In der Altstadt.“

„Aber warum bist du aus deinem Zimmer im Hotel ausgezogen?“

„Ein ... ein Mann dort hat Schlechtes über mich gesagt, und dann hat der Besitzer mich fortgeschickt, weil die Leute dort über mich geredet haben und ich das Hotel in Verruf brachte.“

„Das ist doch blanker Unsinn!“ sagte der Doktor erbost.

„Ach Herr Doktor, ich bin kein loses Mädchen. Ich bin's noch nie gewesen, aber die Leute werden mich noch dazu treiben mit ihrem Gerede. Entweder das, oder ... oder ...“

Der Doktor wußte, wie recht sie hatte. Womit konnte er sie nur trösten?

„Überall, wo ich nach Arbeit frage, ist es so“, fuhr sie mit verzweifelter Stimme fort. „In der Konservenfabrik haben die anderen Mädchen behauptet, ihre Eltern würden sie nicht mehr zur Arbeit gehen lassen, wenn ich nicht verschwinde. Seit man mich aus dem Hotel fortgeschickt hat, habe ich keinen einzigen Cent verdient. Ich weiß nicht mehr, was ich tun soll!“ Sie brach in Tränen aus.

„Warum bist du denn nicht zu mir gekommen?“ fragte der Doktor. „Du wußtest doch, daß du jederzeit bei mir willkommen bist. Habe ich dir das nicht oft genug gesagt?“

„Ich ... ich hatte Angst. Ich fürchte mich vor allen Leuten.“ Sie blickte sich zitternd um.

„Komm mit mir!“ sagte er. „Du mußt dringend etwas essen.“

Er wollte sie über die Straße zu Mrs. Mulhall führen, die an ihrem Gartentor stand, doch das Mädchen blieb stehen.

„Nein! Nein!“ stieß sie ängstlich hervor. „Nur nicht dorthin! Dort darf ich mich nicht blicken lassen. Die Frau haßt mich, wissen Sie das denn nicht?“

Der Doktor zögerte.

„Nun gut, dann komm zu mir nach Hause!“ sagte er.

Anna folgte ihm bis an den Zaun, doch dann blieb sie wieder unvermittelt stehen.

„Aber Dr. Oldham“, sagte sie, „ich kann unmöglich zu Ihnen ins Haus gehen ... Mrs. Oldham ... sie gehört doch der Kirche an, und die Leute ...“

Das Mädchen hatte recht, dachte der Doktor beschämt. Er überlegte einen Moment lang und sagte dann mit Bestimmtheit: „Schau, Anna, du setzt dich hier auf die Veranda. Martha schläft längst. Mach dir nur keine Sorgen. Ich bin gleich wieder da.“

So leise wie möglich stahl sich der Doktor in das Haus und kehrte wenig später mit einem Korb zurück, in dem er alles an Speisen, das er in der Vorratskammer hatte finden können, gesammelt hatte. Bei dem Gedanken an Marthas Gesicht, wenn sie am nächsten Morgen den Diebstahl entdeckte, lachte er leise. Doch dann brummte er halblaut vor sich hin, welche Schande es sei, daß er seine eigene Speisekammer berauben mußte, um einem Mädchen zu essen zu geben, das er gern bei sich daheim aufgenommen hätte, wenn dies nur möglich gewesen wäre.

Er drängte Anna dazu, etwas von dem kalten Brathuhn mit einer Scheibe Brot zu essen, und gab ihr ein Glas Milch dazu. Als sie sich gestärkt hatte, begleitete er sie aus Sorge um sie ein Stück des Weges.

„Ich weiß nicht, wie ich Ihnen danken soll, Herr Doktor“, sagte sie. „Sie haben mich vor einer Verzweiflungstat bewahrt.“

„Geh jetzt heim, Anna“, sagte er, „und vergiß nicht, gründlich am Boden des Korbes nachzuschauen.“ Er hatte einen Geldschein dort versteckt, das einzige Bargeld, das er zur Zeit im Haus hatte. „Damit ist dir geholfen, bis alles besser wird. Wenn du je wieder in Not gerätst, mußt du mir versprechen, gleich zu mir zu kommen, oder wende dich an Dr. Harry und sage ihm, daß du zu mir möchtest.“

Sie nickte. Er sah ihr nach, wie sie auf der Straße davonging, und machte sich dann wieder auf den Heimweg. Bei Deborah und Denny, die ihn am Gartenzaun erwarteten, blieb er kurz stehen, um ihnen zu erklären, was sich ereignet hatte.

Das Licht in Dans Fenster brannte noch, als der Doktor seinen Vorgarten betrat. Er überlegte, ob er dem Pfarrer einen kurzen Besuch abstatten sollte, doch dann besann er sich darauf, wie müde der junge Mann sein mußte, nachdem er „die schwere Arbeit der geistlichen Erbauung in unserer Gedächtniskirche geleistet“ hatte. Der Doktor schüttelte den Kopf bei dem Gedanken an solche Worte und entschloß sich zu einem kleinen Rundgang durch die Nachbarschaft, bevor er endgültig nach Hause ging.

Im stillen schimpfte er sich einen alten Narren, der zu so später Stunde noch draußen unterwegs war. Morgen früh würde Martha ihm deshalb mit Sicherheit die Meinung sagen. Als er sich endlich zu Bett legte, mußte er leise lachen, als er wieder an die leere Speisekammer und den fehlenden Korb dachte.

Kurz darauf wurde auch das Licht in Dans Zimmer gelöscht.

Nur ein paar einsame Seelen waren noch in Corinth unterwegs. Einige befanden sich auf dem verspäteten Heimweg. Ein Mann und eine Frau gingen Arm in Arm im Schatten der großen Bäume und unterhielten sich leise dabei. Die Hufschläge eines Pferdes und das Rattern eines Buggys wurden lauter, um sich dann wieder zu entfernen und in der Dunkelheit zu ersterben. Es war Dr. Harry, der zu einem Notfall gerufen worden war.

In Richter Strongs brauner Villa beugte sich bei dem schwachen Schein einer Lampe eine Krankenschwester in ihrer blau-weißen Diensttracht mit einem Wasserglas über ihre Patientin.

In der Altstadt hastete eine junge Frau in einem verschlissenen Kleid mit einem Korb am Arm über den stillen, von Gras überwucherten Marktplatz. Sie wirkte verängstigt und zitterte am ganzen Leib.

Unter den stillen Sternen stand starr und kalt und finster das gußeiserne Monument im sanften Mondschein. In der Stille der Nacht wirkte Dennys Garten sein geheimnisvolles Wunder. Und in dem kleinen Zimmer, dessen Fenster einen Ausblick auf das Monument und den Garten gab, schlief Dan Matthew, ohne etwas von den unsichtbaren Strömungen zu ahnen, die unter der Oberfläche dieser Stadt und seiner Kirchengemeinde wirkten und wirbelten.

Und über allem brütete der Geist, der in Corinth wie auch in aller Welt heimisch ist und der sich von der Selbstgerechtigkeit der Frommen nährt: der Verbündete, dieses unheimliche Wesen, das niemals schläft.

Am Rande des Schlachtfeldes

Dan steckte in den Vorbereitungen zu seiner Abendpredigt für den dritten Sonntag. Der sonntägliche Gottesdienst war das, was sein alter Freund, der Doktor, seinen „Dienst unter den Corinthern" nannte.

Der Nachmittag war schon fortgeschritten, als er sich von seinem Schreibtisch erhob. Er hatte den ganzen Tag an dieser Predigt gearbeitet, doch ein tiefes Gefühl der Unzufriedenheit quälte ihn. Es wollte ihm nicht gelingen, seine Gedanken klar zu Papier zu bringen.

Diese letzten drei Wochen waren keine Zeit des Müßiggangs für den jungen Dan Matthew gewesen.

Er hatte zahllose Hausbesuche bei den Mitgliedern seiner Kirche gemacht. Er hatte an einer Vielzahl von Versammlungen teilgenommen. Schon hatte er begonnen, die Nöte und Bedürfnisse seiner Gemeinde zu spüren: das uralte Bedürfnis nach Mitgefühl und Ermutigung, nach Hilfe und Erbauung, nach Anerkennung und Lob; das Bedürfnis des Soldaten nach der Unterstützung seiner Kameraden, das Bedürfnis des Langstreckenläufers nach dem anfeuernden Jubel seiner Freunde, das Bedürfnis des Dieners nach dem Lob seines Herrn.

Der junge Mann besaß ein offenes Ohr und ein offenes Herz für die großen unausgesprochenen Hilferufe des Lebens, und seine Antwort darauf lautete: „Hier bin ich, sende mich!“ Oft, wenn er vor seiner Gemeinde stand, fühlte er sich wie ein Krieger, der am Rande des Kampfplatzes sehnsüchtig auf das Signal zum Vorstoß wartet, doch die Feldherren hatten ihn, dessen Seele zum Kampf gerüstet war, statt dessen an den Rand des Schauplatzes geschickt.

„Warum gehen die Leute überhaupt in die Kirche?“ fragte er sich. Was erhoffen die Menschen sich vom Glauben? Verändert er ihr Leben? Oder gleicht die Kirchengemeinde nur einem großen Gesellschaftsclub? Strebt man danach, Christus nachzufolgen und seinem Mitmenschen Gutes zu tun, oder will man das eigene Ansehen vermehren? Und welche rechtmäßigen Erwartungen stellt die Gemeinde an ihre Leiter, an Männer wie Dan Matthew selbst, die eine Verantwortung für das geistliche Leben der Gemeinglieder haben?

Nach nur drei kurzen Wochen als Pfarrer der Gedächtniskirche von Corinth quälten ihn solcherlei Fragen in seinem Innersten. Die Antwort auf die letzte Frage kannte er, wie er glaubte, schon recht gut: ein Mann, der unter die Verlorenen, die Kämpfenden, die Armen und die Suchenden ausgesandt wird, sollte ein Mann sein, der dem Vorbild und Beispiel Christi in allen Dingen nachfolgt.

Doch stets drängte sich zwischen ihn und jenen, denen sein Dienst galt und an die er seine Worte richtete, wenn er auf die Kanzel stieg, der Gedanke an seine Lohnherren. Oft warf er während seiner Predigt einen befangenen Blick auf die Gesichter der beiden Gemeindeältesten, ohne deren Gunst er hier nicht sprechen würde.

So geschah es, daß er an diesem Nachmittag nicht mit seiner Arbeit zufrieden war, und er legte seinen Predigtentwurf beiseite, um seinen Schreibtisch mit der frischen Luft und dem Sonnenschein der offenen Felder zu vertauschen. Von seinen Rosen aus winkte ihm der Doktor zu, doch der junge Pfarrer hielt nicht zu einer kleinen Plauderei bei ihm an, sondern winkte nur aus der Entfernung zurück. An diesem Tag brauchte Dan den Doktor nicht. Er brauchte die Einsamkeit und das Gebet.

Geradewegs in das offene Land hinein ging er. Er wanderte zügig einen Hügel hinab und den nächsten hinauf, über einen Bach, über Zäune, durch eine Viehweide und in die Wälder hinein. Nach einer Stunde forschen Wanderns, das ihm Schweißperlen auf die Stirn getrieben hatte, fühlte er sich besser. Die vertrauten Stimmen von Hügel, Feld, Wald und Bach erfrischten und beruhigten ihn, und die körperliche Anstrengung sättigte etwas von seinem Tatendrang.

Auf dem Rückweg durch die Altstadt und über den Hügel, auf dem die alte Akademie stand, hielt er mehrmals an, um sich an dem immer weiter werdenden Ausblick über die Landschaft hinter ihm zu freuen und sich an der reinen, sonnenerfüllten Luft satt zu trinken. Oben auf dem Hügel angekommen, mochte er noch nicht gleich in die Stadt zurückkehren, die nun vor ihm lag, und so betrachtete er das alte Schulgebäude, das so tapfer an seiner beherrschenden Stellung am Stadtrand festhielt und zugleich so vernachlässigt und verfallen wirkte. Er ging durch eine Lücke in dem morschen Zaun, durchquerte den von Unkraut überwucherten Schulhof und betrat das Gebäude.

Eine Weile schlenderte er aufmerksam durch die abgenutzten Klassenzimmer und las die Namen, die in die Gipswände gekratzt und in Bänke, Stühle, Fensterrahmen und die Holzstreben geritzt waren, die in den Zimmern des unteren Stockwerks das Gewicht der Decke trugen. Mit einem Lachen bemerkte er, daß jene Seiten der Holzstreben, die dem Lehrerpult auf dem Sockel im vorderen Teil des Klassenzimmers abgewandt waren, am reichsten durch Schnitzereien verziert waren. Es mußte einmal lebhaft hier zugegangen sein, dachte Dan schmunzelnd.

Mehrere der Namen waren ihm schon vertraut. Er versuchte, sich die ehrwürdigen Familienoberhäupter, die er in Corinth kennengelernt hatte, als Lausebengel in den Schulbänken der alten Akademie vorzustellen. Ob Richter Strong oder der Gemeindeälteste Jordan wohl ein paar Löschpapierkugeln an die Decke geschossen hatten? Und hatten ein paar der grauhaarigen Großmütter aus seiner Gemeinde sich kichernd die Hand vor den Mund geschlagen, als Nathaniel dem stirnrunzelnden Lehrer eine lammfromme Unschuldsmiene geboten hatte? Hatten diese felsenfest im Glauben verankerten Stützen der Kirche jemals die Leidenschaften der Jugendzeit gekannt? Waren sie je als Heranwachsende von Fragen und Zweifeln ins Wanken gebracht worden? Hatten sie sich jemals von Herzen danach gesehnt, das Leben in Wahrheit und in Fülle zu leben?

Dan setzte sich an eine der abgenutzten Schulbänke und versuchte, die Tage von damals vor sich heraufzubeschwören und sich die Gesichter derer vorzustellen, die dieses Klassenzimmer einmal mit ihrer überschäumenden Jugendhaftigkeit erfüllt hatten. Plötzlich fühlte er sich sonderbar alt unter den Jungen und Mädchen der Vergangenheit.

Wenn er wieder ein Schuljunge wäre und damals lebte, wer unter seinen Klassenkameraden wäre wohl sein bester Freund? Der Gemeindeälteste Jordan vielleicht? Dan lächelte. Und wer – die Röte stieg ihm bei diesem Gedanken ins Gesicht – wer von den Mädchen wäre jenes, dessen Gesicht er heimlich beobachten würde, wenn sie es gerade nicht bemerkte? Aus dem Nebel seiner Träumerei kam ihm ein Gesicht ... ein Gesicht, das ihm seit dem Tag seiner Ankunft hier in Corinth sonderbar häufig vorschwebte. Mehrmals hatte er sie von fern gesehen, und einmal war er ihr auf der Straße begegnet und hatte ihr zugenickt. Und Dr. Harry, mit dem ihn schon jetzt ein gutes Einvernehmen verband, hatte ihm manches mehr über sie erzählt, was sein Interesse an ihr noch vertieft hatte.

Doch daß er ausgerechnet jetzt von ihr träumte ...

„Welch ein Unsinn!“ sagte er laut und stand von der Schulbank auf.

Er ging ans Fenster, um klarere Gedanken zu fassen. Doch im nächsten Moment schon trat er jäh einen Schritt zurück. Eine junge Frau in dem Dienstkleid einer Krankenschwester betrat soeben den Schulhof draußen.

Ein unerwarteter Angriff

Irena Farwell hatte allerhand über den neuen Pfarrer der Gedächtniskirche gehört.

Dr. Harry hielt sie häufig dazu an, die Gottesdienste dort zu besuchen. Mrs. Mulhall, deren Bekanntschaft sie inzwischen gemacht hatte, sprach stets nur lobend von Dan. Mrs. Strong und die Damen, mit denen sie gesellschaftliche Kontakte pflegte, sprachen häufig von ihm.

Doch während der ersten beiden Wochen ihres Dienstes im Hause des Richters Strong war die Krankenschwester so sehr mit der Pflege ihrer Patientin beschäftigt gewesen, daß sie nicht ahnte, welcher Zusammenhang zwischen dem Pfarrer und dem hochgewachsenen Fremden bestand, dem sie bei ihrer Ankunft am Bahnhof von Corinth begegnet war. Zu der Zeit, als Miss Farwell von dem neuen Pfarrer hörte, sprach schon niemand mehr von seiner heldenhaften Verteidigung des verwachsenen irischen Jungen, und es ergab sich auch, daß niemand die Ereignisse des Jahrmarktstages in ihrer Gegenwart erwähnte. Bei jedem Besuch des Pfarrers in der Strong-Villa wiederum war die Krankenschwester entweder gerade nicht daheim, oder sie war mit ihrer Arbeit beschäftigt.

So erklärte es sich, daß Miss Farwell ihres Wissens nach die Bekanntschaft des jungen Pfarrers, von dem sie so viel gehört hatte, bislang noch nicht gemacht hatte. Doch den hochgewachsenen jungen Mann, der sich am Bahnhof so wortreich für den unsanften Zusammenstoß bei ihr entschuldigt hatte und der kurze Zeit später tatkräftig Denny zur Hilfe geeilt war, hatte sie schon mehrmals in der Stadt gesehen. Wie hätte sie ihn auch nach den Geschehnissen am Jahrmarktstag je vergessen können? Doch es wäre ihr niemals in den Sinn gekommen, daß der junge Held der Straßenschlägerei kein anderer als Pfarrer Daniel Matthew von der Gedächtniskirche war.

Der Zustand ihrer Patientin hatte sich soweit gebessert, daß die Krankenschwester sich des Nachmittags ein paar Stunden freinehmen konnte, und an diesem sonnenhellen Tag nutzte sie die Gelegenheit zu einem Spaziergang an den Stadtrand. Oben auf dem Hügel angekommen, verließ sie den staubigen Pfad und hoffte, unter dem Schatten einer großen Eiche auf dem Schulhof den Blick über die Stadt genießen zu können.

Dan schaute ihr zu, wie sie langsam über den Schulhof ging. In seinen Augen leuchtete die Bewunderung ihrer weiblichen Anmut, mit der sie hier und da eine wilde Blume aus dem Wirrwarr von Gras und Unkraut pflückte. Unter dem Baum setzte sie sich, legte ihren Sonnenschirm neben sich und begann, ihre Blumen zu einem Strauß zu ordnen. Hin und wieder sah sie auf, um in die wogende Landschaft von Feld und Wald zu schauen, die sich, von vereinzelten Farmgebäuden, Scheunen und Heuhaufen übersät, bis in die blaue Ferne erstreckte.

Der junge Bursche am Fenster sah sie nahezu verträumt an. In seinen Adern brannte die seltsame Vorahnung, daß diese Frau eines Tages eine große Rolle in seinem Leben spielen sollte. Nichts hätte natürlicher sein können, als daß er ausgerechnet an diesem Nachmittag an diesen Ort gekommen war, um ihr dort zu begegnen. Er wußte, daß es sich nicht schickte, sie heimlich zu beobachten, und so wandte er sich von dem Fenster ab und verließ das Schulhaus.

Sie schrak auf, als er kurz darauf in dem Eingang der alten Akademie erschien, und erhob sich halb. Dann erkannte sie ihn und setzte sich wieder ins Gras. Ein leicht amüsiertes Stirnrunzeln stand ihr im Gesicht, doch ihre Wangen röteten sich. Es ärgerte sie maßlos, daß sie in der Gegenwart eines Fremden, dessen Namen sie nicht einmal kannte, so heftig errötete.

„Ich muß mich bei Ihnen entschuldigen, Miss Farwell", sagte Dan, der inzwischen schon so daran gewöhnt war, von Fremden mit seinem Namen begrüßt zu werden, daß er nicht im entferntesten damit gerechnet hätte, dieser jungen Dame unbekannt zu sein. „Ich fürchte, ich habe Sie erschreckt."

Ihr Blick fiel auf das Sonnenlicht über seinem dichten, rotbraunen Schopf und seinem wohlgeformten Kopf, während sie kurz angebunden antwortete: „Ja, das haben Sie allerdings."

Sie gab ihm ihren Zorn auf sich selbst zu spüren. Doch als sie sah, welche Verlegenheit ihre unwirschen Worte ihm verursachten, lächelte sie auf sehr weibliche Weise.

„Es tut mir leid", sagte er, doch er setzte seinen Weg nicht fort, sondern blieb stehen.

Als sie ihm eine Antwort schuldig blieb und statt dessen die Blumen in ihrer Hand neu ordnete, machte er eine Bemerkung über den schönen Ausblick auf die Landschaft und erkundigte sich, ob dieser Hügel ihr bevorzugtes Wanderziel sei; er selbst sei heute zum ersten Mal hier, fügte er hinzu.

„Ich bin auch noch nie hier gewesen", antwortete sie.

Das kurze Schweigen, das nun folgte, wurde von Dan gebrochen. „Dann haben wir wohl beide heute eine Entdekkung gemacht", sagte er. Da sie weder geneigt schien, ihn fortzuschicken, noch selbst davonzugehen, setzte Dan sich neben sie ins Gras.

Den Blick auf die Landschaft gerichtet, wo sich Wolken und Schatten jagten und das warme Herbstlicht auf dem Grün und Braun der Hügel lag, sagte er: „Wenn ich einen solchen Anblick vor mir habe, an einem Tag so sonnig und warm wie heute, oder wenn ich draußen in den Wäldern im Gebirge bin, dann frage ich mich zuweilen, wozu die Menschen sich Kirchen bauen. Ich fürchte, in der Hinsicht gleiche ich den Heiden, denn mir ist oft zumute, als könnte ich Gott draußen in dem Tempel seiner Natur viel besser anbeten als in solchen, die von Menschenhand geschaffen sind." Er lachte, doch in seinem Lachen verbarg sich auch ein bekümmerter Ernst.

Sie sah ihn verwundert an. „Sie betrachten es als heidnisch, Gott außerhalb einer Kirche anzubeten? Wenn das so ist, dann zähle auch ich unter die Heiden."

Bei den Worten „auch ich" wurde ihm schlagartig klar, daß sie nicht ahnte, wer er eigentlich war, und daß sie aus seiner Bemerkung entnommen hatte, daß ihn nichts mit der Kirche verband. Er wußte, daß er diesen falschen Eindruck zu berichtigen hatte, daß er ihr sagen sollte, wer und was er war, doch er verspürte einen heftigen Widerwillen.

Um ehrlich zu sein, wollte Dan Matthew dieser Frau nicht als Geistlicher oder Pfarrer begegnen, sondern als Mann; denn er hatte inzwischen die schmerzliche Erfahrung gemacht, daß der Mann, kaum daß der Pfarrer vorgestellt wurde, in den Hintergrund gedrängt war.

Als er noch zögerte, schaute sie ihn mit wachsendem Interesse an. Seine Worte hatten ihr gefallen. Nun wartete sie auf das, was er als nächstes sagen würde.

„Ihr Beruf hindert Sie gewiß ohnehin daran, regelmäßig an Gottesdiensten teilzunehmen", fuhr er fort.

„Ja", antwortete sie. „Kranke Menschen machen sich meistens nicht viel aus einer reinen Sonntagsreligion. Wenn sie überhaupt zu geistlichen Dingen neigen, dann üben sie ihren Glauben eher tagtäglich aus – nicht die schlechteste Art der Frömmigkeit, wie mir scheint. Aber es ist nicht mein Beruf, der mich vom Gottesdienstbesuch abhält."

„Dann sind Sie nicht christlich eingestellt?"

„Das wollte ich damit keineswegs sagen."

„Sie sagten, Sie zählten sich zu den Heiden."

„Nur, wenn es in der Tat heidnisch wäre, Gott außerhalb einer Kirche anzubeten."

„Damit sind wir wieder bei der Kirche angekommen. Sie halten sich also der Kirche fern?"

„Mit aller Entschiedenheit."

„Ich muß gestehen, wie überrascht ich bin."

„Aber warum?"

„Ich hatte selbstverständlich angenommen, Sie gehörten einer Kirchengemeinde an."

„Selbstverständlich?" Eine Spur von Ungeduld lag in ihrer Stimme. „Warum haben Sie das denn so selbstverständlich angenommen?"

Er wollte ihr antworten, doch sie kam ihm zuvor. „Ich weiß schon, warum", sagte sie. „Es ist, weil ich eine Frau bin, eine Angehörige des schwächeren Geschlechts, das in solchen Dingen keine eigenen Entscheidungen zu treffen hat, nicht wahr?"

Bei diesen Worten fehlte ihrer Stimme gänzlich der bittere Klang, der oft Anklagen dieser Art begleitet. Dan war von ihrer leidenschaftlichen Überzeugung überrascht, verriet sie doch die Feinheit ihres Charakters und eine innere Festigkeit.

„Muß ich denn ein nutzloses Leben führen, nur weil ich kein Mann bin?" sprach sie weiter. „Besitzt eine Frau so wenig Einfluß in der Welt, daß sie ihr Leben wie ein kleines Kind verbringen soll, das spielt, erwachsen zu sein? Daß ich kein Anrecht darauf habe, selbständig zu denken und zwischen Wahrheit und Lüge zu unterscheiden? Daß es mir versagt bleiben muß, mein Leben im Einklang mit meinen tiefsten Überzeugungen zu gestalten? Daß ich blindlings den hergebrachten Lehren zu folgen hätte, ohne die Hintergründe selbst zu prüfen? Habe ich nicht das gleiche Anrecht wie Sie selbst auf mein „Heidentum", als das Sie meine Anbetung Gottes außerhalb der Kirche bezeichnen würden?"

Wieder bot sich ihm die Gelegenheit dazu, ihr seinen Beruf zu nennen, um ihren Eindruck zu berichtigen, daß er nichts mit der Kirche zu tun habe. Doch auch diesmal nahm er die Gelegenheit nicht wahr, sondern sagte statt dessen:

„Ihr sogenanntes Heidentum muß eine fabelhafte Sache sein. Niemand würde auf den Gedanken kommen, jemanden in der Tracht einer Krankenschwester für nutzlos zu halten."

„Ich wollte nicht sagen ..."

„Ich habe Sie schon verstanden", sagte er ernst. „Aber wollen Sie mir nicht erklären, warum Sie der Kirche so abgeneigt sind?"

Sie lachte.

„Sie sind ja so schrecklich ernst, daß man Sie geradezu für einen Prediger halten möchte!" sagte sie. „Hochwürden, ich muß Ihnen beichten ..." begann sie spöttisch, doch der Ausdruck in Dans Gesicht ließ sie verstummen.

„Ich bitte um Entschuldigung", sagte sie. „War das grob von mir? Ich wollte Sie nicht verletzen."

Mit einem gezwungenen Lachen antwortete er: „Aber nicht doch! Ich finde Ihre Ansichten über das Christentum nur etwas ungewöhnlich, weiter nichts."

„Meine Ansichten über das Christentum?" wiederholte sie mit einem plötzlichen Ernst. „Von dem, was ich über das Christentum denke, war bislang noch nicht die Rede."

Dan war verwirrt. „Aber die Kirche! Sie haben von der Kirche gesprochen, als hielten Sie sie für eine völlig überflüssige Einrichtung."

„Und die Kirche und das Christentum sind Ihrer Meinung nach dasselbe?" Mit einem spöttischen Unterton fuhr sie fort: „Als nächstes werden Sie mir weismachen wollen, daß die meisten sogenannten Diener des Wortes tatsächlich ihrer Gemeinde dienen und sich der tiefsten Nöte dort annehmen. Sind sie nicht eher nur die Anführer eines geselligen Clubs, deren Aufgabe es ist, zahllose unterhaltsame Spielchen zu erfinden?"

Dan war überrascht und verletzt. Solche harten Worte verwirrten ihn nicht nur, sondern kamen in seinen Ohren einer Gotteslästerung gleich. Es bekümmerte ihn zutiefst, daß sie aus dem Mund einer jungen Frau kamen, die ihn durch ihr Wesen so sehr beeindruckt hatte. Mit zweifelnder, zögernder Stimme sagte er: „Aber besteht denn das Christentum nicht aus der Kirche Christi, aus den Nachfolgern des Heilands? Gewiß kann man beides ebensowenig voneinander trennen wie den Sonnenschein von der Sonne. Wie können Sie von der Kirche und dem Christentum sprechen, als handle es sich um zwei grundverschiedene Dinge? Und ist der Dienst des Pfarrers etwa kein tragender Teil dieser Kirche?"

Seine sichtliche Verstörung ließ Miss Farwell bezweifeln, daß sie sich klar genug ausgedrückt hatte. Eigentlich sprach sie viel zu frei mit diesem Fremden, doch seine Fragen bewegten sie, und es überraschte sie selbst, wie dringend ihr daran gelegen war, von ihm verstanden zu werden.

„Ich spreche nicht von der wahren Kirche, die aus den wahren Jüngern Jesu besteht und auf Christus, den Felsen, baut", erklärte sie. „Genau hier liegt doch der Unterschied. Es kommt einzig darauf an, welche Kirche man meint: die wahre Kirche Gottes oder die Kirchen, die sich die Menschen selbst geschaffen haben. Mit meinen Worten vorhin habe ich die Kirchen der Menschen gemeint, die Backsteinbauten, die Bastelclubs, die Komitees, die Frauenkränzchen, das Ränkeschmieden, die Heuchelei – nicht die Kirche Christi, zu der alle Gläubigen auf der ganzen Welt zählen. Die wahre Kirche Christi, mit der sich das Christentum untrennbar verbindet, ist leider so weit in Vergessenheit geraten, daß kein Gedanke an sie in den Kirchen der Menschen besteht. Sehen Sie, die Sonne scheint zu jeder Zeit, aber wir haben nicht immer Sonnenschein. Es gibt auch dunkle, stürmische Tage, und manchmal erleben wir sogar eine Sonnenfinsternis. Unsere Zeit ist eine solche Zeit der Dunkelheit für die wahre Kirche Christi, eine so undurchdringliche Dunkelheit sogar, daß sie mir wie eine Sonnenfinsternis der Herzen erscheint, eine solche Dunkelheit, daß ich mich frage, wie lange es noch dauern mag, bis die Sonnenstrahlen der wahren Kirche endlich wieder hervorbrechen."

Sie hielt inne, um dann nachdenklich fortzufahren: „Die selbstsüchtige, nutzlose, grausame, herzlose Institution, die die Menschen um ihre Ansichten, ihre Launen, ihren Ehrgeiz, ihre Habgier und ihre Selbstgerechtigkeit gebaut haben, dieses riesige, leere Gebilde, das auf so zerbrechlichen Stützen steht und das fälschlicherweise ‚Kirche' genannt wird, hat sich zwischen die Menschen und das Christentum gedrängt, das Jesus einst gründete – so daß die Männer und Frauen unserer Zeit sich ernsthaft fragen, ob es überhaupt noch so etwas wie einen lebendigen Gott und eine wahre Kirche gibt."

Wieder fühlte Dan sich von ihren offenen Worten und ihrer Ernsthaftigkeit zum Schweigen gebracht. Dazu beunruhigte ihn die Art, wie sie ihre Gedanken vorgetragen hatte: keineswegs hochtrabend oder hitzig, wie man es von einem Menschen mit starken religiösen Überzeugungen gewohnt war, sondern mit einer gewissen Traurigkeit. Es war, als habe sie ihm soeben von der schweren Krankheit eines Menschen berichtet, der ihr nahestand, wobei sie sich darum bemühte, sich nicht durch ihr liebevolles Mitgefühl für den Patienten davon abhalten zu lassen, eine sachliche Beurteilung des Falles zu geben.

Solcherlei Worte und Gedanken waren Dan völlig neu. Er hatte daheim im Gebirge von seiner Mutter Sammy und seinem Vater den Weg zum Christsein gewiesen bekommen, dazu von dem Mann, der in der Einsamkeit der Berge als der Schafhirte bekannt war. Kirchen hatte es in Dans Jugend dort nicht gegeben. Dieser Glaube, der ihm überliefert worden war, war ein ausgeübter Glaube, ein Glaube der Tat. Als Kind und als Heranwachsender hatte er niemals eine Kirche besucht. Er ahnte nichts von der Gegenwart des Verbündeten. Sein gesamtes Wissen über die Kirche bestand in dem, was er am Predigerseminar gelernt hatte. Die Konfession, der er angehörte, hatte er ihrer eigenen Darstellung gemäß kennengelernt und angenommen, auch wenn sie in Wirklichkeit von ihren Kirchenhistorikern und Lehrern in den schillerndsten Farben übertüncht worden war. Die Traditionen dieser Kirche hatten, so glaubte er, ihren Ursprung bei Christus selbst. Die Lehrenden des Seminars ahnten nicht, daß sie für den Dienst der Ortsgemeinden Männer ausbildeten, die sich bald in den Netzen der frommen Spinnen verfangen würden, Spinnen nämlich, die der Tradition der Pharisäer entstammten.

Beinahe gegen seinen Willen zwang Dan sich zu seiner

nächsten Frage. Seine Augen trugen dabei den forschenden Ausdruck, der so sehr dem seiner Mutter glich.

„Und der Dienst der Pfarrer?" fragte er.

„Den Pfarrdienst sehen Sie, wie Sie gerade eben gesagt haben, als tragenden Teil der Kirche an, und mit Ihrer Frage legen Sie die Antwort schon bloß", antwortete sie. „Welch eine Vorstellung von Christentum ist es nur, bei der wir einen Dienst, der von einigen wenigen verrichtet wird, als Teil oder Aufgabe der Kirche ansehen? So etwas ist von vornherein verkehrt. Die wahre Kirche besteht doch nur aus dem Dienen! Einen anderen Grund für ihr Bestehen gibt es nicht. Sehen Sie denn nicht, daß dem Pfarrdienst im Laufe der Zeit die gleiche Bedeutung wie der Kirche selbst beigemessen worden ist? Der Pfarrdienst ist zu einem hohlen Titel geworden, dem die Bedeutung des Wortes ‚Dienst' fehlt. Es handelt sich nur noch um einen Teil einer von Menschen geschaffenen Organisation, die von Menschen geleitet und bestimmt wird."

Dan hob eine Blume auf, die ihr ins Gras gefallen war, und begann sie mit zitternden Fingern zu zerpflücken.

„Ich sehe die Dinge anders", sagte er langsam. „Der Pfarrer ist ein Diener Gottes. Ich glaube natürlich, daß jeder Mensch seinen Beruf als Dienst an der Menschheit ausüben soll, und in dieser Hinsicht dient er dann auch Gott. Aber der Pfarrdienst", und er hob eine zweite Blume vom Boden auf, „der Pfarrdienst ist der höchste Dienst, zu dem ein Mann berufen werden kann."

Sie antwortete nicht, sondern richtete den Blick über das Tal.

„Sagen Sie, habe ich damit etwa nicht recht?" fragte er.

„Wenn Sie so sehr davon überzeugt sind, dann mag es für Sie so sein", antwortete sie.

„Aber Sie", beharrte er, „wie denken Sie über den Pfarrdienst?"

„Warum soll ich Ihnen das sagen? Was macht es schon aus, wie ich darüber denke?"

„Das weiß ich nicht, aber ich möchte es trotzdem gern hören."

„Sie vergessen, daß wir einander nicht einmal kennen."

Sie lächelte. „Lassen Sie uns lieber über das Wetter sprechen. Das ist ein weitaus unverfänglicheres Thema."

„Ich hatte tatsächlich vergessen, daß wir einander fremd sind", lächelte er zur Antwort. „Trotzdem interessiert mich, was Sie sagen, weil Sie offensichtlich viel über diese Dinge nachgedacht haben und weil Ihr Beruf Ihnen gewiß manche Gelegenheit zur Beobachtung gibt. Sagen Sie mir doch bitte, wie Sie über den Pfarrdienst denken."

Sie sah ihn prüfend an, bevor sie antwortete. Dann begann sie, als habe sie ein ausreichendes Maß an Festigkeit in seinem Gesicht gefunden, ihre Antwort.

„Ich halte den Pfarrer für das nutzloseste Geschöpf der Welt", sagte sie. „Er ist ein Mann, der aus der Menge jener ausgesondert wird, die ihr Leben lang anderen dienen. Und daß er von diesen Dienern der Welt durch den edelsten Titel aller Titel geehrt wird, durch dieses Wort, das alle seine Träger mit dem fußwaschenden Christus gleichstellt, nämlich das Wort ‚Diener', das ist die bitterste Ironie, die je den Hirnen der Menschen entsprungen ist."

Dan war bleich geworden, als er antwortete: „Aber gewiß tut doch ein Pfarrer als Verkündiger des Wortes den Willen Gottes und dient damit Gott."

„Der Mensch dient Gott auch dadurch, daß er anderen Menschen dient."

„Der Pfarrer ist ein Mensch, der anderen dient!"

„So sieht ihn die Welt aber nicht, denn sein Menschsein geht in der Kirche, der er angehört, verloren. Andere Institutionen stellen die Arbeitskraft eines Mannes ein, doch die Kirche fordert sein Leben. Außerhalb seines Berufs hat er kein Dasein. Es gibt keine Welt außerhalb der Kirche für ihn. Er ist der Stellvertreter seiner Konfession, kein Diener seiner Gemeinde. Die Welt kennt ihn nicht als Mann, sondern als Pfarrer."

„Aber schickt ihn die Kirche nicht in die Welt hinaus, um ihr zu dienen?"

„So kann ich es nicht sehen. Ganz im Gegenteil, die Kirche stellt den Pfarrer ein, damit er ihr selbst dient. Sie stellt ihn als ihr Oberhaupt ein, als ihren Wortführer. Er ist ihr öffentlicher Redner, ihr Organisator, ihr Vorsitzender bei

Versammlungen und Komitees und Männerchören und Jugendgruppen. Seine Aufgabe ist es, der Welt ein selbstzufriedenes Bild der Kirche vorzuzeigen, damit sie respektabel dasteht. Der Pfarrer ist keineswegs dazu da, um als Diener den Gemeindegliedern die Füße zu waschen. Unter den Kirchen ist das Christsein nur noch eine Frage der Treue zu einer bestimmten Glaubensrichtung mit ihrer Überzeugung, nicht zu dem Geist Christi. Des Pfarrers Ansehen und Erfolg, sogar die Höhe seines Gehaltes, hängen davon ab, in welchem Maße er die Meinungen der Gemeinde vertritt und in welchem Maße jene, die ihn bezahlen, mit seiner Arbeit zufrieden sind. Was seinen Dienst an den Bedürftigen dieser Welt betrifft, so ist das so nebensächlich wie das neuste Buch Ihres Lieblingsautors, das Sie sich anschaffen, ein hübsches Gemälde oder ein Kammerkonzert, zu dem Sie sich eine Karte kaufen. Wenn wir solche Dinge tun, würden wir niemals behaupten, der Welt dadurch zu dienen oder mit unserem Geld so umzugehen, daß wir Gott dienen, obwohl das Buch, das Gemälde oder auch die Musik manches enthalten mag, das die Welt zu einem besseren Ort macht."

Dan hörte ihr unbehaglich zu.

„Aber die Kirche ist eine heilige Einrichtung", widersprach er. „Man kann sie nicht mit den Einrichtungen der Menschen vergleichen. Ihr Zweck ist heilig, ganz im Gegensatz zu anderen Vereinen."

„Welche unter den Hunderten von verschiedenen Konfessionen und Sekten mit ihren jeweiligen Glaubensbekenntnissen und Lehrmeinungen meinen Sie, wenn Sie von der Kirche sprechen?" fragte sie. „Oder meinen Sie sie allesamt? Und sind sie alle gleichermaßen heilig und verfolgen den gleichen heiligen Zweck, den Sie soeben erwähnten? Wenn das so wäre, warum bestehen dann so heftige Meinungsverschiedenheiten unter ihnen, und warum suchen sie einander ständig auszustechen? Was unterscheidet diese Einrichtungen, die von Menschen ins Leben gerufen und geführt werden, von anderen Einrichtungen, die doch genau denselben Menschen unterstehen? Gewiß ist es Ihnen nicht neu, daß es zahllose Vereine in der Welt gibt, deren

Aufgaben ähnlich sind wie manche Ziele der Kirche. Warum gelten diese Vereine dann nicht als ebenso heilig wie die Kirche?"

„Aber die Kirche ist göttlichen Ursprungs."

„Das gilt auch für die Eiche hier und für das Bauholz dort in dem Schulhaus, ebenso für die Farmen im Tal. Meiner Ansicht nach kann nur der Geist Gottes etwas heilig machen. Warum aber ist dann ein Farmer, der in seinem Kornfeld arbeitet und dabei Christus nachfolgt kein Diener Gottes?"

„Dann verurteilen Sie also alle, die der Kirche angehören?" fragte er nicht ohne eine Spur von Verbitterung in der Stimme. „Das kann ich nicht hinnehmen. Ich ..." Er hielt inne.

„Verurteilen?" antwortete sie mit einer Frage. „Habe ich ein Urteil gesprochen?"

Sie richtete ihre tiefgrauen Augen auf ihn, und er sah, wie ihr Gesicht einen sanften, traurigen Ausdruck annahm, während ihre Stimme zu beben begann.

„Von verurteilen war doch nicht die Rede! Ist das nicht ungerecht von Ihnen? In meinem ...", und sie sprach es mit Bedachtsamkeit aus, „in meinem Dienst habe ich genug wahre Helden und Heldinnen gepflegt, um zu wissen, daß die Kirche voller aufrichtiger und tapferer Krieger steckt. Und gerade das ist das schlimmste von allem – daß diese edlen, tapferen Seelen ausgerechnet die Wolken sind, die die Sonne verhüllen! Was die Pfarrer betrifft, so sind mir in meinem Beruf schon manche bewundernswerten Männer begegnet, die von der Kirche in die nutzlose Klasse der Pfarrer gedrängt worden sind, um die Interessen der Kirche dort zu vertreten. Die Pfarrer sind nur deshalb so nutzlos, weil sie nicht frei sind. Sie sind keine Diener, sondern Sklaven. Es ist nicht ihre Pflicht, der seelenkranken Welt zu dienen, die so dringend Hilfe braucht, sondern diesem abscheulichen Monstrum zu gehorchen, das sie selbst geschaffen haben und dem sie jetzt folgen müssen, denn sonst ..." Sie hielt inne.

„Sonst? Was geschieht sonst?" fragte er.

Sie fuhr fort, ohne auf seine Frage einzugehen.

„Sie werden wegen ihrer Linientreue geschätzt, niemals um ihrer selbst willen“, sagte sie. „Sie werden dafür bezahlt, die Meinungen anderer zu vertreten, und das, was einen hohen Wert hat, bleibt ihnen versagt: die Freiheit, ihre eigenen Überzeugungen zum Ausdruck zu bringen. Der sicherste Weg in ihr Verderben wäre es, das zu sagen, was sie denken, besonders wenn sie anders als jene denken, die die Zügel der Macht in der Hand halten. Die Pfarrer gelten nicht als Notwendigkeit, sondern als himmlisches Privileg, das jene, die es sich leisten können, mit Geld bezahlen. Mit den wahren Dienern der Menschheit haben die Pfarrer nichts gemein, denn sie werden von der Kirche ausgesondert – nicht zum Dienen, sondern zur Abkehr vom Dienen. Ihr Einfluß ist geringer als der von anderen guten Männern, weil sie vor der Welt als Lohnsöldner dastehen. Sie werden für das bezahlt, was sie sagen.“

„Aber meinen Sie denn, daß die Pfarrer diese Sonderstellung für sich erstreben?“ fragte Dan. „Ich … ich bin mir sicher, daß sie sich allesamt die Gemeinschaft mit den Arbeitern, den einfachen Männern und Frauen ihrer Stadt wünschen.“

„Das mag in vielen Fällen zutreffen“, antwortete sie. „Bei den wahrhaft treuen, guten Männern im Pfarrersgewand, die ich kennengelernt habe, ist das sicherlich so.“

„Dann gibt es also doch gute Männer unter den Pfarrern?“

„Ja“, antwortete sie, „genau wie es Gold und Edelsteine als Zierde auf heidnischen Götzenfiguren und Tempeln gibt, und ihre Aufrichtigkeit ist ebenso unnütz wie der heidnische Tempelschmuck. Ob sie es wahrhaben wollen oder nicht, so bleibt es doch dabei, daß sie von ihren Lohnherren ausgesondert wurden, und manch einer von ihnen, so habe ich beobachtet, ziert sich nicht, die besonderen Vorrechte und die Ehrerbietungen gnädig anzunehmen, durch die sie von ihren Mitmenschen unterschieden werden.“

„Aber Sie tragen doch selbst eine besondere Tracht“, sagte er. „Als ich Sie zum ersten Mal sah, wußte ich gleich, welchen Beruf Sie ausüben.“

Sie lachte vergnügt.

„Was ist denn daran so lustig?“ fragte er und wurde dabei selbst von ihrer Fröhlichkeit zu einem Lächeln angesteckt.

„Ach, es ist einfach urkomisch, einen so großen Mann so hilflos zu sehen. Fällt Ihnen denn gar kein besseres Argument ein? Außerdem haben Sie meinen Beruf überhaupt nicht bei unserer ersten Begegnung erraten. Ich trage diese Tracht nur bei der Arbeit, genau wie der Schlosser seine Schürze bei der Arbeit trägt, und Sie wissen selbst, wie notwendig das ist. Bei unserem ersten Zusammenstoß trug ich ganz gewöhnliche Kleidung, und obendrein hatte ich den vollen Fahrpreis bezahlt. Krankenschwestern bekommen nämlich keine Ermäßigung des Fahrpreises, wie es bei Geistlichen der Fall ist.“

Damit sprang sie auch schon auf die Füße.

„Schauen Sie nur, wie lang die Schatten schon geworden sind! Ich muß mich beeilen. Meine Patientin erwartet mich bestimmt längst.“

Plötzlich besann sie sich reumütig darauf, daß dieser Mann ihr völlig fremd war. Was mochte er nur von ihr denken? Wie konnte sie ihm nur begreiflich machen, daß es nicht ihre Art war, sich so ausgiebig mit Männern zu unterhalten, die sie nicht kannte? Wenn sie doch wenigstens wüßte, wie er hieß!

Schweigend und langsam gingen sie nebeneinander über den von Unkraut überwachsenen Schulhof. Als sie durch die Lücke in dem morschen Zaun gingen, wandte Dan sich um und sah zurück. Es kam ihm wie eine lange Zeit vor, seitdem er den Schulhof betreten hatte.

„Was ist los? Haben Sie etwas verloren?“ erkundigte sie sich.

„Nein. Nun, das heißt … vielleicht schon“, stammelte er. „Aber lassen Sie nur, es ist nichts Wichtiges. Und wenn ich es suchte, würde ich es doch nicht finden. Ich glaube, ich werde mich hier von Ihnen verabschieden“, fügte er hinzu. „Ich möchte noch nicht in die Stadt zurückgehen. Auf Wiedersehen.“

Wieder sah sie den verstörten Ausdruck in seinem Blick.

Sie wandte sich ab und machte sich auf den Weg. Er sah ihr nach, bis ihr blaues Kleid mit den weißen Manschetten nur noch ein Fleck in den Schatten war. Dann schlug er den Weg in das Land nochmals ein.

Nachsinnen

Seit seiner ersten Begegnung mit ihr am Bahnhof, als er nur einen Moment lang das Grau in ihren Augen gesehen und ihre Stimme gehört hatte, konnte Dan die junge Krankenschwester nie völlig aus seinem Denken verbannen.

Die Begebenheit auf der Straße, als sie sich um den verletzten Denny gekümmert hatte, und die Fahrt zu Dennys Mutter hatten in ihm diesen ersten Eindruck bestätigt, doch das Gespräch vor der alten Akademie hatte ihm neue Tiefen seines eigenen Wesens eröffnet.

Ihre Worte entsprangen so eindeutig einer großen Leidenschaft für die Wahrheit und einer aufrichtigen Empfindsamkeit, daß er trotz der Schärfe, mit der sie gesprochen worden waren, nur die Reinheit und die Festigkeit des Charakters bewundern konnte, für den sie zeugten.

Die übliche kleinliche Kritik an der Kirche war Dan nicht neu, und er hatte es gelernt, jene, die sie äußerten, nicht allzu ernst zu nehmen. Er merkte Miss Farwell jedoch an, daß sie es aufrichtiger meinte. Sie sprach um der Wahrheit willen; sie kritisierte nicht wie so viele andere aus purer Lust am Kritisieren, und sie baute sich auch nicht etwa dadurch auf, daß sie andere heruntermachte. Diese junge Frau – so heil und frisch, so ernsthaft, so weiblich, mit großem Eifer in ihre Arbeit vertieft, die sie als ihren Dienst betrachtete, tiefgründig und bestrebt, die rechten Wege einzuschlagen … diese Frau war einfach ungewöhnlich.

Ihre Worte wirkten darum so eindringlich auf ihn, da er sich kurz zuvor noch aus Unzufriedenheit und Rastlosigkeit von seinem Schreibtisch in die freie Natur geflüchtet hatte. Der junge Pfarrer konnte sich des Gefühls nicht erwehren, es stecke ein Kern an Wahrheit in dem, was sie zu ihm gesagt hatte. Immerhin ließ sich die Tatsache nicht leugnen, daß er sein tägliches Brot damit verdiente, die Anweisungen seiner Lohnherren zu befolgen. Schon jetzt hatte er den Eindruck gewonnen, daß seine Arbeit nicht so sehr darin bestand, auf die Nöte der Menschen von Corinth einzugehen, sondern auf die Bequemlichkeiten der Mitglieder der Gedächtniskirche, und daß seine Gelegenheit zum Dienen einzig und allein von dem Wohlwollen seiner Lohnherren abhing. Diese Lohnherren, die sich als Richter aufspielten, waren sich der Würde ihrer Position durchaus bewußt und würden niemals zögern, ihre Meinungen und Beschlüsse kundzutun. Sie würden ihm schon mitteilen, was ihre Anerkennung oder ihr Mißfallen erregte. Ihre Bedenken würden sie vielleicht nicht immer in direkte Worte fassen, aber auch auf versteckte Weise würde man sie ihm, dem Pfarrer, unmißverständlich und klar zur Kenntnis geben.

Als er bei seinem Abschied von Miss Farwell erwähnt hatte, etwas verloren zu haben, entsprach das durchaus der Wahrheit. Nun, während er durch das offene Land wanderte, bemühte er sich ernstlich, es wiederzufinden: seine innere Gewißheit nämlich, seine Zuversicht, sein Leben der richtigen Arbeit geweiht zu haben.

Dans Wesen war zu stark und seine Überzeugung zu standhaft, um sich von seinem einmal gefaßten Vorhaben abbringen zu lassen. Gewiß würde es mehr als die Worte einer Fremden brauchen, um ihn von seinem Pfad abzulenken – wenn er auch spürte, daß diese Fremde womöglich nicht ganz unrecht hatte mit ihren Worten.

So legte er sich nun beim Gehen Antworten zu den Aussagen der Krankenschwester zurecht und baute sich aus dem

Seminarwissen, das auf dem Fundament seiner elterlichen Erziehung ruhte, seine verlorene Festung wieder auf, hinter der er sich dann verschanzen und über seine Unsicherheit der vergangenen Stunde lachen konnte.

Doch selbst jetzt blieb Dans Bewunderung für die junge Frau mit ihrem klaren Verstand und ihrem festen Charakter unverändert. Mehr noch: Sie hatte ihm einen tieferen Einblick in ihre Gedanken und Auffassungen gegeben, als ein Fremder von ihr erwarten konnte. Er schämte sich dafür, ihr Vertrauen unter einem falschen Vorwand errungen zu haben. Sie hielt ihn für jemanden, der er nicht war. Andererseits, so verteidigte er sich, hatte er sie nicht absichtlich hinters Licht geführt. Dann schmunzelte er bei der Vorstellung, wie überrascht sie sein würde, wenn sie die Wahrheit erfuhr.

Wie anders als die Frauen der Kirche war sie doch! Die meisten von ihnen nahmen ihre religiösen Ansichten an, wie sie eine Arzneiflasche aus des Doktors Hand annehmen würden: ohne jede Frage.

Und wie sehr sie seiner Mutter glich!

Dann kam ihm der unvermeidliche Gedanke: Wie großartig wäre es doch, wenn er jemanden wie sie für die Kirche gewinnen könnte! Welch eine einmalige Gelegenheit!

Damit verließ er das unstete Gelände seiner Zweifel, auf das sie ihn mit ihren prüfenden Fragen geführt hatte, und der Pfarrer in ihm übernahm die Führung wieder. Er begann, sich einige Grundgedanken zu einer Predigt über den Pfarrdienst zurechtzulegen. Es sollte die glänzendste Predigt seines Lebens werden, und er nahm sich vor, sie am kommenden Sonntag für den Sonntag darauf anzukündigen. Vielleicht würde es ihm mit Dr. Harrys Hilfe gelingen, auch die junge Krankenschwester zum Besuch dieses Gottesdienstes zu bewegen.

Indessen ging Irena Farwell hastig von der alten Akademie in die Stadt zurück. Unterwegs kämpfte sie mit allerlei gegensätzlichen Gedanken.

In ihrem Gespräch mit diesem Mann, den sie im Grunde überhaupt nicht kannte, hatte sie sich viel zu ernst und zu offen verhalten. Sie bereute es nun, ihre persönlichen Meinungen vor ihm dargelegt zu haben. Es war ihr unverständlich, wie sie ihre Zurückhaltung, die sie sonst im Umgang mit Fremden wahrte, völlig vergessen haben konnte. Dieser hochgewachsene, kräftige junge Mann hatte etwas an sich, das ihr die Darstellung ihrer innersten Gedanken entlockt hatte.

Sie hatte ihm die Tür zu jener geheiligten, behüteten Kammer weit geöffnet, zu der sonst nur ihre engsten Freunde Zugang hatten. Er hatte ihr Leben auf die alltäglichste Art betreten, nämlich durch ein Gespräch bei einer Begegnung. Ein solches Gespräch zwischen zwei Fremden, so hätte man erwartet, sollte sich um Dinge des Alltags drehen, und danach trennte man sich dann so unverbindlich, wie es unter Fremden üblich war.

Doch nach dieser Seelendarstellung ihrer selbst, wie sie es bei sich nannte, war sie für ihn nun keine Fremde mehr. Es beschämte und verärgerte sie, wie leichtherzig sie ihm Zugang zu ihren Gedanken gewährt hatte. Zugleich ärgerte es sie, daß er sich diesen Zugang so mühelos verschafft hatte.

Dann kam es ihr in den Sinn, daß er, während sie ihm in aller Offenheit und unentschuldbarer Arglosigkeit ihre innersten Gedanken dargelegt hatte, sich in keiner Weise dafür erkenntlich gezeigt hatte. Sie versuchte, sich auf ein Wort, eine Äußerung zu besinnen, durch die er ihr seine Ansichten anvertraut hätte, etwas, was ihr das Recht gab, ihn nicht als Fremden zu bezeichnen. Sie suchte vergeblich. Er hatte sich Zugang zu ihrer Welt verschafft, ohne sich selbst zu erkennen zu geben. Mit keiner einzigen Bemerkung hatte er viel von seinen Gedanken verraten. Sie kannte nicht einmal seinen Namen. Sie hatte ihm die größten Leidenschaften ihres Lebens dargelegt, sie hatte ihm ohne Vorbehalt ihre Gedanken anvertraut, und er war fortgegangen, ohne sich selbst dazu zu äußern.

Selbstverständlich war er ein Gentleman aus gutem Hause, dachte sie. Wenigstens dessen war sie sich gewiß, doch darüber hinaus wußte sie nichts über ihn. Man führte immerhin kein ausgedehntes Gespräch mit einem fremden Mann, nur weil er kein Grobian war. Sie wünschte sich, auch wenn sie es sich nicht erklären konnte, daß sie ihn ebenso ausführlich kennengelernt hätte, wie er sie nun kannte.

Seit ihrer Ankunft in Corinth waren inzwischen drei Wochen vergangen. Der Zustand ihrer Patientin, des Richters Schwägerin, hatte sich sehr gebessert, und ihre Gegenwart hier am Ort würde sich aller Wahrscheinlichkeit nach bald erübrigen. Sie würde diesem Mann gewiß nie wieder begegnen. Eigentlich war die ganze Sache belanglos.

Doch irgendwie erschien sie ihr doch nicht belanglos.

Eins spürte sie mit Gewißheit: Dieser Mann war eine Bekanntschaft wert. Sie hatte ihm eine Tiefe, eine edle Gesinnung, eine Aufrichtigkeit angemerkt, und dieses Zutrauen hatte sie dazu veranlaßt, ihm ihre Gedanken so frei darzulegen. Ja, in seinem Wesen lagen Schätze verborgen; dessen war sie sich gewiß. Sie wünschte sich – warum sollte sie es sich nicht eingestehen? – sie wünschte sich, eines Tages zu jenen gehören zu dürfen, die diese Schätze entdeckten.

Irena Farwell war alleinstehend. Sie besaß keinerlei Angehörige. Ihr waren nur noch ihre Freunde geblieben, und das Band der Freundschaft bedeutete ihr mehr als jenen, die durch das gemeinsame Blut in ihren Adern mit anderen Menschen verbunden waren.

Eine Einladung

An diesem Abend, als Dr. Harry die Strongsche Villa verließ, begleitete die Krankenschwester ihn wie gewöhnlich bis an die Tür für den Fall, daß er ihr noch einige Anweisungen unter vier Augen zu geben hatte.

„Nun, Miss Farwell", sagte er, „ich kann Ihnen nur gratulieren!"

„Aber wozu denn?" fragte sie.

„Sie haben meiner Patientin hier das Leben gerettet. Ohne Ihre Pflege wäre sie mit Sicherheit gestorben. Sie haben sich sehr um sie verdient gemacht."

„Dann will ich mich freuen, daß ich gekommen bin", sagte sie leise. „Das bedeutet, daß ich bald wieder abreisen kann, Doktor, nicht wahr?"

Er zögerte, während er sich die Handschuhe überstreifte.

„Müssen Sie unbedingt nach Chicago zurückkehren, Miss Farwell? Ich ... nein, wir alle brauchen Sie sehr hier in Corinth. Es gibt so viele Pflegefälle, wissen Sie, wo alles von der Krankenschwester abhängt. Diesseits von St. Louis gibt es keine ausgebildeten Krankenschwestern. Ich bin ganz sicher, daß ich Sie hier beschäftigen könnte." In seinem Blick stand mehr als nur ein berufliches Interesse, als er ihr jetzt in die Augen schaute.

„Vielen Dank, Doktor. Das ist sehr nett von Ihnen, aber Sie wissen doch, daß Dr. Miles mich zurück erwartet. Er hat mich bei meiner Abfahrt noch gewarnt, daß er mich nur für diese eine Patientin an Sie ausleiht. Sie wissen doch, wie er solche Dinge sagt."

„Ja", antwortete der Arzt, „das weiß ich allerdings. Miles kenne ich gut. Es ist das Geheimnis seines Erfolges: er gibt sich nur mit dem Allerbesten zufrieden. Auch mich hat er gewarnt."

Er beobachtete sie aufmerksam. „Es sähe Miles ähnlich", dachte er im stillen, „wenn er der jungen Frau verraten hätte, welcher Art diese Warnung gewesen ist." Doch Miss Farwell ließ sich keinerlei Verlegenheit anmerken, und der Doktor fuhr fort: „Sie haben ihm doch nicht ausdrücklich versprochen, nach Chicago zurückzukehren, oder doch?"

„Nein", antwortete sie langsam, „aber er erwartet mich, und ich hatte nicht die Absicht, mich noch länger hier aufzuhalten."

„Würden Sie es nicht wenigstens in Erwägung ziehen? In Chicago gibt es viele Krankenschwestern – natürlich keine wie Sie", unterbrach er sich hastig. „Aber hier gibt es überhaupt keine." Er sprach leise und eindringlich.

Sie hob den Kopf und ließ ihn tief in ihre Augen sehen, während sie antwortete: „Ihr Argument leuchtet mir ein, Dr. Abbott, und ich werde es mir überlegen."

Er wich ihrem Blick aus, und mit nüchterner Stimme sagte er: „Haben Sie vielen Dank, Miss Farwell. Ich werde also die Hoffnung nicht aufgeben, daß es uns irgendwie gelingen wird, Sie hier bei uns zu behalten. Auf Wiedersehen!"

„Er ist doch ein guter Mensch, meinen Sie nicht auch?" fragte die Kranke, als Irena das Zimmer wieder betrat.

„Ja", antwortete sie, „ein guter Mensch – einer der besten, die ich kenne."

Eifrig fuhr die Patientin fort: „Und er hat mir gesagt, daß die Damen von der Frauenhilfe ihr nächstes Treffen hier bei mir abhalten dürfen, wenn Sie bis dahin bei mir bleiben. Das werden Sie doch tun, meine Liebe, nicht wahr?"

Die Krankenschwester war noch mit der Arznei beschäftigt, die der Doktor dagelassen hatte, und antwortete deshalb nicht gleich.

„Bitte tun Sie mir doch diesen Gefallen!“ drängte die Patientin.

Irena wandte sich zu ihr um und trat an ihr Bett.

„Aber natürlich, wenn Ihnen so sehr daran liegt. Das Treffen wird Ihnen guttun.“

„Ach, ich danke Ihnen! Und bei der Gelegenheit werden Sie auch endlich den neuen Pfarrer kennenlernen. Unglaublich, daß Sie ihn noch nie gesehen haben! Und dabei ist er schon mehrmals hier im Haus gewesen, aber Sie waren wohl immer gerade dann unterwegs.“

„Ja, ich habe ihn wohl jedes Mal verpaßt“, sagte Miss Farwell.

Etwas in ihrer Stimme, die immer so freundlich und sanft klang, ließ die kranke Frau den Kopf wenden, um ihre Krankenschwester nachdenklich anzuschauen.

„Und in der Kirche sind Sie seit Ihrer Ankunft hier auch noch nie gewesen.“

„Ach, in der Hinsicht ergeht es mir wie Ihrem guten Dr. Abbott. Mein Beruf hindert mich oft am Gottesdienstbesuch.“

„Dr. Harry geht immer in den Gottesdienst, wenn er es nur eben ermöglichen kann. Macht es Ihnen etwas aus, wenn ich Sie frage, meine Liebe, ob Sie gläubig sind oder nicht? Ich habe gerade heute nachmittag noch zu Saphira gesagt, daß Sie gewiß gläubig sind. Davon bin ich einfach überzeugt.“

„Ja“, antwortete Irena, „Sie haben recht. Ich kann zwar nicht oft in die Kirche gehen, aber“, und ihre Stimme nahm einen ernsten Klang an, „aber ich bin ein gläubiger Christ, wenn man jemanden so bezeichnen kann, der sich bemüht, Christus treu nachzufolgen.“

„Das habe ich doch gleich gewußt“, sagte die Kranke. „Bruder Matthew wird sich freuen, Sie kennenzulernen. Ich weiß schon jetzt, daß Sie ihn mögen werden.“

„Aber Sie werden der Anstrengung kaum gewachsen sein, wenn ich mich nicht besser um Sie kümmere“, antwortete die Krankenschwester mit einem Schmunzeln. „Wissen Sie eigentlich, daß Sie längst schlafen sollten? Sie hatten einen langen Tag, und jetzt möchte ich kein Wort mehr von Ihnen hören. Ich lösche das Licht, und dann setze ich mich hier zu Ihnen und erzähle Ihnen von meinem Spaziergang. Sie schließen nur einfach Ihre Augen und hören mir zu und ruhen sich dabei aus."

Und die sanfte, leise Stimme begann, von den Blumen, dem Gras und den Bäumen zu erzählen, von den Feldern im warmen Sonnenschein, von den dahinsegelnden Wolkenschatten und den Hügeln, die sich bis in die blaue Ferne erstreckten – bis die kranke Frau ihre Sorgen vergessen hatte und wie ein Kind eingeschlafen war.

Doch während die Krankenschwester mit ihrer Erzählung ihre Patientin in den Schlaf begleitete, kam ihr die Begegnung vom Nachmittag wieder in den Sinn. Als die Patientin eingeschlafen war, saß Irena Farwell da und zeichnete in Gedanken das Gespräch nach, das sie auf dem überwucherten Schulhof vor der alten Akademie geführt hatte. Jedes Wort, jede Geste, jede Bemerkung rief sie sich wieder in Erinnerung.

Welchen Beruf mochte dieser Mann nur ausüben? Er war kein Faulenzer, dessen war sie sich sicher. Er hatte das Aussehen eines fleißigen Arbeiters, eines Menschen, der sich ein hohes Lebensziel gesetzt hatte. Erneut fragte sie sich, was es mit dem verstörten Ausdruck auf seinem Gesicht auf sich haben mochte, als er sich von ihr verabschiedet hatte.

Dann stellte sie sich die Frage, ob sie in die Großstadt Chicago zurückkehren und sich dort in ihrer Arbeit verlieren sollte, oder – und sie lächelte bei dem Gedanken – ob sie Dr. Abbotts Drängen nachgeben und noch eine Weile hier in Corinth bleiben sollte.

Die Frauenhilfe

Die Angelegenheiten der Gedächtniskirche entwickelten sich prächtig. Schon nach einem Monat schien Dan die Kirche mit neuem Leben gefüllt zu haben.

In der orthodoxeren Ausdrucksweise des Gemeindeältesten Jordan hieß es in einem Artikel der wöchentlichen Kirchenzeitschrift: „Die Gemeinde ist aufgeblüht, und das Werk des Herrn wird mit einem ungekannten Eifer vorangetrieben. Von Sonntag zu Sonntag verzeichnen wir mehr Besucher. In jedem Bereich unserer Arbeit lebt neues Interesse auf. Bald wird die ehrwürdige Strong-Gedächtniskirche als größte Kirche von Corinth, ja sogar vom ganzen Bundesstaat, vor den Augen der Welt stehen. Wie reich hat Gott uns doch gesegnet, indem er uns in Bruder Matthew einen so begabten Pfarrer gesandt hat!"

In der Woche nach Dans Gespräch mit Miss Farwell auf dem Schulhof der alten Akademie versammelten sich die Damen der Frauenhilfe zeitig und in ungewöhnlich großer Anzahl zu ihrem Treffen im Hause des Richters Strong. Wie in der Vermeldung am vergangenen Sonntag mitgeteilt worden war, gab es Dinge von höchster Wichtigkeit zu entscheiden, und zudem mußte eine dringende Arbeit mit vereinten Kräften zu Ende geführt werden.

Die „Dinge von höchster Wichtigkeit", die es zu entscheiden galt, bestanden darin, ein gesellschaftliches Ereignis in der Bürgerhalle von Corinth vorzubereiten. Man wollte talentierte Sänger, sowohl aus den Reihen der Kirche als auch aus ganz Corinth, zu einem Musikabend auftreten lassen, und von dem Erlös sollte ein Geldbetrag an den ehemaligen Pfarrer gezahlt werden, um eine noch ausstehende Schuld zu begleichen. Die „dringende Arbeit" war eine Flickendecke mit einem komplizierten Radmuster. Jede Speiche der Räder darauf war mit dem Namen eines Spenders versehen, der diese Ehre mit zehn Cents bezahlte. Die Radnaben kosteten fünfundzwanzig Cents. Das fertige „Werk des Herrn", wie die Damen gern solche gemeinsamen Handarbeiten nannten, sollte dann versteigert werden, um den Erlös zur Verschönerung des Kirchengebäudes zu stiften. Die Höhe dieses Erlöses entsprach nahezu dem Einsatz, den jedes Mitglied der Frauenhilfe für dieses unterhaltsame Treffen aufwenden mußte. In der Sonntagsausgabe der Tageszeitung von Corinth würde es in der Sparte „Gesellschaftliches" veröffentlicht werden.

Es bedarf der Erläuterung, daß nicht alle Frauen unter den Mitgliedern der Gedächtniskirche auch zugleich der Frauenhilfe angehörten. Nur die „Arbeiterinnen" befleißigten sich um diesen wichtigen Teil des „Leibes Christi". In der Gemeinde gab es manche stille, tiefe, wahrhaft gläubige Seele, der es zu diesem Dienst an Zeit mangelte, doch eine solche zählte man nicht unter die „aktiven" Mitglieder. Sie gehörte nicht zum inneren Kreis, und dem inneren Kreis anzugehören war von größter Bedeutung. Jene, die ihm nicht angehörten, galten höchstens als formale Mitglieder der Gemeinde, doch bei weitem nicht als Mitstreiterinnen in der „Sache Christi".

Die Frauenhilfe stellte demzufolge die weibliche Hälfte des inneren Kreises dar. So war es nun die Triebkraft, die Seele, die herrschende Macht, die sich an diesem Nachmittag im Hause des Richters Strong an der Strong-Avenue, gleich neben der Strong-Gedächtniskirche, zu dem Treffen der Frauenhilfe eingefunden hatte.

Auch der Verbündete stellte sich ein. Der Verbündete versäumte niemals ein Treffen der Frauenhilfe in Corinth.

Miss Farwell stand an der Seite ihrer Patientin, wie sie es versprochen hatte, und Mrs. Strong achtete auf das peinlichste darauf, daß sämtliche ihrer Gäste bei der Ankunft gleich der jungen Frau vorgestellt wurden.

Die Damen der mittleren Schicht betrachteten die Krankenschwester in ihrer blauen Tracht, dem weißen Häubchen und der weißen Schürze mit außergewöhnlichem Interesse. Sie rätselten, wie sie die junge Frau nur einzuordnen hatten: mit den Bediensteten, den Stenotypistinnen, den Verkäuferinnen oder den Lehrerinnen. Denn der Verbündete sorgt dafür, daß seine Untertanen stets ihre Mitmenschen in eine passende Schublade einordnen, um auf diese Weise leichter ein Urteil über sie fällen zu können.

Doch unter den führenden Damen der Stadt, wie die Tageszeitung sie nannte, bestanden keinerlei Zweifel. Dies zeigte sich schon an den erhobenen Nasen, mit denen sie in die Richtung der Krankenschwester schauten. Diese junge Frau arbeitete gegen Bezahlung in den Haushalten besser gestellter Bürger und verrichtete Arbeiten in deren Auftrag. Damit galt sie als einfaches Mädchen, als Angestellte.

Niemand hielt sich lange mit der Fremden auf. Man nahm die Vorstellung mit einem Kopfnicken und einem undeutlichen Murmeln zur Kenntnis, oder gar mit einer herablassenden, falschen Herzlichkeit, hinter der sich in Wirklichkeit die Botschaft verbarg: „Also schön, ich mache nun Ihre Bekanntschaft – aber nur, weil es sich hier um das Werk des Herrn handelt. Hüten Sie sich, bei unserer nächsten Begegnung daran anknüpfen zu wollen. Mit Leuten aus Ihrer Schicht pflege ich keinen Umgang."

Als alle Damen der Frauenhilfe eingetroffen waren, wurden ihre modernen Waffen des Glaubenskrieges hervorgeholt, nämlich Nadel, Faden und Fingerhut, und die Flickendecke wurde mit einem Eifer in Angriff genommen, der mindestens einer halben Spalte in der Kirchenzeitschrift würdig gewesen wäre – wobei die Schlachtrufe der Attacke fast bis zum Garten der Witwe Mulhall vorgedrungen sein mußten, wo Denny mit einer Hand guter Dinge in seinen Beeten grub.

Schwester Farwell saß indessen unbeachtet, doch aufmerksam beobachtend am Rand des Geschehens. Ein Gewirr von Stimmen umgab sie, unter denen sich die eine oder andere zuweilen durch einen inbrünstig vorgetragenen Ausruf hervorhob. Es klang wie eine Schar Hennen auf dem Hühnerhof, dachte sie, und sie fragte sich, wie das Gewebe einiger Kirchen nur dem Zerreißen entrinnen konnte, wenn der Faden, der diese Kirchen zusammenhielt, aus losem Geschwätz bestand.

„Sie hat gesagt, in der Gedächtniskirche glaubt doch niemand an den Geist, und wir wollten sie nur zu uns locken, um ihr Geld in unsere Kollektenteller zu bekommen. Unfug, sagte ich, wir glauben nicht weniger an den Geist als alle anderen Kirchen von Corinth, nur daß wir keinen Rummel damit veranstalten. ... Ja, habe ich ihr gesagt, unser Bruder Matthew wird die Leute von dort drüben noch vor Jahresende bekehren, wenn sie immerzu zu uns in die Kirche kommen. ... Ich sage zu ihr, sag' ich: ‚So etwas hat Bruder Matthew niemals gesagt. Sie sollten einmal Ihre Bibel lesen, meine Liebe. Wenn Sie mir Kapitel und Vers nennen können, wo so etwas steht, dann trete ich auf der Stelle aus der Gedächtniskirche aus und komme zu Ihnen in den Gottesdienst. ... Ja, die Leute von dort waren samt und sonders bei uns. ... Ja, er ist der Kirchensekretär dort. Ich habe mit eigenen Ohren gehört, wie er gesagt hat, Bruder Matthew ist der hervorragendste Prediger, den Corinth je hatte. ... Ach, du weißt doch, wie sie ist – die Mutter meine ich natürlich. Ist vor zwei Jahren aus der Gedächtniskirche ausgetreten, weil sie tiefere Anbetung suchte, sagte sie. Ihrem Sohn traue ich auch nicht über den Weg. Habe mich seither kein einziges Mal mehr bei denen blicken lassen, und ich habe auch allen meinen Bekannten gesagt, sie sollen's genauso halten. Es geht doch nicht an, daß wir mit solchen Störenfrieden im Werk des Herrn Umgang pflegen. ... Nett, daß sie zu unserem letzten Treffen gekommen ist, aber wie sie da nur stumm dagesessen hat, als wäre es unsere Aufgabe, ein riesiges Aufhebens um sie zu machen – also, überraschen tut's mich nicht, daß sie heute nicht gekommen ist. Was fangen wir auch schon mit einer wie ihr an, sag' ich immer! ... Die

Predigt am nächsten Sonntag über den ,Dienst des Christen' wird denen gehörig zu denken geben, wette ich. Dabei wird ihnen schon aufgehen, was in ihrer Kirche alles falsch gemacht wird. ... Der alte Doktor läßt sich neuerdings keinen Gottesdienst bei uns entgehen. Wäre das nicht fabelhaft, wenn wir ihn als Mitglied bekämen? ... Nein, wie sie das Lied vorgetragen hat – einfach traumhaft! ... Also, wenn er doch nur Mitglied bei uns würde; so galant und so gutaussehend ist er! ... Den würden sie uns ja zu gern abjagen, wenn sie nur wüßten, wie sie's anstellen sollen. Pech gehabt! Der bleibt uns doch bis an den Tag, an dem Caritas mit dem Orgelspielen aufhört!"

Darauf wurde Gelächter von einer Gruppe am Fenster laut, und errötend antwortete Miss Caritas: „Es hat mich große Mühe gekostet, ihn herzuschaffen, und so ohne weiteres werde ich ihn nicht wieder hergeben. Ich habe allen Mädchen gesagt, sie sollen nur nett zu ihm sein."

Hinter der vorgehaltenen Hand sagte jemand leise zu ihrer Nachbarin: „Damit hat es natürlich nicht das geringste auf sich. Caritas behält ihn ja nur im Kirchenchor, um ihn nicht aus der Gemeinde zu verlieren. Sie würde doch niemanden außer einen Pfarrer in Erwägung ziehen; das steht felsenfest. Wenn Bruder Matthew weiß, was gut für ihn ist, dann läßt er sich diese Gelegenheit nicht entgehen. Möchte wetten, daß der alte Nathaniel zu den betuchtesten Männern in ganz Corinth zählt."

Hin und wieder steckten ein paar Frauen die Köpfe dichter zusammen, und an den verstohlenen Blicken in ihre Richtung konnte die Krankenschwester erkennen, daß sie selbst ihren Teil zu dem Erfolg des Nachmittags beitrug. Als sie wieder einmal die Blicke auf sich gerichtet spürte, wandte sie sich ab, um ein paar Worte mit ihrer Patientin zu wechseln, die etwas abseits von den übrigen Frauen in einem Sessel saß.

Die Schwägerin des Richters strahlte förmlich vor Zufriedenheit. „Ist es nicht wundervoll?" rief sie aus. „Mir ist zumute, als wäre ich eine Ewigkeit lang von der Welt abgeschnitten gewesen. Daß die lieben Schwestern ihr Treffen hier abhalten, damit ich auch daran teilnehmen kann, also nein, wie nett! Und auch Ihnen habe ich sehr zu danken, meine Liebe, daß Sie bei mir geblieben sind, damit alle kommen konnten!“ Sie lachte. „Wissen Sie, mir scheint, sie haben allesamt ein wenig Angst vor ihnen.“

Die Krankenschwester lächelte und wollte gerade antworten, als es plötzlich still im Zimmer wurde. Ihre Patientin flüsterte aufgeregt: „Da ist er ja! Jetzt lernen Sie endlich unseren neuen Pfarrer kennen!“

Von der Diele her hörte man, wie Mrs. Strong den Gast begrüßte, und eine tiefere Männerstimme antwortete ihr.

Miss Farwell schrak auf. Wo hatte sie diese Stimme schon einmal gehört? Dann betrat er auch schon das Zimmer und wurde von den Damen begrüßt. Noch immer saß die Krankenschwester mit dem Rücken der Tür zugewandt und schaute ihre Patientin an, deren Augen dem Pfarrer durch den Raum folgten.

Nur Caritas bemerkte die allzu offensichtliche Gleichgültigkeit der jungen Frau.

Das Stimmengewirr der Frauenschar war schon wieder angeschwollen, als Mrs. Strong ihre Hand auf den Arm der Krankenschwester legte.

„Miss Farwell“, sagte sie, „darf ich Ihnen unseren Pfarrer, den ehrwürdigen Bruder Matthew, vorstellen?“

Ein amüsiertes Lächeln breitete sich auf Dans Gesicht aus, als er ihr die Hand zur Begrüßung reichte.

„Ich glaube, Miss Farwell und ich hatten schon das Vergnügen, Bekanntschaft miteinander zu schließen.“

Doch die junge Frau übersah die ausgestreckte Hand, und ihre Stimme hatte einen spitzen Klang, als sie antwortete: „Das ist durchaus möglich, Sir. In meinem Beruf begegnen mir viele Fremde, aber ich fürchte, ich habe Sie vergessen.“

Caritas beobachtete das Geschehen argwöhnisch. Bei den Worten des Pfarrers hatte sie aufgemerkt, und eine leichte Röte stahl sich in ihre bleichen Wangen. Bei Miss Farwells Erwiderung wuchs ihr Argwohn. Was hatte das alles nur zu bedeuten?

Dans Verlegenheit war offensichtlich. Bevor er Worte gefunden hatte, um zu antworten, rief die kranke Frau auch schon aus: „Ach, wirklich? Wie sonderbar! Aber berichten Sie uns doch davon, Bruder Matthew. War es hier in Corinth?"

Blitzartig begriff Dan, in welch peinlicher Lage er sich befand. Wenn er zugab, die junge Dame in Corinth kennengelernt zu haben, dann würde ein jeder im Raum wissen, daß sie ihn nicht vergessen haben konnte. Ihm selbst war glasklar, was sie damit gemeint hatte, doch diese Frauen hier würden sich die abenteuerlichsten Geschichten darüber ausdenken. Gab er aber vor, sich geirrt zu haben und ihre Bekanntschaft noch nicht gemacht zu haben, dann bestand die Möglichkeit, daß am Ende doch noch jemand von dem Gespräch auf dem Schulhof vor der Akademie erfuhr.

Alle im Umkreis warteten gespannt auf seine Antwort. Er holte tief Luft, schaute der jungen Krankenschwester geradewegs in die Augen und sagte: „Mir scheint ein Fehler unterlaufen zu sein. Bitte entschuldigen Sie vielmals, Miss Farwell."

Sie lächelte. Seine Worte kamen einer ausdrücklichen Lüge bedenklich nahe, doch ein anderer Ausweg war ihm nicht geblieben.

„Keine Ursache", sagte sie, wobei nur er allein wissen sollte, wie es gemeint war. „Es tut mir sehr leid, daß ich Ihre Predigt am nächsten Sonntag über den Dienst des Pfarrers versäumen muß. Viele der Damen haben mich dazu eingeladen. Es wird bestimmt eine interessante Predigt."

„Dann verlassen Sie Corinth bald?" fragte er.

Mrs. Strong und ihre Schwester riefen beinahe zugleich aus: „Aber Miss Irena, wir dachten, sie wollten noch bei uns bleiben. Wir können Sie unmöglich schon so bald abreisen lassen!"

Sie wandte sich von dem Pfarrer zu der Kranken um.

„Doch, ich muß wieder abreisen. Als wir neulich darüber sprachen, wußte ich noch nichts davon, aber jetzt habe ich zwingende Gründe. Morgen muß ich wieder abfahren. Und wenn Sie mich jetzt bitte entschuldigen würden, gehe ich schnell auf mein Zimmer und packe meine Reisetasche. Sie haben sich so gut erholt, daß Sie mich nicht mehr brauchen, und jetzt, wo ich Ihren neuen Pfarrer kennengelernt habe, gibt es keinen Grund mehr, weshalb ich noch länger hierbleiben müßte."

Die Frauen in der Stube tauschten vielsagende Blicke aus, und auch der Pfarrer wurde gründlich aus neugierigen Augen gemustert. Niemand begriff, was hier vorgegangen war, und weil Dan der einzige Mann unter den Anwesenden war, hielt man ihn für die Ursache des Rätsels. Nicht lange danach führte Miss Caritas ihn unter dem Vorwand, ihm ein geistliches Lied aus Mrs. Strongs Bestand zu zeigen, in ein Nebenzimmer.

Die ganze Woche schon hatte Dan sich auf dieses Treffen der Frauenhilfe gefreut, denn bei dieser Gelegenheit sollte er die Krankenschwester wiedersehen. Die junge Frau hatte ihn durch ihr Wesen und ihren klaren Verstand beeindruckt, und er hatte den Vorsatz gefaßt, sie für die Kirche zu gewinnen. Wenn er ihr nicht durch Zufall wieder begegnen sollte, dann würde er bewußt nach Gelegenheiten suchen, um mit ihr zu sprechen. Oft hatte er im stillen bei dem Gedanken an ein Wiedersehen geschmunzelt. Wie witzig, wenn sie seinen Beruf erfuhr!

Doch wie mancher Witz erwies sich dieser ganz und gar nicht als Anlaß zur Heiterkeit. Anstatt mit ihm darüber zu lachen, hatte sie ihm zu verstehen gegeben, daß sie nichts mehr mit ihm zu tun haben wollte, daß sie keine weiteren Gespräche mit ihm wünschte, daß sie seine Bekanntschaft nicht anerkennen wollte und daß sie es ernst genug meinte, um seinetwegen Corinth gleich am nächsten Tag zu verlassen.

„Wirklich, Bruder Matthew, wenn ich Sie irgendwie gekränkt haben sollte, dann bitte ich vielmals um Entschuldigung." Dan fuhr aus seinen Gedanken auf. Er befand sich mit Caritas allein in dem Raum. Aus dem Nebenzimmer drang das geschäftige Summen der fleißigen Bienen im Weinberg Gottes.

„Wie bitte? Was sagten Sie gerade?" fragte er.

„Ich habe Sie gerade dreimal gefragt, wie Ihnen die Musik letzten Sonntag gefallen hat."

„Ach ... Sie müssen mir verzeihen. Ich bin heute nicht recht bei der Sache."

„Sie wirken tatsächlich sehr verstört. Kann ich Ihnen irgendwie helfen? Ist es die Kirche?“ fragte sie sanft.

Er lachte. „Aber nicht doch. Ich brauche keine Hilfe. Es liegt nur an mir selbst. Bitte bemühen Sie sich nicht. Wenn Sie mich entschuldigen würden und den Damen nebenan meine Grüße ausrichten könnten, werde ich mich jetzt verabschieden. Ich habe Arbeit zu erledigen.“

Sie hatte sein Gesicht so aufmerksam betrachtet, daß ihr entgangen war, wie die Krankenschwester am Fenster vorbei in den Garten lief. Dan stand auf.

„Aber Bruder Matthew, die Damen erwarten, daß Sie dem geschäftlichen Teil beiwohnen. Sie werden es verwunderlich finden, wenn Sie jetzt schon gehen.“

„Verwunderlich? Das ist keineswegs verwunderlich. Ich habe dringende Dinge, die ich erledigen muß, weiter nichts. Es ist nicht notwendig, die Damen jetzt zu unterbrechen. Sie können alles erklären, sobald der geschäftliche Teil eröffnet wird. Die Damen werden mich gewiß entschuldigen, wenn sie erfahren, wie dringend es ist.“

Bevor Caritas wußte, wie ihr geschah, hatte er das Zimmer auch schon verlassen, holte sich seinen Hut aus der Diele und ging zur Tür hinaus.

Miss Farwell war geradewegs zu ihrem Zimmer gegangen, nachdem sie mit dem Pfarrer gesprochen hatte, doch es gelang ihr nicht, mit dem Kofferpacken zu beginnen. Sie setzte sich auf einen Stuhl am Fenster und starrte in die Baumkronen der großen Ahornbäume draußen. Was sie sah, waren jedoch keine Bäume, sondern eine weitläufige Landschaft, die mit Farmgebäuden und Heuhaufen übersät war und über die die Schatten von Wolkenfetzen hinwegsegelten. Sie sah einen überwucherten Schulhof mit einer Lücke in dem morschen Zaun, ein altes, leerstehendes Schulhaus und die Gestalt eines hochgewachsenen, sympathischen jungen Mannes, auf dessen rotbraunem Schopf die Sonnenstrahlen zu lodern schienen.

Sie hatte von Anfang an gewußt, daß er ein guter, starker Mensch war. Er schien wie geschaffen für wichtige, hohe Lebensziele. Und er hatte sie reden lassen, wie man nur mit seinen besten Freunden redet. Aber dann hatte er alles wohl als Scherz verstanden! Die grauen Augen füllten sich mit Tränen des Zorns, und ihr Kinn zitterte. Sie sprang auf.

Warum ließ sie nur der Gedanke an diesen fremden Mann, diesen Pfarrer, nicht los? Ihr war, als müßte sie ersticken. Keine Minute länger würde sie es in diesem Haus mit all den Frauen unten in der Wohnstube aushalten. Sie nahm sich ein Buch, ging durch den hinteren Ausgang ins Freie und flüchtete sich in eine rankenüberwachsene Laube.

Sie hatte kaum ein paar Minuten in ihrem Versteck zugebracht, als das Geräusch von Schritten auf dem Kiesweg sie aufschrecken ließ. Dann verdunkelte eine hochgewachsene, breitschultrige Gestalt den Eingang der Laube, und eine Stimme fragte: „Darf ich hereinkommen?"

Die grauen Augen warfen nur einen flüchtigen Blick in seine Richtung. Dann schlug Irena ruhig ihr Buch auf, ohne ihm durch einen weiteren Blick zu erkennen zu geben, daß sie ihn bemerkt hatte.

„Darf ich hereinkommen?" wiederholte er seine Frage.

Sie blätterte eine Seite um und gab vor, nichts gehört zu haben.

Ein letztes Mal stellte er seine Frage. Es klang bittend und eindringlich. Die junge Frau wendete noch eine Seite ihres Buches.

Dann war der Eingang plötzlich wieder leer. Dan war schon auf halbem Weg durch den Garten. Irena sprang auf und wollte ihm nacheilen. Dann blieb sie unvermittelt stehen, als sie sah, wie Caritas dem Pfarrer vor dem Gartentor entgegenging.

„Haben Sie die dringende Angelegenheit etwa schon erledigt?" verlangte sie zu wissen. Dann schien sie seine Verstörtheit zu bemerken und fragte teilnahmsvoll: „Wollen Sie mir denn nicht sagen, was geschehen ist?"

Er versuchte ein Lachen, und als er ihr eine Antwort gab, klang seine Stimme seltsam fremd. Die Tochter der Kirche sah ihrem Pfarrer nach, als er durch das Gartentor auf die Straße trat und eilig davonging. Dann schritt sie langsam zur Laube. Am Eingang blieb sie jedoch überrascht stehen. Auf der Holzbank saß eine junge Frau zusammengekauert und weinte bittere Tränen. Zu ihren Füßen lag ein Buch am Boden.

Schnell wandte Caritas sich ab. Leise entfernte sie sich auf dem Kiesweg. Plötzlich wirkte sie eine Spur bleicher und schmaler.

Dr. Harry

Das Treffen der Frauenhilfe wurde beendet, und die Damen trennten sich mit Ausrufen der Zufriedenheit über die verrichtete Arbeit. Eine jede der Anwesenden machte sich nun auf den Weg nach Hause, wo es eine Abendmahlzeit für hungrige Ehegatten und Kinder zuzubereiten galt.

So standen die Pflichten des täglichen Lebens eben im Widerstreit mit den Pflichten der Religion! Die treuen Mitglieder der Gedächtniskirche wurden stets in ihrer Arbeit für den Herrn durch die Belange der Welt unterbrochen. Es blieb ihnen, so seufzten sie, keine andere Wahl, als ihr Kreuz tapfer zu tragen.

Die Fabriksirenen riefen zum Feierabend. Der Sechs-Uhr-Zug aus dem Westen rollte in den Bahnhof, hielt an, lud Wasser nach und donnerte stampfend weiter. Auf den Straßen hasteten Ladenbesitzer und Arbeiter von der Stätte ihres Broterwerbs davon, und die Leute vom Lande lösten die Riemen ihrer Gespanne und Reitpferde von den Pfählen, um sich auf den Rückweg zu ihren wartenden Familien und dem Vieh auf ihren fernen Farmen zu machen.

Ein paar Meilen nördlich der Stadt begegneten die heimkehrenden Farmer einem müden Pferd vor einem staubigen Buggy, das stetig voran zur Stadt trottete. Jedermann winkte dem Kutscher einen Gruß zu. Es war Dr. Harry, der von einem Hausbesuch draußen im Lande jenseits von Hebron zurückkehrte.

Der stämmige, langbeinige Braune, den jedes Kind im Umkreis von vielen Meilen kannte, trottete nach eigenem Gutdünken auf der Landstraße voran, denn die Zügel hingen lose in Dr. Harrys Hand. Von selbst verlangsamte das kluge Tier seinen Schritt auf den unebenen Strecken und trottete schneller, wenn die Straßen besser wurden. Auch wich es von selbst den Gespannen aus, die aus der entgegengesetzten Richtung kamen. Der Kutscher erwiderte die Grüße der Farmer, ohne recht darauf zu achten, wer ihm da begegnete.

Es war Jo Masons Frau, die er besucht hatte. Jo war ein anständiger Mensch, doch völlig unfähig, seine Familie mit dem Notwendigsten zu versorgen. Zehn Kinder waren ihm in fast ebenso vielen Jahren geboren worden. Der Mann hatte keinerlei Vorstellungen von der Verantwortung, die ihm als Brotverdiener oblag, und seine Abhängigkeit von seiner Frau war nicht nur jammervoll, sondern grenzte an ein Verbrechen. Mit Tränen auf den hohlen, hungrigen Wangen hatte er gefleht: „Tun Sie doch was, Doc! Beim allmächtigen Gott, Sie müssen was tun!"

Und so hatte Dr. Harry viele Stunden damit verbracht, etwas zu tun, doch in der erbärmlichen, armseligen Hütte, wo ihm nur eine Nachbarin von dem gleichen Menschenschlag wie Jo zur Hilfe stand, hatte er einen aussichtslosen Kampf geführt.

Während der erschöpfte Braune heimwärts trottete, kämpfte er weiter; noch immer versuchte er, etwas zu tun, auch wenn es nur in Gedanken geschah. Sein medizinisches Wissen und seine Erfahrung als Arzt sagten ihm, daß er das Ende höchstens um ein paar Tage hinauszögern konnte, und sein Sinn für Vernunft drängte ihn, den Fall auf sich beruhen zu lassen. Doch Dr. Harry besaß etwas, das stärker als sein Sinn für Vernunft war, etwas, das sein ärztliches Können überstieg. Er konnte den Fall nicht aufgeben. Er mußte den Kampf bis zum bitteren Ende durchfechten.

Es dämmerte schon, als er den Hügel am anderen Ende des Tals erreichte. Er konnte die Lichter der Stadt im Dunkel der Bäume, Hügel und Häuser funkeln sehen, und gegen den Abendschimmer am Himmel hoben sich der Glockenturm der Gedächtniskirche, die Kuppel der alten Akademie und das Rathaus schwarz ab. Der Braune trabte in das Zwielicht des Tals hinein, und als sie den letzten Hügel vor der Stadt erreicht hatten, war es völlig dunkel geworden. Nun trabte das erschöpfte Pferd schneller voran, denn der Stall und Onkel George waren nicht mehr fern. Als sie sich aber dem großen Haus des Richters Strong näherten, spürte der Braune ein erstes Straffen der Zügel und fiel widerwillig in den Schritt zurück, um an dem vertrauten Pfahl stehenzubleiben.

Im gleichen Moment verließ eine hochgewachsene Gestalt die Gartenpforte des Richters und verschwand mit zügigen Schritten in der Dunkelheit.

Als der Braune kaum am Pfahl zum Stehen gekommen war, lenkte ihn der Kutscher wieder auf die Straße, und seine Stimme drängte ihn zur Eile. Überrascht trottete er schneller los. Der Doktor hatte geglaubt, seinen Freund Dan aus der Strong-Villa kommen zu sehen. Woher konnte Dr. Harry auch ahnen, daß Dan nur an der Pforte gestanden hatte, als wollte er eintreten? Doch als er den Arzt mit seiner Kutsche erkannt hatte, war er weitergegangen.

Weiter unten an der Straße, bei dem kleinen weißen Haus in der Nähe des Denkmals wurde der Braune erneut zum Schritt gezügelt und angehalten.

Der alte Doktor saß auf der Veranda.

„Guten Abend!“ rief er munter. „Komm doch ein Weilchen herein!“

„Nein, vielen Dank, Doktor, aber heute abend lieber nicht“, antwortete der Jüngere, worauf sein Kollege sich von seinem Stuhl erhob und mit steifen Knien an die Straße trat. Als er neben der Kutsche stand, sagte Dr. Harry mit leiserer Stimme zu ihm: „Ich komme gerade von den Masons zurück.“

„Ach so“, brummte der alte Arzt und fügte fragend hinzu: „Und?“

„Es steht ziemlich schlecht."

„Nichts mehr zu machen, was?" knurrte die Stimme des alten Mannes aus den Tiefen seiner Brust.

„Nein, nicht viel."

„Habe dir doch schon immer gesagt, daß sie's hat. Es liegt in der Familie. Habe es ihr schon angesehen, als sie noch ein kleines Mädchen war."

„Ich weiß, es war zwecklos. Aber Sie wissen ja, wie es ist."

Der weißhaarige Doktor nickte verständnisvoll, als Dr. Harry sich erschöpft mit der Hand über die Augen fuhr.

„Ja, ich weiß, Harry. Jo nimmt sich's arg zu Herzen, nicht wahr?"

„Konnte nichts ausrichten. Armer Kerl! Und dann die Kinder ..." Beide Männer schwiegen. Langsam nahm der junge Arzt wieder die Zügel auf.

„Ich wollte es Ihnen nur schnell sagen, Doktor."

„Geh nur nach Hause und ruh dich aus. Du mußt dich einmal richtig ausschlafen. Wirst wohl doch in aller Frühe wieder aufstehen müssen. Ruf mich, wenn es was Besonderes gibt. Aber zuerst mußt du dich ausruhen, Harry, hast du verstanden?" Er sprach wie mit einem Schuljungen.

„Dank' Ihnen, Doktor, aber ich werde Sie wohl kaum stören müssen. Allen anderen Patienten geht es gut. Wüßte nicht, wer mich dringend brauchen sollte."

„Na schön, aber jetzt legst du dich auf der Stelle schlafen."

„Ja. Gute Nacht, Doktor!"

„Gute Nacht, Harry!"

Der Braune trottete auf der dunklen Straße weiter an den flimmernden Laternen vorbei. Der Doktor blieb am Bordstein stehen, bis er die Kutschenräder über die Bahngleise rattern hörte, und ging dann mit steifen Knien wieder zu seinem Stuhl auf der Veranda zurück.

Bald war das müde Pferd in der Pflege von Onkel George, während Ma'am Liz den erschöpften Doktor versorgte. Die alte Negerin blieb im Eßzimmer, machte sich hier und da um den Tisch zu schaffen, deutete auf die verschiedenen Speisen, die sie für den Doktor zubereitet hatte, und beobachtete sein Gesicht dabei ständig. Ein besorgter Ausdruck stand ihr auf dem runzligen schwarzen Gesicht. Endlich schaute Harry mit einem Lächeln zu ihr auf.

„Was ist, Ma'am Liz? War ich etwa heute kein lieber Junge?"

„Nein, Sir, das waren Sie nicht. Nicht, daß Sie nicht lieb zu anderen Leuten gewesen wären, beileibe nicht! Es ist nur, wie Sie sich selbst schinden. Sie sind ja hundemüde! Drei Nächte haben Sie nicht in Ihrem Bett geschlafen, nur am Morgen ein Stündchen, als andere Leute schon aufstanden, und nur der Allmächtige weiß, wann Sie essen!"

Der Doktor lachte. „Schon gut, Ma'am, jetzt sehen Sie mich ja essen, oder etwa nicht?" Doch die alte Frau schüttelte nur bekümmert den Kopf.

„Eins von Ihren Gerichten", fuhr Harry fort, „ist mehr wert als mindestens sechs, das andere gekocht haben. Wenn ich's mir recht überlege", fügte er ernst hinzu, „kann ich sogar mit Fug und Recht behaupten: ein Dutzend." Dann beschrieb er ihr lachend, wie er sich am Morgen in der Kochkunst versucht hatte, um ein Frühstück für sich selbst und die zehn Kinder bei den Masons zustande zu bringen.

Die alte Frau zeigte stolze Empörung.

„Das ist doch die Höhe! Nutzlose weiße Tagediebe, die sie sind! Und lassen sich von Ihnen Frühstück machen! Was bilden die sich ein, sich von Ihnen bedienen zu lassen? Als ob Sie auf deren Kommando die Arbeit für sie machen müßten!"

Dr. Harry schüttelte ernst den Kopf.

„Aber Ma'am Liz, jetzt reden Sie geradezu wie ein Aristokrat. Sie werden die Weißen doch wohl nicht verabscheuen, nur weil sie arm sind, oder?" Er zwinkerte mit den Augen.

Mit einem verächtlichen „Pah!" gab sie zurück: „Es ist nur, daß niemand von Ihnen verlangen kann, solche Leute zu bedienen, weiter nichts."

„Ich fürchte, das stimmt nicht ganz, Ma'am Liz", antwortete er langsam. „Ich fürchte, genau das ist es, was von mir verlangt wird: denen zu dienen, die mich brauchen."

Er hielt inne und sah gedankenverloren zur Seite. Als er dann weitersprach, klang es, als redete er mit sich selbst.

„Wer weiß, warum manche Leute so leben müssen? Es ist

nicht meine Aufgabe, die Ursachen solcher Zustände zu erforschen. Das überlasse ich den Philosophen. Daß es aber diese notleidenden Menschen gibt, daran läßt sich nichts ändern. Während sich nun die Philosophen darum kümmern, warum das so ist, sollten wir uns um diese Menschen selbst kümmern."

Die Gedanken des Arztes über das Dilemma, das ihn schon seit langem quälte, waren der alten Haushälterin unverständlich. Sie sah ihn stirnrunzelnd an.

„Übrigens war der Pfarrer gestern abend hier und wollt' Sie sprechen", sagte sie dann.

„Bruder Matthew? Schade, daß ich nicht daheim war."

„Ja, schade war's. So ein frommer Mensch ist er, nein, so was von fromm! Hab' ihm gesagt, daß nur der Allmächtige weiß, wo Sie sind und wann Sie wiederkommen. Da hat er gelacht und gesagt, der Allmächtige ist nie weit entfernt, wo Doktor Harry ist. Ich soll Ihnen ausrichten, er wollte nur auf einen kurzen Besuch zu Ihnen, und es wär' nichts Dringendes. Sie sollen sich deswegen keine Gedanken machen."

Dr. Harry stand vom Tisch auf. „Vielleicht schaut er heute abend noch kurz herein. – Nein, heute ist ja Gebetsversammlung." Er streckte die müden Beine aus. „Dann sollte ich wohl ..."

Doch die alte Negerin fiel ihm ins Wort: „Jetzt hören Sie mir aber mal gut zu, Dr. Harry. Sie gehen heut' nirgends mehr hin, daß Sie's nur wissen. Ziehen Sie sich Ihre Pantoffeln an, setzen Sie sich hier auf den Sessel, rauchen Sie Ihre Pfeife ein Weilchen, und dann legen Sie sich schlafen. Sie haben ja nicht mal genug gegessen, um ein Huhn am Leben zu halten, und Ihre Augen sehen wie zwei Brandlöcher in 'ner Decke aus. Hundemüde sind Sie, daß Sie's nur wissen!"

Der erschöpfte Arzt warf einen Blick durch die Tür in die Hausbibliothek, wo die Lampe ein weiches Licht über den Tisch verbreitete. Die Zeitschriften und Papiere lagen ungeöffnet da, wie Onkel George sie von der Praxis geholt und abgelegt hatte. Ein Buch, das er seit einem Monat schon lesen wollte, war noch immer dort, wo er es hastig hingelegt hatte, als er zu einem Notfall gerufen worden war. Er stand noch zögernd an der Tür, als der alte Farbige mit der Pfeife und den Pantoffeln des Arztes kam.

„Hier, bitte sehr. Und Ihr Brauner ist versorgt. Macht sich brav über sein Futter her. Gibt kein besseres Pferd weit und breit, sag' ich."

Dr. Harry lachte. „Da muß ich Ihnen recht geben, Onkel George. Und das liegt einzig und allein an der guten Pflege, die er bei Ihnen bekommt."

Er zog sich die Jacke aus und reichte sie Ma'am Liz, die neben Onkel George stand.

„Wär' das alles, Sir?" fragte Onkel George. Harry nickte lächelnd.

„Dann wünsch' ich eine gute Nacht", sagte Onkel George. Seine Frau schloß sich ihm an. Die beiden verschwanden auf leisen Sohlen, und der Doktor betrat seine Hausbibliothek.

Es ist etwas Schönes um die Dienstbereitschaft eines Menschen, der anderen aus reinster Nächstenliebe dient.

Viele Worte des Meisters werden auf schändliche Weise von jenen mißachtet, denen sie anvertraut wurden. Manche bedeutsame Lektion wird von seinen Jüngern nicht befolgt, denn aus Streben nach Macht und Stellung erwachsen Streit und Mißgunst. Des Meisters edle Gesetze sind entstellt, ja, zu Haarspaltereien verzerrt worden, weil jene, die sie auslegen, sie sich selbst zu Gefallen auslegen. Von allen Lehren, die der Meister der Menschheit gab, ist wohl keine je ärger mißachtet worden als die einfache Wahrheit, die er so deutlich veranschaulichte, als er seinen Jüngern die Füße wusch.

Dr. Harry saß nun allein in seiner Hausbibliothek. Er nahm eine Zeitschrift nach der anderen in die Hand, doch nur, um ungeduldig darin zu blättern und sie gleich wieder beiseite zu legen. Er warf einen Blick in sein medizinisches Journal, konnte aber nichts Fesselndes darin entdecken. Auch das Buch legte er bald wieder auf den Tisch zurück.

Lesen war ihm unmöglich. Das Haus mit seinen leeren Zimmern war groß und still. Er setzte sich an das Klavier, doch kaum hatten seine Finger die Tasten berührt, als er auch schon wieder aufstand und ans Fenster ging.

„Vielleicht hätte ich doch zur Gebetsversammlung gehen sollen", dachte er. „Zum Alleinsein tauge ich heute abend nicht. Wenn ich doch nur schlafen könnte! Aber es ist, als hätte ich das Schlafen verlernt." Die Mühen des beschwerlichen Tages standen ihm in das abgearbeitete Gesicht gezeichnet, und im stillen hörte er noch das Flehen des verzweifelten Mannes: „Tun Sie doch was, Doc! Beim allmächtigen Gott, Sie müssen was tun!"

Er wandte sich vom Fenster ab. Sein Blick fiel auf seine Arzttasche, die Onkel George aus seinem Buggy geholt und neben der Dielentür abgestellt hatte.

Er nahm die Tasche und trug sie an den Tisch, wo er sie zögernd öffnete. Darin befand sich eine Arznei, die er seinen Patienten als Schlafmittel gab. Warum sollte er sich nicht selbst eine Dosis davon verabreichen? Schließlich, so dachte er bei sich, würde er einem Patienten in seinem Zustand dieses Mittel auch verordnen. Er brauchte dringend Schlaf.

Doch das Läuten der Türglocke riß ihn aus seinen Gedanken.

In der Diele hörte er Ma'am Liz leise mit einem Besucher sprechen. „Ja, Madam, daheim ist er, aber hundemüde. Müssen Sie ihn unbedingt sprechen? Sie werden ihn doch nicht zu 'nem Notfall rufen, oder?"

Eine Stimme antwortete, doch der Arzt konnte nichts davon verstehen.

„Also gut, dann kommen Sie rein, Madam. Er ist in der Bibliothek."

Im nächsten Moment stand die Krankenschwester auch schon in der Tür.

Dr. Harry sprang von seinem Stuhl auf. „Miss Farwell! Wie nett, daß Sie gekommen sind!"

Sie tauschten ein paar Sätze aus, und dann berichtete ihm die Krankenschwester den Grund ihres Besuchs. Sie sei gekommen, um sich zu verabschieden, sagte sie.

„Aber ich dachte, Sie wollten hierbleiben!" rief er aus.

„Ich hatte es erwogen", gestand sie, „aber ... aber jetzt hat es sich ergeben, daß ich abreisen muß."

Vergeblich bat er sie, es nicht zu tun. Ihre Antwort lautete nur: „Ich kann nicht anders, Dr. Abbott. Bitte glauben Sie mir, ich kann nicht anders." Doch sie erläuterte ihm nicht, warum sie sich zur baldigen Abreise gezwungen sah.

„Aber wir brauchen Sie. Es gibt niemanden hier, der Ihren Platz einnehmen könnte, Irena ..." Er unterbrach sich.

Sie sah ihn bedauernd an. „Es tut mir leid, Doktor, aber mir bleibt keine andere Wahl. Ich muß abreisen."

„Sagen Sie mir nur eins, Miss Farwell: Sie reisen doch nicht etwa ... meinetwegen ab?"

Sie machte eine abwehrende Handbewegung. „Nein, Doktor. Was Sie auch denken mögen, bitte denken Sie das niemals."

Er hätte sie nach Hause begleitet, doch sie ließ es nicht zu. Sie bestand unerbittlich darauf, daß er statt dessen endlich zur Ruhe kam. Am nächsten Tag würde er sie am Bahnhof verabschieden, versprach er.

Als Mrs. Oldham von der Gebetsversammlung nach Hause kam, saß ihr Gatte noch auf der Veranda. Sie konnte ihn durch nichts dazu bewegen, endlich Vernunft anzunehmen und zu Bett zu gehen, und so überließ sie ihn seinen Gedanken. Wenig später sah der alte Doktor eine hochgewachsene Gestalt, die auf der anderen Straßenseite zur Gartenpforte hineinging. Dann leuchtete das Licht in dem Eckfenster auf. Nach einer Weile sah er eine Frau auf der Straße, die in Richtung der Strong-Villa ging. Vor dem Haus gegenüber verlangsamten sich ihre Schritte, und unter dem Eckfenster wäre sie beinahe stehengeblieben. Dann ging sie weiter und schaute sich noch einmal um, bevor sie unter den Bäumen in der Dunkelheit verschwand.

Es war in den frühen Morgenstunden, als Miss Farwell von einem lauten Klopfen an der Haustür aus dem Schlaf aufgeschreckt wurde. Dann kam Mrs. Strong auch schon nach oben zu dem Zimmer der Krankenschwester gehastet. Die junge Frau war augenblicklich auf den Beinen.

„Der alte Farbige von Dr. Abbott ist da und fragt nach Ihnen", erklärte Mrs. Strong. „Er sagt, daß Dr. Harry ihn schickt und er Sie unbedingt sprechen muß. Was hat das nur alles zu bedeuten?"

Das Conner-Mädchen

Die Krankenschwester schlüpfte in ihr Kleid und lief an die Haustür, wo Onkel George sie erwartete. Der angespannte Buggy stand vor der Gartenpforte.

„Guten Morgen wünsch' ich, Ma'am. Sind Sie die Krankenschwester?" fragte Onkel George und lüftete dabei die Kappe.

„Ja, ich bin die Krankenschwester. Farwell ist mein Name. Dr. Abbott schickt Sie also?"

„Ja, Ma'am. Ich soll sie schnellstens holen, hat er gesagt. Ein Notfall wär's, soll ich ausrichten. Er braucht Sie sofort drüben in der Altstadt."

Letzteres sagte er in die leere Haustür hinein, denn die Krankenschwester war schon zu ihrem Zimmer zurückgelaufen.

Der alte Mann rieb sich verwundert das Kinn und schaute von der offenen Tür zu dem Pferd und dann wieder zur Tür zurück. Bevor er sich auch nur überlegen konnte, was er nun so allein mit sich anfangen sollte, war Miss Farwell schon in ihrer Tracht auf dem Weg zur Gartenpforte.

„Nun kommen Sie doch schon!" drängte sie den alten Mann.

„Jawohl, Ma'am", antwortete er, hastete auf den Buggy zu und kletterte neben sie auf den Sitz.

„Los, Jim, zeig uns, was du kannst!" rief er dem Pferd zu.

Und schon zog das Pferd den Buggy eilig voran. Das schnelle, regelmäßige Schlagen der Hufeisen und das Rattern der Wagenräder dröhnten in die graue Stille des frühen Morgens hinein. Über den Kronen der Bäume am Straßenrand sah die Krankenschwester die Sterne, die im ersten Licht der Dämmerung zu verbleichen begannen, und hier und da flackerten in den Häusern der Arbeiter die ersten Lichter auf.

„Was wissen Sie über den Fall?" fragte die Krankenschwester.

„Den Fall? Ach, Sie meinen das arme Mädchen, das sich das Leben nehmen wollte. Ja, Miss, das ist das arme Conner-Mädchen, deren Daddy den Jack Mulhall, unseren Sheriff, umgebracht hat. Die Conners waren anständige Leute, bloß Jim nicht. Trank immer zuviel und wurde dann regelrecht gewalttätig. Und seitdem der im Kittchen sitzt und Mrs. Conner nicht mehr ist, da hat's das Mädchen schwer gehabt. Seitdem sie im Hotel fort ist, wohnt sie drüben in der Altstadt bei ein paar Farbigen, im oberen Stockwerk vom alten Rathaus. Liz und ich, wir haben dort Freunde, Jake Smith und seine Familie; die wohnen im gleichen Haus, müssen Sie wissen. In letzter Zeit geht's dem Mädchen noch schlechter, scheint's, und die Smiths haben sich schon Sorgen um sie gemacht. Heut' nacht, da wurden Jake und Mandy wach: ein Stöhnen und Wimmern war das, was sie da hörten! Und es kam aus dem Zimmer von dem Mädchen. Sie haben an die Tür geklopft, aber das Mädchen hat nicht aufgemacht. Da sagt Mandy zu den Leuten, die alle wach geworden sind und auf dem Flur stehen, nein, sagt sie, hier bleib' ich nicht stehen wie 'ne Salzsäule, stemmt die Tür auf und ist rein.

Ja, Miss Krankenschwester, so war's. Mandy sagt, das Mädchen hat sich am Boden gewälzt und geschrien. Und Mandy hat sie gepackt, als sie sich gerad' aus dem Fenster stürzen wollte. Das Mädchen war wie irrsinnig, und Mandy hat Jake auf der Stelle zu mir geschickt. Ich wollte Dr. Harry nicht wecken, Miss, weil der so abgekämpft wie 'n altes

Schlachtroß war, aber ich mußt' es einfach tun, weil, also, einmal hab' ich ihn nicht geweckt, als jemand ihn holen wollte, und das tu' ich bestimmt nie wieder. Jawohl, Master Harry Abbott, der kann ganz wild werden, Miss, genau wie sein seliger Daddy. Also hab' ich ihn leise gerufen, aber lieber Himmel, er war schon angezogen, bevor ich Jim hier vor den Buggy spannen konnte, und dann sind wir auch schon zur Altstadt los. Kaum ist er in dem Zimmer, da ruft er auch schon zum Fenster raus, ich soll zum Richter fahren, so schnell ich kann, und Sie holen, Miss. Und mehr weiß ich auch nicht – bloß, daß Doktor Harry sagt, es ist ein Notfall. So, gleich sind wir da. Los, Jim, schneller!"

Während der treue Diener sprach, zog das große Pferd seine Last im zügigen Trab durch die stillen Straßen der Stadt. Als Onkel George geendet hatte, hatten sie gerade den Akademiehügel erreicht. Unheimlich und still stand das alte Schulhaus da. Weißer Nebel umhüllte es wie ein Schleier. Der morsche Zaun mit der Lücke, der überwucherte Schulhof, das Gras und die Eiche: alles war feucht und trüb, und das Tal mit seinen Farmen und Feldern lag unter dem dichten Nebel verborgen, als lauerten versteckte Untiefen dort.

„Frieren Sie, Miss? Gleich sind wir da." Die Krankenschwester war erschauert, als sei ihr plötzlich kalt geworden.

Dann schlugen sie auch schon den Pfad zur Altstadt ein und kamen zu dem alten Marktplatz. Mitten auf dem Platz erhob sich gerade eine Herde magerer Kühe zu einem kärglichen Frühstück von dem Gras, wo einst die Farmer von außerhalb ihre Gespanne festgebunden hatten. Das verfallene Gebäude am Rand des Marktplatzes war einmal das größte Geschäft am Ort gewesen.

Die wenigen Gebäude, die noch standen, hatten lange Zeit keinen frischen Anstrich bekommen. Ihre Farbe glich der Farbe des Nebels. Der Krankenschwester erschienen sie so voller geheimnisvoller Tiefen wie der Nebel selbst, unberührt von dem Sonnenstrahl der Hoffnung. Aus der grauen Leere ertönte plötzlich der schrille Schrei einer Frau.

„Das ist sie, das arme Mädchen, hören Sie, Schwester? Da oben, wo das Licht brennt."

Onkel George hatte das große schwarze Pferd vor dem einstigen Rathaus zum Stehen gebracht. Es war ein zweistöckiges Holzhaus mit einer Treppe an der Außenwand. Ein paar Farbige kauerten unten vor der Treppe. Sie wichen zur Seite, als die Krankenschwester aus dem Buggy sprang und leichtfüßig die verfallenen Stufen nach oben lief. Der enge, schmutzige Flur war voller Nachbarn. Üble Gerüche füllten das Haus.

Miss Farwell bahnte sich einen Weg durch das Menschenknäuel und betrat das Zimmer, wo Dr. Harry gemeinsam mit einer beleibten Negerin eine sich windende Patientin auf dem Bett festhielt. Die Wände und die Zimmerdecke waren von dem Ofenruß vieler Jahre geschwärzt. Der unebene, bloße Holzfußboden, das vorhanglose Fenster, ein schlichter kleiner Tisch mit zwei Stühlen, ein kleiner Herd auf zerbrochenen Ziegelsteinen, eine spärliche Sammlung von altem Eßgeschirr und Kochtöpfen, eine Truhe und das Bett mit einer verschlissenen Decke: alles stimmte in den uralten Schrei bitterer Armut ein.

Dr. Harry schaute auf, als Miss Farwell eintrat.

„Karbolsäure“, teilte er ihr mit, „aber sie hat zu wenig davon getrunken. Ich habe ihr das Gegengift und eine Spritze gegeben. Eine zweite Spritze wird bald nötig sein.“

Ohne ein Wort nahm die Krankenschwester ihren Platz an dem Bett ein. Als die Patientin sich unter dem Einfluß der Arznei beruhigt hatte, entließ Dr. Harry die farbige Frau mit seinem Dank und dem Versprechen, sie gleich holen zu lassen, wenn er ihre Hilfe brauchen sollte. Als er auch die übrigen Hausbewohner aus dem Zimmer und vom Flur fortgeschickt hatte, wandte er sich an die Krankenschwester.

„Es tut mir leid, Miss Farwell, daß ich Sie rufen mußte“, sagte er, „aber Sie sehen, daß mir keine andere Wahl blieb. Ich wußte, daß Sie auf der Stelle kommen würden, und ich wollte es nicht wagen, sie ohne eine weiße Frau allein zu lassen.“

Er trat an das Bett. „Das arme Kind! Sie hat sich Mühe gegeben, aus dem Leben zu scheiden. Ich fürchte, sie wird es wieder versuchen, sobald sie bei Bewußtsein ist. Die Farbigen hier würden alles Erdenkliche für sie tun, aber sie braucht auch jemanden von ihrer eigenen Rasse, wenn sie die Augen aufschlägt."

Er hielt inne, als fehlten ihm weitere Worte.

Miss Farwell sprach zum ersten Mal, seitdem sie das Zimmer betreten hatte. „Ist sie ein unbescholtenes Mädchen, Doktor?"

„Ja, das ist sie", antwortete Dr. Harry mit Bestimmtheit. „Daran liegt es nicht, Schwester."

„Wie kommt es dann", fragte Miss Farwell und warf einen Blick um sich, „daß sie hier wohnt?"

Niemand hatte je ein bitteres Wort über Dr. Abbotts Lippen kommen gehört, aber seine Stimme hatte einen sonderbaren Klang, als er jetzt antwortete: „Sie wohnt hier, weil ... weil es keinen anderen Ort mehr für sie gab. Sie hat niemanden, der sie bei sich aufnehmen würde. Sie wollte sich das Leben nehmen, weil sie keinen anderen Ausweg mehr sah."

Dann berichtete er mit knappen Worten die traurige Geschichte des Mädchens, dessen guter Ruf von den frommen Kirchgängern von Corinth durch den Schmutz gezogen worden war.

„Dr. Oldham und ich haben versucht, ihr zu helfen", sagte er, „aber dann erzählte man sich allerlei üble Geschichten, und Anna hat davon erfahren. Sie hat wohl geglaubt, wir hätten uns nun auch gegen sie gestellt, und ist seither nicht mehr zu uns gekommen."

Eine Zeitlang herrschte Schweigen in dem Zimmer. Als Dr. Harry wieder von seiner Patientin zu der Krankenschwester aufsah, schrieb Miss Farwell eifrig mit einem Bleistift, den sie aus ihrer Tasche genommen hatte, auf seinem Rezeptblock. Der Arzt schaute ihr einen Moment lang zu, stand dann auf und sagte kurz angebunden: „Ich werde Sie nicht länger als eine Stunde aufhalten, Miss Farwell. Ich kenne jemanden, den ich vorerst holen lassen kann, und bis heute abend findet sich vielleicht eine Pflegerin. Ich komme rechtzeitig zurück; sorgen Sie sich nur nicht deshalb. Ihr Zug fährt erst um halb elf. Wenn die Frau nicht sofort kommen kann, bitte ich Dr. Oldham, Sie abzulösen."

Die Krankenschwester sah ihn lächelnd an.

„Es tut mir sehr leid, Dr. Abbott, daß Sie mit meiner Arbeit nicht zufrieden sind."

Der Arzt erwiderte ihren Blick verwundert.

„Nicht zufrieden? Wovon in aller Welt reden Sie?"

„Nun, Sie haben mich soeben aus dem Dienst entlassen, wenn ich Sie recht verstanden habe", antwortete sie. „Ich hatte angenommen, ich sollte diesen Fall übernehmen."

Bei dem Strahlen, das über sein Gesicht fiel, senkte sie den Blick und schrieb eine weitere Zeile auf den Zettel.

„Damit wollen Sie doch nicht etwa sagen ...?"

„Ich will damit sagen", antwortete sie, „daß ich die Pflege übernehme, es sei denn, Sie schicken mich fort."

„Aber Dr. Miles ... der Fall in Chicago. Ich dachte, es sei sehr dringend."

Sie lächelte ihn erneut an.

„Es gibt nichts Dringenderes als das, was sofort getan werden muß", antwortete sie. Mit einem Blick auf das besinnungslose Mädchen auf dem Bett fügte sie hinzu: „Und mir scheint, hier werde ich gebraucht."

„Und Sie sind sich darüber im klaren, daß wir in diesem Fall keinerlei Honorare zu erwarten haben?" fragte er.

Die Röte stieg ihr in die Wangen.

„Ich weiß so gut wie Sie, daß Honorare bei unserer Arbeit nicht die Hauptsache sind, Doktor. Es überrascht mich, daß Sie das überhaupt erwähnen. Werde ich vielleicht besser bezahlt als Sie?"

Er reichte ihr versöhnlich die Hand.

„Verzeihen Sie mir, Miss Farwell", sagte er, „aber ich kann mein Glück kaum fassen. Mehr will ich jetzt nicht sagen. Sie werden in der Tat hier gebraucht; Sie ahnen nicht, wie dringend sogar! Ich ... wir alle brauchen Sie."

Sie zog ihre Hand zurück, und er fuhr nüchtern fort: „Ich habe ein paar Dinge zu erledigen, damit ich später wieder nach ihr schauen kann. Die nächsten drei Stunden wird sie schlafen. Ich werde Onkel George mit einem Frühstück zu Ihnen schicken."

„Nein, kein Frühstück für mich", widersprach sie. „Wenn er mir diese Sachen hier besorgen kann, komme ich schon zurecht." Damit reichte sie ihm das Rezeptformular.

„Hier ist eine Liste von Dingen, die Mrs. Strong ihm aus meinem Zimmer holen wird.“ Sie reichte ihm einen zweiten Zettel. „Und hier ist eine Liste für das Lebensmittelgeschäft.“ Zu dem dritten Formular erläuterte sie: „Und das hier benötige ich aus dem Kurzwarenladen. Ich habe meine Handtasche nicht hier; er wird mir die Rechnungen bringen müssen. Die Kaufleute kennen ihn ja.“

Dr. Harry sah von den Einkaufslisten in seiner Hand zu der jungen Frau auf.

„Miss Farwell“, sagte er, „es ist wirklich nicht nötig, daß Sie diese Unkosten auf sich nehmen …“

„Das ist jetzt meine Sache, Doktor“, unterbrach sie ihn.

„Aber ich bin ihr Arzt.“

„Bitte lassen Sie mich doch helfen.“

Er nickte und ging. Wenig später hörte sie das forsche Hufklappern und das Rattern der Räder.

Zwei Stunden vergingen. Jemand klopfte sachte an die Tür. Die Krankenschwester öffnete sie. Dr. Oldham stand auf dem schmalen Flur. Der alte Arzt war von der Anstrengung, die baufällige Treppe zu steigen, außer Atem geraten. In den Armen trug er einen großen Rosenstrauß.

„Aber Doktor!“ rief sie. „Das ist ja genau, was ich mir gewünscht hatte!“

„Harry hat mir gesagt, was Sie vorhaben. Dachte, am besten schaue ich bei Ihnen herein, falls Sie meine Hilfe brauchen.“

Er rückte sich einen Stuhl an das Bett, während die Krankenschwester, die Ärmel hochgerollt, mit ihrer Arbeit fortfuhr.

Die verschlissene Flickendecke war mit sauberem weißen Bettzeug vertauscht worden. Der Unrat um den Herd war verschwunden; statt dessen lagen ordentlich aufgeschichtete Holzscheite dort, die Onkel George persönlich besorgt hatte, nachdem er die Einkäufe erledigt hatte. Schmutz und Staub waren von den Fenstern entfernt worden. Das grelle Sonnenlicht wurde durch einen duftigen Vorhangstoff gedämpft, den die junge Frau am Fenster angebracht hatte. Die leeren Regale waren mit frischem Papier ausgelegt und mit Lebensmitteln gefüllt worden, und die Krankenschwester war gerade damit beschäftigt, das Geschirr zu reinigen und ebenfalls in dem Regal unterzubringen.

Sie war mit dem Einräumen fertig, als Dr. Oldham seine Untersuchung der Patientin beendete. Nachdem die Schwester ein buntes Tischtuch auf dem Tisch ausgebreitet hatte, schickte sie sich an, die Rosen, die er mitgebracht hatte, in der besten Schüssel, die sich fand, anzuordnen. Schon jetzt vertrieb der Duft der Rosen den eigentümlichen, unangenehmen Geruch von Armut.

Der alte Arzt, den die langen Jahre seines Berufes zu einem scharfen Beobachter gemacht hatten, bemerkte jede Einzelheit in dem veränderten Zimmer. Schweigend schaute er der geschickten jungen Frau in der Schwesterntracht zu, wie sie sich über seine Rosen beugte und sie mit dem Ausdruck von Liebe im Gesicht arrangierte. In ihren klaren grauen Augen leuchtete jenes Licht, das nur wenige der größten Künstler in ihren Bildern von der Mutter Jesu je eingefangen haben.

Die scharfen alten Augen unter den weißen Brauen füllten sich, und der Doktor wandte sich hastig wieder zu der jungen Frau auf dem Bett um. Sie hatte eine ausgezehrte Gestalt, war hager und verbraucht, und das Gesicht trug Furchen, die Angst und Sorgen, Kummer und Hoffnungslosigkeit dort eingemeißelt hatten. Nur noch eine schwache Spur von Jugend war geblieben, nur eine leise Erinnerung an die weibliche Schönheit, die ihr zu eigen sein sollte.

Miss Farwell schrak auf, als der alte Mann plötzlich einen lauten Ausruf ausstieß und sich erhob. Er sah die junge Frau aus sprühenden Augen und mit bebendem Gesicht an. Seine Stimme klang erschüttert, als er jetzt sagte: „Schwester, Sie und Harry sagen mir, es sei Selbstmord." Er deutete auf die reglose Gestalt auf dem Bett. „Auch anderen werden Sie sagen, daß das arme Mädchen sich umbringen wollte, und die Leute werden es auch einen Selbstmordversuch nennen."

Er hielt inne, doch dann sprach er – heftiger werdend – weiter. „Beim allmächtigen Gott, dies ist kein Selbstmord, sondern Mord! Mord, sage ich. Sie wollte doch nicht sterben! Leben wollte sie, stark und schön wollte sie sein, so wie Sie. Doch diese Stadt mit ihren Kirchen und Sonntagsschulen und Gebetsversammlungen und frommen Reden, wo darauf bestanden wird, daß alles seinen geordneten Gang zu gehen hat, diese Stadt hat ihr das versagt. Man hat ihr sogar das Recht verweigert, sich ihr Brot selbst zu verdienen. Man hat ihr jegliche Hilfe verweigert, jegliches Mitleid, jegliches freundliche Wort. Ausgewichen ist man ihr, bis sie hier in diesem stinkenden Loch Zuflucht suchen mußte. Sie könnte sterben, Schwester, und wenn sie stirbt, dann wird, so wahr es einen Schöpfer gibt, der seine Geschöpfe liebt, ihr Tod über den Häuptern dieser grausamen, frommen, selbstanbetenden, selbstgerechten, geistlich verfaulten, stolzen Kirchgänger von Corinth sein!" Der alte Mann sank, erschöpft von seiner leidenschaftlichen Rede, wieder auf seinen Stuhl zurück.

Eine Zeitlang waren nur die heftigen Atemzüge des Arztes zu hören. Die Krankenschwester stand da, überwältigt von den Worten des Arztes.

Dann regte sich die Gestalt auf dem Bett. Das kranke Mädchen schlug die Augen auf und sah verstört um sich. Miss Farwell eilte an die Seite ihrer Patientin.

Des Pfarrers Gelegenheit

Von der Sommerlaube auf Richter Strongs Grundstück ging Dan geradewegs zu seinem Zimmer.

Ein paar Leute, denen er unterwegs begegnete, drehten sich um und sahen ihm verwundert nach. Mrs. James, die sich gerade über den Zaun mit ihrer Nachbarin unterhielt, fand es unbegreiflich, daß der Pfarrer ihren Gruß nicht erwidert hatte. Denny winkte ihm fröhlich von seinem Garten aus zu, doch Dan hastete eilig an ihm vorbei.

An der Pforte bei sich daheim fing er an zu laufen, stob die Treppe hinauf, hastete in sein Zimmer und verschloß dann die Tür hinter sich. Da stand er nun, außer Atem und grimmig über sein närrisches Verhalten lächelnd. Er hatte sich geradezu wie ein Dieb aufgeführt, der mit seiner Beute davonrannte.

Er verstand selbst nicht, was über ihn gekommen war. Es war, als hätte er tatsächlich etwas genommen, das ihm nicht gehörte. Nach einer Weile kam ihm in den Sinn, daß es dafür vielleicht einen guten Grund geben mochte. Vielleicht steckte mehr dahinter als nur seine Einbildung.

Er ging in seinem kleinen Arbeitszimmer auf und ab und rief sich dabei jede Einzelheit der Begegnung vor der alten

Akademie in Erinnerung. Als er sich nun darauf besann, wie er der jungen Frau absichtlich seine Stellung verschwiegen hatte, sogar als sich die Gelegenheit zu einer Erläuterung ergeben hätte; als er an seine Fragen und an den falschen Eindruck dachte, den seine Worte bei ihr hervorzurufen schienen; und als er sich klarmachte, wie sie Dinge gesagt hatte, die sie niemals zu ihm gesagt hätte, wenn sie nur von seinem Beruf gewußt hätte, da drängte sich ihm die schmerzliche Erkenntnis auf, wie ein Dieb etwas genommen zu haben, auf das er kein Anrecht besaß. Sein Schweigen legte sie ihm gewiß als vorsätzlich aus, und ihr reines Wesen mußte, so dachte er, Anstoß an dem nehmen, was sie nur als eine Gemeinheit verstehen konnte, die ein wahrer Gentleman niemals begehen würde.

Das Gesicht rötete sich ihm vor Scham und Schuldbewußtsein. Es war nicht verwunderlich, sagte er sich, daß er auf dem Heimweg niemandem unter die Augen treten mochte und sich eilig in sein Zimmer geflüchtet hatte.

An diesem Nachmittag ging Dan hart mit sich selbst ins Gericht. Er sprach ein schonungsloses Urteil über sich. Doch trotz allen Zorns über das, was er getan hatte, spürte er im Grunde seines Herzens, daß er des Verbrechens, dessen er sich bezichtigte, unschuldig war. Er hatte nicht mit Absicht gehandelt. Diese Einsicht, wenn auch undeutlich empfunden, verschaffte ihm jedoch nur noch größeres Unbehagen. Er hatte das hoffnungslose Gefühl, in eine Falle gegangen zu sein – die Falle nämlich, eines Verbrechens überführt zu sein, das zwar vor dem Gesetz bestand, doch das ihm völlig ohne seine Absicht unterlaufen war und gewiß ohne das Vorhaben, jemandem Schaden zuzufügen.

In Wirklichkeit traf Dan eine viel geringere Schuld als die, deren er sich selbst bezichtigte. Während er die Gedanken und Gefühle der jungen Frau auf das genaueste nachvollzog, vergaß er, seine eigenen Motive gründlich zu prüfen. Ihm war bei weitem nicht bewußt, wie treu er sich selbst geblieben war. Was ihn gedrängt hatte, seine Berufung zu verschweigen, war ein Ausdruck seines Charakters als Mann: der Wunsch, als der Mensch zu gelten, der er war, anstatt nach seinem Beruf und seiner Stellung beurteilt zu werden.

Eines war unvermeidlich: Er mußte Miss Farwell wiedersehen.

Sie mußte ihn anhören. Sie mußte ihn verstehen lernen.

Denn neben seinem Interesse an der jungen Frau verspürte er als Pfarrer auch die Pflicht, sie für die Kirche zu gewinnen. Es konnte kein Zweifel daran bestehen, daß sie ein gläubiger Christ war. Dan hatte zu dieser Zeit noch nicht erkannt, daß ein Christ und ein Kirchenmitglied nicht immer dasselbe sein müssen. Der Gedanke, womöglich selbst noch ihre Abneigung gegen die Kirche verstärkt zu haben, war ihm unerträglich. In Dans Sicht der Dinge nahm noch die Kirche, nicht die Sache Christi, den höchsten Platz ein.

So war er früh an diesem Abend zum Haus des Richters Strong gegangen, um die junge Frau um eine Unterredung zu bitten. Als er aber an der Pforte stand und es den Anschein hatte, daß Dr. Harry ebenfalls anhalten wollte, war er schnell in der Dunkelheit weitergegangen. Später, bei der Gebetsversammlung, war er nicht recht bei der Sache. Sein Gebet wirkte so stotternd und unsicher, daß der Gemeindeälteste Jordan ihn argwöhnisch beobachtete.

Am nächsten Tag war Dan gerade damit beschäftigt, die letzten Notizen zu seiner Predigt über den Pfarrdienst zu machen, als seine Vermieterin ihm von dem versuchten Selbstmord in der Altstadt berichtete. Als er erfuhr, daß das Mädchen einmal zu den Mitgliedern seiner Kirchengemeinde gezählt hatte, machte er sich gleich auf den Weg zu Dr. Oldham, um sich nach den Einzelheiten des Geschehens zu erkundigen.

Er fand seinen alten Freund, der erst vor einer halben Stunde von der Altstadt zurückgekehrt war, auf seinem großen Stuhl auf der Veranda vor. Den Blick hielt er starr auf das gußeiserne Monument gerichtet. Noch immer verbittert über das Verbrechen, das die wohlhabenden, frommen Bürger der Stadt an dem armen Mädchen begangen hatten, fand der Doktor nur karge Antworten auf die Fragen des jungen Mannes.

Es war offensichtlich, daß der Doktor nicht zum Reden aufgelegt war. Seine Miene war finster, und seine Augen unter den zusammengezogenen Brauen sprühten vor Zorn.

Dan hatte seinen Freund noch nie in einer solchen Stimmung erlebt, und er konnte sich die Ursache nicht erklären.

Dan wußte es zwar nicht, aber der gutmütige alte Arzt hatte soeben von seiner Frau erfahren, daß das zu Unrecht verrufene Mädchen nur wenige Stunden vor ihrem Versuch, sich das Leben zu nehmen, noch bei ihm angeklopft hatte, doch daß sie von der vorsichtigen Martha mit der Begründung fortgeschickt worden war, der Doktor sei beschäftigt und habe keine Zeit für sie.

Auch ahnte Dan nicht, daß der alte Mann aus Zuneigung zu ihm schwieg, damit er in seinem Zorn nicht etwa Dinge sagte, die das unausgesprochene Etwas, das sich zwischen die beiden gedrängt hatte, noch verstärkten.

Unvermittelt wandte der Doktor seinen Blick von dem Denkmal ab, um geradewegs in die braunen Augen des jungen Pfarrers zu schauen.

„Sie war ein Mitglied in deiner Kirche", sagte er. „Besuch sie doch einmal und frage die Krankenschwester, ob die Kirche ihr irgendwie behilflich sein kann."

Dan nickte. Als er losgehen wollte, fügte der Doktor hinzu: „Und sage Miss Farwell, daß ich dich geschickt habe." Dann brummte er sich selbst zu: „Dort wird er mehr an Material für seine Predigt finden als bei sich in der Stube, wenn ich mich nicht sehr irre!"

Der Gedanke daran, die Krankenschwester wiederzusehen, tanzte in Dans Kopf, während er jetzt durch die Stadt ging. Wie seltsam sich diese Möglichkeit ergeben hatte! Der junge Pfarrer hatte das Gefühl, als sei alles auf geheimnisvolle Weise so geplant worden. Wenn die Krankenschwester erst sah, wie gütig sich die Kirche des armen Mädchens annahm, würde sie schon erkennen, wie falsch sie über diese geheiligte Einrichtung geurteilt hatte. Sie würde gezwungen sein, ihm zuzuhören. Gewiß hatte Gott ihm diese Gelegenheit gegeben, um sowohl sich selbst als auch die Kirche vor den Augen der Krankenschwester wieder ins rechte Licht zu rücken.

Ach, der arme Dan! Sein Denken war noch zu sehr mit dem Wunsch erfüllt, die junge Krankenschwester für die Kirche zu gewinnen, als daß er sich wegen Annas Selbstmordversuch sorgte.

So ging der Pfarrer der Gedächtniskirche durch den hellen Nachmittag die Straße entlang, auf der in der kühlen Morgendämmerung noch die Hufschläge von Dr. Abbotts Pferd gehallt hatten. Die Häuser, die noch so still dagestanden hatten, als die Krankenschwester sich auf den Weg gemacht hatte, waren nun mit Leben erfüllt. Die hohen Bäume, feucht und schwarz im Zwielicht des Morgens, wogten nun sanft im Wind, und ihre gefiederten Bewohner zwitscherten munter in ihren Zweigen. Die blassen Sterne waren in der blauen Unendlichkeit des Himmels verloren, und die Sonne erfüllte die Luft mit ihrer Wärme. Straßen und Häuser, Vorgärten und Blumen waren in ihr goldenes Licht getaucht. Dan blieb oben auf dem Akademie-Hügel stehen. Kein Nebelschleier verhüllte das malerische alte Gebäude, und die sanfte Berglandschaft erstreckte sich ohne verborgene Untiefen vor ihm.

Bei dem Gedanken an das, was die Krankenschwester dort unter der Eiche auf der grünen Anhöhe zu ihm gesagt hatte, und bei dem Gedanken an die Predigt, mit der er ihre Anklagen widerlegen würde, lächelte er zufrieden. Es war eine gute Predigt, befand er mit aufrichtigem Stolz: klar, logisch und überzeugend.

Mit zuversichtlichem Schritt ging er weiter.

Unerwartete Belehrungen

Miss Farwell war mit ihrer Patientin allein.

Dr. Harry, der dem Mädchen eine Visite abgestattet hatte, nachdem sie das Bewußtsein wiedererlangt hatte, war zu einem Hausbesuch aufs Land gefahren. Auf dem Rückweg würde er wieder nach ihr sehen, hatte er versprochen. Der alte Doktor hatte sich kurz darauf ebenfalls verabschiedet, als er sich davon überzeugt hatte, daß er zur Zeit nichts für die Patientin tun konnte.

Das Mädchen hatte zwar auf die Fragen der Ärzte geantwortet, doch weiter hatte sie kein Wort gesprochen. Sie lag regungslos mit dem Gesicht zur Wand da. Mehrmals hatte Miss Farwell versucht, sie sanft anzusprechen, doch das Mädchen hatte sie nur aus verstörten, halb verängstigten, halb trotzigen Augen angeschaut, wenn sie auch ihre Arznei gehorsam genommen hatte. Nachdem Miss Farwell ihr aber das Gesicht gewaschen, das Haar gebürstet und geflochten und ihr ein sauberes Nachthemd angezogen hatte, wich der trotzige Ausdruck einer verwunderten Dankbarkeit. Wenig später schlief sie ein.

Sie schlief noch, als Miss Farwell, die am Fenster stand, um einer Gruppe von Kindern draußen auf dem Platz beim

Spielen zuzuschauen, plötzlich einen Mann von der Neustadt her näherkommen sah. Das Gesicht der jungen Frau rötete sich, als sie die unverkennbare Gestalt des jungen Pfarrers erkannte.

Heller Zorn blitzte in ihren grauen Augen auf. Mit einem gehauchten Ausruf trat sie von dem Fenster zurück. Wohl als Antwort auf seine Frage deuteten ein halbes Dutzend Hände unten am Platz auf das Fenster, an dem sie gerade gestanden hatte. Sie beobachtete, wie er auf das Gebäude zukam.

Was sollte sie nur tun? Ihr erster Gedanke war, ihm den Eintritt zu verwehren. Welches Anrecht auf ein Wiedersehen mit ihr hatte er schon nach dem, was vorgefallen war!

Dann überlegte sie, daß er womöglich nur gekommen war, um das kranke Mädchen zu besuchen. Sie hatte kein Recht, ihm den Zutritt zu dem Zimmer zu verwehren, solange es ihrer Patientin nicht schadete. Immerhin war dieses Zimmer Annas Zuhause, und sie, Irena, befand sich nur als Krankenschwester hier.

Miss Farwell hatte plötzlich das Gefühl, eine Rolle in einem mächtigen Bühnenstück zu spielen, in dem soeben das Stichwort für den Auftritt eines weiteren Schauspielers gefallen war. Sie selbst hatte nichts mit dem Bühnenstück zu tun, außer ihre Rolle fehlerlos zu spielen. Es stand ihr nicht zu, die Rollen der anderen Schauspieler zu ändern. Sie konnte sich des Gefühls nicht erwehren, den gleichen Part schon oft zuvor gespielt zu haben.

Schnell trat sie an das Bett, wo die Patientin noch immer zu schlafen schien. Dann horchte sie zitternd auf Dans Schritte im Flur, die sich unaufhaltsam näherten.

Er klopfte ein zweites Mal an, bis sie endlich die Kraft fand, um an die Tür zu gehen und sie zu öffnen.

„Darf ich hereinkommen?"

Bei diesen Worten, die sie erst gestern in des Richters Garten gehört hatte, glühten ihre Wangen. Sie fand keine Antwort, und in den grauen Augen, mit denen sie Dan anschaute, las er eine Frage, und auch er errötete.

„Ich bin gekommen, um Ihre Patientin zu besuchen. Dr. Oldham schickt mich."

„Aber gern, kommen Sie nur herein." Sie trat beiseite,

und der Pfarrer ging in das Zimmer der Kranken. Ohne ein Wort schob sie ihm einen Stuhl an das Bett und ging dann an das Fenster. Er setzte sich jedoch nicht, sondern wandte sich zu der Krankenschwester um.

„Schläft sie?" erkundigte er sich leise.

Miss Farwell antwortete ruhig und sachlich: „Sie schläft schon seit fast zwei Stunden."

„Gibt es ... gibt es Hoffnung?"

„Dr. Abbott sagt, daß sie durchaus wieder gesund werden kann, wenn wir sie nur von ihrem Vorsatz abbringen können, sich das Leben zu nehmen."

Dan hatte das Leben schon immer von Herzen geliebt, schon seit den Tagen, als er mit seinem Vater oder dem alten Hirten durch die Hügel und Wälder gestreift war und die Geheimnisse der Tierwelt in den Bergen ergründet hatte. Angesichts des Todes packte ihn das übermächtige Entsetzen eines jungen Mannes von Fleisch und Blut. Den Tod duldete er im äußersten Fall als Ende eines langen und regen Lebens oder als Erlösung von einem schmerzhaften Leiden. Daß ein junger Mensch bei guter Gesundheit, der noch am Anfang eines Lebens voller Herausforderungen und Leistungen stand, den Tod suchte, war ihm eine unvorstellbare Gräßlichkeit. In mancher Hinsicht war Dan Matthew, der junge Pfarrer aus dem Ozark-Gebirge, noch sehr unerfahren. Die großen Mächte, die das menschliche Dasein formen und zerstören können, kannte er noch nicht.

Bei den ruhigen Worten der Krankenschwester wandte er sich erschaudernd zu dem Bett um.

„Sich vorsätzlich das Leben zu nehmen!" flüsterte er überwältigt.

Miss Farwell beobachtete ihn aufmerksam.

Dann flüsterte er, als meinte er eher sich selbst mit seiner Frage: „Warum in aller Welt sollte sie nur sterben wollen?"

„Warum sollte sie leben wollen?" gab die Krankenschwester zurück. Der kühle, sachliche Ton ihrer Stimme ließ ihn aufschrecken.

Er wandte sich verwundert zu ihr um.

„Ich ... ich verstehe nicht ganz, wie Sie das meinen", sagte er.

„Nein, das tun Sie wohl nicht", antwortete sie nüchtern. „Das wäre Ihnen unmöglich. Wie könnte es auch anders sein? Ihr Beruf befaßt sich mit Doktrinen und Theorien, mit Lehrsätzen und Glaubensanschauungen, mit Wissen und Geschichte und Auslegungen und Konfessionen. Hier jedoch geht es um Leben und Tod."

„Meine Kirche ..." begann er im Gedanken an seine Predigt, doch sie fiel ihm ins Wort.

„Ihre Kirche versteht es ebensowenig. Sie ist viel zu beschäftigt damit, ihre theologische Position zu verteidigen, ihren frommen Hunger nach Religiosität zu stillen, ihre kleinen Clubs und Kränzchen zu fördern, Geld für ihre Pfarrer einzutreiben und ihre Versammlungen abzuhalten, als für solche Dinge hier Zeit zu haben."

„Aber die Leute wissen ja nichts darüber", widersprach er. „Ich habe ja auch nicht geahnt, daß so etwas hier in unserer Stadt passieren könnte, daß jemand, der einmal in unserer Kirche Mitglied war, so verzweifelt ..." Er brachte den Satz nicht zu Ende. Schaudernd warf er einen Blick um sich und sah dann auf die regungslose Gestalt auf dem Bett.

„Sie sind ein Diener des Evangeliums Christi und wissen nichts über solche Dinge? Und dabei ist dieser Fall nicht einmal so ungewöhnlich! Ich könnte ihnen viele ähnliche Geschichten erzählen, wenn auch nicht alle Betroffenen aus dem Leben scheiden wollten. Dieses Mädchen hätte sich ihren Unterhalt leicht genug verdienen können, wenn sie nicht den letzten Rest von Selbstachtung aufgegeben hätte. Sie wissen, wovon ich spreche. Aber sie war ein unbescholtenes Mädchen. Deshalb sah sie keinen anderen Ausweg mehr. Sie wollte doch nur, daß man ihr eine Chance gab, weiter nichts. Aber niemand unter den frommen Leuten dieser Stadt war dazu bereit."

Der Pfarrer schwieg. Er fand keine Worte.

„Welches Recht haben Sie, Mr. Matthew", fuhr die Krankenschwester fort, „zu sagen, daß Sie nicht verstehen? Es ist Ihre Pflicht, zu verstehen und zu wissen. Und Ihre Kirche – welches Recht hat sie, sich nicht der Schicksale vor ihren Türen anzunehmen? Wenn diese Dinge nicht ihre Aufgabe sind, worin besteht dann die Aufgabe dieser Einrichtung, die stolz behauptet, zur Errettung von Menschenseelen zu bestehen, und die Männer wie Sie bezahlt, um, wie Sie mir selbst gesagt haben, der Welt zu dienen? Welches Recht, frage ich Sie nochmals, welches Recht haben Sie und Ihre Kirche, nichts von dem Elend, der Not, der Armut, den Wunden zu wissen, die den Leidenden durch die Selbstgerechtigkeit der sogenannten heiligen, von Gott eingesetzten Kirche zugefügt wurden? Dr. Abbott muß sich auf seine Arbeit verstehen und ich mich auf meine. Unsere Lehrer, unsere Anwälte und Beamten müssen sich allesamt auf ihre Aufgaben verstehen. Die Welt verlangt es von uns. Und die Welt beginnt, auch von Ihnen und Ihrer Kirche zu verlangen, sich Ihrer Aufgabe zu widmen."

Die Krankenschwester hatte leise und mit bekümmertem, leidenschaftlichen Ernst gesprochen.

Und Dan, der große Dan Matthew, vor kurzem zum Pfarrer ordiniert, doch noch kindlich unerfahren in geistlichen Dingen, saß wie ein Kind vor ihr, mit weißem Gesicht und großen Augen. Mit bebender Stimme versuchte er eine Antwort.

„Aber die Leute sind doch keine Unmenschen. Sie sind nur unwissend. Im Grunde genommen sind sie … sind wir hilfsbereit eingestellt. Wir in der Kirche verhalten uns nicht absichtlich grausam. Das werden Sie doch gewiß nicht bezweifeln, Miss Farwell."

Sie wandte sich müde von ihm ab, als habe es sie alle Kraft gekostet, ihm ihre Gedanken zu erklären.

„Aber natürlich bezweifele ich das nicht", antwortete sie. „Aber was ändert das schon an der Lage? Das gleiche könnte man wohl auch über jene sagen, die Christus ans Kreuz nagelten oder die Märtyrer auf den Scheiterhaufen verbrannt haben. Daß sie nicht mit Absicht handelten, ändert doch nichts daran, daß sie es trotzdem getan haben. Es ist eine Einrichtung, die ihre Mitglieder zu Sklaven macht; sie sättigt sich an Kräften, die eigentlich notleidenden Mitmenschen zugute kommen sollten. Die frommen Kirchenmitglieder wenden so viel Zeit, Gedanken und Liebe auf für ihre Kirchen und Lehrsätze und Versammlungen, daß ihnen für Menschen wie Anna nichts mehr bleibt." Die Stimme versagte ihr, und sie trat an das Fenster.

Während des Schweigens, das nun folgte, schaute Dan die Gestalt auf dem Bett an. Von draußen drangen die Rufe der spielenden Kinder in das Zimmer.

„Gibt es denn niemanden, der ein Herz für solche Menschen hat?“ fragte Dan endlich flüsternd.

„Man hat Anna zu verstehen gegeben, daß sie unerwünscht ist“, antwortete die Krankenschwester und wandte sich wieder zu ihm um. Ihre Stimme klang kühl.

„Aber Sie, Schwester“, beharrte er. „Gewiß liegt Ihnen etwas an ihr, oder nicht?“

Die grauen Augen füllten sich, und ihre Stimme erbebte vor Wärme, als sie antwortete: „Aber natürlich! Wie könnte sie mir auch gleichgültig sein? Wenn wir ihr doch nur glaubhaft machen könnten, daß wir ... daß es jemanden gibt, der ihr zur Seite steht; daß es ein Zuhause für sie gibt; daß es Menschen gibt, die sie brauchen!“

Sie ging an das Bett und sah auf das schlafende Mädchen.

„Ich kann und will sie nicht im Stich lassen.“

„Erlauben Sie uns, Ihnen dabei zu helfen“, sagte Dan. „Dr. Oldham hat vorgeschlagen, daß ich mich bei Ihnen erkundige, ob die Kirche irgendwie behilflich sein kann. Gewiß ist man gern dazu bereit, wenn ich die Lage erkläre.“

Die Krankenschwester sah ihn nur aus zornesblitzenden Augen an.

Er wurde unsicher. Eine solche Reaktion auf sein Angebot hatte er nicht erwartet.

„Schließlich ist dies das Werk der Kirche“, fügte er seinen Worten hinzu.

„Jawohl“, erwiderte sie hitzig, „so ist es in der Tat: dies ist das Werk der Kirche. Sie hat dieses Unheil angerichtet.“

Er starrte sie entgeistert an, als sie mit beißenden Worten fortfuhr: „Es ist offensichtlich, Mr. Matthew, daß Sie nichts von der ganzen Sache verstehen. Sie wissen weder, was hier vonnöten ist, noch kennen Sie die Ursachen, die dieses Mädchen zur Verzweiflung getrieben haben. Oh, ich bezweifele nicht, daß Ihre Gemeindemitglieder eine großzügige Kollekte spenden würden, wenn Sie ihnen in einer wortgewandten Rede von dem berichten, was Sie heute nachmittag hier gesehen haben. Manch einer würde sich vor lauter Gerührtheit sogar erbieten, tatkräftig zu helfen. Andere würden Blumen schicken. Aber ich empfehle Ihnen, sich zuerst einmal bei Dr. Oldham nach allen Einzelheiten dieses Falls zu erkundigen, bevor Sie mit dieser Sache vor Ihre Gemeinde treten. Fragen Sie ihn, warum Anna Conner sterben will. Und jetzt werden Sie entschuldigen, aber aus Rücksichtnahme auf meine Patientin, die jeden Moment aufwachen könnte, kann ich Ihnen nicht gestatten, Ihren Besuch noch länger auszudehnen."

Zu verstört und verletzt, um eine Antwort vorzubringen, verließ er das Zimmer. Sie horchte auf seine Schritte, die sich langsam auf dem Flur verloren.

Vom Fenster aus sah sie zu, wie er den alten Marktplatz überquerte und die von Unkraut überwucherte Straße nach der Neustadt einschlug.

Die hitzigen Worte waren ihr ungebeten über die Lippen gegangen. Schon jetzt bereute sie sie zutiefst. Irgendwie hatte sie dem Pfarrer angemerkt, daß er aus aufrichtiger Hilfsbereitschaft gekommen war. Seine Worte hatten jedoch mit Macht die ganze Grausamkeit des Schicksals wachgerufen, an dem das arme Mädchen um Haaresbreite zugrunde gegangen wäre. Der Vorschlag, die Kirche in dieser Sache um Hilfe zu bitten, hatte so absurd geklungen, daß sie hitzig aufbegehrt hatte, ohne ihre Worte abzuwägen.

Solche Versuche der Hilfeleistung waren Irena Farwell nicht neu. In ihrem Beruf begegnete sie immer wieder „Hilfsbereiten", die sich erst einschalteten, wenn alle Hilfe zu spät kam. So hatte einmal ein Saloonbesitzer einen großzügigen Geldbetrag für die Beerdigung eines Kindes gestiftet, das von seinem betrunkenen Vater zu Tode geprügelt worden war.

Während sie noch nachsann, machte Irena sich plötzlich klar, daß sie trotz allen Zorns noch niemals so harte Worte gebraucht hatte wie soeben im Gespräch mit dem Pfarrer. Wurde sie etwa bitter in ihrem Herzen? Heiße Tränen strömten ihr unversehens über die Wangen.

Am Abgrund

Dan fand den Doktor noch auf der Veranda vor. Mit müden Schritten ging der junge Pfarrer den Pfad zwischen den Rosen auf das Haus zu. Der Doktor beobachtete ihn mit geübtem Blick. Dan setzte sich nicht zu ihm.

„Nun?“ fragte der Doktor.

Dans Stimme klang fremd und gequält.

„Würden Sie wohl mit zu mir nach Hause kommen?“ bat er.

Ohne ein Wort erhob sich der alte Mann und folgte ihm.

Als die beiden hinter verschlossener Tür in Dans Studierzimmer saßen, sagte Dan: „Doktor, Sie hatten Ihre Gründe, weshalb Sie mich zu Miss Farwell schickten, um die Hilfe der Kirche anzubieten. Miss Farwell hat mir aber nur gesagt, ich soll mich bei Ihnen nach den Einzelheiten erkundigen. Bitte erzählen Sie mir, was es mit Anna Conner auf sich hat. Verschweigen Sie mir nichts. Warum wohnt sie in diesem elenden Zimmer? Warum wollte sie Selbstmord begehen? Ich möchte von Ihnen hören, was Sie über sie wissen und was Miss Farwell weiß.“

Der alte Arzt antwortete nicht, sondern sah nur schweigend den jungen Mann an, der längst wieder von seinem Stuhl aufgesprungen war, um im Zimmer auf und ab zu gehen.

Als sein Freund stumm blieb, drängte Dan: „Doktor, Sie müssen es mir sagen. Ich bin kein Kind mehr. Was zögern Sie? Sie dürfen es mir nicht verschweigen!"

„Du hast wohl recht", erwiderte der alte Arzt bedächtig. Er schwieg noch einen Moment. Dann erzählte er Dan von Annas Jugendzeit in der Kirche und davon, wie die Kirche sie verstoßen hatte, als man ihr Schlechtes nachzusagen begann.

Big Dan war mit der Leidenschaft zum Dienst am Mitmenschen geboren. Er war inmitten einfacher Verhältnisse in der Bergwelt aufgewachsen, wo der Glaube und die Lehren des alten Hirten eine ganze Generation verändert hatten; wo jeder dem anderen der Nächste war, wo ein jeder ein Anrecht auf die Hilfe der Gemeinschaft hatte und wo ein Mann nicht nach seiner Herkunft, sondern allein nach seinem eigenen Lebenswandel beurteilt wurde. Die Geschichte der Anna Connor war ihm ein solcher Greuel, daß er die Worte des Doktors kaum fassen konnte.

Als der Doktor geendet hatte, lastete ein betroffenes Schweigen in dem kleinen Studierzimmer des Pfarrers.

Als einer, der unter dem Einfluß seiner Eltern aufgewachsen war und von ihnen die höchsten Ideale und das Pflichtbewußtsein gegenüber seinen Mitmenschen empfangen hatte, war Dan schon früh von der theoretischen Opferbereitschaft und dem rühmlichen Dienst der Kirche in deren Bann gezogen worden. Er stellte sich die Kirche als einen Ort vor, wo er notleidenden Menschen dienen und helfen konnte. Die Kirche, so glaubte er, übt das Werk Christi auf den Pfaden des irdischen Lebens aus. Die Kirche als Einrichtung, straff organisiert, mit Lehrsätzen versehen und auf Jahrhunderte der Tradition gegründet, war für ihn der Leib Christi in der heutigen Welt. Dan war noch recht unerfahren. Er hatte noch nicht viele Kirchen gesehen und noch nie etwas von den Machtkämpfen und Intrigen erlebt, die sich oft hinter den Kulissen der Kirche abspielen. Er ahnte nichts von den selbstherrlichen Ältesten, denen die Kirchen zuweilen unterstanden. Dan hatte noch nicht bemerkt, daß es den Verbündeten gab.

Zum ersten Mal im Leben sah Dan sich nun den gegenwärtigen Zuständen gegenüber. Er sah die Kirche, wie sie war, nicht so, wie sie eigentlich sein sollte. Keine Theorie, keine Ideale, keine Opferbereitschaft und keinen ruhmreichen Dienst am Nächsten sah er, sondern die selbstsüchtigen Taten von Menschen. Er sah keine Traditionen, sondern nackte Tatsachen.

Es waren schreiende Abgründe: nicht nur das Schicksal der armen Anna, sondern auch die Auswirkung dieser grauenhaften Erkenntnis auf Dan. Hatte er denn studiert, sich auf das Pfarramt vorbereitet und sein Leben dann einer Einrichtung geweiht, nur um sich von ihr auf furchtbare Weise getäuscht zu sehen?

Das Gesicht des jungen Mannes war bleich. In seinen Augen mit dem fragenden Ausdruck seiner Mutter brannte eine Qual, die sein alter Freund noch nie dort gesehen hatte: die Qual des Zweifels.

In seinem Beruf hatte der Doktor sich dazu gezwungen, auch das schmerzlichste Leiden mit Unbewegtheit anzuschauen, um sein Urteil nicht durch seine Gefühle zu beeinflussen, denn von seinem sachlichen Urteil hing nicht selten das Leben des Patienten ab. Er hatte es gelernt, die grausamsten Schmerzen mit steter Hand zu verursachen; sein Skalpell brachte nur durch das Leiden die ersehnte Heilung. Sein Mitgefühl jedoch war dabei niemals abgestumpft, sondern nur verborgen worden. So hatten ihn die langen Jahre der Erkrankung der frommen Gesellschaft an den Anblick der Zustände gewöhnt, während diese Offenbarung seinen jungen Freund mit eiserner Härte getroffen hatte.

Aber der Doktor verstand dennoch, was diese neue Erkenntnis für den Jungen bedeutete. Er kannte Dan seit dessen Kindheit; er wußte, wie er erzogen worden war, und hatte sein Wachstum und sein Heranreifen liebevoll mitverfolgt. Der alte Arzt hatte von Anfang an gewußt, wie empfänglich sein Wesen für die Aussagen der Kirchenlehre sein würde. Oft sind es die unschuldigsten und aufrichtigsten Menschen, die in ihrer Arglosigkeit von dem Strom der

Falschheit in der Kirche fortgerissen werden. Die meisten verschließen jedoch die Augen vor der Wahrheit, sobald sie auf die tatsächlichen Zustände stoßen. So überschreiten sie die Grenzen ihrer einstigen Aufrichtigkeit und Reinheit, um dem Verbündeten in die Hände zu spielen.

Nun war der Zeitpunkt gekommen, an dem Dan vor dem Abgrund stand. Seine Augen waren ihm geöffnet worden.

Der Doktor hatte diesen Moment vorausgesehen, und er wußte von dem Leiden, das seinen Freund angesichts der unverhüllten Wahrheit des Lebens ereilen würde. Und Dan, dessen Augen in dem markigen, doch freundlichen Gesicht seines betagten Freundes nach Halt suchten, begriff nun, warum der Doktor sich gescheut hatte, ihm die Geschichte des kranken Mädchens zu erzählen.

Langsam und mit einem verstörten Ausdruck ging Dan an das Fenster. Mit blinden Augen schaute er das Denkmal auf der anderen Straßenseite an. Dann ging er rastlos an das andere Fenster und warf einen gedankenverlorenen Blick auf den kleinen Garten des mißgestalteten Jungen, wo der unförmige Felsbrocken, von Moos und Kletterpflanzen überwuchert, das Bild verunzierte. Schließlich ging er an seinen Schreibtisch und schob abwesend die Bücher und Mappen darauf hin und her.

Mechanisch folgte sein Blick den Zeilen, mit denen er noch am Morgen mehrere Blätter eng gefüllt hatte. Im nächsten Moment knüllte er die Blätter auch schon mit seinen kräftigen Händen zusammen und warf sie in den Papierkorb.

Dann wandte er sich zu dem Doktor um.

„Meine Predigt über den Dienst des Pfarrers“, sagte er mit einem bitteren Lächeln.

Lebensrettung

„Schwester!"

Irena Farwell wandte sich schnell um. Das Mädchen auf dem Bett sah sie aus großen Augen an.

Sie rang um ein Lächeln.

„Ja, meine Liebe, was ist? Haben Sie gut geschlafen?"

„Ich habe nicht geschlafen. Sagen Sie, Schwester, ist es wahr?"

Irena legte dem Mädchen ihre feste, kühle Hand auf die heiße Stirn und sah freundlich in die fragenden Augen.

„Sie haben gar nicht geschlafen, als der Pfarrer hier war?"

„Nein. Ich habe alles gehört. Ist es ... ist es wahr?"

„Was denn?"

„Daß Sie ... daß es Menschen gibt, denen ich nicht gleichgültig bin?"

Miss Farwells Gesicht leuchtete mütterlich. Sie senkte den Kopf, bis das kranke Mädchen ihr in die tiefen, grauen Augen schauen konnte.

„Wissen Sie denn nicht, daß mir an Ihnen liegt?" flüsterte die Krankenschwester.

Anna brach in Tränen aus und griff nach Irenas Hand. Mit

dem wiederkehrenden Funken von Hoffnung klammerte sie sich aus ganzer Kraft an ihr fest.

„Ich bin nicht so, wie Sie denken, Schwester“, schluchzte sie. „Ich habe immer versucht, anständig zu bleiben, auch als ich so hungrig war. Aber die Leute … die Leute in der Kirche haben so schlecht über mich geredet, daß es die ganze Stadt geglaubt hat, und dann habe ich mich geschämt und bin allen aus dem Weg gegangen. Aus der Kirche ausgeschlossen haben sie mich, und niemand hat mir Arbeit bei sich daheim gegeben. Von jeder Arbeit und von jedem Zimmer bin ich vertrieben worden, bis ich nur noch hier unterkommen konnte. Ach Schwester, ich wollte es nicht tun … ich wollte mir nicht das Leben nehmen, aber ich hatte niemanden mehr auf der Welt, dem ich auch nur noch einen Heller wert gewesen wäre!“

„Die Leute haben es nicht böse gemeint, meine Liebe“, sagte die Krankenschwester sanft. „Sie haben aus Unwissenheit gehandelt. Gerade haben Sie doch den Pfarrer sagen hören, daß die Kirche Ihnen jetzt helfen will.“

Schaudernd faßte das Mädchen erneut nach Miss Farwells Hand.

„Sie haben mich aus der Kirche verstoßen. Sie haben mir den Rücken gekehrt, als ich ihre Hilfe am dringendsten brauchte. Ich will keinen von ihnen sehen. Lassen Sie sie nur nicht kommen! Sie müssen mir versprechen, daß Sie diese Leute nicht zu mir lassen werden!“

Die Krankenschwester beruhigte sie.

„Keine Sorge, ich bin ja jetzt bei Ihnen. Ich werde für alles sorgen“, sagte sie. „Und niemand kann Sie von Gott vertreiben; das dürfen Sie nicht vergessen! Die Kirche mag sich von Ihnen abwenden, aber Gott niemals.“

„Gibt es überhaupt einen Gott?“ flüsterte das Mädchen. „Nach dem, was diese Leute mir angetan haben, glaube ich nicht mehr an ihren Gott. Wenn er auch so ist wie sie, dann will ich nichts mit ihm zu tun haben.“

„Doch, meine Liebe, es gibt einen Gott. Gott ist immer bei uns. Er ist auch jetzt hier bei uns! Und er ist ganz anders als die Leute, die Ihnen ein solches Leid zugefügt haben. Alle Grausamkeit der Welt kann uns unseren Gott nicht rauben, wenn wir uns nur zu ihm halten. Wir machen alle Fehler, wissen Sie; schreckliche Fehler sogar. Manche Leute haben ein Herz aus Gold und tun trotzdem zuweilen grausame Dinge, ohne es zu ahnen. Sogar die Leute, die Jesus ans Kreuz nagelten, waren womöglich auf ihre Art nett und umgänglich. Abends im Kreis ihrer Familie waren sie nicht unbedingt grausam und bösartig. Sie wußten nicht, was sie taten. Mit der Zeit werden Sie Mitleid für diese Leute bekommen, genau wie Jesus über jene weinte, die ihn foltern und töten sollten. Aber zuerst müssen Sie wieder gesund und kräftig werden. Das werden Sie doch tun, nicht wahr?"

„Ja, Schwester", flüsterte Anna. „Ich will's versuchen, jetzt, wo ich Sie hier habe!"

Die starke, junge Frau mit dem ruhigen Gesicht sprach sanft mit dem armen, verstoßenen Mädchen. Sie half ihr, ihren Kummer zu vergessen und ihren Blick auf eine glückliche Zukunft zu richten. Und als die Fenster auf der anderen Seite des Marktplatzes in der Abendsonne aufglühten und der Himmel im Glanz ihres Untergangs loderte, schlief das kranke Mädchen, die Hand noch in der Hand der Krankenschwester, friedlich ein.

Im Dämmerlicht des Abends saß Irena Farwell in ernste Gedanken versunken da. Tiefblickend, wie alle Diener ihrer Mitmenschen sein müssen, suchte sie zu ergründen, welche Rolle sie in dem Drama, unter dessen Darstellern sie sich befand, zu spielen hatte.

Nach wie vor drängte es sie, Corinth zu verlassen. Ihre Begegnung mit Dan hatte ihr diesen Ort unerträglich gemacht. Und wie konnte sie der Großstadt mit all ihren Nöten den Rücken kehren, wo Dr. Miles sie brauchte?

Aber was sollte dann aus Anna Conner werden? Diese junge Frau in ihrer Hilflosigkeit und Einsamkeit, die man verstoßen und verletzt hatte, war nun vom Sturm des Lebens vor Irenas Füße geworfen worden. Irena kannte die Macht, mit der dieser Sturm wütete. Sie hatte die furchtbare Gewalt dieser Mächte, die Anna Conner das Leben zur Qual gemacht hatten, schon manches Mal toben sehen. Sie wußte auch, daß viele andere Menschen einen verzweifelten, hoffnungslosen Kampf gegen die erbarmungslosen

Umstände fochten, an denen sie doch nichts ändern konnten.

Wie jemand, der von einem sicheren Ort am Ufer aus dem Schiffbruch auf See zuschauen muß, litt Irena unter der unablässigen Grausamkeit dieser unbeherrschten Mächte. Es betrübte sie zutiefst, sie nicht zügeln zu können.

Doch für dieses arme Mädchen fühlte sie sich nun verantwortlich, denn sie war ihr auf den Weg gestellt worden. Hier gab es eine Aufgabe für sie – eine von höchster Dringlichkeit, und sie war fähig, sie zu meistern. Zögern oder die Aufgabe aufschieben durfte sie nicht. Wenn sie auch die vielen Schiffbrüche nicht verhindern konnte, so konnte sie doch vielleicht dieses Leben aus dem Tosen des Sturms retten. Es war nicht Irena Farwells Art, die Ursachen des Schiffbruchs zu ergründen oder in tiefschürfende Gedanken über die Zweckmäßigkeit gewisser Änderungen zu verfallen, wenn es eine dringende, persönliche Aufgabe zu bewältigen gab wie diese junge Frau mit einem Funken von Leben zu retten.

Die Krankenschwester bezweifelte nun nicht mehr, daß das Mädchen am Leben bleiben und sich wieder erholen würde. Was würde aber dann mit ihr geschehen? Solange sie noch krank war, würde man ihr Mitleid erweisen. Wenn sie aber wieder gesund war, würde man sie dann nicht wie eh und je verstoßen? Wer unter den Leuten von Corinth würde ihr eine Unterkunft oder eine Arbeit bieten, wenn ihr Fall nicht mehr im Mittelpunkt der öffentlichen Wohltätigkeit stand? Ihr versuchter Selbstmord würde ihr mehr als alles andere anhaften, und jedermann in der Stadt würde ihr mit Argwohn, Mißtrauen und grausamer Neugier begegnen.

Dann würde sie in der Tat jemanden brauchen, der ihr zur Seite stand, jemanden, der ihr vertraute und sie mochte! Was nützte es schon, ihr Leben aus dem tosenden Sturm zu retten, um es dann gleich darauf wieder den Wogen auszusetzen? Je länger Irena im Zwielicht der Dämmerung nachsann, desto stärker wurde die Überzeugung in ihr, daß ihre Verantwortung für dieses Menschenleben erst endete, wenn Anna außer Gefahr war und ihre Zuversicht und ihren Glauben zurückgewonnen hatte.

Einem Menschen das Leben zu retten ist ein Geringes. Einen Menschen am Leben zu erhalten ist dagegen eine große Tat. Mehr noch: ein Leben ist erst dann wirklich gerettet, wenn es in Sicherheit ist.

Als Dr. Harry, wie verabredet, später am Abend zu der Patientin kam, reichte er Miss Farwell einen Umschlag.

„Mr. Matthew hat mich gebeten, Ihnen diesen Brief auszuhändigen“, sagte er. „Ich bin ihm unten auf dem Marktplatz begegnet. Er wollte nicht hereinkommen, sondern hat sich gleich wieder auf den Rückweg gemacht, nachdem er mir den Brief gegeben hatte.“

Er schaute zu, wie sie den Brief öffnete und den kurzen Inhalt las:

„Dr. Oldham hat mir die Geschichte Ihrer Patientin erzählt. Sie haben recht: ich kann diese Sache nicht vor meine Gemeinde bringen. Ich möchte Ihnen dafür danken, daß Sie mir viele Dinge klargemacht haben. Dennoch kann ich meinen Dienst als Pfarrer nicht aufgeben. Bitte verwenden Sie das Beiliegende für Miss Conner, ohne meinen Namen zu erwähnen. Verwehren Sie mir bitte diese Gelegenheit zur Hilfe nicht.“

Das „Beiliegende“ war eine großzügige Geldspende.

Miss Farwell reichte dem Arzt den Brief mit einer knappen Erläuterung. Eine Zeitlang saß Dr. Harry schweigend da. Dann bat er sie ohne weitere Bemerkungen über den Brief, das Geld dem Wunsch des Pfarrers gemäß zu verwenden, und erkundigte sich anschließend nach dem Ergehen der Patientin. Als die Krankenschwester ihren Bericht gegeben hatte, schöpfte er tief Luft.

„Nun, das Schlimmste ist überstanden, Schwester. Sie wird sich erholen, und in ein oder zwei Wochen wird sie wieder völlig gesund sein. Rein äußerlich gesehen, meine ich. Was den Rest betrifft“, fügte er mit einem zweifelnden Blick hinzu, „weiß niemand, ob sie das je verwinden wird.“

Lektionen eines Anglers

„Komm, Junge", sagte der Doktor, „laß uns angeln gehen! Ich weiß eine patente Angelstelle etwa zwölf Meilen von hier. Wir überreden Martha dazu, uns ein Frühstück zuzubereiten, und dann brechen wir zeitig auf. Was meinst du?"

Die beiden saßen gerade auf der Veranda vor des Doktors Haus beisammen.

„Unmöglich", wehrte Dan ab. „Morgen ist Sonnabend, und ich habe noch keine Predigt für Sonntag, da mein Entwurf im Papierkorb gelandet ist."

„Du wirst bessere Gedanken finden, wenn du Abstand von alledem gewinnst", knurrte der Doktor. „Ältere als du haben ihr ganzes Leben lang dagegen gekämpft. Glaube nur nicht, du könntest eine Lösung finden, wenn du zwei Tage lang darüber nachdenkst. Nimm dir Zeit zum Angeln. Dann wirst du klarere Gedanken fassen können. Es gibt nichts Besseres als einen strömenden Fluß, um einem die Verwirrung aus dem Kopf zu waschen und die Gedanken in neue Bahnen zu lenken. Gordons Mühle ist genau das richtige für dich."

Den Abend verbrachten die beiden Freunde damit, sich auf den Ausflug vorzubereiten und gemeinsam zu überlegen, welches Angelgerät sie benutzen wollten. Beim Prüfen von Haken, Schnüren und Rollen und bei der Erinnerung an die vielen gemeinsamen Unternehmungen wurden die Gedanken des jungen Mannes von seiner Seelenqual abgelenkt. Bei Anbruch des Tages stärkten sie sich an einem selbst zubereiteten Frühstück, dessen Zutaten ihnen die gute Martha bereitgestellt hatte, wenn sie auch des Pfarrers Müßiggang am Vortag des Sonntags höchst ungewöhnlich fand.

Als sie die Stadt weit hinter sich gelassen hatten und dem Höhenweg in der frischen Luft des frühen Morgens folgten, um endlich an den Waldrand zu gelangen, lachte der Doktor laut, als Dan einen wilden, jungenhaften Schrei ausstieß.

„Ich mußt' es einfach tun", entschuldigte sich der junge Mann. „Es ist ja die reinste Wohltat, endlich wieder mit Ihnen in den Wäldern zu sein. Mir ist schon viel besser zumute!"

„Dann schrei noch einmal", sagte der Arzt und lachte wieder. „Ich verrate es schon niemandem, keine Sorge!"

Gordons Mühle lag in einem tiefen, engen Tal inmitten einer sanften, bewaldeten Hügellandschaft. Die Mühle, die Gemischtwarenhandlung, das Postamt und die Schmiede wurden täglich von der Postkutsche aus Corinth, einem alten, abgenutzten Gefährt, mit Post und hin und wieder auch mit Passagieren beliefert, die sich in diesen abgelegenen Landstrich verirrten. Klar, rein und kalt entsprang der Bach einem Labyrinth von geheimnisvollen unterirdischen Höhlen im Innern der Berge. Vom Rand des Teiches rauschte, kochte und schäumte er auf den zwei Meilen entfernt liegenden Fluß zu, um nur von dem Mühldamm in seinem Lauf aufgehalten zu werden. Vor dem Damm lag das Wasser still und tief; lange Moosstränge, Wasserpflanzen und Schilfrohr wogten in seiner ruhigen Klarheit und boten flinken Forellen schattige Verstecke, während die freiliegenden schimmernden Flächen ein Spiegel für den steilen, bewaldeten Abhang und die Bäume waren, deren Zweige bis in das glitzernde Naß tauchten.

Als die beiden Freunde nun den schmalen Pfad am Felsvorsprung entlanggingen, mit festem Schritt durch die tosende Strömung wateten und ihre Angelköder hier und dort als Verlockung für die hungrigen Bachbewohner auswarfen, verspürte Dan das Leben und die Frische von Gottes schöner Welt in sein Herz einkehren. Zur Essenszeit machten sie ein kleines Feuer, über dem sie sich Kaffee kochten und einen guten Teil ihrer Beute brieten. Dann ließen sie sich geruhsam am Bachufer nieder und unterhielten sich, wie sich nur jene miteinander unterhalten können, die nahe genug an der Natur wohnen, um sich innig mit ihr und mit anderen Menschen verbunden zu fühlen.

Nach einem langen Schweigen, zu dem es unter wahrhaft guten Freunden leicht kommt, warf Dan einen Kiesel weit in den kleinen Stausee hinein und schaute ihm nach, bis er in den Tiefen des Wassers verschwunden war.

„Woher kommt er eigentlich?" fragte er.

„Wer?"

„Dieser Bach. Es heißt, Doktor, daß seine Breite immer gleich bleibt, ob bei Regen oder nach langer Dürre. Wie erklären Sie sich das?"

„Ich erkläre mir gar nichts", gab der Doktor augenzwinkernd zurück. „Ich angele nur darin."

Dan lachte.

„Und das", sagte er dann nachdenklich, „ist Ihre Lebensphilosophie."

Sein betagter Kamerad antwortete nicht darauf.

Dan wählte sorgfältig noch einen Kieselstein.

„Als Pfarrer bitte ich Sie", sagte er, „sich einmal näher zu diesem Thema zu äußern."

„Und als praktischer Arzt", gab der Doktor zurück, „sag' ich: Versuch es doch selbst einmal!"

Der hochgewachsene junge Mann streckte sich der Länge nach am Ufer aus und verschränkte die Arme hinter dem Kopf. Dann sagte er versonnen: „Nun, ich will es einmal versuchen: Man weiß nicht, woher das Leben kommt, und nach einer kurzen Spanne verliert es sich in dem großen Strom, der sich seinerseits wiederum im Grenzenlosen verliert."

Der Doktor hörte aufmerksam zu. Dan fuhr fort, halb zu sich selbst, halb zu seinem Freund sprechend: „Deshalb sollte man seine Zeit nicht damit vergeuden, über den unergründlichen Ursprung dieses Lebensstromes nachzugrübeln oder seinen Verlauf zum Ozean nachzuzeichnen. Es ist genug, daß das Leben besteht und daß man während seiner kurzen Dauer sein Möglichstes tun muß, um Gutes aus dem Strom zu erbeuten. Zu diesem Ziel muß man Hand, Auge und Hirn schulen. Es gilt, ein tüchtiger Angler am Strom des Lebens zu sein."

„Ausgezeichnet für einen Pfarrer!" lobte der Doktor. „Halte dich an das Erforschbare und vergeude keine Zeit mit dem Unerforschbaren. Das ist mein Gebot und mein Evangelium. Wenn deine Gemeindemitglieder dich aber gehört hätten, dann gäbe es einen Skandal. Solch liberale Theologie von den Lippen ihres Pfarrers, ohne ein Wort über das Kreuz und das Blut und das Versöhnungswerk in diesem Gleichnis des Lebensstroms! Unerhört!"

„Ich habe natürlich nur den Vergleich gedeutet, Doktor. Ich bitte Sie, dem Ältesten und dem Richter gegenüber nichts davon zu erwähnen."

Dr. Oldham lachte schallend.

„Und wenn Sie Zweifel an meiner Auslegung haben", sagte Dan, „dann soll sich doch einmal der praktische Arzt daran versuchen."

„Hm", knurrte der Doktor, schwieg einen Moment und sagte dann: „Halt' es doch auf!"

„Was denn?"

Der Doktor zeigte auf den Teich, der mit Macht dem Fluß zu rauschte, doch niemals spärlicher wurde, sondern von seiner unsichtbaren, unbekannten Quelle stets neu gespeist wurde.

Der junge Mann schüttelte den Kopf in Ehrfurcht vor der mächtigen Kraft im Verborgenen.

„Ebensowenig kann der große Strom der Liebe", sagte der Doktor, nun ganz und gar ein Dichter, „der unter den Menschen und für die Menschen fließt und im Dienst am Menschen seinen Ausdruck findet, jemals aufgehalten oder zum Versiegen gebracht werden. Verborgene, ewige Quellen werden sich immer einen Weg an die Oberfläche bahnen. Hier und da mag dieser Strom wohl durch Hindernisse und äußere Umstände aufgehalten, niemals aber zum Stillstand gebracht werden, denn äußere Umstände können der Quelle keinen Schaden zufügen. Und diese Liebe wird nicht versiegen; sie wird die Dämme einreißen oder sie überfluten, und wenn es notwendig ist, wird sie sich neue Bahnen suchen. Für jeden Richter Strong und seinesgleichen gibt es irgendwo eine Irena Farwell und ihresgleichen. Für jedes gußeiserne Kirchendogma gibt es eine lebendige, blühende Wahrhaftigkeit."

*

Diese Woche hatte Dan in der Tat viel Anlaß zum Nachdenken gegeben.

Seine Predigt am nächsten Tag, die er anstelle der zuvor angekündigten Predigt hielt, stieß nicht bei allen seinen Zuhörern in der Gedächtniskirche auf Gefallen. Zum ersten Mal seit seiner Ankunft wurden Bedenken über seine Aussagen laut.

„Es war ja alles gut und schön", sagte Martha Oldham, als sie dem Pfarrer am Ausgang die Hand reichte, „aber sagen Sie mir, Bruder Matthew, wo war nun von der Kirche die Rede? In der Heiligen Schrift heißt es doch schwarz auf weiß, daß wir nicht die Versammlung der Heiligen verlassen sollen."

Auf gemeinsamem Boden

Am darauffolgenden Dienstag war Dan schon früh in Dennys Garten bei der Arbeit. Manch einer der Gemeindemitglieder von der Gedächtniskirche mochte befunden haben, daß Dan seine Zeit erheblich nutzbringender in seinem Studierzimmer zubringen könnte.

Die herrschende Klasse dieser Kirchengemeinde (in der Theorie hat natürlich eine Kirche keine herrschende Klasse) machte unter sich in zunehmendem Maße Bemerkungen über dieses entwürdigende Schauspiel, das nun immer häufiger zu sehen war: nämlich der hemdsärmelige Pfarrer bei einer gewöhnlichen Arbeit.

Mit dem Amt des Pfarrers war immerhin eine würdevolle Stellung verbunden, und wenn er schon selbst keinen Stolz besaß, dann hatte er wenigstens die Meinung seiner Gemeinde zu berücksichtigen. Zudem bezahlte man ihn nicht dafür, in dem Garten anderer Leute zu arbeiten!

Die ernsten und wachsamen Hüter des Glaubens, die sich vor dem Gott, dem sie zu dienen meinten, für den Glauben jenes Mannes verantwortlich fühlten, der der Welt ihre Irrtümer und zugleich die glorreiche Weisheit der Kirche vor

Augen führen sollte, nahmen des Pfarres Freundschaft mit diesem Katholiken mit wachsendem Unbehagen wahr.

Die übrigen Kirchenmitglieder, die weder zur herrschenden Klasse noch zu den Glaubenshütern zählten, sondern schlechthin nur Passagiere auf der Arche der Seelenrettung waren, betrachteten die Sache mit verwirrtem Interesse. Ein wenig Veränderung brachte eine neue Würze in das Schauspiel – was durchaus nicht zu verachten war. Aus sicherer Entfernung behielten die „Passagiere" einerseits die „herrschende Klasse", andererseits die „Glaubenshüter" im Auge, warfen auch zuweilen einen prüfenden Blick auf Dan und warteten dabei voller Spannung auf ihr eigenes Stichwort zum Bühnenauftritt.

Die Welt vor den Kirchentüren beobachtete die Entwicklung der Ereignisse mit Belustigung und Spannung. Insgeheim hegte ein jeder Bewunderung für den treuen, fleißigen jungen Arbeiter in dem Garten, und die ganze Stadt war ihm dafür dankbar, sie mit neuem Gesprächsstoff versorgt zu haben. Die Gedächtniskirche war Sonntag für Sonntag bis auf den letzten Platz besetzt.

Indessen arbeitete Big Dan, ohne auch nur das geringste von den Spekulationen über sich zu ahnen, fleißig weiter inmitten der Kartoffeln und half dem mißgestalteten Jungen, seine Kohlköpfe und die anderen Gemüsesorten, die dort unter dem Fenster des Pfarrers wuchsen, zu ernten und für den Markt zu säubern. Er hätte sich nie träumen lassen, daß er mit dieser einfachen nachbarschaftlichen Hilfe der Stadt wie auch seiner eigenen Kirche allerlei Anlaß zur Aufregung gab. Wenn Dan es sich auch wohl nicht eingestanden hätte, so gehörten diese Stunden im Garten, wo Denny hoch auf seinem Felsbrocken saß und Deborah ihm dann und wann ein munteres Wort aus dem Haus zurief, zu den erfreulichsten Stunden des ganzen Tages.

Jede Faser und jeder Nerv des jungen Hünen aus dem Gebirge schien nach Taten zu schreien. Die große Leidenschaft seiner Seele war die Leidenschaft zur Tat: zu arbeiten, zu dienen, zu schaffen. Er hatte sich zum Pfarrdienst berufen gefühlt, um dort der Welt in aller Aufrichtigkeit und Hingabe zu dienen. Schon jetzt konnte er sich zuweilen des Gefühls nicht erwehren, in der Arbeit der Kirche fehl am Platze zu sein: da waren die Hausbesuche, die er Tag für Tag seinen Gemeindemitgliedern abstattete, um zumeist mit der Dame des Hauses ein paar unbedeutende Bemerkungen auszutauschen, während die Familienoberhäupter an ihren Arbeitsplätzen das Brot für die Familie verdienten; die Zusammenkünfte der verschiedenen Frauenvereinigungen innerhalb der Gemeinde, wo der Pfarrer als einziger Mann anwesend war und die Gespräche sich um die Belange der Frauen drehten; die Ausschußsitzungen, wo man stundenlang über nichtige Fragen mit einer solchen Gewichtigkeit verhandelte, als hinge die Errettung der Welt davon ab – welche Farbe der neue Altarteppich haben sollte oder wer den Kuchen zur nächsten Gemeindefeier backen würde. Mit der Zeit wurde Dans Geduld auf eine harte Probe gestellt. Bei all der Geschäftigkeit in der Kirche konnte er kein Anzeichen dafür entdecken, daß etwas für das Reich Gottes damit erreicht worden war. Dan fühlte sich eher als Direktor einer Firma denn als Prediger des Evangeliums.

Fast eine ganze Woche lang hatte Dan keine Zeit für den Garten gefunden, und an diesem Tag hatte er den Vorsatz gefaßt, alles Versäumte aufzuholen. Eine Stunde bevor Denny aufstand, kam der Pfarrer zur Arbeit. Als er die Geräte aus dem Schuppen holte, rief Deborah ihm aus dem Küchenfenster zu: „Sie sind aber früh heut' morgen! Es gibt nicht viele, die in aller Herrgottsfrühe aufstehen, um anderer Leute Arbeit zu tun!"

Der Pfarrer wehrte lachend die warmherzige Dankbarkeit ab, die ihm entgegengebracht wurde.

„Ich habe mich ja in letzter Zeit vor der Arbeit gedrückt", sagte er. „Wenn ich mich nicht ein wenig anstrenge, wird der Herr Direktor mich noch entlassen! Wie geht es ihm denn?"

„Prächtig, Sir, ganz prächtig. Er ist noch nicht auf. Sobald er sieht, was Sie da treiben, werden Sie ihn vom Fenster aus protestieren hören!"

„Sei's drum!" rief Dan zurück. „Wenn ich fleißig bin, läßt er mich vielleicht noch ein Weilchen in seinen Diensten. Es wäre ja nicht auszudenken, von ihm entlassen zu werden!"

Arbeiter und Geschäftsleute schmunzelten im Vorübergehen über die hemdsärmelige Gestalt in dem Garten. Manch einer rief dem Pfarrer einen Gruß zu. Der Zeitungsjunge warf einen neugierigen Blick über den Zaun, und als der Doktor auf seine Veranda hinaustrat und über die Straße in den Garten spähte, lächelte er zufrieden und widmete sich dann seinen Rosen.

Dans Gedanken waren an diesem Morgen nicht völlig mit der Arbeit beschäftigt, die seine Hände verrichteten. Ebensowenig dachte er an seine Pfarrerspflichten oder die nächste Predigt, die er zu halten hatte. Während er sich über die Erde beugte, wanderten seine Gedanken immer wieder zu der jungen Frau, die er zuletzt an dem Bett des kranken Mädchens in dem armseligen Zimmer in der Altstadt gesehen hatte. Die herrliche Frische und Süße des Morgens und der Duft des Taus auf den Blumen erinnerten ihn auf stille Weise an sie. Der Gedanke an sie schien irgendwie zu der Gartenarbeit zu passen, die er mit großer Freude verrichtete.

Er rief sich jede Begegnung, die er mit ihr gehabt hatte, in Erinnerung. Es waren nicht viele gewesen, und in mancher Hinsicht waren die beiden jungen Menschen einander noch immer fremd. Doch jede Begegnung war von etwas Ungewöhnlichem gekennzeichnet, so daß sie bei weitem nicht alltäglich oder unbedeutend verlaufen war. Noch immer hatte er das unbestimmte Gefühl, daß diese junge Frau eines Tages eine große Rolle in seinem Leben spielen sollte. Er zweifelte nicht daran, daß er sie wiedersehen würde. Gerade sann er darüber nach, wann und wo dieses Wiedersehen nur stattfinden mochte, als er von seiner Arbeit aufschaute und sie in ihrer frischen Schwesterntracht in Blau und Weiß auf sich zukommen sah.

Sprachlos stand Dan da, als sie sich nun näherte. Mit zierlichen Schritten ging sie zwischen den Beeten und Pflanzenreihen her und hielt sich dabei sorgsam das Kleid. Ihre hübsch geformte Gestalt strahlte mit jedem Schritt Kraft und fröhliche Lebendigkeit aus.

Etwas wunderbar Vertrautes und Ahnungsvolles lag in dem Anblick der jungen Frau in ihrer Diensttracht, die im Licht der ersten Morgensonne in den Garten gekommen war, um den fleißigen Mann bei der Gartenarbeit zu unterbrechen.

„Guten Morgen", wünschte sie mit einem Lächeln. „Ich habe Ihnen vom Haus aus zugesehen und fand, daß Sie viel zu emsig zu Werke gehen. Sie brauchen eine Pause, will mir scheinen. Sind Sie immer so schaffensfreudig?"

Dan Matthew war einer jener Männer, die auch in Hemdsärmeln einen stattlichen Anblick bieten. Die Augen der jungen Frau verrieten trotz aller ruhigen Selbstsicherheit ihre Bewunderung, als er nun so hochgewachsen und aufrecht, mit breiten Schultern und muskulösen Armen vor ihr stand.

Dan jedoch sah nichts von der Bewunderung in ihrem Blick. Er war so verwirrt über ihr unvermutetes Erscheinen, daß ihm diese so aufschlußreiche Einzelheit völlig entging.

Er wandte sich nach dem Haus um und dann wieder zu der jungen Frau.

„Sie haben mir vom Haus aus zugeschaut?" fragte er. „Ich wußte nicht, daß Sie ..."

„Daß wir jetzt Ihre Nachbarn sind?" führte sie den Satz für ihn zu Ende. „Doch, so ist es. Anna und ich sind gestern eingezogen. Es wäre nicht gut für sie gewesen, noch länger in ihrem Zimmer zu wohnen, ganz allein obendrein. Dort konnte sie ja keinen frohen Gedanken fassen! Sie brauchte eine andere Umgebung. Ich hatte gehört, daß Mrs. Mulhall ein Zimmer zu vermieten hatte; ich hatte selbst erwogen, es zu nehmen, bevor ich mich entschloß, nach Chicago zurückzufahren."

Sie errötete, als sie sich auf den Grund dieser Entscheidung besann, aber dann sprach sie mit Entschlossenheit weiter.

„Das arme Mädchen hatte eine solche Angst vor allen Leuten, daß ich meinte, es könnte ihr nur guttun, wenn sie erlebt, wie Mrs. Mulhall und Denny sich ihrer annehmen, auch wenn es Dennys Vater war, der von ihrem Vater ... nun, Sie wissen schon."

„Ja, ich weiß, wovon Sie sprechen."

„Ich habe Mrs. Mulhall alles erklärt. Sie ist eine Seele von Mensch und hat das arme Mädchen auf der Stelle getröstet. Unter diesem Dach lebt eine solche Bereitschaft zum Vergeben! Außerdem dachte ich, wenn Anna hier bei Mrs. Mulhall wohnt, werden die Leute sie vielleicht freundlicher behandeln. Man wird ihr eine Arbeit geben, damit sie für sich selbst sorgen kann. Die Leute werden sich schon ändern, wenn sie erst sehen, das Mrs. Mulhall ihr nichts nachträgt und sich ihrer annimmt, meinen Sie nicht auch?"

Dan konnte kaum Worte finden. Die junge Frau war sich ihrer großartigen Tat völlig unbewußt.

„Und Sie?" fragte er. „Sie reisen nun also doch nicht ab?"

„Nicht, bis Anna gut versorgt ist. Sie braucht mich noch, bis sie ein bleibendes Daheim gefunden hat. Und Dr. Harry hat mich überzeugt, daß es bis dahin jede Menge Arbeit für mich in Corinth gibt. So werden Anna und ich einstweilen bei Mrs. Mulhall wohnen. Anna hält alles in Ordnung, während ich zum Dienst gehe. Dadurch fühlt sie sich unabhängiger – und außerdem", fügte sie aufrichtig hinzu, „wird es auf diese Weise nicht so teuer für uns. Damit wäre ich auch schon bei dem, was ich Ihnen eigentlich sagen wollte." Sie machte eine Pause. „Ich möchte Ihnen nämlich für das Geld danken, Mr. Matthew, das sie Anna geschickt haben. Das arme Kind brauchte so viele Dinge. Und ich möchte ... ich möchte mich bei Ihnen dafür entschuldigen, wie ich Sie behandelt habe, als Sie zu uns kamen. Ich hätte es besser wissen sollen, und Mrs. Mulhall hat mir erzählt, wie gut Sie zu ihr und ihrem Sohn gewesen sind. Ich möchte ..."

„Bitte, Miss Farwell", unterbrach Dan sie. „Schon gut! Sie hatten doch recht mit dem, was Sie sagten. Das ist mir inzwischen klargeworden." Dann fügte er zögernd hinzu: „Sie sollen aber wissen, Miss Farwell, daß ich mich bei unserem Gespräch auf dem alten Schulhof keineswegs mit Absicht ungehörig benommen habe."

Sie schwieg nur, und er fuhr fort: „Ich hoffe, ich kann Sie davon überzeugen, daß ich nicht der ungehobelte Rüpel bin, für den Sie mich gewiß halten. Ich ... nein, vielmehr dieser Dienst", und er betonte das Wort mit einem Lächeln, „dieser Dienst ist mir noch so neu, wissen Sie; ich bin sehr unerfahren in meinem Beruf, und diese Begegnung mit Ihnen war mir etwas völlig Neues."

Sie warf ihm einen kurzen Blick zu.

„Was Sie dort auf dem Schulhof zu mir sagten, hatte ich noch nie zuvor gehört", fuhr er fort, „und in meiner Verwunderung habe ich nicht daran gedacht, wie mein Schweigen auf Sie wirken mußte, wenn Sie erst meinen Beruf erfuhren."

„Ist dieses denn Ihre erste Pfarrstelle?" erkundigte sie sich.

„Ja", antwortete er. „Ich bin erst vor drei Monaten aus dem Predigerseminar entlassen worden. Erst jetzt wird mir deutlich, wie unbedarft ich eigentlich bin. Ich bin in den Bergen aufgewachsen. Bis zum Studium kannte ich nur das einfache Landleben. Am Predigerseminar habe ich nur Bücher und Mitstudenten zu sehen bekommen, und dann bin ich auch schon nach Corinth berufen worden."

Während er sprach, erhellte sich das Gesicht der jungen Frau. Die aufrichtige Frische, mit der dieser hochgewachsene Mann jungenhaft seine eigene Unwissenheit eingestand, war einfach wohltuend. Sie reichte ihm spontan die Hand.

„Lassen Sie uns das alles doch vergessen", sagte sie. „Es war ja nur ein Mißverständnis!"

„Dann sind wir also jetzt Freunde?" fragte er und nahm die ausgestreckte Hand.

Ohne zu antworten zog die junge Frau ihre Hand aus der seinen und trat ein paar Schritte zurück. Sie rang mit einem leichten Zittern um ihre Fassung.

Dieser Mann hatte etwas Besonderes an sich. Was war es nur? Die Berührung seiner Hand? Irena Farwell erschrak über die neuen Gefühle in ihrem Innern, die sie nicht zu zügeln vermochte.

Sie setzte sich auf den großen Felsbrocken und sagte, als habe sie seine Frage nicht gehört: „Deshalb sind Sie also so groß und kräftig und kennen sich so gut mit der Gartenarbeit aus. Für jemandem in Ihrem Beruf kam mir das recht sonderbar vor, aber jetzt verstehe ich, wie natürlich es für Sie ist."

„Ja", lächelte er, „sehr natürlich sogar; natürlicher als das Predigen. Aber sagen Sie, wollen wir von jetzt an nicht Freunde sein? Es gibt doch keinen Grund mehr, warum das nicht so sein sollte."

Die junge Frau antwortete ruhig und mit Würde: „Freundschaft, Mr. Matthew, bedeutet mir sehr viel, und Ihnen gewiß auch. Freunde müssen viele Gemeinsamkeiten haben. Wir haben aber nichts gemeinsam, weil ... weil das, was ich vor der Akademie zu Ihnen gesagt habe, nach wie vor die Wahrheit ist. Sie gehören einer christlichen Organisation an, mit der mich nichts verbinden kann. Wir leben in zwei verschiedenen Welten."

„Aber ich bitte nicht als Pfarrer, sondern als Mann um Ihre Freundschaft", erklärte er.

Sie sah ihn prüfend an. Dann antwortete sie: „Aber Sie und Ihr Beruf sind doch untrennbar. Ihr Leben ist ihr Dienst. Sie sind Ihr Beruf, und ihr Beruf, das sind Sie."

„Dann werden wir eben Gemeinsamkeiten suchen!" rief er aus. „Schauen Sie doch, eine haben wir schon hier: Dennys Garten! Wir werden ein Schild an die Gartenpforte hängen, worauf zu lesen steht: ‚Zutritt für Geistliche streng verboten!' Dan Matthew, der Pfarrer, wohnt dort oben", und damit deutete er auf sein Fenster. „Dan Matthew, der Mann, arbeitet in dem Garten. Zu dem Mann im Garten dürfen Sie über den Pfarrer dort oben jederzeit sagen, was Ihnen in den Sinn kommt. Vielleicht sind wir nicht immer einer Meinung, aber wir können auch voneinander lernen, wie es unter Freunden üblich ist, denn wir werden einander das Vorrecht zugestehen, uns unverstellt und ehrlich zu geben."

Sie zögerte. Dann stand sie von dem Steinbrocken auf und sah ihn an.

„Ich warne Sie", sagte sie. „Es wird nicht gehen. Aber um der Freundschaft willen bin ich zu einem Versuch bereit."

Keiner der beiden ahnte etwas von der tiefen Bedeutsamkeit dieser Worte, doch während der nun folgenden Tage hatten die Leute von Corinth mehr Gesprächsstoff denn je. Auch der Verbündete war äußerst zufrieden und sorgte dafür, daß die Damen von der Frauenhilfe zu dem Entschluß kamen, dringende Maßnahmen seien nun angezeigt.

Die Warnung

Es geschah zwei Wochen nach dem Gespräch zwischen Dan und Miss Farwell in dem Garten.

Der Verbündete hatte nicht geruht. Die Frauenhilfe hatte befunden, es müsse etwas geschehen, und nun befleißigte man sich, den Entschluß in die Tat umzusetzen. Es folgte das Unvermeidliche: die Gemeindeältesten suchten den Pfarrer in ihrer Funktion als Gemeindehüter auf.

Dan war im Garten, als die beiden Ältesten kamen. Mit bloßen Händen in der Erde zu arbeiten, in der Erde eines Katholiken dazu, nahm sich nicht gerade förderlich für Dan aus.

Des Doktors Frau hatte erklärt, daß Dan den größten Teil seiner Zeit in dem Garten verbrachte, doch daß er dort längst nicht mehr so viel ausrichtete, seitdem die Krankenschwester ihm half. Die gute Martha hatte die seltene Gabe, einen Sachverhalt so lebhaft und bunt darzustellen, daß eine viel interessantere, jedoch nicht immer wahrheitsgetreue Geschichte daraus wurde.

An diesem Nachmittag nun befand sich Miss Farwell mit dem Pfarrer und Denny im Garten, während Anna Conner mit Deborah Mulhall auf der Veranda vor dem kleinen

Haus saß. Obwohl keiner der beiden Ältesten im Vorübergehen den Kopf umwandte, waren die beiden Frauen auf der Veranda und die drei Freunde im Garten keineswegs ihrer Aufmerksamkeit entgangen.

„O nein, was ist denn das?“ flüsterte Deborah aufgeregt. „Sie gehen ja in das Haus des Pfarrers, und dabei gräbt er hier hemdsärmelig in den Kartoffeln und plaudert nebenbei mit Denny und Miss Irena! Mir schwant schon Unheil. Ich muß ihm schnell Bescheid sagen.“

Doch Dan hatte die beiden Männer schon gesehen und ging eilig zur Pforte. Im Gehen schlüpfte er in seine Jacke. Von der anderen Straßenseite winkte ihm der Doktor einen ermutigenden Gruß zu, als der junge Mann sich beeilte, die beiden Kirchenabgesandten einzuholen.

Auf dem Feld der Kirche werden zuweilen die verschiedenartigsten Paare vor ein Joch gespannt. Die Kinder des Lichts sind in ihren Methoden oft nicht von den Kindern der Finsternis zu unterscheiden. Sie gurten das kirchliche Zaumzeug an alles, was sich durch Schmeichelei, Bestechung oder Drohung dazu bewegen läßt, den Gemeindekarren zu ziehen.

Zwei ungleichere Männer wären kaum auszudenken gewesen. Wenn die Leute in Corinth von dem Glauben des Richters Strong oder seiner Stellung in der Gedächtniskirche reden, dann zwinkern sie dabei mit den Augen – doch nur hinter des Richters Rücken. Ist aber von dem Gemeindeältesten Jordan die Rede, so geschieht es mit Hochachtung. Der Gemeindeälteste Strong wird allenthalben nur „der Richter“ genannt; Nathaniel Jordan dagegen ist weit und breit als „der Älteste Jordan“ bekannt.

Dan hatte gleich von Anfang an die unterschiedliche Wesensart dieser beiden Männer erkannt, doch was die Angelegenheiten der Kirche betraf, waren sie stets ein Herz und eine Seele. Dem Richter Strong merkte er eine versteckte Feindseligkeit an, wenn er auch nicht ahnte, daß der Grund dafür in dem verschlagenen Instinkt eines Wesens lag, das einen natürlichen Gegner in allen edelgesinnten Menschen sah. Dem Gemeindeältesten Jordan spürte er dagegen eine wachsende Achtung und Anerkennung ab. Dennoch erledigten beide Kirchenmänner ihre „brüderlichen Kirchengeschäfte“ stets in schönster Eintracht.

Als die beiden nun in Dans Studierzimmer geführt wurden, ließ sich ihre unterschiedliche Wesensart nicht leugnen. Des Pfarrers Lieblingsstuhl knarrte laut aus Protest, als der behäbige Richter sich auf ihm niederließ und sich darauf umherwand, um mit schmalen, argwöhnischen Augen jeden Winkel der Stube zu inspizieren. Der ältere Kirchenmann saß derweil am Fenster und beobachtete eingehend irgend etwas, das sich draußen abspielte.

Dan verspürte ein gewisses Unbehagen, das jedem Schuljungen vertraut ist, der zu einer Unterredung zum Direktor gerufen wird. Die beiden Ältesten hatten ihn noch nie zuvor aufgesucht. Ihr Gebaren verriet ihm, daß sie in einer Angelegenheit von enormer Wichtigkeit gekommen waren.

Endlich ruhte der umherwandernde Blick des Richters Strong auf Dans Angelrute, die in einer Ecke hinter dem Bücherregal stand. Der junge Mann errötete unwillkürlich. Es war unmöglich, in der Gegenwart des Richters nicht unter Schuldbewußtsein zu leiden. Sein ganzes Aussehen wirkte zurechtweisend.

Das Schweigen wurde von der blechernen Stimme des Richters beendet.

„Wie ich sehe, Bruder Matthew, treten Sie wenigstens in einer Hinsicht in die Fußstapfen der Jünger Jesu“, sagte er. „Sie fangen Fische!“ Sein schepperndes Lachen, hinter dem er seine Scharfzüngigkeit zu verbergen suchte, machte diese nur um so deutlicher.

Die Bemerkung war bezeichnend für Richter Strong. Die Aussage seiner Worte stießen auf scharfen Widerspruch in dem Klang seiner Stimme. Rein äußerlich gesehen war es der gutgemeinte Scherz eines Kirchenmannes, dessen Gedanken sich, wie man zu vermuten hatte, stets so sehr mit der Heiligen Schrift beschäftigten, daß er in allem, was er sagte, auf die Dinge des Glaubens Bezug nahm.

Unter der Oberfläche jedoch trugen seine Worte versteckte Anschuldigungen, eine Verurteilung und die häßlichste aller Abscheulichkeiten in Gottes Augen, nämlich frommen Spott. Auf seine Bemerkung folgte nun ein verräterisches Flackern in des Richters Blick. Er saß mit der erwartungsvollen, selbstzufriedenen Haltung eines Hundes da, der sein Opfer auf einen Baum gejagt hatte. Noch war er durch und durch ein Richter, und zwar ein religiöser, wie Matthäus ihn beschreibt. Seine Methode hatte er sorgfältig gewählt, denn er war ein wahrer Meister in der Kunst, Vorteile für sich zu erwirtschaften: er machte seine Andeutungen klar genug, um verstanden zu werden, ohne seinem Gegenüber zu erlauben, sich zu verteidigen. Damit hatte er ihn in ein unbehagliches, schuldbewußtes Schweigen gezwungen und sich selbst in seiner Stellung als frommer, tadelloser Mann bestätigt. Der Richter war wie so viele kirchliche Amtsträger in ihren angeblich so verantwortungsvollen und wichtigen Aufgaben ein geübter Vertreter dieser Kunst.

Dan rang sich ein Lächeln ab. Das scheppernde Lachen des Richters schien es zu verlangen.

„Ja", sagte er, „was das Fischefangen betrifft, bin ich wohl ein Mann der Bibel. Dr. Oldham und ich haben vor ein paar Wochen einen Ausflug zu Gordons Mühle gemacht."

„Das ist mir nicht neu", sagte der Richter bedeutungsschwer. „Dabei haben Sie wohl interessante Gespräche mit dem Doktor über Religion geführt, nicht wahr?"

Es war unmöglich, das Gewicht der Andeutungen in diesem Satz zu leugnen. Es war ebenso unmöglich, darauf zu antworten. Dan errötete leicht und sagte: „Nein, Sir, wir unterhalten uns nur selten über die Kirche."

„Ach, wirklich?" fragte der Richter.

„Der Doktor und ich kennen einander schon seit Jahren. Es gibt genug andere Dinge, über die wir gern miteinander sprechen."

„Man sollte annehmen, daß er einen famosen Zuhörer für Ihre Predigten abgibt. Vielleicht ist es aber umgekehrt, und der Doktor läßt Sie seine Schimpfreden auf das Christentum hören, oder?" Wieder erscholl sein schepperndes Lachen.

Die falschen Vorwürfe gegenüber seinem Freund ärgerten Dan. Er wollte gerade zu einer Verteidigung ansetzen, als der Älteste Jordan sich mit seinem „Ähem, ähem!" zu Wort meldete. Dan setzte sich und wandte sich dem guten alten Mann erleichtert zu. Bei Nathaniel Jordans Worten brauchte man wenigstens nicht zu rätseln, was er nun damit sagen wollte.

„Vielleicht, Bruder Strong, sollten wir Bruder Matthew den Grund unseres Besuchs erläutern", sagte er.

Der Richter lehnte sich in seinem Stuhl zurück. Seine Miene war die eines Zirkusbesuchers, der sich auf die nächste Vorführung freut. Er machte eine Handbewegung, die so deutlich wie Worte sagte: „Also schön, Nathaniel, nur zu! Keine Sorge, ich bin ja hier, falls du mich brauchen solltest. Wir haben den Fuchs doch schon auf dem Baum. Wenn du dir keinen Rat mehr wissen solltest, brauchst du mich nur zu Hilfe zu holen."

Der Pfarrer wartete.

„Sie sollen nicht meinen, Bruder Matthew", begann der Älteste Jordan, „daß wir gekommen wären, weil wir etwa einen Mißstand aufgespürt hätten. Wir hielten es jedoch für ratsam, ähem, Ihnen eine ... ähem, eine brüderliche Warnung zu erteilen, bevor die Sachlage ... äh ... nun, sagen wir, ernster wird. Ich bin sicher, Sie werden unsere Warnung so auffassen, wie sie gemeint ist."

Der Richter setzte sich umständlich auf seinem Stuhl zurecht und bedachte Dan mit einem Blick, wie er ihn, wäre er ein Richter des Gesetzes anstatt ein Richter der Menschenseelen gewesen, einem überführten Verbrecher zugeworfen hätte. Er bedeutete dem Ältesten sein Einverständnis, und Nathaniel fuhr fort:

„Sie sind ein junger Mann, Bruder Matthew, ich darf sagen, ein talentierter junger Mann; wir erhoffen uns großen Erfolg für Sie in dieser Stadt und ...ähem, auch für die Gedächtniskirche. Einige unserer Damen ... will sagen, wir alle sind der Meinung, daß Sie in letzter Zeit in einigen Dingen etwas ... ähem, unvorsichtig gewesen sind. Der Gemeindeälteste Strong und ich wissen aus Erfahrung, daß ein Pfarrer ... ein junger, unverheirateter Pfarrer gar nicht vorsichtig genug sein kann. Nicht daß wir Ihnen etwa einen schlechten Charakter unterstellen wollten, beileibe nicht! Aber die Leute werden reden und ... ähem, und ... nun, also: Ähem!"

Dan starrte den Ältesten verwundert an. Es war so offensichtlich, daß er keinerlei Vorstellungen hatte, wovon der

Älteste sprach, daß diesem seine Aufgabe noch peinlicher wurde, als er befürchtet hatte. Er hatte sein Bestes getan, um klar und deutlich zur Sache zu kommen, doch der junge Mann schien nicht zu ahnen, worum es ging.

Lange brauchte Dan jedoch nicht auf eine Erläuterung zu warten. Im nächsten Moment übernahm Richter Strong auch schon die Offensive und schickte sich an, in der für ihn typischen Weise Licht in die Angelegenheit zu bringen.

„Diese junge Frau namens Anna Conner hat einen recht zweifelhaften Ruf in unserer Stadt“, sagte er, „und ihre Freundin, diese Krankenschwester, ist fremd hier. Sie hat einen Monat lang in meinem Hause gewohnt, und ... nun, sie hat einige recht sonderbare Angewohnheiten. Seit ihrer Ankunft hier in Corinth hat sie beispielsweise noch keinen einzigen Gottesdienst besucht. Ich wäre der letzte, der hier eine Verleumdung vorbringen wollte, aber ...“

Er ließ den Satz in der Luft stehen, um ihn mit einem Kopfschütteln zu vollenden. Sein fuchsschlaues Gesicht trug den Ausdruck frommen Zweifels, dem zu entnehmen war, daß er manch ein finsteres Geheimnis über Miss Farwell zum Besten geben könnte, wenn er nur wollte.

Mit einem Satz sprang Dan auf die Füße, das Gesicht lodernd und die Augen vor Empörung brennend. Kaum hatte er den Mund geöffnet, um Irena Farwell und ihren Dienst an anderen Menschen zu verteidigen, als ihm plötzlich wieder in den Sinn kam, wer diese beiden Männer waren und was ihn mit ihnen verband.

„Ich bitte um Verzeihung“, sagte er langsam und setzte sich wieder auf seinen Stuhl. Die kräftigen Hände hielt er zu Fäusten geballt, um die Beherrschung zu wahren.

„Ähem, ähem!“ meldete sich der Älteste Jordan wieder zu Wort, „Sie verstehen gewiß, Bruder Matthew, daß unsere Schwestern von der Kirche ... will sagen, daß wir alle Ihnen keineswegs schlechte Absichten unterstellen wollen, aber Ihre gehobene Position gebietet es uns, jeden Anschein von schlechtem Umgang zu vermeiden. Der Ruf der Kirche steht auf dem Spiel, wissen Sie ... Wir sind Botschafter Christi, wie Sie sich erinnern werden, und wir ... ähem, wir haben es als unsere Pflicht angesehen, Sie darauf hinzuweisen.“

Big Dan Matthew in seiner Demut, seiner Unschuld und Arglosigkeit hatte dem Verbündeten noch nie in die Augen geschaut und wußte daher keine Antwort auf die Anklagen seiner Lohnherren. Einerseits bemühte er sich, ihrem Anliegen eine tiefe Bedeutung zuzumessen, doch andererseits war er versucht, in schallendes Gelächter auszubrechen, weil ihre gewichtige Würde so belustigend wirkte.

„Ich danke Ihnen, Sir", gelang es ihm endlich mit Ernst zu sagen. „Mir scheint, es ist müßig, daß ich eine Erklärung vorbringe." Noch immer rang er um Beherrschung und wählte seine Worte sorgfältig. „Ich werde diese Angelegenheit im Gebet durchdenken."

Als die Oberaufseher des Glaubens sich wieder verabschiedet hatten, ging der junge Pastor in seinem Studierzimmer auf und ab und bemühte sich, die Bedeutung ihres Besuchs zu ergründen. Noch immer schwankte er zwischen sprachloser Verwunderung und brennendem Zorn. Nach und nach wurde ihm klar, was die beiden Gemeindeältesten mit ihrem Besuch bezwecken wollten. Weil er selbst mit seinem Leben den höchsten Idealen und Zielen im Geist Christi zu folgen bemüht war und sich nun im vollzeitlichen Dienst seines Heilandes glaubte, konnte er kaum fassen, was sein Verstand ihm in aller Deutlichkeit sagte.

Er hätte sich ihre Befürchtungen wegen seiner Freundschaft mit dem verrufenen Mädchen noch halbwegs erklären können, wenn er nicht genau gewußt hätte, wer Anna Conner diesen schlechten Ruf angehängt hatte. Daß aber seine Freundschaft mit Irena Farwell, deren Selbstlosigkeit und hingebungsvoller Dienst an den Verzweifelten ein solches Beispiel der Liebe Christi war, und auch ihre Fürsorge für Anna Conner so bedenkenlos als etwas Schlechtes aufgefaßt wurden, das konnte er einfach nicht hinnehmen. Der Besuch der beiden Kirchenmänner erschien ihm so unwirklich wie ein Alptraum. Sie konnten doch unmöglich das gemeint haben, was sie anzudeuten schienen. Hatte er sie womöglich gründlich mißverstanden?

Dan kam von der unverdorbenen Reinheit seines Elternhauses und dem beflügelnden Studium der Geschichte der Christenheit her – wie er glaubte, dazu gerüstet, in den Fußstapfen der Heiligen das lebensverändernde Evangelium Christi zu predigen. Von alledem nun in eine solch verzerrte, abscheuliche Verkehrung der Lehre Christi zu geraten, glich einem Gang von Gottes sonnenhellen Hügelweiden in die übelriechende Dunkelheit eines Schlachthauses. Er war wie vor den Kopf geschlagen von der Kleinlichkeit, den gemeinen Unterstellungen, der Selbstgerechtigkeit und den Haarspaltereien, denen diese „brüderliche Warnung" der beiden Kirchenältesten entsprang.

Allmählich begann er zu begreifen, welche Auswirkungen ihr Besuch auf ihn haben würde.

Dan besaß nicht viel Erfahrung. Er kannte die Menschen und die von ihnen geprägten Gemeinden noch nicht: pfingstlerische, evangelikale, liberale oder konservative. Er hatte das Land noch nicht der Länge und Breite nach bereist und hatte noch keine Zeit damit verbracht, die Auffassungen sämtlicher christlicher Gemeinden unterschiedlichster Art zu erforschen. Wäre es anders, dann wäre er nun vielleicht nicht so erschrocken gewesen. Er hätte gewußt, daß Richter Strong, der Gemeindeälteste Jordan und die Damen der Frauenhilfe keine einzigartigen Figuren in der Geschichte der verkirchlichten Christenheit darstellten, sondern lediglich gewisse Menschentypen waren, die zu Tausenden in anderen Kirchengemeinden im ganzen Land vorhanden waren.

Niemandem von durchschnittlicher Begabung wäre es lange verborgen geblieben, daß die Gedächtniskirche von einem festen Kern regiert wurde – wie jede politische Partei von einigen wenigen Machthabern geführt und gelenkt wird. Auch unterschied sich die Gedächtniskirche nicht von ihren zahllosen Gegenstücken im ganzen Land. In einigen liegen die Zügel der Macht in den Händen einiger allgemein bekannter Männer. In anderen ist ein unsichtbarer Zirkel am Werke, dessen Mitglieder sich oft nicht einmal im klaren darüber sind, daß sie selbst es sind, die des einen Ruf glorreich vergolden und den Ruf einer Anna Conner in den Schmutz ziehen; daß sie selbst Urteil sprechen über jene, die mit mutigen, wahrhaftigen Worten die herrschenden Zustände ändern wollen; daß sie selbst über die Zukunft eines Dan

Matthew bestimmen, ohne zu ahnen, daß ihre Ansichten, ihre andeutungsvollen Worte und vielsagenden Blicke die Macht haben, jemanden auf einen Sockel zu erheben oder zu stürzen. Der Verbündete, dieser Geist, hat wahrhaftig viele Mitstreiter aus Fleisch und Blut, die nicht einmal ahnen, wem sie dienen. In anderen Kirchengemeinden wiederum, liegt die Macht – ob sichtbar oder im Verborgenen, ob von Neuankömmlingen bemerkt oder erst von jenen, die ihr zehn, zwanzig Jahre lang unterworfen waren, ob mit Absicht oder unabsichtlich – fest in der Hand einer untereinander verzweigten Verwandtschaft, deren Dynastien, Patriarchen, Matriarchinnen, Kronprinzen und Kronprinzessinnen die Rolle der herrschenden Elite so gewiß ausüben, wie die Habsburger die Höfe Österreichs regierten.

Dan Matthew begriff in aller Deutlichkeit, daß seine Stellung an der Gedächtniskirche von dem Wohlwollen der regierenden Klasse dort abhängig war. Ihm war auch klar, daß sein Erfolg und sein Versagen in seinem Beruf von dieser ersten Pastorenstelle bestimmt wurde. Wurde er hier als „schwarzes Schaf" gebrandmarkt, dann konnte er kaum je auf eine zweite Kanzel hoffen. Sein Wunsch, die Wahrheit zu leben, zu lehren und zu predigen, mußte hinter seinen Bemühungen zurückstehen, jene zufriedenzustellen, in deren Händen seine Laufbahn lag. Seine ganze Zukunft hing von diesen beiden Männern ab, die sich, jeder auf seine Weise, so leicht von dem nichtigen, herabwürdigenden und selbstgerechten Geschwätz einiger Leute der Kirche beeinflussen ließen.

Allein in seiner Stube, fühlte Dan die Gedanken über sich zusammenstürzen. Er begann mit einer Erkenntnis zu kämpfen, die so erschütternd war, daß sie nicht wahr zu sein schien. Er suchte wie ein in der Dunkelheit Gestrauchelter nach festem Boden unter den Füßen.

Wie einer, der – allein auf einer weiten Ebene – die ersten Boten eines Unwetters herannahen sah und unter dem Schatten einer Sturmwolke erschauderte, starrte Dan aus dem Fenster. Ein Gefühl von Einsamkeit und Angst lastete auf ihm.

Er sehnte sich nach jemandem, zu dem er gehen konnte und dem er sein Leid klagen konnte.

Aber zu wem konnte er schon in Corinth gehen? Diese beiden Männer, die ihm soeben ihre „Ratschläge" erteilt hatten, sollten ihm eigentlich mit ihrem Rat und ihrer Hilfe zur Seite stehen. An sie, die reich an Erfahrung waren, sollte er sich wenden können, wenn er in kirchlichen Angelegenheiten unsicher war. Was aber, wenn er persönliche Nöte hatte? Er konnte sich die Antwort der beiden Kirchenmänner schon vorstellen, und eine ernste Unterredung, wie sie mit Sicherheit auf seine Bitte um Rat folgen würde, wollte er um jeden Preis vermeiden.

Er schüttelte achselzuckend den Kopf. Der Doktor? Er lächelte. Dan ahnte nichts davon, wieviel der scharfsinnige alte Arzt schon durch geschicktes Ausfragen seiner Frau über den Besuch der beiden Ältesten in Erfahrung gebracht hatte. Und weil er Dan schon seit langem kannte, schloß er auf einige Gedanken, die dem jungen Mann in seiner Studierstube zu schaffen machten.

Doch der Doktor würde Dan heute auch nicht helfen können.

Dan schaute auf den Garten hinaus. Die Krankenschwester war noch bei der Arbeit. Des Pfarrers Hacke stand an den Steinbrocken gelehnt, wie er sie zurückgelassen hatte, als er in aller Eile seine Jacke geholt hatte.

Ob er in den Garten gehen sollte? Was würde sie sagen, wenn er ihr von dem Besuch der beiden Ältesten erzählen würde?

Gerade in diesem Moment schaute Miss Farwell von der Arbeit auf und entdeckte ihn an seinem Fenster. Sie winkte ihm freundschaftlich zu, beinahe wie ein Schulmädchen.

Lächelnd schüttelte er den Kopf. Nein, ihr konnte er es nicht sagen. Dan fühlte sich plötzlich einsamer als je zuvor in seinem Leben.

Dr. Harrys Sicht der Dinge

Die Freundschaft zwischen Dan und Dr. Abbott war schnell gewachsen, was einleuchtende Gründe hatte, den die beiden Männer hatten viel gemeinsam.

In einer Kleinstadt wie Corinth begegnen sich auch die beschäftigsten Leute recht häufig, und kaum ein Tag verging, ohne daß der Arzt und der Pfarrer einander nicht gegrüßt hätten. So oft es ihre Pflicht erlaubte, verbrachten sie einige Zeit miteinander, sei es in der Praxis oder in Dans kleiner Wohnung, sei es am Abend bei Harry daheim oder bei langen Kutschfahrten hinter Harrys Braunem oder Big Jim auf das Land hinaus, wo der Arzt einen Patienten aufsuchte und der Pfarrer indessen das Pferd versorgte.

Harry hatte an diesem Abend gerade das Telephon eingehängt, als Dan das Haus betrat.

„Grüß dich, Pfarrer!“ rief er erfreut. „Ich wollte dich gerade anrufen. Mir wollte beim besten Willen kein Patient mehr einfallen, der mich brauchte, und da dachte ich mir, vielleicht versuche ich's einmal bei dir.“ Beim Anblick von Dans niedergeschlagenem Gesicht fügte er hinzu: „Mir scheint, damit habe ich gar nicht so verkehrt gelegen!“

Dan rang sich ein halbes Lächeln ab.

„Du schaust ja wirklich aus, als fehlte dir etwas!“ fuhr der Arzt fort. „Was ist denn los mit dir? Hast du eine Flasche Essig getrunken? Oder stimmt etwas nicht mit deiner Leber?“

Er ging zur Hausbibliothek voraus.

„Sprecht ihr Mediziner nicht von der Leber als Sitz sämtlicher Nerven- und Seelenstörungen?“ schmunzelte Dan.

„Durchaus, und von allen anderen Krankheiten auch, über die wir nicht Bescheid wissen!“

„Dann kann es nicht meine Leber sein. Weißt du denn nicht, daß man in meinem Beruf so etwas einfach nicht hat?“

Er rückte sich einen Sessel so zurecht, daß er dem Doktor am Tisch gegenübersaß.

Harry lachte und nahm sich seine Pfeife und die Tabakdose.

„Man braucht nicht selbst eine kranke Leber zu haben, um leberkrank zu werden. Als Arzt würde ich sagen, daß ihr Pfarrer im großen und ganzen eher an den Lebern anderer Leute leidet als an eurer eigenen, obwohl man auch hinzufügen muß, daß der durchschnittliche Pfarrer mehr Leberzwicken hat, als er zugeben würde.“

„Sehr aufmerksam beobachtet“, lobte Dan.

Sein Gegenüber zündete sich ein Streichholz an.

„Und was verschreibt ihr Ärzte in einem solchen Fall?“ fragte Dan.

„Hier gehen die Meinungen leider auseinander. Der alte Doktor zum Beispiel schwört auf seine Angelrute und eine Köderdose.“

„Und du?“ Dan lächelte.

Die Antwort kam durch eine Rauchwolke.

„Mir reicht eine Pfeife und ein Buch.“

„Diese Behandlung würde mir, fürchte ich, schlecht bekommen“, sagte Dan. „Was du mir da verschreibst, ist nicht das Richtige für meinen Organismus.“

„Du meinst die Pfeife?“ Ein Rauchstoß unterstrich die Frage. Der Arzt beobachtete das Gesicht seines Freundes jetzt sehr genau. „Entschuldigung, Bruder Matthew, aber ich wollte Ihre persönlichen Überzeugungen nicht verletzen ...“

„Bruder Matthew!“ fiel Dan ihm ungehalten ins Wort. „Ich dachte, das hätten wir längst abgelegt! Es ist schon schlimm genug, wenn die ganze Stadt mir ausweicht, die Blicke vor mir senkt oder mich so ehrfurchtsvoll anspricht, als sei ich achtzig Jahre alt und trüge weiße Gewänder. Du brauchst es nicht noch schlimmer zu machen. Was meine persönlichen Überzeugungen angeht, so haben die nichts mit alledem zu tun. Um ehrlich zu sein, gesteht mir mein anderer ‚Organismus‘ nicht einmal persönliche Überzeugungen zu!“

Dr. Harrys Augen zwinkerten.

„Dieser Organismus scheint ja recht krank zu sein. Was fehlt ihm denn nur?“

„Was ihm fehlt? Was diesem Organismus, der Kirche als Organisation, fehlt? Harry, weißt du denn nicht, daß es schon frevelhaft wäre, auch nur anzudeuten, diesem ‚Organismus‘ fehle etwas? Wie könnte ihm auch etwas fehlen? Enthebt er mich etwa nicht jeglicher Verantwortung über Recht und Unrecht? Nimmt er mir etwa nicht die Last der persönlichen Überzeugungen ab? Schreibt er mir vielleicht nicht vor, was gut und schlecht ist, und bezahlt mich dann auch noch dafür? Du Ärmster, du und alle übrigen gewöhnlichen Sterblichen, die ihr selbst entscheiden müßt, welcher Moral ihr folgt! Dem ‚Organismus‘, dem ich neuerdings angehöre, verdanke ich die Tatsache, daß ich jetzt berufsmäßig ein guter Mensch bin. Dafür bezahlt man mich doch! Die Organisation Kirche befindet, daß deine Pfeife und vielleicht auch dein Buch, meine Gartenarbeit und Irena Farwells Nächstenliebe allesamt schlecht und sündhaft sind. Ich brauche meinen Kopf gar nicht erst anzustrengen. Ich befolge nur meine Anweisungen und hole mir mein Gehalt ab.“

„Na schön“, sagte Harry, „dann haben wir noch das Rezept des alten Doktors. Es ist wahrscheinlich auf die Dauer doch das bessere.“

„Ich hab’s neulich erst ausprobiert“, sagte Dan.

„Es ist wirksam, nicht wahr?“

Dan mußte wider Willen grinsen.

„Zuerst schien die Wirkung wohltuend zu sein, aber später habe ich entdeckt, daß sie ... nun, daß diese Behandlung erhöhte Reizbarkeit verursacht und die Beschwerden noch verschlimmert."

Nun grinste auch der Arzt.

„Wie wär's dann mit körperlicher Bewegung – Gartenarbeit zum Beispiel, oder ..."

Doch Dan warf die Hände in die Luft.

„Reinster Selbstmord!" rief er.

Die beiden Männer brachen in schallendes Gelächter aus.

„Ach, das war eine Wohltat!" sagte Dan.

„Ich glaube, ich bin deinen Leberstörungen auf den Grund gekommen", sagte Harry mit einem letzten Lachen. „Wann waren die beiden bei dir?"

„Heute nachmittag. Woher weißt du davon?"

„Ich habe schon seit Tagen damit gerechnet. Du warst wohl der einzige in ganz Corinth, der das nicht getan hat."

„Warum hast du mir dann nichts davon gesagt?"

„Wenn ich es irgend vermeiden kann, erwähne ich einem Patienten gegenüber lieber nichts von der bevorstehenden Operation, bis es soweit ist. Dann hat er sie hinter sich, ohne sich erst tagelang sorgen zu müssen."

Dan erschauderte. Ihm war nun wieder ernst zumute.

„Unter dem Messer war ich heute nachmittag allerdings; daran gibt es keinen Zweifel", sagte er. „Ich muß einfach mit jemandem über alles reden. Deshalb bin ich zu dir gekommen."

„Dann erzähle mir am besten die Einzelheiten", sagte Harry ruhig.

Dan berichtete ihm alles, was sich ereignet hatte, und als er geendet hatte, waren beide sehr ernst geworden.

„Das hatte ich befürchtet, Dan", sagte Harry. „Von jetzt an wirst du vorsichtig sein müssen, sehr vorsichtig."

Dan wollte widersprechen, doch der Arzt wehrte ab.

„Ich weiß. Ich kann mir denken, wie dir zumute ist. Was du über das kirchliche System gesagt hast, ist wahr. Dabei kann es aber noch viel schlimmer kommen."

„Du willst doch wohl nicht sagen, daß Miss Farwell dafür bestraft wird, sich des armen Mädchens angenommen zu haben?" fragte Dan.

„Wenn Miss Farwell weiterhin mit Anna Conner bei Mrs. Mulhall wohnt, dann wird in der ganzen Stadt keine Familie, die etwas auf sich hält, ihr eine Freundlichkeit erweisen", antwortete der Arzt unverblümt.

„Aber sind die Leute denn blind?" rief Dan aus. „Sieht die Kirche denn nicht, wie sehr Miss Farwell dem Beispiel Jesu folgt?"

„Du kennst doch Anna Conners Geschichte", sagte Harry nüchtern. „Wie kannst du da nur meinen, es würde Miss Farwell anders ergehen als ihr, was das Gerede der Leute betrifft?"

Dan konnte nicht mehr stillsitzen. Er stand auf und ging in dem Zimmer auf und ab. Dann wandte er sich plötzlich zu dem Arzt um und sagte aufgebracht: „Ich soll also einsehen, daß meine Freundschaft mit Miss Farwell arge Folgen für mich haben wird, nicht wahr?"

Dr. Harry schwieg. Wie konnte er dem jungen Pfarrer auch begreiflich machen, daß es ratsam war, seine Freundschaft mit Miss Farwell zu beenden? Wenn es sich um eine andere junge Frau gehandelt hätte oder wenn Dr. Harry sie nicht selbst so ... Aber jegliche Erklärung würde zwecklos sein, dachte er im stillen.

Der Pfarrer ging noch immer in dem Zimmer auf und ab und blieb zwischendurch vor dem Arzt stehen, der schweigsam seine Pfeife rauchte.

„Ich kann es einfach nicht fassen, Harry! Es ist doch gar nicht so sehr meine Freundschaft mit Miss Farwell, nicht wahr? Nein, es geht um viel mehr. Die ganze innere Einstellung steckt doch dahinter." Dan hielt inne, um gleich darauf wieder fortzufahren. „So etwas hätte ich mir nie und nimmer träumen lassen. Daß Anna Conners Leben durch die bösartige Gedankenlosigkeit dieser Leute ruiniert wurde, ist schon schlimm genug. Daß man aber Miss Farwell, die aus christlicher Nächstenliebe die von der Kirche vernachlässigte Arbeit tut, auf die gleiche Art behandeln will, das ist eine unglaubliche Abscheulichkeit!"

Rastlos ging er wieder durch das Zimmer. Als sein Freund noch immer schwieg, sagte er langsam und beinahe widerwillig: „Die Leiden des armen Mädchens, das Opfer der

Grausamkeit dieser Leute, läßt sie völlig unberührt, und Miss Farwells vorbildlicher Dienst am Nächsten ist ihnen gleichgültig. Und wie sie sich von dem nichtigen, bösartigen Geschwätz beeinflussen lassen! Daß die Kirche ausgerechnet von solchen gemeinen, engherzigen Leuten bestimmt wird!"

Zornesrot sah er den Arzt an.

„Meine ganze Zukunft als Pfarrer entscheidet sich an den Launen dieser Leute. Was meine Beweggründe auch sein mögen, diese Machthaber können mir jederzeit einen Strich durch die Rechnung machen. Die Gedächtniskirche ist eine der größten und einflußreichsten Gemeinden innerhalb unserer Denomination. Sie können mir einen so schlechten Ruf anhängen, daß mein Lebenswerk für alle Zeiten zerstört ist. Was soll ich nur tun?"

„Du mußt sehr vorsichtig sein, Dan", wiederholte Dr. Harry langsam.

„Vorsichtig! Und das soll wohl bedeuten, daß ich mich den Vorstellungen der Gemeindemitglieder unterwerfen muß, als wären sie meine Herren und Meister. Daß ich keinem anderen Gott als dieser Gemeinde zu dienen habe, daß ich mein Gewissen vor ihnen verleugnen muß, daß ich die unwichtigen, unsinnigen Kleinigkeiten, die sie als Aufgaben des Pfarrers bezeichnen, ängstlich erfülle, daß ich alles tue, was sie verlangen, anstatt mich nach dem Willen Christi zu richten! Wenn mein Amt als Pfarrer so aussieht, dann werden mir allmählich einige Dinge klar, die ich anfangs nicht begriffen habe."

Erschöpft setzte er sich wieder auf seinen Stuhl.

„Sag mir", fragte er, „sehen die Leute diese Dinge überhaupt? Merken sie, daß eine kleine Gruppe von Machthabern die ganze Kirche regiert?"

„Mir will scheinen, daß jeder, der nur einen Funken von Verstand besitzt, die Verhältnisse durchschauen müßte, obwohl viele auch die Augen vor der Wahrheit verschließen und sich einbilden, Jesus Christus auf diese Weise treue Dienste zu leisten."

„Wenn es aber einige gibt, die das System durchschauen, warum hat mir dann niemand etwas gesagt? Warum hat mir der alte Doktor nicht die Zustände innerhalb der Kirche dargelegt?"

„Im allgemeinen ist es nicht ratsam, einem Pfarrer so etwas zu sagen. Hättest du ihm vielleicht zugehört, wenn er versucht hätte, dir alles zu sagen? Oder hättest du an seinen Motiven gezweifelt, weil er kein Kirchgänger ist? Der Doktor hängt an dir, Dan."

„Aber du, Harry, du bist doch ein Kirchgänger. Du bist sogar ein Mitglied des Kirchenvorstands. Wenn Männer wie du diese Dinge wissen, warum gehen sie dann überhaupt noch in die Kirche?"

Schweigend stopfte Dr. Harry seine Pfeife neu und zündete sie sich an. Dabei legte er sich eine Antwort zurecht. Die Mitglieder einer Kirche lassen sich in drei Gruppen unterteilen: Die erste Gruppe ist ihrer Meinung nach gleichbedeutend mit der Kirche, die zweite gehört der Kirche an und macht so gut es geht bei der ersten Gruppe mit, und die dritte besteht aus Mitgliedern, die keinen Einfluß besitzen und der herrschenden Klasse nicht angehören.

Anders lassen sich drei Gruppen auch so darstellen: Es gibt die teils unwissentlichen Diener des Verbündeten; es gibt jene, die sich über das Werk des Verbündeten im klaren sind, aber darüber hinwegsehen, ohne selbst dem Verbündeten dienen zu wollen, und drittens jene Mitläufer und Inhaber kleiner Ämter, die zu weit vom Kern des Gefüges entfernt sind, um die Macht des Verbündeten überhaupt wahrzunehmen. Weiterhin gibt es noch eine vierte Gruppe, jene Männer und Frauen nämlich, die den Verbündeten entlarvt haben und ihre Mitgläubigen zur Gegenwehr aufrütteln wollen. Solche Menschen können sich jedoch in keiner Kirchengemeinde lange halten. Sie werden von der ersten Gruppe vertrieben. Dr. Harry war ein Vertreter der zweiten Gruppe. Dan gab sich beinahe den Anschein, ein Vertreter der vierten Gruppe zu sein, woher sich auch des Arztes Warnung zur Vorsicht erklärte.

„Dan", antwortete Harry endlich, „einem Mann wie dir fällt es gewiß schwer, die geistliche Hilflosigkeit von Leuten wie mir zu begreifen. Ich sehe doch, wie wenig die Kirche Charakter und wahre Tugend schätzt. Ich kenne das Rangeln um Stellung und Macht und das eitle Streben nach Ruhm. Ich weiß, daß ein Pfarrer, der diese Mißstände beseitigen will, oft den selbstsüchtigsten Menschen seiner Gemeinde ausgeliefert ist. Aber weißt du, Dan, weil wir die Kirche lieben, sprechen wir nicht von diesen Dingen, denn wir befürchten, mißverstanden zu werden. Es ist auch nutzlos, mit unseren Pfarrern darüber zu sprechen, denn sie können es nicht wagen, uns zuzuhören. Ich hätte mir ja nie im Leben träumen lassen, so offen wie jetzt mit meinem Pfarrer zu sprechen!" Er lächelte. „Ich habe wohl immer befürchtet, daß jemand mich bei Richter Strong verklagt und daß die Kirche mich hinauswirft. Bei den meisten Pfarrern wäre das sicher geschehen. Vielleicht wirst selbst du mir von jetzt an nicht mehr über den Weg trauen", fügte er mit einem Schmunzeln hinzu.

Dan lächelte über diese so aufschlußreichen Worte seines Freundes.

„Wir bleiben in der Kirche", fuhr Dr. Harry fort, „und wir unterstützen sie, weil wir in unserem Glauben von ihr abhängig sind. Wir können uns kein Glaubensleben außerhalb der Kirche vorstellen."

Er machte eine Pause und zog nachdenklich an seiner Pfeife.

„Sicher", sagte er dann, „sicher dürfen wir uns nicht von einem System abhängig machen statt von Gott allein. Doch meine ich, daß die Kirche für jemanden wie mich das Beste ist. Christus hat wohl weder andere Menschen noch eine Kirche gebraucht, er hielt sich an seinen Vater allein. Wir schwachen Sterblichen dagegen wären ohne diese Einrichtung der Kirche in unserem Glaubensleben oft verloren. Wir kennen doch keinen Glauben außerhalb der Kirche. Und wir lieben ihre Lehren trotz der Mängel der Kirche. Stets hoffen wir, daß sich jemand findet, der sich für eine bessere Verwirklichung der Nachfolge Jesu einsetzt."

Wieder unterbrach er sich. Er sah Dan an, doch dieser saß jetzt ruhig da, um ihm zuzuhören.

„Ich weiß nicht, wie oder wann die Kirche endlich eine Veränderung erlebt, Dan", sagte er, „aber ich bin zuversichtlich, daß es eines Tages geschehen wird, und zwar durch

Männer wie dich; manche Pfarrer, aber auch manche Laien werden darunter sein, sie alle jedoch werden Männer mit höchsten Idealen sein. Das alles wird seine Zeit brauchen, Dan, und du mußt vorsichtig sein, sehr vorsichtig."

Ein Gleichnis

„Irena?“

Die Krankenschwester schaute von ihrer Handarbeit auf.

„Ja, Anna, was ist denn?“

„Ich würde mich gern heute nach Arbeit erkundigen. Mrs. Mulhall hat von zwei Frauen gehört, die eine Hilfe im Haushalt brauchen. Vielleicht finde ich bei einer von beiden eine Anstellung. Ich meine, ich sollte es einmal versuchen.“

Zum dritten Mal in den letzten Tagen hatte das Mädchen nun davon gesprochen, sich eine Arbeit zu suchen. Unter Miss Farwells Pflege hatte sie sich schnell von ihrer schweren Krise erholt. Die Krankenschwester meinte jedoch, daß sie noch nicht in der Lage sei, eine weitere Zurückweisung von jenen zu verkraften, die seit Jahren kein freundliches Wort für sie gehabt hatten. Die Seele des Mädchens war zutiefst verwundet worden. Sie war von einer entsetzlichen Angst vor der Welt geplagt – eine Angst, die es irgendwie zu besiegen galt.

Die einzige Möglichkeit, dies zu tun, sah Miss Farwell darin, daß Anna den Respekt derjenigen zurückgewann, die ihr ein solches Unrecht zugefügt hatten. Doch bevor Anna sich wieder unter die Menschen wagen konnte, mußte sie dazu gerüstet sein. Die empfindsame, verwundete Seele mußte gestärkt werden, denn weitere Schläge würde sie nicht ertragen können. Irenas Gedanken und Gebete waren von dieser Sorge erfüllt.

Irena ließ ihre Näharbeit auf den Schoß sinken.

„Komm her zu mir ans Fenster, und dann reden wir miteinander darüber."

Das junge Mädchen setzte sich auf einen Hocker zu Füßen der Krankenschwester. Die beiden waren fast gleichaltrig, doch Irena war für das Mädchen wie eine ältere Schwester.

„Warum eilt es dir denn so sehr damit, mich zu verlassen, Anna?" fragte Irena.

Die Augen des jungen Mädchens, die vielleicht nie mehr völlig frei von dem Schatten der Angst und des Kummers sein würden, füllten sich mit Tränen.

„Du weißt doch, daß ich dich gar nicht verlassen will", sagte sie mit bebender Stimme.

„Was ist es denn?" fragte Irena und sah sie ermutigend an.

Das junge Mädchen senkte den Blick und zupfte unruhig an seinen Rockfalten.

„Nichts weiter, nur halt ... nur, daß ich dir keinen Tag länger zur Last fallen darf, als unbedingt nötig ist."

„Ich dachte mir, daß es das sein würde", antwortete die Krankenschwester. Mit ihrer festen, weißen Hand hob sie Annas gequältes Gesicht, bis diese ihr in die gütigen grauen Augen schauen konnte.

„Aber warum", fragte Irena, „warum glaubst du, mir zur Last zu fallen?"

Einen Moment lang herrschte Schweigen.

„Ich ... ich weiß selbst nicht", antwortete das Mädchen endlich.

Die Krankenschwester lächelte.

„Dann will ich's dir verraten", sagte sie. Ihre Stimme klang ernst, und während sie sprach, hielt sie noch immer Annas Gesicht in ihren Händen.

„Es ist, weil du so tief verletzt worden bist", fuhr sie nach einer Pause fort. „Deine Wunden haben tiefe Narben hinterlassen. Lange wirst du gegen dieses Gefühl ankämpfen müssen, dieses Gefühl, völlig unerwünscht auf der Welt zu sein.

Du mußt dagegen ankämpfen, mit aller Macht mußt du dich wehren. Es wird immer Augenblicke für dich geben, in denen die alte Angst dich überwältigen will. Aber wenn du nur willst, dann kannst du dich dagegen behaupten! Sie mag dich vielleicht verfolgen, aber du bist stärker und wirst nicht zulassen, daß sie dir das Leben zur Qual macht. Mit Gottes Hilfe kannst du sie sogar zum Guten wenden. Gerade deine schmerzliche Vergangenheit wird einen stärkeren, mitfühlenderen Menschen aus dir machen. Du kannst es schaffen! Um deinetwillen, um meinetwillen und für jene Notleidenden, die dich eines Tages brauchen werden, mußt du deinen eigenen Schmerz überwinden. Es wird eine Zeit kommen, in der du für alles, was du erleiden mußtest, dankbar sein wirst, denn nur so kannst du anderen Menschen helfen. Verstehst du, was ich damit sagen will?"

Anna nickte, doch sie fand keine Worte. Tränen standen ihr in den Augen. Allein der Gedanke daran, daß sie, die bescheidene Anna Conner, eines Tages einem anderen Menschen helfen können sollte, war ihr unvorstellbar. Zugleich aber wünschte sie sich nichts so sehr, als daß es wahr sein mochte.

„Du wirst eines Tages wieder unter die Leute gehen und dir einen Platz unter ihnen suchen. So hat es auch seine Richtigkeit", fuhr Irena fort. „Am besten wäre es, wenn du deinen Platz sogar hier in Corinth findest. Aber es wird nicht leicht sein, Anna. Schwierig wird es sein, sehr schwierig. Wie immer die Leute dir auch begegnen werden, du darfst niemals vergessen, daß du immer einen Platz in meinem Leben haben wirst, einen Ort, wo du dich heimisch fühlen kannst."

Sie hielt inne und sagte dann: „Ich will versuchen, dir alles mit einem Beispiel zu erklären, das du nie vergessen wirst."

Die Krankenschwester schaute eine Weile zum Fenster hinaus, hoch in die Blätter der großen Bäume und in den blauen Himmel dahinter, während das Mädchen ihrem Blick mit einem verwunderten, sehnsuchtsvollen Ernst folgte. Als Irena dann zu sprechen begann, geschah es mit sorgfältig gewählten Worten.

„Eine Frau stieß einmal auf eine wunderbare Goldmine, die solche Schätze enthielt, wie man es auf der ganzen Welt noch nie erlebt hatte. Die Frau wollte diese Schätze jedoch nicht vor anderen verstecken; sie wollte den Reichtum auch nicht an sich reißen und für sich selbst verwenden. Statt dessen wollte sie, daß das Gold der Menschheit zugute kam. Der Reichtum war so groß, daß man davon abgeben konnte und selbst noch genug behielt. Und so geschah es, daß das Gold dieser Mine in die Welt hinausgetragen wurde, um den Menschen überall zu nützen. Der Reichtum der Mine gehörte auf diese Weise der gesamten Menschheit. Die Entdekkung dieses unermeßlichen Reichtums und das Glück, das es der Menschheit beschert hatte, machte die Mine zu einem kostbaren Gut der Frau."

Irena hielt inne und sah in das liebenswerte Gesicht des Mädchens.

„Sag mir, Anna", fragte sie, „könnte man je die Berge, die Meere, die Sterne und alle anderen wunderbaren Dinge im ganzen Weltall ersetzen, wenn sie zerstört werden sollten? Könnte ein Mensch je Gottes Welt neu erschaffen?"

„Nein", antwortete das Mädchen verwundert.

„Und glaubst du, Anna, daß es auf dieser ganzen weiten Welt etwas Wichtigeres und Kostbareres gibt als ein Menschenleben mit seiner erstaunlichen Fähigkeit zum Denken und Fühlen und Lieben?"

Wieder lautete die Antwort: „Nein."

„Weißt du, was ich dir damit sagen will, ist folgendes: Das Gefühl der Wertlosigkeit, das du hast und das du gewiß schon oft gehabt hast, das Gefühl, daß die Welt ohne dich besser dran wäre, daß es niemandem etwas bedeutet, ob es dich gibt oder nicht – all das ist nicht richtig! Nichts von Gottes ganzer Schöpfung ist so wertvoll wie jede Menschenseele, die er ins Leben gerufen hat. Niemand könnte dich je ersetzen! Du hast einen Platz auf dieser Erde, einen Platz, der nur dir allein zusteht, weil Gott dich an diesen Platz gestellt hat, genau wie er jeden Berg, jedes Meer und jeden Stern an seinen Platz gestellt hat. Darum mußt du dir nun klarmachen, daß auch du ein Anrecht auf deinen Platz in dieser Welt hast, und du mußt dich daran festklammern, gleichgültig, was andere auch sagen, denken oder tun mögen. Dein Platz hat großen Wert vor Gott und vor der Welt. Anna, schau mich an. Gibt es im ganzen Weltall etwas Kostbareres vor Gott als das Wunder eines Menschenlebens? Auch wir sollten das Leben als etwas Kostbares schätzen; nicht nur unser eigenes Leben, sondern ein jedes Leben um uns her. Ich denke, so war es bei Jesus, und ich meine, so sollte es bei allen Christen sein. Das glaube ich von ganzem Herzen."

Eine Zeitlang herrschte Schweigen. Dann sprach Irena weiter.

„Anna, du bist die Goldmine, von der ich dir erzählt habe, eine wertvolle Grube mit unermeßlichen Schätzen im Verborgenen. Ich bin die Frau, die dich gefunden hat. Und wie die Mine der Frau große Freude bereitete, als die Welt durch sie gesegnet wurde, so kannst auch du mir Freude bereiten, indem du die Schultern aufrichtest und anderen Menschen hilfst und deinen Reichtum mit der Welt teilst. Du wirst immer einen besonderen Platz in meinem Herzen haben! Das sollst du niemals vergessen. Gleichgültig, was andere Leute sagen oder dir antun – für mich bist du eine wahre Goldmine. Als andere Menschen dein Leben fortwerfen wollten – ja, als du es selbst fortwerfen wolltest, habe ich es gefunden. Es ist einer der wertvollsten Schätze. Es ist mir so kostbar, weil es so etwas Wunderbares ist, weil kein anderes Leben deins je ersetzen könnte und weil es einen solchen Wert für die Welt darstellt, mehr als jede Goldmine. Verstehst du das denn nicht?" In ihrer Stimme schwang nun ein tiefes Gefühl.

Beim Anblick der grauen Augen, in denen eine unverfälschte Nächstenliebe stand, begann Anna Conner zu begreifen, daß sie vor Gott einen Wert besaß, eine Erkenntnis von so umwälzender Macht, daß ihr ganzes Leben davon in andere Bahnen gelenkt werden sollte.

„Und deshalb", fuhr die Krankenschwester fort, „deshalb mußt du, wenn du dich wieder unter die Leute wagst und sie dich wieder verletzen, an die Frau mit der Goldmine denken. Die Leute mögen das Gold vielleicht noch nicht sehen, aber du darfst nie vergessen, daß ich es sehe und daß ich weiß, welcher Segen für die Welt darin verborgen ist. Laß es dich nicht kümmern, wenn sie es noch nicht erkennen. Du darfst dir von den Leuten nicht deinen Platz in dieser Welt rauben lassen. Du darfst nicht zulassen, daß sie deinen kostbaren

Reichtum fortnehmen. Und jetzt mußt du dein Bestes tun, um hier in Corinth eine Arbeit zu finden. Wenn du aber keine findest, dann soll dich das nicht bekümmern. Du wirst hier mit mir wohnen, Anna, weil du zu mir gehörst, und es kann eine Weile brauchen, bis auch die anderen Leute erkennen, welch einen kostbaren Schatz ich an dir gefunden habe."

Das Mädchen sah lang und ernst in das Gesicht der Krankenschwester, und Irena verstand das, was sie nicht über die Lippen brachte. Plötzlich nahm das Mädchen die Hand ihrer Freundin, küßte sie und lief dann aus dem Zimmer. Irena ließ sie gewähren, doch auch ihre Augen hatten sich gefüllt.

Sie wollte gerade das Fenster öffnen, als sie den Pfarrer durch die Gartenpforte kommen sah.

Auf der Suche nach einem Ausweg

Dan ging nicht wie gewohnt in den Garten, sondern geradewegs zur Haustür. Mit ernstem Gesicht bat er Miss Farwell, die ihm die Tür öffnete, um eine Unterredung.

Sie ließ ihn eintreten und nahm gleich den Gesprächsfaden ihrer Unterhaltung wieder auf, den die beiden Gemeindeältesten mit ihrem Besuch unterbrochen hatten. Dan schien jedoch nicht recht bei der Sache zu sein, und bald entstand ein verlegenes Schweigen. Die junge Frau betrachtete versonnen das Denkmal auf der anderen Straßenseite, während Dan unbehaglich auf seinem Stuhl saß. Endlich brach der Pfarrer das Schweigen.

„Ich weiß nicht, was Sie von mir halten werden, wenn ich Ihnen den Grund meines Kommens erkläre“, sagte er, „aber Sie sollen wissen, daß ich aufrichtig darum bemüht bin, den besten Ausweg zu finden.“

Sie sah ihn aus fragenden Augen an und wartete auf seine Erklärung.

„Ich habe gestern etwas erfahren“, fuhr Dan fort, „über das Sie Bescheid wissen sollten, und da es niemanden sonst gibt, der es ihnen sagen wird, bin ich selbst gekommen.“

„Und was ist es?“

Dan berichtete ihr von dem Besuch der beiden Ältesten und seinem Gespräch mit Dr. Abbott. Er wies sie auch auf die Gerüchte über den Pfarrer und die Krankenschwester hin, die in der Stadt umgingen. Mehrmals röteten sich Miss Farwells Wangen tief, doch sie gewann ihre Fassung schnell zurück.

„Sie sehen also", schloß er mit einem verbissenen Lächeln, „daß ich nicht spaßeshalber zu Ihnen gekommen bin."

„Die Sache scheint Ihnen tatsächlich kein besonderes Vergnügen zu bereiten", nickte sie. „Es sollte mich nicht wundern, wenn dieser Besuch der beiden Ältesten ernste Folgen für Sie haben wird. Ich habe Sie doch gewarnt, daß es Ihnen nicht gelingen wird, den Pfarrer einfach auf der anderen Seite des Zauns zurückzulassen. Selbstverständlich können Sie alle Schwierigkeiten mit Ihrer Gemeinde vermeiden, wenn Sie auf der Stelle aufhören ..."

Der Ausdruck auf seinem Gesicht brachte sie zum Schweigen.

„Ich bin doch nicht gekommen, um mit Ihnen über meine eigenen Schwierigkeiten zu sprechen", sagte er mit ernster, beinahe flehender Stimme. „Bitte glauben Sie mir das! Begreifen Sie denn nicht, wie dieses Geschwätz der Leute Ihnen selbst schaden könnte? Sie wissen doch, was die Leute Anna Conner mit ihrem Gerede angetan haben. Die Sache ist ernst, Miss Farwell; sonst hätte ich Ihnen erst gar nichts von alledem gesagt."

„Das weiß ich", sagte sie ruhig. „Es hat ja schon angefangen. Obwohl er mir das nicht eingestanden hat, stößt Dr. Abbott immer häufiger auf Leute, die mich niemals als Krankenpflegerin einstellen würden, weil ihnen Schlechtes über mich zu Ohren gekommen ist. Ich habe schon geahnt, daß etwas nicht stimmt. Anfangs hat Dr. Abbott mir noch von den zahllosen Kranken erzählt, die Pflege brauchen, doch in letzter Zeit heißt es nur noch: ‚Ich melde mich bei Ihnen, falls sich etwas ergeben sollte.'"

„Ich hoffe, Sie denken nicht, daß Dr. Abbott ..."

„Aber natürlich würde ich Dr. Abbott nichts dergleichen unterstellen", unterbrach sie ihn mit ruhiger Würde. „Sie und Dr. Abbott haben sich sehr rücksichtsvoll verhalten. Aber bitte sorgen Sie sich nicht wegen des Geschwätzes der Leute. Schließlich bin ich nicht von dem Wohlwollen der Frommen von Corinth abhängig. Ich könnte jederzeit nach Chicago zurückkehren. Vielleicht ... vielleicht wäre das tatsächlich das beste", fügte sie nachdenklich hinzu.

„Aber es ist doch gar nicht notwendig, daß Sie Corinth verlassen", widersprach Dan. „Das Gerede der Leute dreht sich doch nur um den schlechten Ruf Ihrer Freundin."

„Sie meinen den schlechten Ruf, den die Leute ihr selbst angehängt haben, nicht wahr?"

„Das Ergebnis ist doch das gleiche. Es ist der Umgang, den Sie mit ihr pflegen. Wenn Sie sich nur eine andere Unterkunft besorgen könnten, dann ..."

Erneut unterbrach sie ihn: „Anna braucht mich, Mr. Matthew. Sie glauben doch gewiß nicht im Ernst, daß ich sie nur wegen des Geschwätzes der Leute im Stich lassen würde."

„Aber es ist Ihnen gegenüber furchtbar ungerecht", beharrte er. „Wie können Sie es sich nur leisten, in einem so falschen Licht vor der Öffentlichkeit dazustehen?"

In Miss Farwells Gesicht spiegelte sich zuerst Überraschung wider, dann Enttäuschung und ein Funke von Zorn. Es erschreckte sie, ihn so reden zu hören. Sie hatte seine Gesinnung für edler gehalten, als die Redensarten seines Berufes vermuten ließen. Eine scharfe Zurechtweisung lag ihr auf der Zunge, doch irgendwie merkte sie ihm an, daß er nicht aufrichtig mit sich selbst war. Ihre Antwort klang traurig.

„Wäre so etwas nicht nur Wasser auf die Mühlen derer, die das Unheil selbst angestiftet haben? Würden wir damit nicht die Lehren Christi außer acht lassen? Zwingt nicht Ihre Stellung Sie zu einer solchen Äußerung? Haben Sie etwa unsere Übereinkunft vergessen, daß der Pfarrer auf der anderen Seite des Zauns zurückbleiben soll?"

Dan war sichtlich verlegen.

„Miss Farwell, bitte verstehen Sie mich richtig. Ich wollte keineswegs sagen, daß Anna ... ich meine, was die Leute über sie reden ... Ich kann es eben nur nicht ertragen, daß man Ihnen den Dienst am Nächsten mit einem solchen Unrecht vergilt. Ich wollte einen Ausweg für Sie suchen."

„Ich habe Sie schon sehr richtig verstanden", sagte sie leise, „aber es gibt nur einen Ausweg für mich."

„Und der wäre?"

„Daß ich unbeirrt meine Arbeit weiterführe, und zwar mit Anna oder wen Gott mir immer auf den Weg stellen mag."

Dan sprang auf und ging auf sie zu.

„Aber welch eine ... Unglaublich ist es mit Ihnen!" rief er aus. Als er sich gefaßt hatte, sagte er nur: „Sie sind eine höchst ungewöhnliche Frau, Miss Farwell."

Sie fror plötzlich. Etwas an diesem Mann beunruhigte sie sonderbar. Ein beklommenes Schweigen folgte, während Dan sich wieder setzte.

„Aber mein Ausweg wird Ihnen nichts nützen", sagte sie endlich. „Sie müssen auch an Ihren eigenen Beruf und an Ihre Zukunft denken."

„Wir hatten doch miteinander ausgemacht, nicht von meinem Beruf zu sprechen."

„Aber es ist unumgänglich. Wir müssen auch darüber nachdenken, was die Folgen sein werden, wenn Sie mit mir ... ich meine, mit Anna und mir gesehen werden. Ist es zu verantworten, wenn der Pfarrer der Gedächtniskirche mit zwei Frauen von so zweifelhaftem Ruf gesehen wird? Was wird man in Ihrer Gemeinde nur von Ihnen denken?"

Sie lächelte, doch in ihrer Stimme lag ein tiefer Ernst. Sie wollte ihm ihr Verständnis für seine Lage deutlich machen. Im stillen fragte sie sich, ob er die Lage selbst in aller Klarheit verstanden hatte.

„Schauen Sie", sagte sie, „auch Sie werden nach einem Ausweg suchen müssen."

„Ich brauche keinen Ausweg", brummte er.

„Doch, den brauchen Sie", widersprach sie. „Bedenken Sie Ihren Einfluß. Bedenken Sie, welchen Schaden die Kirche erleiden könnte. Sie müssen Rücksicht auf Ihre Stellung in dieser Stadt nehmen. Es geht einfach nicht an, daß Sie ... daß Sie Ihren guten Ruf aufs Spiel setzen."

Sie hatte ihre Worte mit Sorgfalt gewählt. Weil sie sich ihrer Sache unbedingt sicher sein mußte, hatte sie ihn mit ihren Argumenten an die Wand gedrängt. Die hergebrachten Redensarten klangen sonderbar aus ihrem Mund. Ohne es zu ahnen, hatte sie fast die gleichen Worte wie der Gemeindeälteste Jordan gebraucht. Sie sah, wie Dan die Hände zu Fäusten ballte und die Muskeln an seinen Armen und Schultern sich spannten. Dennoch sprach sie weiter.

„Es ist nicht nötig, daß Sie unsere kleine Freundschaft noch fortsetzen", sagte sie. „Bleiben Sie ruhig ganz auf Ihrer Seite des Zauns. Ich kann ... Anna und ich können es Ihnen nicht verübeln. Es steht zuviel auf dem Spiel für Sie. Sie ..."

„Miss Farwell", unterbrach er sie, „ich weiß nicht, was nur in Sie gefahren ist, daß Sie plötzlich so von mir denken! Ich hatte gehofft, daß Sie in mir den Menschen sehen, nicht nur den Pfarrer. Ich hatte sogar gehofft, daß aus unserer ‚kleinen Freundschaft', wie Sie es nennen, etwas mehr als nur eine unbedeutende Bekanntschaft werden könnte. Wenn ich mich darin geirrt haben sollte, bleibe ich auf der anderen Seite des Zauns. Sollte ich aber recht haben damit, daß Ihnen etwas an meiner Freundschaft liegt, dann will ich mein Bestes tun, um meiner Gemeinde treue Dienste zu leisten, ohne mein ganzes Leben nach ihren törichten Launen auszurichten. Dennys Garten wird auch ohne mich zurechtkommen, und auch Sie mögen vielleicht auf unsere sogenannte kleine Freundschaft verzichten können, aber ich brauche Dennys Garten, und ich ... ich brauche Sie, Miss Farwell."

Ihr Gesicht leuchtete auf.

„Verzeihen Sie mir", sagte sie. „Ich wollte mich nur vergewissern, daß Sie sich über bestimmte Dinge völlig im klaren sind."

Auf ihre vage Andeutung antwortete er: „Ich glaube, ich bin mir allmählich über eine ganze Anzahl von Dingen im klaren."

„Und werden Sie jetzt, wo Sie sie verstehen, auch weiterhin in Dennys Garten kommen?" fragte sie mit einem Lächeln.

„Und ob!" lachte er. „Ich werde in Dennys Garten gehen, als gäbe es keinen anderen Ort auf der Welt, wo ich eine Arbeit finden könnte!"

Kurz darauf sah sie ihm nach, wie er durch die Pforte auf

die Straße hinaustrat und unter den großen Bäumen davonging.

Noch immer hörte sie seine Worte in sich nachklingen. „Ich brauche Sie … als gäbe es keinen anderen Ort auf der Welt …“

Im stillen fragte sie sich, wieviel Bedeutung in diesen Worten liegen mochte.

Ein Arbeiter und sein Lohn

Der Doktor konnte seinem jungen Freund Dan Matthew anmerken, daß dieser von einer Rastlosigkeit erfaßt war, deren Ursache ihm selbst unklar war. Es war, als suchte er im Dunkeln nach etwas, ohne zu ahnen, was es war.

Mit dem jugendlichen Eifer eines frisch ordinierten Pfarrers war dieser junge Hirte direkt von den Kornspeichern zu seiner Herde gekommen, um sie mit einem guten Armvoll theologischen Getreides zu sättigen. Es war durchaus kein schlechtes Getreide, das er austeilte. Allerdings muß man bedenken, daß Dan zwar von frühster Jugend an dazu erzogen worden war, den höchsten Zielen und dem Beispiel Christi zu folgen, daß er aber nur das Landleben im Gebirge kannte, über das kirchliche Leben in den vielen Gemeinden allerdings sehr wenig wußte. Wie unvoreingenommen er das Getreide aus der Hand seiner Seminarlehrer entgegengenommen hatte, erkannte er nun schnell angesichts seiner hungrigen Herde, und er begriff, daß dieses Getreide eben nur aus Spelzen bestand.

Nach den schillernden Darstellungen der Theologen und nach ihren einnehmenden Theorien hatte Dan plötzlich der Wirklichkeit mit ihren Männern und Frauen, den herrschenden Zuständen und dem Alltagsleben ins Auge geschaut.

Die vergangenen Wochen hatten ihm weder Glanz noch Gloria, weder ruhmreiche Kirchengeschichte noch perfekte Theorien geboten, sondern Gemeinheiten und schäbige Kleinlichkeiten, Widerwärtiges und Schockierendes. Verachtung, Selbstsucht, falschen Eifer, Eitelkeit, Pharisäertum und Selbstgerechtigkeit hatte er entdecken müssen. Dan sah sich gezwungen, die wahren Schwierigkeiten und Nöte zu erkennen. Die Menschen und ihre Umstände durfte er nicht außer acht lassen. Dan war Manns genug, um sich einzugestehen, daß die Getreidespelzen unzureichend waren, und er war konsequent genug, um sie nicht mehr auszuteilen. Doch er fühlte sich jämmerlich unfähig, für bessere Nahrung zu sorgen.

Schon bevor Dan in Corinth aus der Eisenbahn gestiegen war, hatte der Doktor vorausgesehen, daß Dan eines Tages diesen Punkt in seinem Pfarrdienst erreichen würde, den Punkt nämlich, an dem er sich zwischen zwei Pfaden entscheiden mußte. Und Dan stand jetzt vor dieser Weggabelung; die Entscheidung, die er nun treffen würde, würde ohne jeden Zweifel große Auswirkungen auf seine ganze Zukunft haben.

Auf der einen Seite lag der ebene, vielbenutzte Pfad der Traditionen, Lehrsätze und Vorschriften der Gedächtniskirche vor ihm. Der Pfad war breit und übersichtlich; er erstreckte sich in gerader Linie vor ihm, und viele tüchtige Seelen fanden sich zu beiden Seiten, um den jungen Pfarrer vor dem Abweichen von diesem Pfad zu bewahren.

Auf der anderen Seite wand sich der zweite Pfad dahin. Er war schmal und verlor sich schnell im Wald; seine Richtung war von der Gabelung aus nicht zu erkennen. Keine unerschrockenen Seelen winkten dem Wanderer, um ihm unterwegs Hilfe zu leisten. Diesen Pfad zu wählen bedeutete, sich allein auf den Weg zu machen, um erst später im Wald auf Mitstreiter zu stoßen, die Rat und Hilfe boten. Diese würde er jedoch erst sehen, wenn er die Weggabelung hinter sich gelassen hatte und sich für den einsamen, schmalen Pfad entschlossen hatte.

Dieser Pfad war der selten benutzte Pfad der Aufrichtigkeit; nur jene wählten ihn, die sich selbst und ihren Überzeugungen treu bleiben wollten.

Würde er seine eigenen Ansichten über das, was richtig war, über Bord werfen und die Fahnen seiner Dienstherren schwenken? Würde er anstatt der Lehren Jesu das predigen, was das Wohlwollen der Gemeindeoberhäupter finden würde? Oder würde er zu den Erkenntnissen stehen, die notwendig waren, damit die Kirche zu einem wahren Tempel des Geistes Christi wurde? Dan wußte, daß er vor der Wahl stand, entweder dem Kirchenvorstand, von dem er sein Gehalt bezog, oder Gott selbst zu dienen.

An dieser Weggabelung stand der junge Dan Matthew nun. Mit großer Freude beobachtete der alte Doktor, wie er die Spelzen der althergebrachten Kirchenvorschriften abzulegen begann.

Dans nächste Predigt trug den Titel: „Die Gemeinschaft des Dienstes“. Sie unterschied sich sowohl im Ton als auch im Inhalt von seinen ersten Predigten in Corinth. Von den Ältesten und den übrigen Gemeindeleitern wurde sie mit stummer Mißbilligung aufgenommen. Andere waren nicht weniger verwundert über die ungewohnte Form dieser Predigt, hörten sie aber mit verhaltener Anerkennung. Aus diesen Gründen erwähnte auch fast keiner der Gottesdienstbesucher Dans Predigt beim anschließenden Händeschütteln vor der Kirchentür. Einer der wenigen, die es doch taten, war ein breitschultriger junger Farmer, den Dan noch nie zuvor gesehen hatte.

Der Gemeindeälteste Strong, der sich gerade in der Nähe befand, stellte ihn vor.

„Bruder Matthew“, sagte er feierlich, wie es sich für einen Vertreter der Kirchenleitung gehörte, „Sie müssen Bruder John Gardner unbedingt kennenlernen. Er ist heute seit langer Zeit wieder einmal hier im Gottesdienst.“

Dan schüttelte dem jungen Mann die Hand, und die beiden musterten einander mit anerkennendem Blick.

„Bruder John war einmal ein reges Kirchenmitglied bei uns“, fuhr der Richter fort, „aber aus irgendwelchen Gründen ist er vom rechten Wege abgekommen. Wir haben es nie recht verstanden." Er schloß mit einem gönnerhaften Lachen, dem unmißverständlich zu entnehmen war, daß er nur zu gut die besagten Gründe kannte, doch daß sich diese alles andere als schmeichelhaft für Bruder John ausnahmen.

Der junge Farmer errötete bei den Worten des Richters, doch anstatt ihm eine bissige Antwort zu geben, wandte er sich an Dan und sagte in aller Offenheit: „Damit hat er wohl recht, fürchte ich. Um ganz ehrlich zu sein, wäre ich auch heute nicht gekommen, wenn ich nicht dringend noch ein paar Männer suchte, die mir beim Einbringen meiner Ernte helfen. Heute morgen bin ich zeitig in die Stadt gefahren, um Ausschau nach Helfern zu halten. Kein einziger hat sich gefunden. Da bin ich noch bis zum Gottesdienst geblieben, weil ich gehofft habe, hier jemanden zu finden, der mir hilft."

Dan lächelte. Der stämmige Mann war von einer entwaffnenden Ehrlichkeit. Er schämte sich nicht seiner Herkunft. Es war wie ein frischer Wind aus des Pfarrers eigener Heimat.

„Und haben Sie schon jemanden?" erkundigte sich Dan.

„Nein", antwortete Farmer Gardner, „aber ich bereue es trotzdem nicht, gekommen zu sein. Ihre Predigt fand ich sehr interessant. Solche frommen Gedanken zum Dienst des Christen lasse ich mir aber eigentlich lieber von jemandem sagen, der selbst weiß, was harte Arbeit ist. Die meisten Pfarrer verstehen ungefähr so viel von dem Leben einfacher Leute wie ich von Theologie."

„Damit haben Sie vielleicht recht", sagte Dan, „wenn ich es auch nur ungern zugebe. In allen Fällen trifft es aber nicht zu. Manch ein Pfarrer kommt ja selbst aus einer einfachen Familie."

„Wenn das so ist, dann bemühen sie sich aber mächtig, das für sich zu behalten, sobald sie mit dem Predigen anfangen", antwortete der Farmer. „Aber ich habe jetzt keine Zeit, einen Streit vom Zaun zu brechen. Das eine will ich Ihnen aber noch sagen: wenn ich Sie hin und wieder mit einer Heugabel hantieren sähe, wenn die Ernte aus Mangel an Arbeitern verdirbt, dann ließe ich mir auch von einem wie Sie etwas vorpredigen."

Damit wandte sich der Farmer unvermittelt ab und bahnte sich einen Weg durch das Gedränge am Ausgang, wo eine Gruppe von Männern stand.

Der Doktor hatte sich noch nie über eine von Dans Predigten geäußert, doch als die beiden Freunde an diesem Abend gemeinsam nach Hause gingen, merkte Dan dem Doktor an, wie angetan dieser von der heutigen Predigt war. Auch Dan selbst fühlte sich von neuem Mut erfüllt. Die Begegnung mit dem jungen Farmer, der ihm ohne Umschweife seine Meinung gesagt hatte, war eine solche Erfrischung für ihn gewesen, daß ihm bei weitem nicht so traurig zumute war wie nach den flüchtigen, nichtssagenden Komplimenten, die er sich Sonntag für Sonntag am Ausgang anhören mußte.

„Den Leuten hat meine Predigt heute wohl gar nicht gefallen", meinte Dan.

„Sie waren zu fassungslos vor Erstaunen, um sie zu mögen", knurrte der Doktor.

„Glauben Sie, daß sie ihre Meinung ändern, wenn sie sich erst erholt haben?" fragte Dan mit einem Lachen.

„In meiner Praxis", antwortete der alte Mann trocken, „verschreibe ich Arzneien nicht ihres Wohlgeschmacks wegen, sondern um den Patienten damit zu heilen."

Dan hatte ihn verstanden. Die beiden gingen schweigend weiter.

„Was wissen Sie über John Gardner, den Farmer?" fragte Dan nach einer Weile.

„Ein anständiger Kerl ist er."

„Den Eindruck hatte ich auch", stimmte Dan ihm zu. „Wo wohnt er?"

Der Doktor beschrieb es ihm.

„Ich würde ihn an deiner Stelle aber erst nach der Ernte besuchen", fügte er hinzu. „Bis dahin wird er keine Zeit für dich haben, und er wird sich auch nicht zieren, dir das zu sagen."

*

Kurz nach Sonnenaufgang am nächsten Morgen spannte John Gardner seine Pferde vor den großen Heuwagen. Mitten auf dem Feld rauchte schon die Dreschmaschine. Von dem Planwagen aus machte sich die Erntemannschaft auf den Weg auf das Feld. Zwei bezahlte Hilfskräfte hatten sich mit ihrem Gespann an die Arbeit gemacht und luden gerade die erste Fuhre Garben auf ihren Wagen, um sie zu den Dreschern zu bringen.

Der Hofhund bellte aufgeregt. Der Farmer sah von der Arbeit auf. Ein breitschultriger Mann kam gerade von der Straße auf den Scheunenplatz.

„Guten Morgen!" rief Dan munter. „Ich habe schon befürchtet, zu spät zur Arbeit zu kommen!" Er ging geradewegs auf den jungen Farmer zu, der vor Überraschung sprachlos war.

„Können Sie noch ein Händepaar gebrauchen?" erkundigte Dan sich. Er trug ein abgetragenes Baumwollhemd und einen alten Schlapphut – seine Angelkluft.

Erfreut wandte John sich wieder zu seinem Gespann um und zurrte die Riemen fest.

„Sie sind doch wohl nicht in aller Frühe die ganzen acht Meilen von der Stadt zu Fuß hergekommen, um mir bei der Ernte zu helfen?" fragte er.

„Haargenau das bin ich."

„Und wofür?" wollte der Farmer unverblümt wissen.

„Für den üblichen Lohn", gab Dan schlagfertig zurück. „Aber nur unter zwei Bedingungen."

„Und die wären?"

„Erstens soll niemand hier erfahren, daß ich Pfarrer bin, und zweitens will ich mich – wenigstens für heute – mit Ihnen im Garbenwerfen anlegen. Wenn Sie heute abend nicht mit meiner Arbeit zufrieden sind, können Sie mich ohne Bezahlung wieder entlassen." Während er sprach, sah Dan den kräftigen Farmer mit einem Blick an, der ihm zu verstehen gab, daß seine Herausforderung vom Vortag angenommen worden war.

In dem blauen Augenpaar des Farmers funkelte es.

„Abgemacht!" sagte er. Dann rief er seiner Frau zu: „Mary, setz dem Mann hier ein handfestes Frühstück vor!" Zu Dan sagte er: „Wenn Sie fertig sind, kommen Sie raus zur Maschine."

Er schwang sich auf seinen Wagen, während Dan in die Küche ging.

„Einen Moment noch", rief John ihm nach, als das Gespann sich in Bewegung setzte. „Wie soll ich Sie denn anreden?"

„Einfach nur beim Vornamen", antwortete der Pfarrer über die Schulter hinweg. „Ich heiße Dan."

Den ganzen Tag lang arbeiteten die beiden Männer fieberhaft mit dem Vorsatz, einander im Heben der Garben zu übertreffen. Bis zum Mittag hatte ihr Eifer die ganze Erntemannschaft angesteckt. Jeder packte seine Arbeit an, als gelte es, eine Wette zu gewinnen. Die Männer stammten von außerhalb; keiner von ihnen kannte den Neuling, der gekommen war, um seine Kräfte mit John Gardner, dem stärksten Mann unter den Farmern weit und breit, zu messen.

Bald wurden die ersten Wetten abgeschlossen. Mit rauher Herzlichkeit flogen Zurufe zwischen den Männern hin und her. Ein jeder feuerte die Kontrahenten an. Die beiden Männer in der Mitte des Feldes arbeiteten jedoch fast ohne ein Wort.

Am Nachmittag verschaffte sich der Fremde allmählich einen Vorsprung. Mit unverminderter Kraft schwang er die Heugabel. Trotz aller Anstrengung konnte John nicht mit ihm Schritt halten. Der Vorsprung seines hochgewachsenen Gegners wuchs beständig. Als die letzte Garbenfuhre eingebracht worden war, warf der Farmer seine Heugabel vor der ganzen Erntemannschaft hin und reichte Dan die Hand.

„Ich gebe auf", sagte er. „Sie sind mir überlegen, Fremder, woher Sie auch kommen mögen."

Dan nahm die Hand, und die Männer brachen in lautes Jubeln aus. In den Augen des Pfarrers sprühte jedoch noch immer die Kampflust.

„Vielleicht", sagte er, „ist das Garbenwerfen nicht Ihre Stärke. Heute abend trete ich gegen Sie in dem Sport Ihrer Wahl an: Ringkampf, Wettlauf, Weitsprung oder auch irgendeine Arbeit, die Sie sich aussuchen."

John musterte ihn langsam und schüttelte den Kopf.

„Ich weiß, wann ich genug habe", sagte er lachend. „Vielleicht möchte einer von den Jungs hier gegen Sie antreten." Er wandte sich zu seiner Mannschaft um.

Die jungen Burschen grinsten nur und warfen dem Fremden anerkennende Blicke zu.

„Wir haben keine Ahnung, woher Sie kommen, Meister", sagte einer in dem schleppenden Dialekt der Südstaaten, „aber was Sie fertigbringen, haben wir mit eigenen Augen gesehen. Von uns ist keiner so dreist, es mit 'nem Mann aufzunehmen, der John Gardner in Grund und Boden schuften kann."

Bei der Scheune zog der Farmer den Pfarrer beiseite.

„Schauen Sie, Bruder Matthew ..." begann er.

„Ich heiße Dan", unterbrach ihn der andere. „Halten Sie sich bitte an unsere Abmachung."

„Also gut, Dan. Und von jetzt an bin ich John für Sie. Was ich Sie aber fragen wollte: Haben Sie wirklich vor, hierzubleiben und mir zu helfen, bis die Ernte eingebracht ist?"

„So war es abgemacht, es sei denn, Sie sind mit meiner Arbeit nicht zufrieden und schicken mich fort."

Der Farmer rieb sich die schmerzenden Arme.

„Zufrieden bin ich schon", sagte er, „aber Sie sind mir einfach ein Rätsel."

„Wenn Sie Pfarrer wären, würden Sie mich wohl nur zu gut verstehen."

Der stämmige Farmer lachte.

„Nun, jetzt kommen Sie erst mal zum Essen ins Haus", sagte er und führte Dan zur Küche.

Drei Tage lang hatte Dan seine wahre Freude an der Gesellschaft der rauhbeinigen, hart arbeitenden Männer, die ihn als einen von sich gelten ließen. Als die Felder abgeerntet waren, kehrte er in die Stadt zurück.

John brachte ihn mit dem Fuhrwerk nach Hause, und unterwegs unterhielten sich die beiden freundschaftlich miteinander. Als sie aber den Stadtrand erreichten, fiel ein schweres Schweigen über die beiden Männer. Wenn sie doch miteinander sprachen, klang es gezwungen und steif.

Es war Dan, als müsse er von daheim wieder in ein fremdes Land ziehen, wo er niemals heimisch werden konnte. An der Pforte vor dem Haus brachte der Farmer das Fuhrwerk zum Stehen und sagte unbeholfen: „Also dann, Bruder Matthew, auf Wiedersehen. Besuchen Sie uns mal, wenn Sie Zeit haben!“

Der Pfarrer zuckte bei dieser förmlichen Anrede beinahe zusammen, wehrte aber nicht ab.

„Haben Sie vielen Dank!“ sagte er. „Ich habe die Zeit bei Ihnen sehr genossen.“ Es klang traurig, und der stämmige Farmer fand keine Antwort. Schweigend und ohne einen letzten Blick kutschierte er davon.

In seinem Zimmer saß Dan am Fenster und dachte an den nächsten Tag samt allem, was die Kirche sein „Tagewerk“ nannte: die Besuche, die Komitees, die Zusammenkünfte der Frauenhilfe und dergleichen mehr. Endlich stand er auf und streckte sich mit einem Seufzen zu seiner vollen Größe. Dann zog er seinen Arbeitslohn aus der Tasche und legte das Geld auf seinen Schreibtisch. Dort betrachtete er die Münzen lange, als könnten sie ihm Antwort auf seine Fragen geben.

Wieder ging er ans Fenster. Der Garten dort draußen hatte unter Dennys Pflege seine Frucht hervorgebracht. Aus dem anderen Fenster starrte er dann das gußeiserne Denkmal an, bis die leblose Gestalt ihm mit dem ausgestreckten Arm zu drohen schien.

Langsam ging er an seinen Tisch zurück. Er sammelte die Geldmünzen mit Sorgfalt einzeln in einen Briefumschlag. Dann setzte er sich und schrieb darauf die Worte: „Denn der Arbeiter ist seines Lohnes wert.“

Winter

Nach der Erntezeit wurde es Winter. Mit Beginn des neuen Jahres fing man in der Gedächtniskirche an, der Kirchenkonferenz in der fernen Großstadt entgegenzusehen.

Der neue Ton, den Dan im Herbst in seinen Predigten und in seiner gesamten Arbeit angeschlagen hatte, hatte sich über die Monate hinweg erhalten. Die hergebrachten Redensarten der Kleriker verschwanden aus Dans Predigten. Er ließ sein Pfarrergewand daheim und trug statt dessen seinen dunkelblauen Anzug, den einzigen, den er besaß.

Es ließ sich nicht vermeiden, daß die Geschichte von den drei Tagen auf John Gardners Erntefeldern mit der Zeit überall die Runde machte. Die Gedächtniskirche war nun Sonntag für Sonntag bis auf den letzten Platz besetzt. Manch ein Gottesdienstbesucher kam aus reiner Neugier. Andere hörten aufmerksam zu, wenn auch viele die volle Bedeutung dessen noch nicht erfassen konnten, was dieser junge Pfarrer, trotz seines Berufs so sehr ein Mann unter Männern, von der Kanzel verkündigte.

Die Gemeindeältesten und Wortführer der Gedächtniskirche beobachteten die Veränderungen jedoch mit Bedenken und Argwohn, wenn sie auch den Erfolg ihres Pfarrers nicht leugnen konnten. Trotz ihres Mißfallens schwoll ihnen das Herz vor Stolz angesichts der drangvollen Enge in ihrem Gotteshaus, das sämtlichen anderen Kirchen der Stadt inzwischen den Rang abgelaufen hatte. So sehr sie sich auch bemühten, konnten sie kein einziges Wort der Irrlehre in den Predigten entdecken. Was der junge Pfarrer vortrug, entsprach in allem den Lehren Jesu.

Nein, es war nicht so sehr das, was Dan predigte, sondern das, was er nicht predigte. Es fehlten ihnen die vertrauten Redensarten und die hergebrachten Auslegungen, die sie von jedem Pfarrer auf dieser Kanzel ein ums andere Mal gehört hatten. Der alte Pfad, der von den vielen „Verkündigern der frohen Botschaft" so abgenutzt und ausgetreten worden war; die von jeher übernommenen theologischen Ansichten und Lehrsätze, selbst die altbewährten Gebetsfloskeln – über all dies setzte sich dieser breitschultrige, muskulöse Pfarrer mit dem ruhigen Blick hinweg. Oft war er mit einem solchen Ernst bei der Sache, daß er vergaß, wie ein Pfarrer zu reden.

Zweifellos, so befanden die Ältesten, war dieser junge Hüne ein „Risiko". Bedächtig schüttelten sie die Köpfe und flüsterten einander allerhand unheilvolle Voraussagungen zu. Vor der Öffentlichkeit dagegen rühmten sie sich weiterhin der großen Zuhörerscharen und der Redegewandtheit ihres Pfarrers.

Indessen unterließen es die Hüter des Glaubens jedoch keineswegs, Dan ihre Mißbilligung mitzuteilen. Durch zahllose Andeutungen, durch auffallend spärliches Lob, durch einstudierte Kühle gaben sie ihm zu verstehen, wie unzufrieden sie waren. Ein jeder von Dans Vorschlägen zur tatkräftigen Arbeit unter den Bedürftigen der Stadt stieß auf die kühle Ablehnung dieser Männer; statt dessen baten sie ihn, mehr Sorgfalt auf die hergebrachten Traditionen der Kirche zu verwenden.

Ohne Widerspruch und Verbitterung nahm Dan Abstand von seinen Plänen. Mit Ausnahme seiner Predigten fügte er sich dem Willen seiner Lohnherren. Niemals kam ihm auf der Kanzel ein Wort der Kritik an der Kirche und ihren Mitgliedern über die Lippen. Unbeirrt und sanftmütig ermahnte er seine Zuhörer statt dessen, dem Vorbild Christi nachzueifern. In seiner Gegenwart empfanden die Gottesdienstbesucher nicht selten das Gefühl, dessen sich auch der alte Doktor bewußt war: daß dieser Mann etwas verkörperte, zu dem sie selbst eigentlich bestimmt gewesen waren. Manch einer nahm es mit Bedauern wahr. Andere wurden von neuer Hoffnung und von der Entschlossenheit erfüllt, ihre besten Fähigkeiten zu entdecken. Wieder andere empfanden es als Tadel, der um so schmerzlicher war, als er so unbewußt erteilt wurde; und Zorn und Eifersucht stieg in ihnen auf.

Was Irena Farwell und das junge Mädchen in ihrer Obhut betraf, so hatte sich die Einstellung der Leute nicht gewandelt, vielmehr traf ihr Urteil nun auch Deborah und Denny. Dan ließ sich nicht davon beirren und verbrachte auch weiterhin seine Freizeit bei der Krankenschwester und ihren Freunden in dem kleinen Haus neben dem Garten. Trotz aller Andeutungen und versteckter Warnungen, die seine Lohnherren ihm gegenüber machten, hielt er ruhig und besonnen vor der ganzen skandalsüchtigen Stadt an seinem Verhalten fest. Jeder achtete und bewunderte ihn, während man – und so sind die Menschen – zugleich nur auf die Gelegenheit wartete, ihn in den sicheren Ruin zu stürzen.

So harrte der Geist von Corinth, der Verbündete, der Dinge. Die finstere Macht, die den Schatten des Kummers auf Anna Conners Leben geworfen hatte, wartete nun darauf, daß der Pfarrer selbst den Anlaß dazu liefern würde, zum Angriff gegen ihn zu schreiten.

Dan spürte, wie ihm sein Feind im Hinterhalt auflauerte. Und über die Wochen und Monate hinweg bemerkte man oft eine große Traurigkeit in den Augen und in der Stimme des jungen Mannes; die Traurigkeit eines Menschen, der vor einer hoffnungslosen Aufgabe steht, der für ein Unrecht bestraft wurde, dessen er unschuldig ist, der für ein hohes Ziel kämpft und dem doch nur die Niederlage gewiß ist.

Weil Dans Wesen von außergewöhnlicher Empfindsamkeit war, verursachte ihm die Lage der Dinge den schärfsten Schmerz. Es war ein anderes Leben als das, dem er einmal mit Freuden entgegengesehen hatte. Die Ungerechtigkeit quälte ihn.

Manchen Winterabend verbrachte der Pfarrer bei Dr. Harry oder dem alten Dr. Oldham. Während dieser Stunden vertiefte sich seine Freundschaft mit den beiden Ärzten. Was ihm der eine seit seiner Jugend gewesen war, wurde ihm nun auch der andere: ein Freund für alle Zeiten. Zuweilen flüchtete Dan sich auch aufs Land zu John Gardners Farm, um dort einen Tag mit schwerer körperlicher Arbeit zu verbringen, denn in dieser Betätigung lag etwas Tröstliches für ihn. Mehr noch als alles andere bedeutete ihm jedoch die Freundschaft, die ihn mit Irena Farwell verband, und der Einfluß ihres Lebenswandels.

Es war unvermeidlich, daß das Urteil der Leute dieses Band der Freundschaft noch fester schmiedete. Indem sie den Stab über die beiden wegen ihres Verhaltens brachen, trieben sie sie in eine wachsende Abhängigkeit voneinander.

Aufgrund seines eigenen Wesens und seiner ernsthaften Nachfolge begriff Dan wie vielleicht kein anderer in der ganzen Stadt die Beweggründe der Krankenschwester, die beharrlich bei Anna Conner blieb und ihre Arbeit fortführte. Zugleich fühlte er sich in seinen so unerwarteten Schwierigkeiten von niemandem so gut verstanden wie von Irena Farwell. Mit der gleichen Klarheit, mit der sie seine Nöte verstand, hatte Irena auch erkannt, daß der Pfarrer in ihr seine größte Stütze in Corinth sah. Während sie ihn nun in seinem Kampf bestärkte, erhielt sie selbst ein großes Maß an Kraft von ihm für ihren eigenen Kampf.

Das Gerede über sie war von Irena und Dan selbst kein einziges Mal mehr erwähnt worden, wenn es auch undenkbar war, daß ihnen die Einstellung der Leute entgangen sein könnte. Die unsichtbare, lauernde Macht, der Verbündete, treibt sein Handwerk mit größter Geschicklichkeit. Er zielt mit Pfeilen der doppelsinnigen Wörter, der vielsagenden Blicke, der hinterlistigen Augenaufschläge und der gelächelten Anklagen, ohne seinen Opfern die Gelegenheit zur Verteidigung zu geben oder Zweifel daran zuzulassen, worauf er es abgesehen hat.

Die Lage wurde mit keinem Wort zwischen diesen beiden jungen Menschen erwähnt, obgleich jeder von ihnen sich ihrer bewußt war und dieses Wissen auch in dem anderen vermutete. Während dieser Zeit vertieften sich ihre Hochachtung und ihr Vertrauen zueinander, wie es bei allen Kriegskameraden der Fall ist, die gemeinsam unter Beschuß geraten. Die beiden lernten einander schätzen und fühlten sich immer mehr aufeinander angewiesen, ohne jedoch zu ahnen, in welchem Maße das geschehen war.

So kam es, daß Irena Farwell sich nicht nur um Anna Conners willen an Corinth gebunden fühlte, sondern auch wegen Dan Matthew. Sie brachte es nicht übers Herz, diesen Mitstreiter in ihrem gemeinsamen Kampf im Stich zu lassen.

Irena Farwell war kein Schulmädchen mehr. Sie war eine tatkräftige, arbeitsame Frau aus Fleisch und Blut, die sowohl äußerliche als auch seelische Reife besaß. Sie wußte durchaus, was eine fortdauernde Freundschaft mit diesem Mann für sie bedeuten konnte. Sie war unendlich froh und spürte zugleich undeutlich, daß ihre wachsenden Gefühle ihr eines Tages großen, womöglich lebenslangen Schmerz einbringen könnten.

Ihr Beruf hatte sie fast vollständige Selbstbeherrschung gelehrt. Sie stand nicht in der Gefahr, ihren Gefühlen freien Lauf zu lassen. Ihr mitfühlendes Herz würde niemals seine Freiheit gewinnen, sondern stets das Elend des anderen vor das eigene stellen. Daraus erwuchs ihr selbst ein um so tieferes Leid. Gibt es denn einen größeren Kummer als den, der im Verborgenen erlitten wird? Dennoch war sie froh! So sonderbar ist das Herz einer Frau.

Dan selbst neigte zwar zur Tiefsinnigkeit, doch wie die meisten Männer nicht zur Grübelei über sich selbst. Er empfand tief, ohne sein Empfinden analytisch zu ergründen. Auch blickte er nicht in weite Ferne voraus, um zu ergründen, wohin ihn sein Weg führte. So sonderbar ist auch das Herz eines Mannes!

Deborahs Kummer

Allmählich fand der lange Winter sein Ende. Neues Leben regte sich in den Halmen, Zweigen und Ästen, und geheimnisvolle Rufe lockten die Menschenherzen.

Zu Beginn der Barschfangsaison überredete der alte Doktor den jungen Pfarrer zu einem dreitägigen Angelausflug. Sie folgten dem Gewässer über Gordons Mühle hinaus bis zu der Stelle, wo der Forellenbach in den größeren Fluß mündet.

Es war schon beinahe am Mittag des Tages, an dem Dan und der Doktor sich in der Frühe auf den Weg gemacht hatten, als Miss Farwell Deborah in Tränen aufgelöst vorfand. Denny bemühte sich vergeblich, seine Mutter zu trösten.

„Komm schon, Mutter, nimm's doch nicht so schwer!" sagte er, als die Krankenschwester gerade an der geöffneten Küchentür vorbeigehen wollte. „Es wird schon wieder werden!"

Die Witwe saß auf ihrem Stuhl, das Gesicht in der Schürze vergraben und die Schultern von Schluchzen geschüttelt. Denny sah zu der Krankenschwester auf. In seinen Augen stand ein Flehen.

„Sieh nur, Mutter, sieh doch nur! Miss Irena ist da, um nach dir zu sehen. Wir werden es schon schaffen, Mutter!"

Miss Farwell kam Denny zur Hilfe, und allmählich gelang es ihnen, die gute Frau zu beruhigen.

„Sie müssen entschuldigen, Miss Irena, aber ich ... ich ..." Erneut brach sie in Tränen aus.

„Wollen Sie mir denn nicht sagen, warum Sie sich so grämen, Mutter Mulhall?" drängte die Krankenschwester. „Vielleicht kann ich Ihnen helfen."

„Ach, Sie haben doch genug an Ihrem eigenen Kummer, ohne sich auch noch Dennys und meine Sorgen aufzubürden! Hab' ich denn nicht mit eigenen Augen gesehen, welche Mühe Sie in letzter Zeit haben, Ihr Brot zu verdienen? Und immer schauen Sie fröhlich drein, um Anna Mut zu machen! Oft hab' ich Sie dabei ertappt, wie Ihnen die Sorgen im Blick standen, Miss Irena, wenn Sie glaubten, niemand hätte es bemerkt. Und jeden Abend beten Denny und ich zur heiligen Mutter Maria, daß die Leute in dieser Stadt sich ändern. Aber mir scheint, Gott hat uns wohl ganz und gar vergessen. Ich denke oft, vielleicht würde alles besser, wenn wir nur irgendwo zur Messe gehen könnten, wie sich's für anständige Gläubige gehört."

„Sie und Denny haben mir mehr geholfen, als ich Ihnen je sagen kann, liebe Mutter Mulhall", sagte Irena, ohne direkt auf ihre Worte einzugehen, „aber jetzt müssen Sie mir erlauben, Ihnen auch einmal zu helfen."

„Ich würd' mir ja gern von Ihnen helfen lassen, wenn Sie's nur könnten. Aber mir kann nur noch Geld helfen, und an Ihren abgetragenen Schuhen und dem alten Mantel, in dem Sie den ganzen Winter herumgelaufen sind, kann ich mir doch an fünf Fingern abzählen, daß Sie kaum genug verdient haben, um Anna und sich selbst durchzubringen."

„Da haben Sie zwar nicht unrecht", antwortete Irena munter, „aber vielleicht hilft es Ihnen schon, sich Ihren Kummer von der Seele zu reden."

Nach weiterem Drängen erfuhr die Krankenschwester schließlich die ganze klägliche Geschichte.

Zu der Zeit, als Jack Mulhall ums Leben gekommen war, gehörte das kleine Haus bis auf einen geringen Restbetrag der Familie, die es von Richter Strong übernommen hatte. Ohne das Einkommen ihres Mannes war Mrs. Mulhall nicht in der Lage, die Grundschuld abzutragen, doch durch sparsame Haushaltsführung war es der Witwe und ihrem Sohn gelungen, die Zinszahlungen jeden Monat pünktlich zu leisten und das Haus auf diese Weise nicht zu verlieren. Obwohl er das Grundstück für sich selbst haben wollte, hatte der Richter es nicht gewagt, so bald nach dem Tod des Sheriffs auf die Begleichung der Schulden zu drängen. Jack Mulhall war in der ganzen Stadt beliebt gewesen, und der Richter befürchtete, den Zorn der Öffentlichkeit auf sich zu ziehen. Inzwischen, so meinte der Richter wohl, war nun genug Zeit verstrichen, daß der Sheriff, der bei der Ausübung seines Berufs ums Leben gekommen war, in Vergessenheit geraten war. Seitdem sie Anna Conner und Miss Farwell bei sich aufgenommen hatte, war nun auch Deborah Mulhall von der Verachtung der frommen Stadtbewohner betroffen. Der durchtriebene Richter witterte eine einmalige Gelegenheit. Zwar würden die Leute der Stadt niemals so weit gehen, die Witwe und ihren mißgestalteten Sohn aus ihrem kleinen Haus zu vertreiben. Doch sollte der Richter selbst es unter dem Vorwand der unbeglichenen Geldsumme tun, so hätte er von keiner Seite Vorwürfe zu erwarten.

Wegen der allgemeinen Ächtung ihrer Untermieter hatte Deborah in letzter Zeit an Arbeit eingebüßt, und zum ersten Mal sah sie sich nun nicht in der Lage, die fällige Zinszahlung zu Anfang des Monats zu leisten. Nur bei größter Genügsamkeit würden Denny und sie sich überhaupt bis zum Sommer ernähren können; dann hofften sie, ihren schmalen Geldbeutel durch die Erträge aus Dennys Garten ein wenig aufzubessern.

Die unbezahlte Zinssumme gab dem Richter genau den Anlaß, auf den er gewartet hatte, um die gesamte Schuld zu fordern. Alles war vorschriftsmäßig abgewickelt worden. Der Räumungsbefehl war von einem Sonderboten überbracht worden. Da die monatliche Zinsrate überfällig war, mußten Deborah und Denny entweder die gesamte Schuld bezahlen oder am nächsten Tag ausziehen. Die Witwe hatte bei dem Richter vorgesprochen, doch ohne Erfolg. Flehen und Bitten hatten sich als zwecklos erwiesen, und so hatte die Witwe schließlich alle Hoffnung aufgegeben.

„Aber haben Sie denn keine Verwandten, Mrs. Mulhall, die Ihnen helfen könnten?“ fragte Irena. „Keine Freunde? Vielleicht könnte Dr. Oldham ...“

Deborah schüttelte nur den Kopf.

„Ich hab’ nur noch meinen Bruder Mike“, sagte sie. „Mike ist Maurer und hat ein Herz aus Gold, aber er reist im ganzen Land umher, weil er ja keine Familie hat. Immer auf der Suche nach Arbeit ist er, so daß ich ihn nirgends erreichen kann. Mein letzter Brief an ihn ist wieder an mich zurückgegangen. Er schreibt auch nicht oft; er denkt halt, Denny und mir fehlt es an nichts. Hab’ ihn nicht mehr gesehen, seitdem er geholfen hat, meinen armen Jack unter die Erde zu bringen.“

Eine Zeitlang wurde die Stille in der kleinen Stube nur von Deboras Schluchzen und von Dennys tröstendem Zuspruch unterbrochen.

Plötzlich sprang die Krankenschwester auf.

„Aber es gibt noch jemanden!“ rief sie aus. „Ich habe es doch gewußt! Warum habe ich nur nicht gleich an ihn gedacht?“

Mrs. Mulhall hob den Kopf. In ihrem tränenfeuchten Gesicht stand der Ausdruck zweifelnder Hoffnung.

„Mr. Matthew!“ sagte Irena.

Deborahs Miene verdunkelte sich wieder.

„Ach, liebes Kind, der Pfarrer ist mit dem Doktor fort. Hab’ sie doch selbst heut’ morgen fortgehen gesehen. Und was könnte er schon ausrichten, auch wenn er jetzt hier wäre? Er hat doch selbst keinen Penny übrig!“

„Ich weiß zwar nicht, was er täte, aber ich bin mir sicher, daß er nichts unversucht lassen würde. So ist er nämlich!“ sagte Irena mit einer solchen Sicherheit, daß auch Deborah und Denny neuen Mut schöpften.

„Und er ist nicht zu weit entfernt, um erreicht zu werden“, fügte Irena hinzu. Am selben Nachmittag beförderte die alte, verfallene Postkutsche einen Passagier nach Gordons Mühle, eine Frau in der blauen Schwesterntracht.

Ein geübter Angler

In Deborahs großer Not hatte Irena an Dan gedacht. Als sie sich selbst keinen Rat wußte, hatte sie ihr ganzes Vertrauen in ihn gesetzt.

Als sie nun aber Corinth hinter sich gelassen und die lange Straße über die Hügel und durch die Wälder vor sich hatte, geriet sie ins Nachdenken. Dabei konnte sie nicht umhin, den eigentlichen Zweck dieser Kutschfahrt von allen Seiten zu beleuchten.

Was die junge Frau für ihre Freundschaft mit diesem Mann so undeutlich vorausgesehen hatte, empfand sie nun klarer, als sie sich eingestand, wieviel Halt sie von ihm erwartete. Ohne sich dessen recht bewußt zu sein, hatte sie begonnen, stets nach ihm Ausschau zu halten und immer wieder Blicke zu dem Eckfenster auf der anderen Seite des Gartens zu werfen.

War ihre Hochachtung vor ihm, so fragte sie sich nun, nicht etwa nur eine natürliche Bewunderung seiner Charakterstärke, die in den letzten Monaten so deutlich hervorgetreten war? Wegen der gegenwärtigen Zustände hatten sich ihre Gedanken häufig mit ihm beschäftigt. Doch reichte diese Erklärung aus? Die andere Möglichkeit war Irena Farwell noch nicht zur Gewißheit geworden, ihre Selbsterkenntnis stand ihr noch bevor.

Gegen vier Uhr traf die Kutsche mit ihrem einzigen Passagier an Gordons Mühle ein. Miss Farwell stieg vor dem Landgasthaus aus dem alten Gefährt und erkundigte sich in der Gaststube nach Dr. Oldham.

Der schäbig gekleidete, unbedarfte Eigentümer des Hotels wandte sich zu einer Gruppe von Einheimischen um, die auf der Veranda saßen, und einer, dessen Pferd vor der Schmiede angebunden stand, gab die Auskunft, den alten Doktor und den kräftigen Pfarrer vor einer Stunde an der Bachmündung gesehen zu haben. „Vor Anbruch der Dämmerung werden sie wohl nicht zurück sein, weil ihnen die Barsche zu Dutzenden an die Angel gingen", fügte er hinzu.

„Ist es weit von hier entfernt?" fragte die Krankenschwester.

„Nicht ganz 'ne Meile, stimmt's, Bill?"

„Kann schon sein", gab Bill zurück. „Bis zu Bud Jones sind's eineinviertel Meile, sagt der immer."

„Und die Straße?"

„'ne Straße gibt's nicht, Miss. Immer dem Bach entlang, sag' ich, dann können Sie's gar nicht verfehlen."

Nach diesen recht einfachen Hinweisen, verbunden mit Handzeichen in die entsprechende Richtung, machte Miss Farwell sich auf den Weg, wobei ihr jedes Augenpaar auf der Veranda folgte, bis sie hinter der ersten Biegung verschwunden war.

Je näher sie an den Fluß kam, dessen anderes Ufer von einer felsigen Böschung eingefaßt war, desto größer wurden ihre Bedenken. Was würde Mr. Matthew nur von ihr denken? Und Dr. Oldham erst …

Schon jetzt konnte sie den durchdringenden Blick des alten Arztes mit seinem wissenden Augenzwinkern auf sich gerichtet spüren. Der Doktor schien seine Mitmenschen besser zu kennen als diese sich selbst.

Vor der Bachmündung am Fluß entdeckte sie die beiden. Halb hinter den Wurzeln eines umgestürzten Baums verborgen, blieb sie stehen und beobachtete sie.

Sie befanden sich an der flußabwärts gelegenen Seite des

Baches. Mit Gummistiefeln, die ihm bis an die Hüften reichten, stand Dan weit draußen auf einer Sandbank und stemmte sich gegen die Strömung, die an seinen kräftigen Beinen zerrte. Der Doktor stand weiter abwärts am Ufer.

Irena schaute Dan mit dem gespannten Interesse einer Frau an, die einen Mann bei seiner Arbeit beobachtet, ohne daß dieser sich ihrer Gegenwart bewußt ist.

Sie sah, wie der Angler den Haken mit einem kräftigen Schwung weit auswarf. Ein lebhafter Barsch, schwer und kampflustig, ging ihm an die Angel. Sie sah, wie der Mann regungslos dastand, vorsichtig und hellwach, sobald der Fisch angebissen hatte. Dann kam die geübte Drehung seiner Hand, blitzschnell und zielsicher. Sie spähte wie gebannt auf die Gestalt des Anglers, die sich plötzlich aus der Starre löste. Dan bot einen Anblick, der die hellste Bewunderung in den Augen jeder Frau ausgelöst hätte, das brodelnde Wasser um die Beine, als lauerte es wie ein unermüdlicher Ringkämpfer nur auf einen unachtsamen Augenblick, kämpfte er am Ende der Angelschnur mit dem sich windenden, reißenden, sich aufbäumenden Fisch, der mit jedem Zoll seines Leibes um seine Freiheit rang.

Irena Farwell war durchaus eine Frau aus Fleisch und Blut.

Langsam, doch unausweichlich gewann die Kraft und das Können des Anglers die Oberhand. Der Meister der Gewässer geriet immer näher an die Hand seines Besiegers. Die junge Frau sah mit angehaltenem Atem zu, wie der Fisch sich mit letzter Kraft zu befreien versuchte, doch dann, als Dan seine Beute dem Doktor am Ufer voller Stolz entgegenhielt, vergaß sie alle Zurückhaltung. Sie sprang aus ihrem Versteck auf den umgestürzten Baumstamm und winkte dem Angler freudig ihren Glückwunsch zu.

Dans Beine drohten plötzlich der Strömung nachzugeben, und um ein Haar hätte er den Fisch fallen gelassen.

Die alten Augen des Doktors hatten die Frau auf dem Baumstamm nicht gleich erkannt. Überrascht sah er zu, wie sein junger Kamerad sich stolpernd einen Weg durch die rasenden Fluten zum Ufer bahnte.

„Irena ... Miss Farwell!“ rief Dan, während er an Land stapfte, den großen Fisch noch in der Hand, das glitzernde

Wasser von den hohen Stiefeln rinnend und das Gesicht vor Anstrengung – oder hatte es eine andere Ursache? – glühend. „Welch ein Geschenk des Himmels führt Sie hierher?"

Angesichts des Eifers in seinen Augen und in seiner Stimme hatten sich die Wangen der jungen Frau gerötet. Als der Angler aber festen Boden erreicht hatte und auf sie zugegangen kam, besann sie sich wieder auf den Grund ihres Kommens. Mit knappen Worten schilderte sie ihm Deborahs Kummer, und wenig später kam auch der alte Doktor dazu, nachdem er den Bach ein Stück stromaufwärts überquert hatte. Während sie noch mit Dan sprach, sah sie, wie die Freude in seinem Blick einem Ausdruck von Bekümmerung und Entschlossenheit wich.

„Doktor", sagte er und wandte sich zu Dr. Oldham um, „ich muß gleich heute noch mit Miss Farwell nach Corinth zurück. Wir besorgen uns Pferd und Wagen an der Mühle."

Der alte Mann brummte vor Empörung. Warum hatte ihnen die törichte Frau aus Irland nicht viel eher von ihren Sorgen erzählt? Kopfschüttelnd zog er ein Buch aus der Tasche und unterzeichnete einen Scheck.

„Hier, Dan", sagte er, „für den Fall, daß es nötig ist. Zier dich nicht, Gebrauch von dem Geld zu machen, hörst du?"

Widerwillig nahm der junge Mann den Scheck.

„Ich glaube kaum, daß es nötig sein wird", antwortete er. „Es sollte eigentlich völlig überflüssig sein, daß Sie das tun, Doktor."

„Unfug!" knurrte Doktor Oldham. „Es gibt viel Überflüssiges im Leben, das von Zeit zu Zeit getan werden muß. So, nun macht euch auf den Weg, ihr beiden. Ich halte derweil Ausschau nach dem Gefährten deines Prachtburschen von vorhin, Dan."

Dan und die Krankenschwester gingen zu dem Hotel zurück, bestellten sich dort rasch etwas zu essen und machten sich dann mit einem geborgten Gespann auf die Rückfahrt nach Corinth.

Mit der dichter werdenden Dunkelheit und der geheimnisvollen Stille um sie her wurden auch die beiden jungen Leute immer schweigsamer. Es war wie eine andere Welt, eine Traumwelt, in der sie sich allein befanden. Die Belange des Alltags, die kleinen Begebenheiten ihres Lebens traten in den Hintergrund. Die beiden sprachen kaum miteinander. Es gab nur wenig zu sagen. Einmal beugte Dan sich vor, um die Decke fester um seine Weggefährtin zu legen, denn die Abende im Frühjahr waren kühl, sobald die Sonne unterging.

So fuhren sie schweigsam ihres Wegs, bis sie die ersten Lichter der Stadt sahen und ihnen die Wirklichkeit schlagartig wieder vor Augen stand. Die junge Frau schöpfte tief Luft.

„Müde?“ fragte Dan. In seiner Stimme lag etwas, das Tränen in den grauen Augen aufsteigen ließ, Tränen, von denen er nichts ahnte, da die Dunkelheit sie vor ihm verbarg.

„Kein bißchen“, antwortete sie trotzdem munter. „Werden Sie noch heute abend mit Richter Strong sprechen?“ Sie hatte sich bisher noch nicht danach erkundigt, was er zu unternehmen vorhatte.

„Ja“, sagte er. Als sie das große braungestrichene Haus erreicht hatten, ließ er die Pferde langsamer gehen. „Wenn Sie nicht zu müde sind, möchte ich gern hier anhalten. Es wird nicht lange dauern.“

Der Ton seiner Stimme ließ sie erschrecken. Plötzlich dachte sie an ihre Arbeit in Chicago zurück, wo Dr. Miles ihr Anweisungen gegeben hatte, ihm bei einer Operation zu assistieren. Dennoch verriet ihre Stimme keine Furcht.

Dan band die Pferde an und ging zu dem Hauseingang. Irena hörte, wie er anklopfte. Die Tür wurde geöffnet, und ein Lichtschein fiel auf die Stufen. Dan trat ein. Die Tür wurde geschlossen.

Irena wartete im Dunkeln.

Geschäftliches

Bei der Gebetsversammlung, die an diesem Abend in der Gedächtniskirche stattgefunden hatte, war das Gebet des Richters selbst für ihn außergewöhnlich inbrünstig ausgefallen. Richter Strong galt ohnehin in Kirchenkreisen als ein großer Beter vor dem Herrn. Zumeist legte der gute Gemeindeälteste sein religiöses Kapital in guten, konkreten öffentlichen Bittgesuchen an den Allmächtigen an; „vergoldet" nannte er solche Investitionen, und das waren sie auch wirklich, denn letztendlich hatte er nur Gewinne zu verzeichnen.

Der Gott des Richters war ein Gott, der rein theoretisch „selbst die Spatzen unter dem Himmel nährte", und in seinen öffentlichen Bekundungen betonte der Richter dies stets in aller Deutlichkeit. Der Richter befolgte diesen Vers auch ganz praktisch und schoß tatsächlich niemals auf Spatzen. Er widmete sich vielmehr der Eintreibung seiner Pachteinkünfte, dem Erwerb von Grundstücken und dergleichen harmlosen Geschäften, die seines Wissens nicht wortwörtlich in der Heiligen Schrift erwähnt wurden und daher auch vermutlich von dem Gott der Spatzen übergangen werden.

So hatte der Richter an diesem Abend ein langatmiges Gebet gesprochen, in dem er seinen Gott mit frommer Stimme um alles, was ihm nur einfallen wollte, für sich selbst, seine Kirche, seine Stadt und die ganze Welt gebeten hatte. Als ihm keine weiteren Segnungen mehr in den Sinn kamen, bat er Gott unverzagt um die Gnade, sich weitere Gaben, die seine Wünsche und auch sein Vorstellungsvermögen überstiegen, auszudenken und diese dann im Überfluß auszuteilen.

Mit dem Hinweis auf die Spatzen bat er Gott dann, den geliebten Pfarrer unter seinen besonderen Schutz zu nehmen, der „heute fern von seiner Schar der Gläubigen die Schönheit der Natur sucht ... äh, genießt, und ... äh ... wollest du ihn recht bald wieder zu seiner Gemeinde zurückbringen, auf daß wir alle stark im Herrn werden mögen."

Seiner Fürbitte fügte der Richter, wie es von ihm als Gemeindeältesten erwartet wurde, einige ernste Gedanken hinzu: Er erwähnte die sträflich kleine Schar der Getreuen, die sich zur Gebetsversammlung eingefunden hatte, beklagte den Verfall des christlichen Glaubens in den Kirchen und kündigte die Notwendigkeit einer Erweckung an, wozu das Neue Testament und die Lehren Christi in aller Freimütigkeit gepredigt werden müßten. Er erwähnte tadelnd jene, die heute abwesend waren und auf der Suche nach eitlen Vergnügungen ihre Pflichten vernachlässigten, während die Welt um sie her ins Verderben ging. Endlich schloß er mit einer Bitte an die Getreuen, dem ehrenwerten Pfarrer, der leider am heutigen Abend nicht zugegen sein konnte, mit hilfreicher Hand beizustehen. Dann ging der Richter nach Hause, um sich während der späten Abendstunden dringenden geschäftlichen Angelegenheiten zu widmen.

In der Strongschen Villa befand sich im Erdgeschoß des Seitenflügels der Raum, der allgemein als die Bibliothek bezeichnet wurde. Wie es oft bei Räumen der Fall ist, brachte die Bibliothek unmißverständlich den Charakter ihres Besitzers zum Ausdruck. Ein Bücherschrank, in dem hinter verschlossenen Glastüren eine Anzahl von Büchern höchst akkurat zu Reihen geordnet standen, nahm eine ganze Wandfläche ein. Zweifelsohne befand sich der Schlüssel zu seinen Türen irgendwo im Haus. Die übrigen Wände zierten lediglich ein eleganter Kalender, von dem Bankier des Richters mit besten Empfehlungen überreicht, ein billig eingerahmtes Gemälde von mäßiger Qualität, das den Vater des Richters darstellte, und ein zweiter Kalender mit den Empfehlungen des Gemüsehändlers am Ort.

Die Möbel fügten sich in die Harmonie des Raumes ein: ein Tisch mit einer Studienbibel und einer Gemeindezeitschrift, ein großer Tresor, in dem der Richter seine Pachtverträge und Wertpapiere aufbewahrte, und als auffälligstes Stück der Schreibtisch des Richters in der Mitte des Zimmers. Es war bezeichnend für die Geschäftsmethoden des Kirchenältesten, daß er in der rechten oberen Schublade eine schußbereite Kleinkaliberpistole versteckt hielt und daß er die Vorhänge stets zuzog, sobald die Lichter angezündet wurden. Zwar mochte der Richter ein guter Kirchenmann sein, doch in erster Linie war er ein Geschäftsmann, der stets nur die allergrößte Vorsicht walten ließ.

Von seinem Schreibtisch aus hörte der Richter die Türglocke, und kurz darauf führte seine Frau einen Besucher zur Bibliothek. Als er von seinen Papieren aufschaute, stand Dan vor ihm.

Der Richter fuhr in sich zusammen. Er hatte den jungen Mann in weiter Ferne vermutet. Zudem hatte der Richter den Pfarrer noch nie in groben Nietenhosen mit einem Gürtel, einem Baumwollhemd unter einem lehmbefleckten Mantel voller Risse und mit lehmbespritzten Stiefeln gesehen, die ihm fast bis an die Hüften reichten. Der Schlapphut vervollständigte den Anblick. Auch ließ sich ein schwacher Fischgeruch nicht leugnen. Dan wirkte in jeder Kleidung kräftig, doch dem Richter erschien er nun geradezu hünenhaft. Allerdings trug dieser Hüne nun den Ausdruck eines Mannes, der in aller Eile eine geschäftliche Angelegenheit von äußerster Dringlichkeit zu besprechen hat.

War es dieser Ausdruck in Dans Gesicht, der den Richter schlagartig an seine rechte obere Schublade denken ließ?

Mit seinem gekünstelten, freudlosen Lachen begrüßte er Dan, bot ihm einen Stuhl an und scherzte, daß er den Pfarrer im ersten Moment kaum erkannt und daß er ihn eigentlich an Gordons Mühle vermutet hatte. Dann erging er sich in einer wortreichen Schilderung der Gebetsversammlung, die an diesem Abend in der Abwesenheit des Pfarrers stattgefunden hatte.

Ohne der Einladung, Platz zu nehmen, zu folgen, ging Dan langsam in die Mitte des Zimmers, blieb neben dem Tisch stehen und sah den Mann auf der anderen Seite des Schreibtisches unverwandt an. Die plätschernden Worte des Richters verstummten. Der Mann am Tisch schien den Raum mit seiner Gegenwart auszufüllen. Die Möbel wirkten plötzlich klein und wertlos. Der Richter selbst schien zu schrumpfen, und eine unheilvolle Vorahnung überkam ihn. In Windeseile rief er sich mehrere Geschäfte in Erinnerung, die er in letzter Zeit abgeschlossen hatte. Was konnte den Pfarrer nur veranlaßt haben, ihn so anzustarren?

„Nun", sagte er endlich, als Dan stumm blieb, „wollen Sie denn nicht Platz nehmen?"

„Nein, danke", antwortete Dan. „Ich habe nur einen Augenblick Zeit. Ich komme wegen Mrs. Mulhalls Hypothekenzahlung."

„Aha. Und um was genau handelt es sich?"

„Ich möchte Sie bitten, Sir, sich die Sache noch einmal zu überlegen und der Frau etwas mehr Zeit zu geben."

Das war es also, dachte der Richter. Seine Miene wirkte sichtlich erleichtert, und er antwortete kurz angebunden: „Möglicherweise, aber das widerspräche den Regeln des Geschäfts. Die Zahlung ist überfällig." Er legte den Kopf schräg und fügte dann hinzu: „Betrachten Sie diese Angelegenheit etwa als ... als Ihre persönliche Aufgabe? Die Frau ist schließlich ..."

„Ich werde dafür sorgen, daß die Zahlung geleistet wird, Sir", unterbrach Dan ihn ernst, ohne auf die Frage des Richters einzugehen. „Sie müssen mir nur etwas Zeit geben."

Die Antwort des Richters war kühl.

„Meine Erfahrung mit Pfarrern, die Geldsummen versprechen, ist leider nicht sehr ermutigend, und als Gemeindeältester in unserer Kirche darf ich hinzufügen, daß wir Sie nicht dazu eingestellt haben, daß sie sich um die Schulden anderer Leute kümmern. Die Leute werden kaum Verständnis für Ihr Interesse an den Angelegenheiten der Witwe haben."

Wieder antwortete Dan nicht auf die Bemerkung des

Richters, doch er war bleich geworden, und seine Hände schlossen sich mit mächtigem Griff um den Schlapphut, den sie hielten. Er versuchte, seinem Gegenüber darzustellen, was es für die Witwe und ihren Sohn bedeuten würde, ihr Haus und den Garten, beinahe ihre einzige Einnahmequelle, verlieren zu müssen.

Die Miene des Richters blieb jedoch unbewegt. Sein Standpunkt war vollkommen rechtmäßig und einsichtig. Jeder Bankier oder Grundbesitzer hätte ihm beigepflichtet. Er hatte die ganze Angelegenheit auf das sorgfältigste durchdacht. Was die Not der Witwe betraf, so waren derlei Widrigkeiten im Geschäftsleben zuweilen leider unvermeidlich.

Dan brachte weitere Argumente vor. Seine Stimme klang flehend, dann bekümmert und schließlich bebend. Als die Zwecklosigkeit seiner Bemühungen zu offensichtlich war, um das Gespräch fortzuführen, wandte er sich traurig ab und ging auf die Tür zu.

Aus irgendeinem Grund sah sich der Richter dazu veranlaßt, ihm nachzurufen: „Gehen Sie noch nicht, Bruder Matthew. Als Pfarrer verstehen Sie gewisse Dinge nicht völlig. Sie begehen einen großen Fehler, indem Sie ..."

Weiter kam er nicht. Urplötzlich begriff er Dans Vorhaben. Anstatt die Bibliothek zu verlassen, schloß Dan die Tür und verriegelte sie.

Dann kam er mit drei schnellen Schritten in die Mitte des Zimmers zurück. Diesmal legte er seinen Hut auf dem Tisch ab. Als er sprach, klang seine Stimme noch immer leise, doch sie bebte vor mühsam beherrschtem Zorn.

„Sie haben gesagt, Sir, daß gewisse Dinge unvermeidlich sind. Vielleicht haben Sie recht."

Etwas Furchterregendes an seinem Verhalten ließ den einflußreichen Mann hinter seinem Schreibtisch erzittern. Er schickte sich zu einer Bemerkung an, doch Dan zwang ihn zum Schweigen.

„Sie haben wahrhaftig genug gesagt, Sir. Glauben Sie nur nicht, ich hätte mir keinerlei Gedanken über die Angelegenheit gemacht. Und jetzt nehmen Sie sich einen Briefbogen und schreiben Sie eine Notiz an Mrs. Mulhall, in der Sie ihr ein Jahr Zahlungsfrist zugestehen."

Der Richter versuchte ein Lachen, doch seine trockenen Lippen brachten nur einen sonderbaren Laut hervor. Dann riß er plötzlich mit einer schnellen Bewegung die Schublade zu seiner Rechten auf und ergriff die Waffe. Bevor er aber wußte, wie ihm geschah, hatte Dan auch schon seine Hand über die Schreibtischplatte hinweg gepackt und umspannte sein Handgelenk mit eisernem Griff. Mit einem Krachen fiel die Pistole in ihr Versteck zurück.

„Machen Sie die Schublade zu!"

Der Richter gehorchte.

„Und jetzt schreiben Sie!"

„Ich hetzte Ihnen die Polizei auf den Hals! Was fällt Ihnen ein, in mein Haus einzudringen, mich gegen meinen Willen einzuschließen und mich anzugreifen!" sagte der Richter aufgebracht und rieb sich das Handgelenk, wo Dans Hand eine Rötung auf der Haut hinterlassen hatte.

Dan lachte bitter.

„In Anbetracht dessen, was Sie soeben im Sinn hatten, Richter", sagte er, „ist mein Angriff, wie Sie es nennen, kaum der Rede wert."

„Ich werde Sie aus dem Pfarramt vertreiben, Sie ...! Ich werde Sie ins Gefängnis bringen, wenn Sie sich je wieder an mir vergreifen sollten! Ich werde ..."

„All das habe ich längst bedacht", sagte Dan. „Versuchen Sie es doch! Die Leute werden sich derart empören, daß Sie nicht mehr in dieser Gegend geduldet würden. Ihre Existenz in Corinth wäre ruiniert, Richter Strong. Für Sie steht zuviel auf dem Spiel in dieser Stadt. Sie können es sich nicht erlauben, mich wegen dieser Sache hinter Gitter zu bringen, Sir. Und wenn erst die ganze Wahrheit ans Licht käme, bekäme Ihnen das schlecht: einen Geistlichen mit der Schußwaffe zu bedrohen, nur weil dieser Sie im Namen einer Witwe und ihres hilflosen Sohnes um Gnade gebeten hat! Schreiben Sie jetzt den Brief, und der ganze Vorfall bleibt unter uns. Weigern Sie sich aber, oder sollten Sie sich nicht an die Zusage in dem Brief halten, dann kann mich keine Macht der Welt davon abhalten, für Gerechtigkeit zu sorgen! Es ist mir unbegreiflich, wie Sie gerade von einer Gebetsversammlung zurückkommen können, um im nächsten Moment den hilflosen Jungen seines Gartens zu berauben ..."

Plötzlich öffnete der Richter den Mund zu einem Hilfeschrei, doch Dan, der seine Absicht durchschaut hatte, langte über den Schreibtisch hinweg und packte den Richter mit seiner riesigen Hand bei den schmächtigen Schultern, bevor dieser auch nur einen Laut hervorbringen konnte. Fast zum ersten Mal in seinem Leben fühlte sich der Richter von einem anderen Sterblichen eingeschüchtert. Der stählerne Griff an seiner Schulter und der durchdringende Blick in Dans Augen waren genug, um ihn völlig zum Schweigen zu bringen.

Allmählich löste Dan seinen Griff. Mit einem letzten haßerfüllten Blick nahm der Richter den Füllhalter von seinem Schreibtisch und schrieb die Worte, die Dan ihm diktierte.

Mit dem Brief in der Tasche stand Dan einen Moment lang wortlos vor seinem Gegner. Als er dann sprach, war seine Stimme von Schmerz erfüllt.

„Ich bedauere diesen Zwischenfall auf das äußerste, Bruder Strong", sagte er. „Es tut mir unendlich leid, daß Sie mich dazu gezwungen haben. Dennoch habe ich mich keineswegs für mein Verhalten zu entschuldigen. Sie haben mein Wort, daß niemand von mir erfahren wird, was heute abend hier vorgefallen ist. Wenn Sie sich alles in Ruhe durch den Kopf gehen lassen, werden Sie mit mir übereinstimmen, daß es höchst unklug wäre, die Angelegenheit weitere Kreise ziehen zu lassen. Sie könnten es sich nicht leisten. Nach kurzem Überlegen werden Sie zu dem Schluß kommen, daß es in Ihrem eigenen Interesse ist, die Sache nicht unters Volk zu bringen."

Als der Richter den Blick hob, war er wieder allein in dem Zimmer.

„Habe ich Sie allzu lange warten lassen?" fragte Dan, als er seinen Platz neben Miss Farwell wieder eingenommen hatte.

„Aber nein! Sagen Sie, ist alles in Ordnung?"

„Ja. Richter Strong hat sich freundlicherweise dazu bereit erklärt, unseren Freunden die Frist um ein Jahr zu verlängern. Damit hätten wir Zeit gewonnen, um etwas zu unternehmen."

Vor ihrem Haus gab er Irena den Brief an Deborah.

„Und hier", sagte er, „ist auch etwas für Sie." Damit zog er unter dem Sitz den großen Barsch hervor.

Als Dan am nächsten Morgen mit dem geborgten Gespann wieder an Gordons Mühle ankam, gab er dem Doktor den Scheck zurück.

„Der Richter hat sich einsichtig gezeigt", erklärte er, „und er hat beschlossen, nicht auf seinem Recht zu bestehen."

Weitere Erläuterungen machte er nicht, wenn die Angelegenheit damit auch bei weitem noch nicht ausgestanden war.

Selbst Dan ahnte nicht, was er mit seiner Unterredung angerichtet hatte. Er wußte nicht, wie gewichtig die Gründe in Wirklichkeit waren, mit denen er den Richter eines Besseren belehrt hatte.

Der junge Pfarrer hatte endlich dem Verbündeten den ersehnten Anlaß zur Tat geliefert.

Die Tochter der Kirche

Dan hatte recht: Richter Strong konnte es auf keinen Fall riskieren, die Umstände des Besuchs, den der Pfarrer ihm am Abend nach der Gebetsversammlung abgestattet hatte, an die Öffentlichkeit zu bringen. Während der Richter einerseits durch seine Furcht vor Dan und durch die Sorge um seine eigenen Interessen davon abgehalten wurde, gegen diesen Mann, der ihm den Erwerb eines begehrten Grundstücks verdorben hatte, offen vorzugehen, fanden sich andererseits andere, nicht minder wirkungsvolle Methoden, mit denen er sich an dem Pfarrer rächen konnte.

Richter Strong hatte nicht umsonst jahrelang im Amt des Gemeindeältesten regiert. Er war nur zu gut mit der Macht des Verbündeten vertraut, der in Corinth lebte und wirkte. Der Richter war ein wahrer Meister in der Kunst, die Macht des Verbündeten zu seinem eigenen Vorteil auszunützen.

Als er nun von Irenas Fahrt zu Gordons Mühle und von der langen Rückfahrt zusammen mit Dan erfuhr, lächelte der Richter zufrieden. Jetzt würde es ihm ein leichtes sein, Dans Ruf zu ruinieren!

Während der beiden Tage vor dem nächsten Treffen der Frauenhilfe führte der gute Älteste nun unauffällige, vertrauliche Gespräche mit einigen der aktiven Damen. In diesen Gesprächen bezichtigte der Richter den Pfarrer wohlweislich nicht grober Fehler wie Pflichtverletzungen oder gar Abkehr von den heiligen Lehrsätzen der Kirche. Ganz und gar nicht! Der Richter war kein Stümper in der hohen Kunst, die Macht des Verbündeten für seine eigenen Zwecke zu nützen. Dennoch hatte jede der guten Schwestern nach ihrer Unterredung mit dem Richter das erhebende Gefühl, soeben unter dem Siegel der Verschwiegenheit über eine innerkirchliche Angelegenheit von größter Wichtigkeit unterrichtet worden zu sein. Das Herz einer jeden schwoll vor Stolz, mit einem solchen Staatsgeheimnis betraut worden zu sein, und tief in ihren Seelen faßten die guten Frauen den Vorsatz, sich des Vertrauens des Richters würdig zu erweisen.

Das Treffen der Frauenhilfe war ein denkwürdiges Ereignis. Eine solche Zusammenkunft hatte man noch nie erlebt!

Jede Schwester, die mit dem Richter gesprochen hatte, war dazu entschlossen, ihre Mitschwestern um jeden Preis davon zu unterrichten, daß niemand anderes als sie in die engsten Kreise der Kirchenleitung gezogen worden war, daß nur sie das Vertrauen des Richters besaß und daß nur sie allein in die internen Belange der Gedächtniskirche eingeweiht worden war. Selbst jene, die keine vertrauliche Unterredung mit dem Richter geführt hatten, verbreiteten mit Eifer den Eindruck, nicht weniger im Bilde zu sein als jene, denen diese Ehre vorbehalten gewesen war. Es war ein Klatschen, Tratschen und Gackern, wie es unter den Hühnerhöfen in ganz Amerika seinesgleichen suchte. Gewichtige Andeutungen, Halbwahrheiten und erwiesene Tatsachen über Dan und Miss Farwell machten die Runde – selbst Richter Strong wäre überrascht gewesen, wenn er nicht das Ergebnis so berechnend vorausgesehen hätte.

Am folgenden Sonntag hatte es den Anschein, als ob Dan dem Richter bei dessen Feldzug sogar noch Schützenhilfe leisten wollte, denn in seiner Predigt war zwar viel von Witwen und Waisen die Rede, doch die Aussagen des Neuen Testaments fehlten sonst fast völlig.

Am Montag abend stattete Richter Strong mit seiner Frau der Familie Jordan einen Besuch ab. Die beiden Gemeindeältesten hielten mit der eifrigen Unterstützung der „Kirchenmütter" und der „Kirchentochter" eine wichtige Konferenz ab.

Der Richter zeigte sich schweigsam. Es schien ihm sogar regelrecht zu widerstreben, sich zu den schweren Anschuldigungen zu äußern, die man gegen den Pfarrer erhob. Dennoch konnte es keinen Zweifel an seiner ernsthaften Sorge um das Wohl der Kirche und um die Verkündigung des Evangeliums in Corinth geben.

Nathaniel selbst brachte die Sprache auf das Thema. Der Richter gab den Frauen auf geschickte, höfliche Art die Gelegenheit, dazu Stellung zu nehmen. Er stimmte aus tiefster Überzeugung mit der Feststellung des Ältesten Jordan überein, daß Dans christlicher Lebenswandel ohne jeden Tadel sei und daß die kritischen Äußerungen, die man neuerdings hörte, höchst bedauerlich seien. Solche Dinge taten doch nur dem guten Ruf der Kirche Abbruch! Nur schade, daß der Pastor in seinen Predigten nicht deutlicher auf die Grundsätze und Lehren der Kirche zu sprechen kam. Seine Predigten waren zwar durchaus nicht schlecht zu nennen, doch der Gemeinde fehlte die klare Verkündigung des Evangeliums. Dan war noch jung; vielleicht würde ihm mit der Zeit von selbst deutlich werden, wie verkehrt diese neumodischen Ansichten über Ziel und Aufgabe der Kirche doch waren.

Wegen seiner ihm eigenen Herzensgüte und seiner tiefen Frömmigkeit hatte Nathaniel Jordan Gefallen an Dan gefunden, und in gewissem Sinne war er sogar von dessen Ansichten überzeugt, doch die Prägung seines ganzen Lebens zwang ihn dazu, die Predigten des jungen Pfarrers in Frage zu stellen. Zwar berührten ihn die Berichte der Schwestern sehr schmerzlich, doch er stellte, wie der Richter es beabsichtigt hatte, einen völligen Einklang zwischen sich selbst und dem Gemeindeältesten Strong fest.

So hatte der Verbündete einem jeden ein gefundenes Fressen beschert. Sogar jemand wie Nathaniel, der niemals mit Bewußtsein den Befehlen des Verbündeten Gehorsam geleistet hätte, war nun wie Wachs in dessen Händen. Jene, die keinerlei Zweifel an Dans Charakter hegten, stellten seine Predigten in Frage, während jene, die sich nicht um seine

Predigten scherten, allerhand an seinem Lebenswandel auszusetzen hatten.

Nur eine trug an diesem Abend bis auf ein paar Worte zu Dans Verteidigung nichts zur Unterhaltung bei; und alles, was Caritas sagte, fand sofort die wärmste Zustimmung des Richters.

Als der Richter und seine Frau sich endlich von ihren Freunden verabschiedeten, um die Saat, die der Verbündete so geschickt ausgestreut hatte, im Hause Jordan aufgehen zu lassen, zog Caritas sich gleich in ihr Zimmer zurück. Der Schlaf ließ jedoch lange auf sich warten. Diese junge Frau hatte als Zögling der herrschenden Klasse der Gedächtniskirche über die Jahre hinweg allerhand gesehen und gehört. Sie war sowohl eine Tochter des Verbündeten als auch dessen Opfer, denn sie kannte keine andere Welt als die der Gedächtniskirche. Die Kirche mit ihren Mitgliedern und Aktivitäten füllte ihr Universum. Wem sollte die arme Caritas in ihrer engen, begrenzten Welt nicht leid tun?

In ihrem Zimmer dachte sie nun über Dan und die Kirche nach. Wenn es doch nur eine Möglichkeit für ihn gäbe, dort erfolgreich zu sein, wo andere versagt hatten! Die kleine Besprechung ihrer Eltern mit dem Ehepaar Strong war bei weitem nicht die erste ihrer Art, der Caritas beiwohnen durfte. Ihre Kenntnis der Verhältnisse befähigte sie, fast bis auf den Tag genau die Amtszeit eines jeden bisherigen Pfarrers in Corinth anzugeben. Nur die wenigsten waren über die gesamte Dauer der durchschnittlichen Amtsperiode in der Gemeinde geblieben.

Da war beispielsweise Pfarrer Swanson, doch der war zu alt gewesen. Und Pfarrer Wilson ... Nun, es hatte Schwierigkeiten wegen seiner Tochter gegeben. Pfarrer Jones hatte eine unangenehme Frau gehabt. Bei Pfarrer George war es der Sohn gewesen. Pfarrer Kern hatte sich nicht auf junge Leute verstanden. Und Pfarrer Holmes wiederum war selbst zu jung gewesen und war allzu gut mit der Kirchenjugend ausgekommen. Caritas hatte immer gehofft, daß sie und Pfarrer Holmes eines Tages ... wenn man ihn doch nur drei Monate länger in Corinth behalten hätte! Und Pfarrer Colby? Man hatte ihm nahegelegt, Corinth zu verlassen, weil er weder eine Frau noch Söhne oder Töchter vorzuweisen gehabt hatte. Auch in diesem Fall hätte Caritas schwören mögen, daß sie mit etwas mehr Zeit einiges hätte ausrichten können …

Und nun Dan!

Das arme Mädchen vergoß bittere Tränen in der Dunkelheit. Es war höchste Zeit für entschiedene Maßnahmen, so beschloß sie.

Irena und Caritas

Die lange Kutschfahrt mit Dan, die Art seiner Begrüßung und seine Hilfsbereitschaft, als sie sich mit ihren Sorgen an ihn gewandt hatte, hatten Irena dichter an die volle Erkenntnis ihrer selbst und ihrer Gefühle für Dan herangeführt, als sie ahnte. Es fehlte jedoch noch ein letzter Anstoß, um die Möglichkeit, deren sie sich längst bewußt war, zur Gewißheit werden zu lassen.

Dieser Anstoß sollte am Nachmittag des nächsten Tages kommen. Miss Farwell war mit Denny und Anna im Garten und bereitete die Beete für die erste Aussaat der frühen Gemüsesorten vor. Dan hatte den Vorschlag gemacht, in diesem Jahr eine weitaus größere Fläche zu bepflanzen, und alle hatten sich an der Arbeit beteiligt. Sie waren sich einig, daß Denny den besten und größten Garten bekommen sollte, den er je hatte.

Den gelähmten Arm schwenkend und das kraftlose Bein hinter sich herziehend, markierte Denny die Beete und Reihen. Dabei unterhielt er sich munter mit den beiden jungen Frauen, die ihm die Pflöcke und die Schnur trugen.

Ein unbeteiligter Zuschauer hätte sie für die glücklichsten Bewohner von ganz Corinth gehalten. Vielleicht waren sie das sogar, wenn sie auch nach dem herkömmlichen Maßstab wenig Grund zur Freude hatten. Denny mit seinem mißgestalteten, kraftlosen Körper sehnte sich nach Büchern und der Welt der Geistesbildung. Anna Conner hatte auf ähnliche Weise Schaden an ihrer Seele genommen, wie Denny körperlich litt; die Ungerechtigkeit jener, an die sie sich eigentlich in ihrer Not hätte wenden sollen, hatte ihr das Leben zur Qual gemacht. Und Irena Farwell hatte eine erfolgreiche und einträgliche Laufbahn als Krankenschwester aufgegeben, um die Last eines jungen Mädchens zu teilen, die keinerlei Ansprüche an sie zu stellen hatte. Was gab diesen drei Menschen nur Anlaß, an diesem sonnigen Nachmittag im Garten so guter Laune zu sein?

„Es muß wohl am Garten liegen", sagte Deborah sich, die in der Küche das fröhliche Reden der jungen Leute hörte.

Die drei Gärtner erwarteten Dan, doch dieser stellte sich heute nicht ein. Der Besucher, der dann später anklopfte, kam völlig unerwartet für Irena.

„Jemand möchte Sie sprechen!" rief Deborah in den Garten. Die Krankenschwester ließ ihre Arbeit liegen und kam ins Haus. „Ich hab' sie in Ihr Zimmer geführt", sagte die Witwe zu ihr.

Einen Augenblick später betrat die junge Frau ihr Zimmer und fand Caritas Jordan dort vor.

Irena Farwell war eine hübsche junge Frau. Ihre Schönheit war unverdorben von Eitelkeit, leeren Vergnügungen und ziellose Unternehmungen. Wer wollte leugnen, daß die Arbeit der letzten Monate trotz aller Mühen ihre warme, weibliche Ausstrahlung noch verstärkt hatte? Die tiefen grauen Augen wirkten noch tiefer, und ein neuer Glanz leuchtete in ihnen. Auch in ihrer Stimme lag ein dichterer, vollerer Klang, und sie bewegte sich und lachte wie jemand, dessen Seele mit großer Lebensfreude erfüllt ist.

Caritas erhob sich von ihrem Stuhl, als Miss Farwell das Zimmer betrat. Die Krankenschwester begrüßte sie, doch das arme Mädchen, das die vorige Nacht fast schlaflos verbracht hatte, starrte sie nur mit einer Art neidischer Verwunderung an. Welches Recht hatte diese Feindin der Kirche, so fröhlich zu sein, während sie selbst, eine gläubige Christin, so elend und unglücklich war?

Soweit Caritas wußte, gab es nur zwei Sorten von Menschen: jene, die der Kirche angehörten, und jene, die es nicht taten. In den engen Grenzen ihres Denkens zählten letztere zu der Welt; sie waren Fremde, verirrte Schafe. Über ihren Lebenswandel, ihre Vergnügungen, ihr Streben, ihr Lieben und sogar ihren Glauben konnte Caritas nur Mutmaßungen anstellen. Für sie waren die „Kinder der Welt" nur Menschen, die es zu „bekehren" galt, niemals aber Menschen, die des Kennenlernens oder gar der persönlichen Zuwendung würdig waren. Auch konnte man ihnen nicht über den Weg trauen, bis sie „bekehrt" waren. Caritas hatte sich manches Mal gefragt, wie es wohl sein mochte, einen solchen Menschen näher zu kennen. Als sie in der vergangenen Nacht in der Dunkelheit ihres Zimmers darüber nachgedacht hatte, war es ihr als ein wahres Unding erschienen, daß diese weltliche Frau den Pfarrer der Gedächtniskirche mit ihrem Charme umgarnt hatte.

Caritas war eine Kennerin der Pfarrer. In ihrer Position als heiratsfähige junge Frau in einer wichtigen Stellung ihrer Kirche, eine gute Partie für einen Auserkorenen, hatte sie eine wahre Wissenschaft daraus gemacht, die Männer, die von ihrem Vater und dem Richter als fähige Hirten der Herde gebilligt worden waren, genauestens zu studieren. Ihr ganzes Leben lang war sie dazu bestimmt gewesen, eines Tages ihren Platz neben einem solchen Mann einzunehmen und nicht nur die Tochter der Kirche, sondern auch die Gemahlin des Hirten zu sein.

In Dan hatte sie das Rüstzeug zu wahrhaft großen Leistungen entdeckt. Sie war sich gewiß, daß es keine Stellung in der Kirche gab, die zu hoch für ihn gewesen wäre, und keine Ehre, die er nicht erlangen könnte, wenn er nur den Halt und den Zuspruch einer tüchtigen Helferin besaß – einer Helferin nämlich, die bis in alle Einzelheiten mit dem Räderwerk und den Maschinisten der Kirche vertraut war.

So war es also ein unbeschreibliches Ärgernis für Caritas, sich plötzlich dieser hohen Stellung, die sie für sich selbst bestimmt hatte und der seit Jahren ihr ganzes Streben galt, durch die Hand einer Fremden beraubt zu sehen. Welches Anrecht hatte diese hergelaufene Fremde, die sich niemals in der Kirche blicken ließ, auf die Freundschaft des Pfarrers? Und daß sie auch noch seinen guten Ruf aufs Spiel gesetzt hatte! Sie trug schließlich die Schuld daran, daß man ihn von Corinth fortschicken würde. Caritas hatte es schon zu oft erlebt, um die untrüglichen Anzeichen zu übersehen. Und die Fremde hatte ihn um die eine Kameradin gebracht, die so einzigartig in der Lage gewesen wäre, ihm zu einer glänzenden Zukunft zu verhelfen! So war es nicht verwunderlich, daß die Tochter der Kirche sich zu einem solchen Schritt der Verzweiflung entschlossen hatte.

Während sie auf die Krankenschwester wartete, hatte Caritas sich in dem Zimmer aufmerksam und überrascht umgeschaut. Nirgends konnte sie verräterische Anzeichen eines gottlosen Lebenswandels entdecken. Mit Ausnahme der Tatsache, daß es ärmlicher als alle Zimmer im Haus der Familie Jordan ausgestattet war, hätte es sich auch um ihr eigenes handeln können. Eine Bibel, deren Seiten vom häufigen Gebrauch abgegriffen waren, lag auf einem Tisch, neben dem ein Stuhl stand, als hätte die Leserin das Buch soeben erst aus der Hand gelegt.

Und nun stand diese Frau vor ihr, diese Frau mit den tiefen, sanften Augen, der ruhigen Stimme, den vor Gesundheit glühenden Wangen und der Ausstrahlung weiblicher Reife.

Die Krankenschwester ergriff zuerst das Wort.

„Guten Tag. Ich bin Miss Farwell, und Sie sind gewiß Miss Jordan. Ich sehe Sie häufig an unserem Haus vorbeigehen. Wollen Sie sich denn nicht setzen? Sie scheinen Kummer zu haben."

Die arme Caritas! Sie sank auf einen Stuhl und kämpfte gegen die Tränen an, doch sie kam gleich zur Sache.

„Ich bin gekommen, um mit Ihnen über unseren Pfarrer, Bruder Matthew, zu sprechen."

Die Wangen der Krankenschwester röteten sich fast unmerklich.

„Aber warum wollen Sie ausgerechnet mit mir über Mr. Matthew sprechen?" fragte sie. „Ich kenne mich doch in den Angelegenheiten Ihrer Kirche gar nicht aus!"

„Das ist mir klar“, antwortete Caritas kühl. „Sie haben ja noch keinen einzigen seiner Gottesdienste besucht. Sie ahnen nicht, wie schlimm es für ihn ist, und auch für mich ... ich meine, für uns alle. Woher sollten Sie sich auch in solchen Sachen auskennen?“

Sie hatte leidenschaftlich gesprochen, und ihr Gesicht war hochrot.

Nun war alle Farbe aus den Wangen der Krankenschwester gewichen, und sie sagte leise, doch mit Bestimmtheit: „Sie sind sichtlich verstört, Miss Jordan. Vielleicht sollten Sie mir genau sagen, um was es geht und was Sie zu mir führt.“

Nun brachen die Anklagen stürmisch und in wilder Folge aus Caritas hervor. Sie warf der Krankenschwester vor, die Arbeit des Pfarrers ruiniert zu haben, ihn vor seiner Gemeinde unmöglich gemacht zu haben, die Gedächtniskirche und damit die Sache Christi in Corinth in Verruf gebracht und den Pfarrer zum Geschwätz der ganzen Stadt gemacht zu haben.

„Was bedeutet er Ihnen schon?“ rief die Tochter des Gemeindeältesten aufgebracht. „Was kann er Ihnen jemals bedeuten? Sie würden doch nie daran denken, einen Prediger des Evangeliums zu heiraten, Sie weltliche, dahergelaufene Fremde!“

„Dann bin ich Ihrer Meinung nach nicht gläubig?“ fragte Irena.

„Wie könnten Sie's auch sein? Sie waren ja noch kein einziges Mal im Gottesdienst, seitdem Sie in Corinth sind!“

„Und ist es das, woran man einen Christen erkennt?“

„Woran sonst? Jeder anständige Christ geht schließlich in die Kirche!“

Irena blieb ihr eine Antwort schuldig, doch Caritas ließ sich nicht beirren.

„Pfarrer Matthew gehört uns“, fuhr sie fort. „Er gehört nicht Ihnen, und Sie haben kein Anrecht darauf, ihn uns fortzunehmen.“ Dann flehte sie die Krankenschwester an, den Pfarrer in Ruhe zu lassen, damit er in Corinth bleiben konnte, wo ihm, wie sie meinte, eine glänzende Karriere sicher war.

Miss Farwell hörte dem Mädchen stumm zu. Dann und

wann schienen die anklagenden Worte eine versteckte Bedeutung zu enthalten, und die grauen Augen studierten das Gesicht der Anklägerin prüfend.

In ihrer verzweifelten Erregtheit verriet Caritas weitaus mehr über sich selbst, als sie ahnte. Mit ihren Worten legte sie jedoch nicht nur ihre eigenen Gefühle vor der Krankenschwester bloß, sondern hielt Irena Farwell auch einen Spiegel ihrer bislang verborgenen Regungen vor.

Als ihre Besucherin endlich verstummt war, sagte die Krankenschwester ruhig: „Miss Jordan, es ist keineswegs erforderlich, daß ich zu den Dingen, die Sie mir gerade gesagt haben, Stellung nehme, aber eine Frage müssen Sie mir nun meinerseits gestatten: Hat Mr. Matthew Ihnen je, sei es wortwörtlich oder durch sein Verhalten, Anlaß zu der Vermutung gegeben, Sie hätten ein Anrecht darauf, so mit mir zu sprechen? Fühlen Sie sich mit ihm durch eine ... nun, nennen wir es eine besondere Freundschaft mit ihm verbunden, so daß Sie es als Ihre Aufgabe betrachten, ihn vor mir zu beschützen?“

Die Frage war so offen, so direkt und doch so voll weiblicher Güte und ohne jede verletzende Absicht, dazu völlig unerwartet, daß Caritas sich nur schweigend abwandte.

„Bitte antworten Sie mir, Miss Jordan. Nach den Dingen, die Sie gerade gesagt haben, sind Sie mir das schuldig.“

Flüsternd kam die Antwort:

„Nein.“

„Ich danke Ihnen“, sagte Irena, und in ihrer Stimme lag ein Ton, der dem jungen Mädchen alle Hoffnung raubte und ihr das Recht nahm, weitere Äußerungen zu machen. Caritas stand auf und ging zur Tür.

Die Krankenschwester brachte sie bis zur Veranda.

„Miss Jordan“, sagte sie, und Caritas blieb stehen. „Miss Jordan, es tut mir sehr leid.“ Ihre Stimme klang aufrichtig und mitfühlend. „Sie werden wohl niemals begreifen, wie sehr Sie sich irren, was mich und die Kirche betrifft. Ich beabsichtige, weder der Kirche noch Ihrem Pfarrer Schaden zuzufügen. Glauben Sie mir, ich bedaure dieses Mißverständnis sehr.“

Als Caritas gegangen war, sah Miss Farwell sich nicht in

der Lage, in den Garten zurückzukehren. Inzwischen war Dan gewiß dort, doch ihm konnte sie jetzt einfach nicht begegnen. Zuerst mußte sie in aller Stille über die Gedanken und Gefühle nachdenken, die Miss Jordan mit ihrem Besuch in ihr wachgerufen hatte. Sie brauchte einen ungestörten Ort, um Ordnung in ihr verwirrtes Herz zu bringen.

Die Möglichkeit, die sie von Anfang an in Betracht gezogen hatte, war nun plötzlich zur Gewißheit geworden, und aller Kummer, den sie vorausgesehen hatte, war mit einem Schlag über sie hereingebrochen. So sehr sie auch um ihre Beherrschung kämpfte, so machtlos war sie nun gegen ihre Gefühle. Sie wußte, daß sie in der Gefahr stand, ihr Herz zu verlieren. Doch zugleich mit dem Kummer stellte sich auch eine frohe Erleichterung ein.

Miss Farwells Flucht in ihr Zimmer wäre nicht notwendig gewesen, denn Dan erschien an diesem Nachmittag nicht im Garten.

Während die Krankenschwester in ihrem Zimmer mit Miss Caritas gesprochen hatte, klopfte der Gemeindeälteste Jordan auf seinem Heimweg vom Postamt an die Tür des Pfarrers.

Dans Stunde der Erkenntnis

Der Gemeindeälteste sah sich nicht nur als „Vertreter der Kirche“, wie er sich bei seiner Unterredung mit Richter Strong am Vorabend nannte, zu seinem Besuch bei Dan veranlaßt, sondern auch aufgrund seiner Achtung vor dem jungen Pfarrer selbst. Aus diesem Grunde hatte er auch seinem Amtsbruder gegenüber nichts von seinem Vorhaben erwähnt. Dieses Gespräch sollte mehr als nur ein offizieller Besuch in kirchlichen Angelegenheiten sein; Nathaniel hoffte, durch ein Gespräch mit Dan unter vier Augen mehr zu erreichen, als in des Richters Gegenwart möglich wäre.

Seit seiner Ankunft in Corinth hatte Dan diesen betagten Mann der Kirche sehr schätzengelernt. Zwar ließ sich nicht leugnen, daß Nathaniels Frömmigkeit zum großen Teil aus Treue zu den leblosen, veralteten Vorschriften seiner Kirche bestand; doch deshalb fehlten ihm auch nicht jene charakterlichen Tugenden, die dem Gehorsam entspringen – obgleich ihm die echte Nachfolge Christi zu keiner Zeit bewußt war, denn in seinem Denken gab es keinen Unterschied zwischen dem Gehorsam Christus gegenüber und dem Gehorsam der Kirche gegenüber. Was nun die wichtigsten Anforderungen seiner Kirche betraf, galt der Gemeindeälteste Jordan als vorbildlicher Christ: sanftmütig, verständnisvoll und immer freundlich.

Seine Unschuld und vielleicht sogar seine Gutwilligkeit hatten ihn schon vor Jahren zu einer gefügigen Schachfigur in der Hand des Verbündeten gemacht. Daher war ein gemeinsamer Standpunkt des Pfarrers und seines Gemeindeältesten in den Dingen des Lebens unmöglich. Sie gehörten verschiedenen Zeitaltern an. Der jüngere der beiden Männer hatte das erkannt und achtete seinen älteren Glaubensbruder wegen dessen Treue zu dem Glauben der Vorväter; darin sah er eine bewundernswerte Tugend. Der Gemeindeälteste dagegen sah in Dans aufgeschlossenen Ansichten und in seiner Vernachlässigung jener Feinheiten, die zur Tradition der Kirche gehörten, eine Schwäche in seinem christlichen Charakter, die es zu überwinden galt – die keineswegs geduldet werden durfte, um das Fundament der Kirche nicht ins Wanken zu bringen.

Der Gemeindeälteste Jordan hegte eine Zuneigung zu Dan, die völlig unabhängig von den Angelegenheiten der Kirche war. Der Älteste wäre dazu in der Lage gewesen, seine eigene Tochter zu opfern, wenn dies seiner Meinung nach dem Guten förderlich gewesen wäre, doch seine Liebe zu ihr blieb davon unbeeinträchtigt. Sein Glaube trug das Kennzeichen des Unirdischen; dieser Eigenart nämlich, aus dem Christentum ein Forum der Seminare, der Kirchen und der theologischen Ansichten zu machen, anstatt es in den Farmen, den Werkstätten und dem Alltagsleben zu lassen; ein Forum der Festtage, der Liturgie, der Zeremonien, der Lehrsätze, der Werke und Zusammenkünfte, anstatt ihm einen Platz im tagtäglichen Arbeitsleben, im Alltag, in den Pflichten, Freuden und Mühen des einzelnen einzuräumen.

Aus seiner Zuneigung zu dem jungen Pfarrer heraus ging der betagte Kirchenmann nun an diesem Nachmittag schonungslos mit Dan ins Gericht. Seine Liebe zu Dan und zu der Kirche zwang ihn dazu, Dan auf das deutlichste zu warnen, wohin sein Verhalten führen würde, wenn er es nicht auf der Stelle änderte. In aller Klarheit erläuterte er dem Pfarrer die Sachlage und machte ihm begreiflich, welche schwerwiegenden Folgen das Gerede der Leute und die wachsenden

Bedenken der Gemeindeleitung bezüglich Dans Predigten haben würden.

Dan hörte ihm schweigend zu. Er hegte großen Respekt für diesen Mann, der so ohne Umschweife mit ihm sprach. Hinter den harten Worten spürte er die edle Geisteshaltung dieses Ältesten und das aufrichtige Bemühen um ein gutes Verhältnis.

Was seine Predigten betraf, so fand Dan keine Antwort. Er wußte, wie unmöglich es für den Gemeindeältesten war, seine Meinung darüber zu ändern – ganz gleichgültig, was Dan auch sagen mochte. Auf seine Freundschaft mit der Krankenschwester hin angesprochen, verteidigte Dan die junge Frau mit anerkennenden Worten, ohne sich selbst dabei zu erwähnen. Er führte Nathaniel vor Augen, daß Miss Farwell nach Corinth gekommen war, um sich hier als ein leuchtendes Beispiel christlicher Nächstenliebe zu bewähren, als ein Beispiel, das die Kirche sich zu Herzen nehmen sollte. Der Gemeindeälteste hörte ihm zu und dachte dabei im stillen, wie erschreckend der Einfluß war, den diese Frau, die nicht zur Kirche gehörte, offensichtlich auf Dan ausübte. Wie seine Tochter der Krankenschwester dringend nahegelegt hatte, den Pfarrer freizulassen, so drängte Nathaniel den Pfarrer nun, sich zu befreien. In beiden Fällen war das Ergebnis das gleiche.

„Denken Sie doch an Ihren Pfarrdienst, mein junger Freund!“ sagte der betagte Mann eindringlich. „Denken Sie an die heiligen Pflichten Ihres Amtes. Ihr Umgang mit dieser Frau gleicht dem Verhalten eines Mannes, der um eine Lebensgefährtin wirbt. Eine solche Verbindung wäre doch geradezu unvorstellbar. Sie ist als Gegnerin der Kirche bekannt. Wie könnten Sie Ihr Amt als Pfarrer richtig ausüben, wenn Sie sich für eine Frau entschieden, die nichts mit Ihrer Kirche zu tun haben will? Was denken Sie sich dabei, so vertraut mit ihr zu reden und sich ständig in ihrer Gesellschaft aufzuhalten? Wenn das wahr ist, was Sie über ihren Charakter sagen, warum besteht sie dann darauf, in Corinth zu bleiben, wo niemand ihr Arbeit gibt, anstatt nach Chicago zurückzufahren und dieses Conner-Mädchen mitzunehmen?“

Dan fand keine Worte, um dem Gemeindeältesten zu antworten. Was er soeben gehört hatte, verwirrte ihm die Sinne.

Bald verabschiedete Nathaniel sich, ohne etwas erreicht zu haben.

Als er gegangen war, klangen die Worte des Ältesten ein ums andere Mal in Dans Gedanken nach: „Eine solche Verbindung wäre doch geradezu unvorstellbar!“

Eine solche Verbindung? Heirat?

Er dachte an seinen Vater und seine Mutter und die völlige Harmonie, in der sie lebten. „Was denken Sie sich dabei, so vertraut mit ihr zu reden und sich ständig in ihrer Gesellschaft aufzuhalten?“

Er schickte sich an, zum Fenster zu gehen, das einen Ausblick auf den Garten bot, doch dann blieb er stehen. Er konnte es nicht ertragen, sie jetzt zu sehen. Endlich kannte er den Grund, warum dieser Garten ihm so viel bedeutete. Er versuchte, sich sein Dasein in Corinth ohne diese Frau vorzustellen, die eine so große Rolle in seinem Leben spielte.

Dan Matthew war kein oberflächlicher Mensch, der mit Hunderten von seichten Bekanntschaften voller unaufrichtiger Gefühle zufrieden war. In seinen Adern floß das Blut eines starken Menschenschlags, der die Bergwildnis durch seine Kraft bezwang. Wie ein kleiner Bach, der still durch friedliche Wiesen, ruhige Wälder und sonnige Weiden fließt und dabei stets tiefer und breiter wird, ohne etwas von seiner stillen Kraft zu ahnen, bis ein Hindernis ihn aufstaut und ihn mit Macht zu einer Flut anschwellen läßt, die sich ihren Weg bahnt – so war auch Dans Liebe in aller Stille gewachsen. In den Feldern der Freundschaft hatte sie an Tiefe und Macht zugenommen. Er war sich der wachsenden Liebe nicht bewußt gewesen, bis sie plötzlich auf ein Hindernis gestoßen war und zu einer Flut anschwoll, einer Flut der Leidenschaft, die jede Faser seines Herzens ergriffen hatte. Plötzlich türmte sie sich vor ihm als eine mächtige Kraft auf, die durch nichts aufgehalten werden konnte.

Aus dem anderen Fenster schaute Dan auf das gußeiserne Denkmal hinaus. Angesichts dieser reglosen Gestalt, die so starr ein totes Thema einer längst vergangenen Zeit verkündete, war ihm plötzlich, als wollte ihm vor Zorn auf die ganze gußeiserne, fromme, engstirnige Stadt das Herz im Leib zerspringen.

Welches Anrecht hatte er auf die Freundschaft dieser Frau?

Bevor er auch nur eine Antwort darauf suchen konnte, wurde er von großer Hoffnungslosigkeit ergriffen, denn seine Stellung und Irenas Meinung über die Kirche und deren Oberhäupter schienen tatsächlich unvereinbar.

„Der gute Älteste und seine Freunde haben nichts zu befürchten“, dachte er bei sich. „Das Hindernis ist zu solide gemauert, um fortgeschwemmt zu werden. Sie würde mich ja doch niemals heiraten.“

Ihm wurde klar, daß die Fortführung der alten Freundschaft, die ihn mit Irena Farwell verband, unmöglich sein würde, nachdem die Gedanken der Liebe Einzug in seinem Herzen gehalten hatten. Über Dinge von derartigem Gewicht konnte er nicht unverbindlich hinwegsehen und an die vorherigen Verhältnisse anknüpfen. Ob sein Rückzug aus ihrem ruhigen, ebenmäßigen Lebensstrom überhaupt die geringste Woge verursachen würde? War er ihr denn nicht völlig gleichgültig?

Dann kamen ihm die Worte des Ältesten wieder in den Sinn: „Warum besteht sie dann darauf, in Corinth zu bleiben?“

Ob es möglich war, daß er ihr etwas bedeutete?

Nein! Dan untersagte es sich, diesen Gedanken zu Ende zu denken. Es war unmöglich! Miss Farwell fühlte sich durch niemand anderen als Anna Conner an Corinth gebunden.

So ging Big Dan Matthew in seiner Stube auf und ab und rang mit einer Seelenqual, gegen die sein starkes Männerherz nicht gerüstet war. Angesichts dieser Qual fürchtete auch er sich davor, nach draußen in den Garten zu gehen. Er konnte ihr einfach nicht begegnen; nicht jetzt, nicht mit diesem Sturm an Gedanken in seinem Kopf. Zuerst mußte er seine Fassung wiedererlangen. Er mußte lernen, mit diesem Sachverhalt umzugehen, der sich ihm so unvermutet offenbart hatte.

Er folgte dem Instinkt seiner Vorväter, sich dem Feind stets unter freiem Himmel zu stellen, und stahl sich zur hinteren Haustür nach draußen. An der Straße wählte er die entgegengesetzte Richtung zu seinem sonstigen Weg und begab sich mit energischen Schritten auf einen langen Spaziergang durch das offene Land. Vielleicht würde er zu John Gardners Farm gehen, um die Nacht dort zu verbringen. Er ging zwei Straßen weiter, bevor er in Richtung Norden einbog, um zu vermeiden, daß seine Freunde im Garten ihn sahen und womöglich herbeiwinkten.

Mit zügigen Schritten machte er sich auf den Weg aus der Stadt und schlug die alte Straße über den Akademiehügel ein.

Begegnung der Herzen

Als Irena Farwell unter dem Baum auf dem Schulhof den Blick hob und Dan Matthew durch die Lücke in dem morschen Zaun steigen sah, war ihr, als wäre er als Antwort auf ihre Gedanken erschienen.

Die Heftigkeit ihrer Gefühle bei seinem Anblick erschreckte sie, und im ersten Moment wollte sie aufspringen und flüchten, bevor er sie entdecken konnte. Statt dessen blieb sie jedoch wie gelähmt sitzen und sah ihm entgegen, während ihre bebenden Finger gedankenlos an den frischen Grashalmen am Boden zupften.

Das Gesicht dem Tal unter sich zugewandt, kam Dan langsam über den von Unkraut überwucherten Schulhof, ohne von der Gegenwart der jungen Frau auf der grünen Anhöhe zu ahnen. Endlich blickte er in ihre Richtung. Aus halbwegs abgewandten Augen sah sie, wie er plötzlich stehenblieb, als sei er von dem gleichen Gefühl, das sie soeben überwältigt hatte, zum Stehen gebracht worden.

Eine ganze Minute lang stand er da, als traue er seinen Augen nicht. Das Mädchen saß still da. Um ein Haar hätte es den Anschein gehabt, er wolle sich abwenden und davonlaufen. Dann kam er beinahe mit dem gleichen Eifer näher, den er gezeigt hatte, als er sie am Flußufer entdeckt hatte. Im nächsten Moment stand er auch schon vor ihr, wie er an einem Nachmittag vor mehreren Monaten vor ihr gestanden hatte, das Sonnenlicht auf seinem rotbraunen Schopf.

Kein Wort der Begrüßung fiel. Es war nicht notwendig. Jeder der beiden schien die Seelenqual des anderen zu ahnen.

Dan setzte sich schweigend neben sie ins Gras.

„Ich dachte, Sie wären heute nachmittag im Garten", sagte sie.

„Ich hatte einen Besucher, und danach war mir nicht nach Gartenarbeit zumute."

„Ich hatte auch Besuch", antwortete sie, „und danach ... danach konnte ich auch nicht in den Garten gehen." Sie hatte es fast geflüstert. Wieder zupften ihre zitternden Finger an den jungen Grashalmen, während ihr Blick in die blaue, dunstige Ferne gerichtet war. Ein Fuß war ihr unter dem blauen Rock hervorgerutscht.

Mit aufwallendem Zorn sah Dan, daß der Schuh abgetragen war, und auch der Rock sah verschlissen aus. Mit Mühe beherrschte er sich. Dieser Moment war kaum der rechte Augenblick dafür, sich über ihre erfolglose Arbeitssuche zu sorgen.

„Und wer war Ihr Besuch?" fragte er.

„Caritas Jordan. Und Ihrer?"

„Ihr Vater." Dan wandte sich ab. „Dann wissen Sie wohl auch, was in der Stadt über uns geredet wird", fügte er hinzu und sah sie wieder an.

Zum ersten Mal erwiderte sie seinen Blick.

„Ja", sagte sie leise. „Ja, das weiß ich."

Etwas an ihrer mutigen Antwort ließ Dan alle Vorsätze vergessen. Sein Beruf, sein Leben, die ernsten Folgen, die ganze Welt: alles geriet plötzlich vor der heranstürzenden Flut der Emotionen ins Wanken.

„Dann wissen Sie auch ..." Seine Stimme zitterte. „Dann wissen Sie auch, daß ... daß ich Sie liebe." Er sagte es mit der Schlichtheit eines Mannes, der ihr sein Leben zu Füßen legt.

In ihrer Verwunderung über die Bereitwilligkeit dieser Gabe saß die Krankenschwester wie überwältigt da. Sie fand keine Worte, um ihre Annahme des Geschenks zu bekunden.

Dan deutete ihr Schweigen falsch und wandte sich ab.

„Es tut mir leid ... Ich hätte Sie nicht ..."

„Nein, Dan, bitte nicht!" unterbrach sie ihn. „Bitte versteh mich richtig. Es ist nur, daß ..." Noch immer rang sie um die richtigen Worte.

„Habe ich mich denn nicht geirrt? Hast du mich wirklich ..."

„Es kann dir nicht verborgen sein, wieviel du mir bedeutest", antwortete sie, „aber ..."

„Ich verstehe nicht", stammelte er.

„Du kannst mir zwar das anvertrauen, was du mir gerade gesagt hast, und ich kann dir auch anvertrauen, wie stolz, wie froh deine Worte mich gemacht haben und wie sehr ich dich aus ganzem Herzen liebe ..." Ihre Stimme versagte, doch dann sprach sie weiter. „Aber weißt du denn nicht, daß alles ein Ende haben muß mit uns? Daß wir einander nicht wiedersehen dürfen?"

„Ein Ende?"

„Ja. Alles, was ich am ersten Tag hier zu dir gesagt habe, ist doch wahr. Weißt du denn nicht, daß ich dir niemals mehr werden kann, als ich jetzt bin? Uns trennt ein Zaun, der einfach zu hoch ist."

Wie jemand, dem gerade die Strafe eines lebenslänglichen Exils verlesen wurde, ließ Dan den Kopf sinken und vergrub das Gesicht in den Händen.

Irenas graue Augen füllten sich mit Tränen, die noch nicht fallen durften. In seiner Gegenwart mußte sie um seinetwillen stark bleiben. Später, in der Einsamkeit ihres Zimmers, würde sie ihren Tränen endlich freien Lauf lassen.

Einmal streckte sich ihre Hand zögernd aus, doch nur, um sie gleich darauf wieder zurückzuziehen, und die zitternden weißen Finger zupften erneut an den jungen Grashalmen.

„Sag mir", fragte er endlich und hob den Kopf, ohne sie jedoch anzusehen, „wenn ich einen anderen Beruf hätte, würdest du dann meine Frau werden?"

„Warum fragst du?"

„Weil ich es dringend wissen muß." Es klang beinahe ungeduldig.

„Wenn du ein einfacher Arbeiter, ein Geschäftsmann oder

ein Angestellter wärst, wenn dein Beruf nur ehrenhaft und aufrichtig wäre – ja, von Herzen gern! Wie gern würde ich dann deine Frau werden!"

„Dann gebe ich das Pfarramt auf!" brach es aus ihm hervor. „Ich werde einen anderen Beruf ergreifen."

„Du würdest deine Stellung als Pfarrer für mich aufgeben?" fragte sie. „Dein erwähltes Lebenswerk?"

„Ja, wenn es notwendig ist. Wenn ich eines von dir gelernt habe, dann ist es die Einsicht, daß andere Berufe genauso heilig, genauso wichtig wie die Arbeit des Pastors und der Kirche sein können. Du weißt es nicht, aber genau das habe ich während der letzten Monate von der Kanzel verkündigt. Vielleicht ist es jetzt an der Zeit für mich, meine eigenen Worte in die Tat umzusetzen. Warum sollte ich mein Leben nicht einem anderen Dienst widmen?"

„Weil du dich nicht zu einem anderen Dienst berufen fühlst. Andere Berufe liegen dir nicht", antwortete sie sanft. „Ich habe dich doch gerade deshalb so liebgewonnen, weil du dir selbst so treu geblieben bist. Du darfst mich jetzt nicht enttäuschen. Ich weiß", fügte sie vertrauensvoll hinzu, „daß du das nie tun wirst."

Dan widersprach eindringlich und wortreich. Als sie sich so von seiner Liebe und ihrer eigenen überwältigt fühlte, daß ihre Kraft nachzugeben drohte, rief sie: „Bitte sprich nicht weiter! Ich kann mehr davon nicht ertragen. Es ist weder dir noch mir gegenüber gerecht. Du brauchst Zeit, um allein über alles nachzudenken. Ich glaube, ich kenne dich im Moment besser als du dich selbst. Bitte geh jetzt! Du mußt mir versprechen, mich nicht vor morgen nachmittag zur gleichen Zeit wiederzusehen. Ich werde mit den anderen bis vier Uhr im Garten arbeiten, und dann gehe ich allein ins Haus. Wenn du dich mit aller Gewißheit dazu entschließen kannst, dein Pfarramt aufzugeben, dann komm zu mir, und ich werde dir mein Jawort geben. Ob du aber kommst oder nicht, so darfst du niemals vergessen, daß ich dich liebe, daß ich dich immer als Teil meiner selbst, als meinen Freund, lieben werde, und daß ich auch niemals an deiner Liebe zu mir zweifeln werde."

So schickte sie ihn fort, damit er seinen Kampf allein ausfocht; er sollte nach einsamem Ringen die Gewißheit erlangen, den Sieg selbst errungen zu haben. Tief in ihrem Herzen wußte sie jedoch, welcher Art dieser Sieg sein würde und welche Auswirkungen er auf ihr eigenes Leben haben sollte.

Auf einsamem Posten

In seinem Studierzimmer kämpfte Dan Matthew hinter verschlossenen Türen mit sich.

Überall in dem kleinen Zimmer befanden sich Gegenstände, die laut für das Pfarramt zu plädieren schienen: Regale voller theologischer Bücher, Gemeindezeitschriften für Geistliche, Predigtentwürfe, Bilder an den Wänden und unbeantwortete Briefe auf dem Schreibtisch. Inmitten dieser Dinge, die so sehr ein Teil seines gewählten Berufs waren, daß sie wie ein Teil seiner selbst wirkten, hörte Dan nun die Stimmen im Garten. Er wußte, daß auch sie dort war.

Seit Urzeiten haben Männer wie Dan Matthew um Frauen wie Irena Farwell gekämpft. Für solche Frauen ist jede Art von Verbrechen begangen worden, jedes Leid ertragen worden, ist allen Gefahren getrotzt, jedes Opfer gebracht, jede Meisterleistung errungen worden. Nur wenige der Sterblichen unserer Zeit verspüren noch eine solche ursprüngliche Leidenschaft. Dieser Mann besaß etwas, das seinen enormen körperlichen Kräften ebenbürtig war, nämlich den Geist und das Zielbewußtsein, das dem hünenhaften Körper die Waage hielt.

Die kleine Uhr auf dem Kaminsims schlug. Sachte, langsam ertönte es: eins, zwei, drei, vier.

Mit bleichem, schmerzverzerrten Gesicht trat Dan an das Fenster. Den ganzen Nachmittag lang hatte er gewußt, daß sie dort draußen im Garten war, doch er hatte sich ihren Anblick versagt. Nun war es an der Zeit, sich dem Gegenstand seiner Seelenqual zu stellen.

Er sah, wie die junge Frau, ohne ihm einen Blick zuzuwerfen, ihre Freunde im Garten zurückließ und langsam ins Haus ging. Fünf Minuten verstrichen, dann zehn, dann fünfzehn.

Das Ticken der kleinen Uhr wollte Dans Kopf schier zum Zerspringen bringen!

Dann sah er sie auf der Veranda vor dem kleinen Haus auftauchen. Langsam ging sie in den Vorgarten, bis der große Fliederbusch sie von der Straße her verdeckte.

Sie wandte sich zu seinem Fenster um. Sie winkte ihm einen Gruß zu. Mit ihrem Winken bedeutete sie ihm sogar, zu ihr zu kommen. Dan geriet ins Wanken und packte den Fensterrahmen mit beiden Händen. Wieder winkte sie ihm zu: Komm! Als er seinen Platz am Fenster jedoch nicht verließ und nur mit der Hand zurückwinkte, ging sie langsam ins Haus zurück.

Dann stolperte Dan Matthew, der Mann und der Pfarrer, rückwärts in sein Zimmer zurück und fiel zum Gebet auf die Knie.

Es mochte wohl zwei Stunden vor Sonnenaufgang gewesen sein, als Dr. Harrys Pferd plötzlich in einem dunklen Waldstück etwa sechs Meilen vor der Stadt stehenblieb. Von seinem Wagen aus erkannte der Arzt nur undeutlich eine Gestalt, die sich näherte.

„Wer da?“ rief er laut in die Dunkelheit hinein. „Was wollen Sie?“

Der Mann auf der Straße lachte ein seltsames, heiseres Lachen und kam noch näher.

„Ich wußte doch, daß du's bist“, sagte er. „Du hättest mich ja um ein Haar umgefahren!“ Damit kletterte Dan neben den Arzt auf die Kutsche.

Der Pfarrer gab keine Erklärungen, und sein Freund bedrängte ihn nach seinem anfänglichen Erstaunen auch nicht mit Fragen. Als sie aber die Pforte zu dem Haus, in dem Dan wohnte, erreicht hatten, brach es aus dem breitschultrigen Mann hervor: „Fahr weiter, Harry! Ich kann jetzt nicht nach Hause gehen. Laß mich eine Weile bei dir bleiben!"

Dans schwerer Auftrag

Dan schlief bis in den Nachmittag hinein und verbrachte den Rest des Tages bei Dr. Harry, um dann am Abend zu seiner eigenen Wohnung zurückzukehren.

Früh am nächsten Morgen sollte er mit der Eisenbahn zu der alljährlichen Glaubenskonferenz seiner Kirche fahren, die in der fernen Großstadt abgehalten wurde. Insgesamt würde er drei Tage unterwegs sein.

Als er an diesem Abend die Lampe anzündete, schien sein Studierzimmer plötzlich mit einem Geist erfüllt zu sein, der dort noch nie zuvor eingekehrt war. Es war, als habe während Dans Abwesenheit eine unsichtbare Macht in seiner Wohnung Einzug gehalten. Selbst die Bücher und Zeitschriften erschienen ihm wie vertraute Gefährten – als sei das Band, das ihn mit ihnen verknüpfte, durch seinen Seelenkampf um ein Vielfaches stärker und heiliger geworden. Auch verspürte er ein bislang ungekanntes Bedürfnis nach Abgeschiedenheit, und zum ersten Mal seit seiner Ankunft in Corinth zog er die Vorhänge am Fenster zu.

In dem Kampf, in den Irena Farwell ihn geschickt hatte, war Dan um die größte Aufrichtigkeit sich selbst gegenüber bemüht gewesen, und er hatte sich dazu gezwungen, ohne

Rücksicht auf das Rufen seines Herzens zu einem Entschluß zu kommen. Wenn er überhaupt falsch geurteilt haben sollte, dann war es aus übermäßiger Gewissenhaftigkeit geschehen. Das Gewissen ist ein undurchschaubarer Meister, der nicht selten seine allzu willigen Sklaven dazu verleitet, sich selbst Leid zuzufügen. Ungelöst bleibt die Frage, ob der Mensch ein größeres Anrecht darauf hat, sich selbst zu verletzen, als seinem Mitmenschen Schaden zuzufügen.

Dan war sich keiner Schuld bewußt, was seine Pflichten als Hirte der Gedächtniskirche betraf. Doch war es möglich, daß er sich in seinem Urteil über die Gemeindemitglieder sehr geirrt hatte? War es möglich, daß er den Geist, der sie bewegte, falsch gedeutet hatte? Er war mit der Einstellung seines Predigerseminars nach Corinth gekommen, daß die Kirche in allen Dingen recht hatte. Hatten ihn die unerwarteten, schroffen Umstände seiner bisherigen Amtszeit zu der gegenteiligen Ansicht verleitet, daß die Kirche in allen Dingen unrecht hatte? Gewiß war dies ein ebenso unverzeihlicher Irrtum.

In seiner Amtsausübung hatte er seine Unerfahrenheit bitter zu spüren bekommen. Hatte er denn nicht die rechte Entscheidung getroffen, als er den schmalen, unebenen, einsamen Pfad gewählt hatte? Oder war der bewährte Weg der Kirchenältesten der einzig wahre Pfad? Er hatte diesen Führern, denen er eigentlich unbedingten Gehorsam schuldete, in letzter Zeit immer mehr mißtraut, doch noch mehr hatte er seine eigene Fähigkeit als Gemeindeleiter und seine Urteilssicherheit in Zweifel gezogen. Diese Zweifel hatten ihn endlich zu dem Entschluß gebracht, den Irena Farwell schon vorausgesehen hatte.

Big Dan Matthew konnte sich von der Kirche nicht mit der gleichen Gewißheit abwenden, mit der er sich einst zu ihr bekannt hatte.

Er konnte jedoch mit einem letzten Rest von Ungewißheit auch nicht zu Irena gehen.

Sein Entschluß war noch nicht endgültig. Seine neue Liebe zu Irena beherrschte sein Denken zu sehr, als daß er sich unbefangene Beweggründe zutrauen konnte. Die Entscheidung, die er letztendlich traf, stellte das größte Opfer dar, zu dem er fähig war. Er faßte den Vorsatz, sein Leben vorbehaltlos in den Dienst seiner Berufung als Pfarrer zu stellen.

Nun sah er mit großem Eifer der Versammlung der Kirchenmänner entgegen, zu der er am nächsten Morgen reisen sollte. Dort würde er den großen Führern seiner Kirche begegnen, jenen Männern nämlich, die auf jahrzehntelange Erfahrung in dem Dienst zurückschauen konnten, zu dem er selbst sich berufen fühlte; jenen, deren Namen in den Familien seiner Kirchengemeinde als Inbegriff der Frömmigkeit genannt wurden. Dort würde er der Seele der gesamten Kirche begegnen anstatt nur der Seele seiner Ortsgemeinde. Von dieser Konferenz mit ihren Berichten der Arbeit, die überall im ganzen Land geleistet worden war oder gerade geplant wurde, erhoffte er sich eine neue Harmonie mit seinem Amt.

Ein vertrautes Anklopfen riß Dan aus seinen Gedanken. Der alte Doktor trat ein.

Der Doktor wußte längst von dem Gerede über Dan und Irena und von der wachsenden Empörung unter den Gemeindemitgliedern. Besser als Dan selbst begriff er aber auch die verborgenen Zusammenhänge. Jahre der genauen Beobachtung hatten ihn gelehrt, das Spiel des Richters Strong zu durchschauen, zu dem dieser den Verbündeten erneut auf den Plan gerufen hatte. Was Dan und Irena betraf, so konnte der Doktor nur Mutmaßungen anstellen, doch des Doktors Mutmaßungen erwiesen sich meist als richtig. Er wußte, daß sein junger Freund eine schmerzliche Krise durchzustehen hatte, denn er hatte an diesem Nachmittag mit Dr. Harry gesprochen. Als er an dem erleuchteten Fenster sah, daß Dan zu seiner Wohnung zurückgekehrt war, hastete er über die Straße, um bei dem jungen Pfarrer nach dem Rechten zu sehen. Es war des Doktors Art, anstatt den Grund seines Kommens zu erläutern, den Pfarrer ohne viele Worte seiner Freundschaft und seiner Hilfsbereitschaft zu versichern.

Er nahm die Hand seines jungen Kameraden zur Begrüßung und legte ihm die andere Hand auf die Schulter. Dabei studierte er sein Gesicht, wie er das Gesicht eines Patienten aufmerksam beobachtet hätte.

„Komm, Dan", sagte er dann, „meinst du nicht auch, daß es höchste Zeit für eine Angelpartie ist?"

Der Pfarrer erwiderte sein Lächeln.

„Herzlich gern", antwortete er; „ich weiß doch, wie nötig ich's brauche, aber morgen muß ich zur Konferenz reisen."

„Wer fährt denn sonst noch alles mit?" erkundigte sich der Doktor brummend und setzte sich.

Dan zählte mehrere seiner Gemeindemitglieder auf. Erneut brummte der Doktor. Fast alle Namen gehörten zum innersten Führungskreis; es handelte sich um des Richters engste Vertraute in Sachen Kirche.

„Richter Strong nimmt auch an der Konferenz teil", sagte der Doktor. Dan schwieg nur.

„Hat's mir heute abend selbst gesagt", fuhr der Doktor mit einem leisen Lachen fort. „Ich glaube, ich werde mich auch auf den Weg zur Konferenz machen."

„Sie?" fragte Dan überrascht.

„Genau. Ich", sagte der Doktor augenzwinkernd. „Warum auch nicht? Ich habe zwar noch nie an einer solchen Tagung teilgenommen, aber das gleiche trifft immerhin auch für dich zu. Man wird mich schon nicht gleich fortschicken. Außerdem habe ich ohnehin ein paar Dinge in der Großstadt zu erledigen, und eigentlich wäre so eine gemeinsame Fahrt mit dir in die Stadt fast so gut wie eine Angelpartie. Martha kann ihr Glück wohl gar nicht fassen. Sie glaubt, ich würde mich bestimmt endlich bekehren, wenn ich erst ein paar von den berühmten Predigern gehört habe."

Dan lachte erfreut. Von dem wirklichen Grund, der den Doktor zu diesem Schritt bewegt hatte, konnte er nichts ahnen.

Zeitig am nächsten Morgen brachen sie gemeinsam auf: Dan, der alte Doktor, sieben oder acht der eifrigsten Männer und Frauen der Gemeinde, Caritas und Richter Strong. Auch der Verbündete gesellte sich dazu.

Beim Anblick von Dr. Oldham zeigte man sich allgemein überrascht und bekundete dies auf halb scherzhafte Weise. Flüsternd steckte man die Köpfe zusammen, um zu ergründen, was es mit der Reise des Doktors auf sich haben mochte. Der Richter und seine tüchtigen Helfer, wozu auch der Verbündete zählte, blieben fast ständig beisammen, um Dan und seinen Freund sich selbst zu überlassen.

Als der junge Pfarrer mit seinem jüngst gefaßten Vorsatz, die Arbeit der Kirche noch gewissenhafter auszuführen, sich der Gruppe näherte, fiel eine auffällige Stille über das Eisenbahnabteil. Dans freundliche Bemerkungen stießen auf gezwungene, kurz angebundene Antworten, die ihn bald wieder an seinen Platz zurückkehren ließen. Sein Gesichtsausdruck veranlaßte den Doktor zu ein paar gemurmelten Schimpfwörtern.

„Hör mir mal zu, Dan", sagte der alte Arzt, als sie ihr Reiseziel fast erreicht hatten, „wenn ich mich nicht irre, werden die Delegierten von außerhalb immer in den Familien der Kirchengemeinde am Ort untergebracht. Da ich ja kein offizieller Delegierter bin, nehme ich mir ein Hotelzimmer. Komm als mein Gast mit mir ins Hotel! Sag den übrigen, daß du schon eine Einladung von einem Freund hast. Sorg dich nicht; sie werden alle froh sein, einen Mund weniger am Tisch zu haben, und ich möchte dich gern bei mir haben."

Der junge Mann nahm die Einladung gern an.

Die Konferenz der Gläubigen

Zu der Konferenz fanden sich die üblichen Vertreter der einzelnen Ortsgemeinden ein.

Da waren die Gemeindeleiter, die als ständige Delegierte eine hohe Position in der Kirchenhierarchie innehatten. Sie waren eisern dazu entschlossen, das ihnen „anvertraute Gut" auf keinen Fall aus der Hand zu geben. In ihren Augen heiligte der Zweck die Mittel, und so bejahten sie im „Werk des Herrn" die in der Politik übliche Methode der Machtverteilung auf jene Freunde und Sympathisanten, die man für die verläßlichsten hielt.

Nicht weniger bestrebt waren jene hoffnungsfrohen Anwärter, die „zur Ehre Christi" den Mächtigen ihren Thron streitig zu machen suchten und mit ebenso vertrauten, wenn auch weniger offensichtlichen Methoden arbeiteten. Ihre Helferschar bestand aus jenen, die sich eines Tages den Erfolg mit den Siegern zu teilen hofften.

Dann gab es jene selbsternannten Anführer, die sich immerzu in den Vordergrund drängten. Wenn ihnen auch nur für einen sonnigen Moment mehr Rühmliches nachgesagt wurde, als es der Wirklichkeit entsprach, so waren sie glücklich. Sie zeichneten sich dadurch aus, zu jedem Thema sofort und wortreich Stellung zu nehmen, und es bereitete ihnen die größte Freude, einen leeren Stuhl auf dem Podium zugewiesen zu bekommen.

Auch die Ketzerjäger fehlten nicht. Mit dem Eifer junger Spürhunde prüften sie die Ansprachen ihrer Brüder auf den Geruch der Irrlehre. Bei jeder vorgeschlagenen Maßnahme der Konferenzteilnehmer pochten sie energisch auf die Einhaltung des Glaubens ihrer Väter.

Es hatten sich auch die jungen Pfarrer eingefunden, die gekommen waren, um ehrfurchtsvoll das Werk der großen Verkündiger zu bestaunen und von ihnen zu lernen, jedoch nicht, ohne nach einer Gelegenheit Ausschau zu halten, um sich selbst ein Fünkchen Ruhm hier auf Erden zu sichern.

In dieser Gruppe fanden sich nicht wenige, die wie Dan aus tief religiösen Beweggründen heraus dem Ruf zum Pfarrdienst gefolgt waren. Während sie jedoch meinten, allein aus Gottes Kraft zu leben und der Kirche zu dienen, waren sie in Wirklichkeit gekommen, um von ihren Oberhäuptern Dinge zu lernen, die, wenn sie in der Welt ihre Anwendung fanden, von ebendiesen Pfarrern als gottlos abgestempelt wurden.

Der Verbündete schwelgte in seiner Macht. Die Zeiten der Folter, der Daumenschraube und des Scheiterhaufens waren längst vergangen. An die Stelle dieser Instrumente ist in unseren Tagen der Verbündete getreten.

Die meisten Schützen in diesem Gefecht waren Pfarrer, obgleich sich auch hier und dort eine führende Dame der kirchlichen Gesellschaft nach vorn drängte. Das einfache Fußvolk bestand aus einigen Brüdern und einer Vielzahl von Schwestern, die wie die meisten Sterblichen ihre Favoriten in dem Wettlauf, den es zu gewinnen galt, kräftig anfeuerten. Aufrichtig und hingebungsvoll beteten sie, daß der gütige Gott ihren Kampf um Gerechtigkeit und Wahrheit irgendwie auf eine Art segen mochte, die ihr Vorstellungsvermögen noch überstieg. So strebte man mit äußerst irdischen Methoden nach den Segnungen des Himmels.

Richter Strong war ein Veteran auf diesem Schlachtfeld. Als großzügiger Spender in die Kassen der allgemeinen kirchlichen Arbeit sowie in die Kassen der Missionsarbeit, aus der die Kirchenleitung eine Vielzahl von Sonderausgaben bestritt, besaß er das uneingeschränkte Vertrauen aller Anwesenden. Der Gemeindeälteste zierte sich nun keineswegs, diesen Vorteil zu nutzen. Hier konnte er sich in aller Freimütigkeit äußern, denn diese geschätzten Kirchenoberhäupter wohnten weit von Corinth entfernt, und wenn sie den Ältesten als Kirchenmann auch recht gut kannten, so war ihnen der Richter als Bürger und Nachbar fremd. Dennoch wußte Bruder Strong nur zu gut, daß Mitteilungen, wie er sie zu machen hatte, streng vertraulich behandelt werden mußten, um erfolgreich zu sein.

Während der Richter nun seine vertraulichen Plaudereien mit den Gemeindeleitern abhielt, die ihrerseits ebenso vertrauliche Gespräche mit ihren Freunden und Favoriten führten, welche dann genau die gleiche Art von Vertraulichkeit walten ließen, tauschten die Gehilfinnen des Ältesten, die in den verschiedenen Familien der Gemeinde untergebracht waren, Vertraulichkeiten mit ihren Gastgeberinnen aus. So befleißigte sich der Verbündete, sein liebstes von allen Werken voranzutreiben: er verschaffte jenen, die sein grausames Spielchen mitspielten, begehrte Machtpositionen, um anderen, die des Spieles überdrüssig waren, eine Stimme zu verwehren.

In unserem Fall verlief die Sache wie folgt:

Dan wurde dem Kirchensekretär vorgestellt.

„Ach, richtig! Bruder Matthew aus Corinth. Angenehm, Sie kennenzulernen ... Sie werden mich entschuldigen, Bruder Matthew, aber ich ... äh, ich sehe da gerade einen Bruder, den ich unbedingt begrüßen muß."

Man stellte Dan dem Kassenverwalter vor.

„Aha, Sie sind also Bruder Matthew. Ich habe schon viel über Sie gehört. – Aber guten Tag, Bruder Simpkins!" Und er packte einen Pfarrer, der gerade vorbeigehen wollte, beim Ärmel. „Wie nett, Sie endlich einmal wiederzusehen! Wie geht es Ihnen? Und wie steht es um Ihre Arbeit im Werk des Herrn?"

Dan schickte sich an, die Bekanntschaft von einigen namhaften Männern zu machen, die in den Kirchenzeitschriften wegen ihrer unschätzbaren Weisheit und ihres frommen

Wesens gerühmt wurden. Doch irgendwie fühlte er sich der Dreistigkeit bezichtigt, als ein jeder von seinem Podest auf ihn herniederschaute und sagte: „Ach ja, Bruder Matthew. Mir ist manches über Sie zu Ohren gekommen, Bruder Matthew!"

Am Vormittag des zweiten Konferenztages standen die Berichte der einzelnen Ortsgemeinden auf dem Programm. Der Reihe nach aufgerufen, erhoben sich die Vertreter der jeweiligen Gemeinde, um über getane sowie geplante Arbeit im Weinberg des Herrn zu berichten. Später bemerkte Dr. Oldham über diesen Teil des Programms: „Eigenartig. Niemand hat davon gesprochen, was versäumt worden ist, was eigentlich getan werden sollte oder was nicht getan wird."

Zumeist waren es die Pfarrer, die die Berichte ihrer Gemeinden verlasen; in einigen Fällen war auch ein Abgesandter der Gemeinde zugegen, den der Pfarrer für besonders befähigt hielt, den Bericht zu verlesen. Hier war es jedoch dringend erforderlich, daß der Pfarrer sich vorher von der Richtigkeit des Berichtes überzeugt hatte.

Die Gedächtniskirche in Corinth wurde aufgerufen. Dan war gerade von seinem Stuhl aufgesprungen, als Richter Strong sich erhob. Es wurde still im Konferenzsaal, und die Blicke aller Anwesenden hefteten sich voller Interesse auf ihn. Dan spürte, wie ihm die Röte in den Nacken stieg, und er setzte sich so unauffällig wie möglich wieder auf seinen Stuhl.

Zwar hatten die Gottesdienste regelmäßig am Sonntag stattgefunden, und die Gedächtniskirche konnte sich des beliebtesten Pfarrers in ganz Corinth rühmen, doch war die Anzahl der Bekehrungen, so gab der Richter mit Bedauern zu Protokoll, aus ungeklärtem Grund im Vergleich zu vorhergegangenen Jahren gesunken. Dieser traurige Mißstand würde sich jedoch gewiß bald beheben lassen, denn man steckte schon in den Vorbereitungen zu einer großen Erweckungswoche, zu der man einen tüchtigen Evangelisten von auswärts nach Corinth bestellen wollte.

Lauter Applaus erscholl aus den Reihen der hauptamtlichen Evangelisten, die sich zu der Konferenz eingefunden hatten.

Man rechnete damit, so fuhr der Richter fort, die Mitgliederzahl der Gedächtniskirche durch eine Reihe von klaren, freimütigen Verkündigungen des Neuen Testaments wieder an die erste Stelle in ganz Corinth zu rücken.

Lauter Applaus aus den Reihen der Glaubenshüter unter den Anwesenden erscholl.

Dan hörte verwundert zu. Ihm war nichts von einer solchen Evangelisation bekannt. Der Doktor sah, wie das Gesicht des Jungen vor Röte brannte.

Der Älteste fuhr mit seinem Bericht fort und erwähnte in ähnlicher Weise jede Abteilung seiner Kirche. Er schloß mit der höchst bedauerlichen Feststellung, daß der finanzielle Beitrag der Gedächtniskirche zur überregionalen Missionsarbeit in diesem Jahr leider hinter den Zahlen des Vorjahrs zurückstand. Der Richter verschwieg dabei allerdings die Tatsache, daß er selbst einen Betrag, der die fehlende Summe überstieg, von seiner eigenen Spende abgezogen hatte, um diesen dann seiner Spende an die landesweite Vereinigung der Kirche hinzuzufügen. Was die gewohnten Ausgaben der Gemeinde betraf, sagte der Richter, so sei für alles gesorgt.

„Und, meine lieben Brüder und Schwestern“, meldete sich der Sprecher des Distrikts vernehmlich zu Wort und erhob sich, sobald der Richter wieder an seinen Platz zurückgekehrt war, „ich will Ihnen nicht vorenthalten, daß Richter Strong unsere Konferenzgelder durch eine noch größere persönliche Spende als im letzten Jahr unterstützt hat. Wir, die wir Richter Strongs beispielhafte christliche Großzügigkeit in diesen Dingen kennen, brauchen uns gar nicht erst zu fragen, woher die Mittel für die Ausgaben der Gedächtniskirche stammen.“ Worauf sowohl die gegenwärtigen als auch die heranstrebenden Machthaber lauten Beifall klatschten.

Es konnte keinerlei Mißverständnisse darüber geben, welchen Eindruck der Gemeindeälteste mit seinem Bericht unters Volk bringen wollte.

Nach den Berichten aus den einzelnen Ortsgemeinden stand die öffentliche Vorstellung aller neuen Pfarrer auf dem Programm. Mit großem Aufwand wurden die jungen Pfarrer auf die Bühne gerufen und dort gruppiert. Big Dan überragte seine Amtsbrüder bei weitem. Vor Überraschung und Betroffenheit über den Bericht des Richters wäre Dan nicht nach vorn gegangen, wenn der gute Doktor ihn nicht förmlich auf den Gang hinausgeschoben hätte. Die philosophische Natur des Doktors befand, daß der Junge sich seiner Demütigung voll und ganz zu stellen hatte, und in der kleinen Zeremonie, die sich nun anschloß, sollte genau das geschehen.

Der Reihe nach wurden die Pfarrer von dem Vorsitzenden mit einem Wort des Lobes begrüßt:

„Bruder Williams, der in Baxter eine so glänzende Arbeit begonnen hat." Lauter Applaus für Bruder Williams.

„Bruder Hardy, der kurz davor steht, in Wheeler Großartiges für den Herrn zu leisten." Noch lauterer Applaus für Bruder Hardy.

Und so ging es der Reihe nach weiter. Niemand wurde ausgeschlossen. Ein jeder, gleichgültig, ob er eine große oder eine kleine Gemeinde, eine Kanzel in der Stadt oder einen ländlichen Bezirk hatte, wurde mit Lobesworten und Applaus bedacht. Hier zeigte sich christlicher Glaubenseifer.

Als letzter wurde Dan genannt. Sein Gesicht war nun bleich.

„Und hier", rief der Vorsitzende, „haben wir Bruder Matthew, den Pfarrer unserer Kirche in Corinth." Eine bedeutungsschwere, schmerzliche Stille folgte. Hier zeigte sich kirchliche Verfahrenspraktik.

Der Vorsitzende beendete das peinliche Schweigen mit den Worten: „Und nun laßt uns das Lied dreihundertundeins singen: ‚Gesegnet sei das Band, das uns im Herrn vereint!' Auf dann, laßt uns singen!"

Und die Gemeindezeitschriften, die über die Konferenz berichteten, waren sich darin einig, daß man dem Herrn mit frohem Herzen ein Lied darbrachte.

Mußte man den Kapitänen und ihren Maaten auf diesem Schiff der Errettung den Vorwurf der Ungerechtigkeit machen?

Nicht im geringsten! Der Bericht des Ältesten hatte Dan als „Risiko" dargestellt, und ein Risiko war er in der Tat. Nein, sie befanden sich völlig im Recht. Darüber hinaus war der Herr der Heerscharen schließlich auf den Einfluß und das Vermögen des Richters angewiesen.

Als der junge Pfarrer wieder an seinen Platz zurückkehrte, dachte sein alter Freund bei sich, noch nie ein betrübteres Gesicht gesehen zu haben.

Beim Mittagessen sagte der Doktor zu Dan, er wolle am Nachmittag einige Freunde aufsuchen. Unter anderem nannte er auch den Namen des Betriebsleiters eines bekannten Stahlwerks in der Stadt. Die beiden verabredeten sich zu einem gemeinsamen Abendessen, und dann ging jeder seiner Wege. Allein kehrte Dan zu dem Konferenzgebäude zurück. An der Tür blieb er stehen.

Mehrere Pfarrer, die sich vor dem Beginn der Nachmittagsveranstaltung munter mit Freunden unterhielten, warfen neugierige Blicke in die Richtung der unschlüssigen Gestalt. Alle empfanden Mitleid mit dem jungen Mann, denn ein jeder war sich darüber im klaren, welche Folgen die Ereignisse des Vormittags für ihn haben würden.

Eine Stunde später begrüßte der Betriebsleiter des Stahlwerks den kräftigen, sympathischen jungen Mann mit unverhohlener Bewunderung im Blick. Dabei fragte er sich im stillen, was es mit der Traurigkeit in seinem Gesicht auf sich haben mochte.

„Ich bin mit Dr. Oldham, meinem Freund, hier in der Stadt", erklärte Dan. „Ich habe gehofft, ihn hier anzutreffen. Beim Mittagessen hat er mir gesagt, er wolle Sie besuchen. Eigentlich hatten wir uns für den Nachmittag getrennt, aber dann habe ich's mir anders überlegt und bin auf der Suche nach ihm."

„Oldham ist hier? Bestens!" freute sich der Mann. „Versteht sich, daß er sich bei mir melden würde, aber bis jetzt ist er noch nicht hier. Jeder Freund des Doktors ist auch mein Freund. Setzen Sie sich doch, Mr. Matthew. Es kann nicht lange dauern, bis er bei uns auftaucht. Vielleicht würden Sie sich gern die Zeit mit einem kleinen Rundgang durch unser Stahlwerk vertreiben."

Dan nahm das Angebot dankbar an. Der Mann läutete eine Klingel und sagte zu dem Mitarbeiter, der an der Tür erschien: „Jack, zeigen Sie Mr. Matthew unseren Betrieb. Er ist ein Freund von meinem alten Freund Dr. Oldham."

Der Doktor fand den Jungen mitten im Herzen des großen Stahlwerks, wo die muskulösen Arbeiter mit schweißglänzenden, rußverschmierten Oberkörpern im harten Kampf um ihr tägliches Brot rangen.

Der Doktor betrachtete Dan eine Zeitlang. Dann klopfte er ihn auf die Schulter und rief durch das Getöse des Ofens, das Zischen des Dampfes und das Dröhnen und Krachen von Eisen und Stahl: „Fast so gut wie eine Angelpartie, was, Dan?"

Dan wandte sich mit einem Lächeln zu dem Doktor um. Es war das erste Lächeln, das der Doktor seit Tagen auf seinem Gesicht gesehen hatte.

Im Büro des Betriebsleiters wurden die beiden Freunde einem grauhaarigen, glattrasierten, untersetzten Gentleman vorgestellt. Es handelte sich um den Generaldirektor des Stahlwerks, einen bekannten, wohlhabenden, führenden Mann der Wirtschaft. Der Direktor sah Dan prüfend an und wiederholte seinen Namen dabei.

„Matthew? Ihrem Namen und Ihrem Aussehen nach müssen Sie mit Grant Matthew, dem Besitzer der Dewey-Kuppe, verwandt sein."

„Das ist mein Vater", antwortete Dan mit einem Lächeln.

„Aha. Wegen meiner Interessen in der Blei- und Zinkindustrie ist mir Ihre Heimat nicht unbekannt. Ich habe mehrmals mit Ihrem Vater gesprochen. Einen Mann wie ihn vergißt man so leicht nicht wieder."

Dan besann sich nun darauf, den Namen des Direktors im Zusammenhang mit den Minen am Jake-Bach in der Nähe seines Elternhauses gehört zu haben.

„Ich habe Ihren Vater schon mehrmals zu überreden versucht, seine Mine zu öffnen. In dem Hügel lagern Reichtümer, regelrechte Reichtümer! Interessieren Sie sich für Erz, Mr. Matthew?"

„Nicht unbedingt, Sir."

„Also, sollten Ihre Eltern es sich je anders überlegen und die Mine erschließen wollen, dann schicken Sie sie getrost zu mir. Ich kenne mich aus. Wir würden die Sache gern mit

Ihnen besprechen. Auf Wiedersehen, Mr. Matthew. Hat mich sehr gefreut, Sie kennenzulernen. Auf Wiedersehen, Doktor!“

Damit ging er wieder.

Der Doktor und Dan aßen bei dem freundlichen Betriebsleiter und seiner Familie daheim zu Abend und machten sich am nächsten Morgen auf den Rückweg nach Corinth.

Der hohe Preis des Sieges

Als Irena Farwell sich auf dem Schulhof der alten Akademie von Dan verabschiedet hatte, galten ihre Befürchtungen sowohl ihm als auch sich selbst. Sie zweifelte keine Sekunde daran, zu welcher Entscheidung Dan finden würde.

Bei allem Glück, das sie in ihrer Liebe empfunden hatte, gab es dennoch keine Hoffnung für sie. Sie forderte die gleiche innere Disziplin von sich selbst, die sie auch von Dan erwartete. Sie konnte die Kirche als Institution genausowenig bejahen, wie Dan sie völlig leugnen konnte.

Um seinetwillen war sie bis an die Grenzen ihrer Kraft gegangen. Als sie aber die Abgeschiedenheit ihres Zimmers erreicht hatte, brach ihr weibliches Wesen hervor, und die Tränen flossen ungehindert. Mit der Morgendämmerung kamen ihr neue Kräfte und eine gewisse Abgeklärtheit. Still verrichtete sie ihre Arbeit an diesem Tag; sie hatte zwar die ganze Last der Entscheidung auf Dans Schultern gelegt, doch nun stand sie in Gedanken und Gebeten dem Mann, den sie liebte, in seinem Kampf bei.

Zur verabredeten Zeit verließ sie ihre Freunde im Garten und ging ins Haus. Sie rechnete nicht mit seinem Kommen, doch sie hatte ihm versprochen, ihn zu erwarten. Mit pochendem Herzen saß sie nun da, während die Minuten quälend langsam verstrichen. Sein Ausbleiben bewies ihr, daß sie sich nicht in ihm getäuscht hatte. Dann ging sie wieder nach draußen und sah ihn an seinem Fenster. Lächelnd winkte sie ihm sogar zu. Sie wollte ihn seines Sieges vergewissern. Endgültig und vollständig sollte er diesen Kampf gewonnen haben. Er durfte niemals daran zweifeln.

Sehr still kehrte sie in ihr Zimmer zurück. Den Garten mied sie nun. Ihr war klar, welche Rolle sie in dem gemeinsamen Kampf um die Wahrheit, an die sie beide glaubten, zu spielen hatte. Sie wußte, daß sie nicht in Corinth bleiben durfte. Es war zum Besten beider.

Sie erklärte Anna ihr Vorhaben, denn sie konnte das Mädchen nicht zurücklassen, und die beiden trafen ihre Vorbereitungen für die Abreise. Da sie sich einem weiteren Wiedersehen mit Dan nicht gewachsen fühlte, blieb ihr nur noch, sich von Deborah und Denny sowie von Dr. Abbott zu verabschieden.

Der Arzt versuchte, sie von ihrem Vorhaben abzubringen, doch vergeblich.

„Anna reist mit mir", erklärte ihm die Krankenschwester. „Dr. Miles wird sich gewiß dafür einsetzen, daß sie eine Stelle am Krankenhaus bekommt. Sie sehen also, daß ich sogar einen Teil Ihrer Arbeit hier mit in die Stadt nehmen kann."

„Also gut", sagte er endlich. „Ich bedaure Ihren Entschluß zwar, aber ich habe Verständnis dafür."

Miss Farwells Plan für das Mädchen, dem das Leben neu geschenkt worden war, gelang. Dr. Miles zeigte sich gern dazu bereit, Anna einen Platz in der Schwesternschule am Krankenhaus zu verschaffen.

„Die besten Krankenschwestern", so sagte der berühmte Arzt, „sind jene, die aus eigener Erfahrung mit Schmerzen vertraut sind. Auch die besten Fachkenntnisse können menschliches Mitgefühl und Liebe nicht ersetzen."

Müde von der langen Reise kam Dan daheim an der Gartenpforte an. Vom Garten her rief Deborah seinen Namen. Dan konnte ihr ansehen, wie verstört sie war.

„Mir ist das Herz so schwer, Mr. Matthew", klagte sie.

„Sie ist fort, und Denny und ich, wir sind so einsam, daß wir nicht wissen, was wir nur tun sollen!“

Dans große Hand klammerte sich um den Zaunpfahl. Sein Gesicht war weiß.

„Fort“, wiederholte er ausdruckslos. Er wußte auf der Stelle, von wem Deborah sprach.

„Ja, Sir, fort. Gestern abend mit der Eisenbahn nach Norden. Zum Abschied hat sie mir noch alle guten Wünsche für sie aufgetragen, und dann war sie auch schon fort.“

Die Erweckungswoche und ihre Folgen

Die Ereignisse der Glaubenskonferenz waren Dan ein Rätsel.

Die ganze Stimmung der Konferenz, zu der er sich mit hoffnungsvoller Erwartung auf den Weg gemacht hatte, und die abweisende Kühle, mit der er dort behandelt worden war, hatten ihn sehr betroffen und bekümmert gemacht. Noch ahnte er nicht, welche Ausmaße der Versuch, seinen Ruf zu ruinieren, angenommen hatte. Er machte allein sich selbst Vorwürfe, sich nicht in den Einklang der Gläubigen eingefügt zu haben; ihm fehlte wohl noch der richtige Notenschlüssel, um in die Harmonie der anderen Pfarrer und Gemeindeleiter einzustimmen, so dachte er.

Wenn ihn etwas auf seiner Reise beeindruckt hatte, dann war es das große Stahlwerk mit den schwitzenden, hart arbeitenden Männern, mit dem Betriebsleiter, unter dessen Führung die Männer und die Maschinen im Dienst einer großen, sich wandelnden Welt standen, und mit dem Generaldirektor, dessen kluger, geschulter Kopf Einfluß und Macht in der Wirtschaft und Industrie darstellte. Unter diesen Männern hatte er sich in seine Heimat zurückversetzt gefühlt, und während der Stunden im Stahlwerk waren seine

Amtskollegen und deren vermeintliche Dienste im Herrn eine Zeitlang vergessen.

Je mehr sich die Eisenbahn jedoch der Bahnstation von Corinth näherte, desto deutlicher konnte der Doktor an dem Gesicht und an dem brütenden Schweigen seines Freundes erkennen, welch eine schwere Last auf dem Pfarrer lag.

Nach alledem, was sich während der Konferenz ereignet hatte, ahnte der alte Doktor, daß die Stunde, die Dan bevorstand und die der Doktor mit Sorge vorhergesehen hatte, nun nicht mehr lange auf sich warten lassen würde. Der größte Kampf seines jungen Lebens, in dem Dan seine wahre Berufung zu ergründen hatte, war gekommen.

Jetzt, da er Irena verloren hatte, widmete Dan sich seiner Arbeit mit ernster, verzweifelter Entschlossenheit.

Was war ihm auch außer seiner Arbeit noch geblieben? Es war unerläßlich, daß er in seiner Arbeit, für die er so unendlich viel geopfert hatte, den einzigen Zweck fand, der dieses Opfer rechtfertigen konnte; denn sowohl er als auch die Frau, die er liebte, hatten einen hohen Preis bezahlt. Er mußte die Wahrheit in seiner Arbeit finden, um dieses Opfer nicht umsonst gebracht zu haben. Sein Pfarramt, sein gewählter Beruf gewann nun eine neue Bedeutung. Zu den edlen Beweggründen, die ihn zum kirchlichen Dienst geführt hatten, kam nun der Preis hinzu, den er gezahlt hatte, als er die Frau, die ihm so unendlich viel wert war, aufgegeben hatte. Nun blieb ihm keine andere Wahl, als in seinem Pfarrdienst die Rechtfertigung dieses Opfers zu suchen.

Mit aller Kraft, die er besaß, stürzte er sich fieberhaft in eine Arbeit, die trotz der besten Vorsätze zwecklos und vergeblich geworden war. Er untersagte sich jedes Selbstmitleid darüber, mißverstanden und ungerechtfertigt kritisiert worden zu sein; er kämpfte gegen den Verdacht an, im Verborgenen arbeiteten tückische Mächte an seinem Untergang; er gab sich stets selbst die Schuld daran, wenn er sich kühl und teilnahmslos von seinen Gemeindemitgliedern behandelt fühlte; er steckte eine Zeitlang sogar seine eigenen Grundsätze zurück und bemühte sich, in seinen Predigten die hergebrachten Formeln der Kirche zu berücksichtigen. Mit fieberhafter Energie ging er in seiner Arbeit auf.

Und wie immer führte der andere Diener der Kirche, dieser Geist, der in Corinth wohnt, den Willen jener aus, deren Verbündeter er ist, nämlich den Willen der wahren Lohnherren der Kirche.

Die letzte Begegnung zwischen Dan und Irena, die wie auf Verabredung stattgefunden hatte; die plötzliche Abreise der Krankenschwester kurz darauf und Dans offensichtliche Verstörung: das alles wurde mit großem Geschick dazu benutzt, den häßlichen, geflüsterten Mutmaßungen bezüglich der hastigen Abreise der Krankenschwester Farbe und Form zu verleihen.

Wissend und beobachtend wartete der alte Doktor auf die Stunde, die nun bald kommen sollte. Er kannte sowohl Dan als auch den Verbündeten seit langem. Daher wußte er auch, wie sinnlos es wäre, selbst etwas zu unternehmen. Er mußte seinen jungen Freund allein in den Kampf schicken und ihn auf seine starke und aufrichtige Weise die Schlacht ausfechten lassen. Auch Dr. Harry sah, wie die bösartige Krebsgeschwulst auf das Ende drang; er verfolgte das Geschehen still, ohne Hoffnung und hilflos, wie er schon manches Mal das Herannahen der Krise beobachten mußte, ohne etwas dagegen unternehmen zu können.

Derweil herrschte in der Gedächtniskirche rege Geschäftigkeit, denn erwartungsvoll traf man dort, wie es hieß, die Vorbereitungen zu der größten Erweckungswoche, die je in Corinth abgehalten worden war. Der Berufsprediger, den der Älteste, selbstverständlich mit vollstem Einverständnis seiner Adjutanten und Untergebenen, ausgesucht und bestellt hatte, hatte genaue Anweisungen, dazu Fotografien und – mit beachtlicher Selbsteingenommenheit, doch nicht ohne ein gewisses Maß an frommer Bescheidenheit, denn „Gott selbst wirkt solche mächtigen Werke" – rühmliche Anmerkungen über seine eigene Befähigung an die Gedächtniskirche geschickt, damit man sein Kommen allgemein ankündigen sollte, um „eine frohe Erwartung für die Erweckungswoche in den Herzen aller anzustimmen".

Die Kränkung, die diese Bestellung des Evangelisten für ihn bedeutete, übersah Dan und tat statt dessen alles, was nur in seiner Macht stand, um bei den Vorbereitungen zu helfen.

Der Evangelist traf ein. Man bereitete ihm einen so königlichen Empfang, als sei die Heilige Schrift falsch übersetzt worden und die ursprüngliche Lesart dieser Stelle lautete: „Die da sind die Ersten, werden die Ersten und die Letzten die Letzten sein." In einem Triumphzug brachten ihn die wichtigsten und einflußreichsten Gemeindemitglieder zur Strongschen Villa, wo er während seines Einsatzes wohnen sollte. Von diesem Moment an begann er seinen Dienst, in dem es galt, „die Kirche in Ordnung zu bringen und eine große Ernte der Seelen zu sammeln."

Der Evangelist war ein tüchtiger Vertreter seiner Gattung.

Er gehörte jener Art vollzeitlicher Seelenerretter an, die das kirchliche System selbst hervorgebracht hatte: die Kirche vergütete gemäß der Anzahl der Neubekehrten; es galt eine gewisse Festsumme pro Kopf. Ein Verzeichnis seiner Leistung fand sich in den Büchern der Kirche, wo alle Ausgaben genauestens aufgeschrieben wurden. Ein Seelenretter mit kleinen Scharen von Zuhörern erhielt nur eine bescheidene Vergütung für seine Bemühungen und fand nur in einer kurzen Notiz in den Gemeindezeitschriften Erwähnung. Die Prominenten unter den Seelenrettern hingegen, bei denen sich die Anzahl der Erretteten auf Hunderte von Seelen belief, bezogen ungleich höhere Einkünfte. Auch gewährte man ihnen weitaus umfangreichere Zeitungsnotizen, die ihnen wiederum ein noch höheres Einkommen eintrugen. Der Erfolg jener, die die Spitze ihres Berufsstandes erlangt hatten, maß sich an dem Schnitt ihrer Anzüge, handgefertigt von den besten Schneidern von St. Louis oder Chicago, an dem Glanz ihrer Schuhe, der Gepflegtheit ihrer Erscheinung, zuweilen auch an der Karatzahl, die an ihren Ringen glitzerte, und unfehlbar an der Anzahl und dem selbstzufriedenen Gesichtsausdruck jener, die sie als Gefolge mit sich führten.

Dabei scheint eins gewiß: der Preis der Seelenretter ist sehr gestiegen, seitdem Paulus und seine Gefährten an den Ufern des Mittelmeers wandelten.

Da der Evangelist, den Richter Strong zu diesem Anlaß bestellt hatte, noch nicht am Gipfel seines Ruhms angelangt war, kam er ohne Gefolge in Corinth an. Allerdings gelang es ihm, erster Klasse zu reisen und mehrere Koffer bei sich zu führen, die ihm eines Tages gute Dienste leisten würde, wenn sein Ruhm bis in die fernsten Winkel des Landes gedrungen war – ein Tag, dem er mit größter Ungeduld entgegensah.

Der Evangelist predigte eine Woche lang Abend für Abend. Er hielt Veranstaltungen an den Nachmittagen ab, machte Hausbesuche und leitete die Mitglieder des engsten Führungskreises in ihrer Arbeit an, wobei Dan zuweilen mit einbezogen, doch meistens übergangen wurde. Der Richter, dessen Gast er war und von dem er den größten Teil seiner Vergütung erwartete, hatte ihm die Verhältnisse erläutert und ihn mit Anweisungen versehen. So machte sich der Evangelist in Corinth außerordentlich nützlich. Mit dem Beistand des findigen, unwiderstehlichen Verbündeten war sein Erfolg in den Augen des Richters und seiner Freunde so gut wie sicher.

Ja, diese Vorträge waren wahrhaftig denkwürdig! Die Haare peinlich genau gescheitelt, die Zähne perlweiß im Rampenlicht glänzend, eine große Bibel geöffnet in der linken Hand, mit der rechten Hand, an deren Ringfinger hin und wieder ein Glitzern sichtbar war, in der Luft gestikulierend, rief der Evangelist die längst erretteten Gläubigen von Corinth, die die Gedächtniskirche bis auf den letzten Platz gefüllt hatten, dazu auf, nach vorn zu kommen und „mit Gott ins reine zu kommen". Wie es bei großangelegten Erweckungswochen oft der Fall war, hatte sich ohnehin kaum ein Ungläubiger unter die Zuhörer verirrt. Daran störte sich jedoch niemand, denn die unsichtbaren Drehkreuze des Himmels am Ende des Ganges zählten nur die Köpfe jener, die dem Aufruf Folge leisteten – ganz gleichgültig, ob es sich um solche handelte, die den Altar schon zum zweiten Mal aufsuchten, oder um jene, die sich unter dem Eindruck des Abends hastig bekehrt hatten. Rar waren Entscheidungen, die Tiefe und Hoffnung auf Beständigkeit aufzuweisen hatten.

Wie es bei solchen Veranstaltungen stets der Fall war, kam auch die Musik nicht zu kurz. Je gekonnter die Darbietung, desto „gesegneter ihr Dienst". Die Musik war in der Tat eine

Meisterleistung auf dem Gebiet der Unterhaltung. Von den Texten einiger Lieder abgesehen, hätte es sich ebensogut um Proben am Broadway handeln können.

Es war eine wahrlich große Erweckung, deren Einfluß und Folgen ungeahnte Ausmaße hatte! So hieß es in den Zeitungsberichten aus Richter Strongs Feder, die noch während der Erweckungswoche verfaßt und von dem Evangelisten selbst durchgesehen worden waren. Was die Zeitschriften und Gemeindebriefe veröffentlichten, entsprach mehr der Wahrheit, als man dachte. Tatsächlich gab es einen Einfluß, von dem man nichts ahnte, und auch die sichtbaren Folgen erreichten unverhoffte Größenordnungen; ob dies jedoch zur Ausbreitung oder zur Beeinträchtigung des Reiches Gottes geschah, sollte vielleicht einmal näher untersucht werden.

Abend für Abend hörte Dan den Evangelisten mit harten Worten und erschreckend grober Ausdrucksweise die Katastrophen heraufbeschwören, die jeder Seele drohten, wenn sie sich nicht auf der Stelle zu der Form von Errettung entschloß, die er heute anbot. Mit langen Ausführungen und flehenden Bitten belegte er, wie richtig sein Weg war, auf dem er die Schar der Gläubigen gemäß seiner Berufung zu führen hatte; zugleich bewies er mit der gleichen Wortgewandtheit, wie falsch alle anderen scheinbaren Pfade zur Errettung waren.

Beim Hören dieser engen Auslegungen des Evangeliums und angesichts der Begeisterung der Gemeindeältesten und der übrigen Gläubigen für diesen Predigtstil kam Dan immer mehr zu dem Schluß, daß seine eigenen Predigten wohl niemals Annahme in der Gedächtniskirche von Corinth finden würden. Für ihn hatte das Evangelium ein viel tiefer gehendes Verständnis. In letzter Zeit war es ihm wie Schuppen von den Augen gefallen, so daß er nun die Weite des Wirkens Gottes unter den Menschen besser begreifen konnte. Seine Lebensberufung hatte eine neue Tiefe; sie umfaßte mehr als nur das Verharren in den engen Lehrmeinungen einer bestimmten Glaubensrichtung.

Und welchen Platz räumte man schon den Auslegungen des Evangeliums ein, die den in einer bestimmten Glaubensrichtung vorherrschenden Auslegungen widersprachen und als unannehmbar galten? Welches Evangelium konnte ein Pfarrer einer bestimmten Gemeinde schon von der Kanzel verkündigen außer demjenigen, das dort als das einzig richtige galt? Es war nicht Dans Art, die so oft von Pfarrern gestellte Frage für sich zu wiederholen: „Was muß ich predigen, um meine Stellung in dieser Kirche zu sichern und einen guten Ruf zu erlangen?"

Bei den halb geheimen Zusammenkünften der Mitarbeiter, bei den noch geheimeren Zusammenkünften der Komitees, bei den triumphierenden Berichten über die Betroffenheit der übrigen Kirchen von Corinth, bei den Siegesmeldungen über die Stellungnahmen der übrigen Pfarrer zu der großen Aktion der Gedächtniskirche, bei den Anzeichen des Aufmerkens der Stadtbevölkerung, bei den langen Zahlenlisten, sowohl jener von den Drehkreuzen im Mittelgang der Kirche als auch jener aus den Kollektentellern, und bei den Werbekampagnen, mit denen man sowohl den Evangelisten als auch der Kirche selbst zu noch mehr Ruhm verhelfen wollte: bei alledem fühlte Dan sich einsam und immer weniger im Einklang mit seiner Gemeinde.

In dieser Zeit nahm die Traurigkeit in seinem Gesicht einen festen Platz ein. Seine Farbe verlor ihre gesunde Frische. Sonderbare Falten, die nicht zu seiner Jugend paßten, gruben sich in sein Gesicht ein, und die braunen Augen, die ihr Gegenüber früher so offen, so hoffnungsfroh und erwartungsvoll angeschaut hatten, trugen nun einen zweifelnden, fragenden, furchtsamen, schmerzlichen Ausdruck.

Der Doktor sah es und stand seinem Freund still zur Seite. Auf seine Art betete er für ihn. Auch Dr. Harry schaute still zu und wünschte sich dabei sehnlichst, daß alles endlich vorüber wäre.

Das schleichende Gefühl, versagt zu haben, quälte Dan, ohne daß er die Ursache ergründen konnte. Er ging hart mit sich selbst ins Gericht, doch war er sich über Verfehlungen nicht im klaren. Was sollte er nur tun? Konnte er es mit sich vereinbaren, eine andere Gemeinde zu suchen?

Die Erweckungswoche kam zu einem glorreichen Ende. Nach einer letzten wortreichen Darbietung zog der Prediger zu seinem nächsten Einsatz weiter, wo ihn eine reiche Ernte an Menschenseelen und eine Gemeinde erwartete, die es „mit Gott ins reine zu bringen" galt. In Corinth hatte er glänzende Arbeit geleistet, so glänzend sogar, daß er es sich vielleicht erlauben konnte, beim nächsten Mal eine bedeutend höhere Summe für seine Bemühungen zu verlangen.

An diesem Abend, als die letzte Veranstaltung der Woche vorüber war und das „Amen, Bruder!" und das „Halleluja!" verklungen war und dem Prediger das letzte „Auf Wiedersehen" und das letzte „Gott mit dir, Bruder!" gewünscht worden war, stand Dan allein in seinem Studierzimmer an dem Fenster, das ihm einen Ausblick auf Dennys Garten bot.

Er war erschöpft. Noch nie in seinem Leben hatte er sich je so abgeschlagen gefühlt. Während der letzten Wochen hatte er den Garten vernachlässigt. Eigentlich hatte er sich vorgenommen, daß dieses kleine Stück Land in diesem Jahr einen größeren Ertrag denn je hervorbringen sollte. Um Deborahs und Dennys willen würde er den Garten nicht länger vernachlässigen. Wenigstens dort würde er sichtbare, greifbare Ergebnisse seiner Arbeit finden. Gleich morgen würde er in den Garten gehen, nahm er sich vor.

Aber heute abend ...

Er setzte sich an seinen kleinen Schreibtisch. Und dort in der kleinen Stube, wo er um seines Pfarrdienstes willen das größte Opfer seines Lebens gebracht hatte, inmitten der stummen Zeugen seines Kampfes und seines Sieges, nahm er den Füllhalter zur Hand und verfaßte seine Amtsniederlegung als Pfarrer der Gedächtniskirche von Corinth.

Sein Leben lang sollte Dan die Qualen dieser Stunde nicht vergessen. Er hatte die Frau verloren, die er mit der ganzen Kraft seines leidenschaftlichen Wesens geliebt hatte. Sie hatte auf sein Kommen gewartet, doch er hatte sich für seinen Pfarrdienst entschieden. Und nun – Gott stehe ihm bei! – hatte er auch jenes verloren, für das er sowohl sich selbst als auch die Frau, die er liebte, geopfert hatte.

Als er den Brief beendet hatte, vergrub er sein Gesicht in den Händen und weinte.

Die Spur des Goldes

Als Dan früh am nächsten Morgen aufstand, sah er einen Fremden, der schon im Garten bei der Arbeit war. Hochgewachsen und breitschultrig war er, und sein Aussehen und seine Kleidung waren wie bei einem Arbeiter.

Wenig später stellte eine erfreute Deborah ihm ihren Bruder Mike McGowan vor, der am vergangenen Nachmittag überraschend zu Besuch eingetroffen war. Den ganzen Morgen lang arbeiteten die beiden Männer nun gemeinsam mit Denny im Garten.

Als Dan nach der Mittagspause wieder an die Arbeit gehen wollte, verließ der stämmige Mann aus Irland gerade das Haus. McGowan kochte vor Wut.

„Herr Pfarrer, Sie sind 'n anständiger Kerl", rief er, „auch wenn Sie bloß 'n evangelischer Pfarrer sind, aber Sie haben den übelsten Vorgesetzten, den man sich nur denken kann! Der wird sein blaues Wunder erleben, wenn ich ihn erst zu packen kriege!"

Damit wollte der Mann auf die Straße eilen.

„Was ist denn los?" fragte Dan und stellte sich ihm in den Weg, denn es war offensichtlich, daß der Fremde zu einer Gewalttat aufgelegt war. „Wen meinen Sie?"

„Wen ich meine? Wen werd' ich schon meinen? Na, den Kerl, der dort drüben in dem Kasten, den die Leute ‚Kirche' nennen, das Sagen hat, den mein' ich natürlich! Den Ältesten mein' ich, Richter Strong! Dem werd' ich das Richten schon beibringen, sobald ich ihn zu packen kriege!" Er fuhr mit seiner riesigen, behaarten Faust durch die Luft. „Los, lassen Sie mich vorbei!"

Dan blieb jedoch stehen.

„Kommen Sie schon, Mr. McGowan", sagte er, „jetzt gehen wir erst einmal ins Haus, und Sie erzählen mir alles der Reihe nach."

Inzwischen stand auch Deborah an der Tür.

„Recht haben Sie, Mr. Matthew", rief sie den beiden zu. „Komm rein, Mike, und rede in Ruhe über alles. Laß dir von dem Pfarrer Rat geben. Der wird uns schon das Gröbste ersparen. Komm, Mike, und bring den Pfarrer mit!"

Der aufgebrachte Mann zögerte. Dan legte ihm seine Hand auf den Arm, und gemeinsam gingen sie zu dem kleinen Haus zurück.

„Also, die Sache war so", sagte McGowan, als sie alle saßen, „Ich hab' gerade zu Debby und Denny hier beim Mittagessen gesagt, für was für einen Pfundskerl ich Sie halte, nachdem ich den ganzen Morgen lang mit Ihnen im Garten gearbeitet habe. Da erzählt Debby mir die Geschichte, wie Sie die Sache mit der Monatsrate für sie in Ordnung gebracht haben und wie kein Mensch je erfahren hat, wie Sie das mit dem Richter hingekriegt haben. ‚Monatsrate?' sag' ich zu Debby. ‚Welche Monatsrate denn?' – ‚Na, die Monatsrate für das Haus', sagt sie. ‚Weißt du denn nicht mehr, wie ich dir davon erzählt hab', als du das letzte Mal hier bei uns warst?' – ‚Nicht mehr wissen?' sag' ich. ‚Und ob ich das noch weiß!' Und dann ist alles ans Licht gekommen. Hören Sie zu, wie's war:

Als ich aus Colorado zurückkam, damals, als Jack starb, da hatte Debby nicht mal genug Geld, um 'ne Messe für ihn lesen zu lassen, geschweige denn für die Beerdigung, weil sie jeden Pfennig in das Haus hier gesteckt hatten, wissen Sie. Also, ich hatte gerade die Woche davor das große Los gezogen – fragen Sie mich nicht, wieso! – und hatte deshalb die

Taschen voller Geld. Aus Erfahrung wußte ich, wie schnell mir das Geld durch die Finger geronnen wäre, und deshalb hab' ich mir gedacht, lieber wollte ich damit Debby und dem Jungen hier das Leben ein für allemal leichter machen.

Also, als alles vorbei war, hab' ich die Beerdigung und alles andere, was damit zusammenhing, einfach bezahlt und bin gleich am selben Tag noch zu diesem Schlitzohr von Richter – entschuldigen Sie den Ausdruck! – gegangen, um das Haus mit gutem, handfesten Bargeld zu bezahlen. Hab' ihm erklärt, daß ich die Urkunden gestempelt und unterschrieben haben will, und dann sollte Debby sie gewissermaßen als kleine Überraschung haben, nachdem ich fort war, damit sie sich nicht so grämen muß – erst stirbt ihr der Mann, und dann geht der Bruder wieder fort; Sie wissen ja, wie's ist. Der Richter war, soweit ich wußte, derjenige in der großen Kirche dort drüben, der am meisten zu sagen hatte. Ich hätte doch nie damit gerechnet, daß der mich hintergehen würde! Nun, Sir, an dem Tag war ich so vergnügt wie 'n Schuljunge in der Pause wegen der ganzen Sache, und daß ich nie einen Brief von Debby deswegen bekommen hab', hat mich nicht weiter gekümmert, weil ich doch so viel unterwegs bin, daß ich so gut wie nie Post kriege. Und heute erzählt sie mir dann, daß der Richter ihr keinen Ton von der Sache gesagt hat, sondern daß er ihr jeden Monat ihre Rate weiterhin abgeknöpft hat. Der Richter hätte sie ja fast rausgeworfen, Sir, wenn Sie nicht gewesen wären. Und ich hab' nicht mal eine Quittung für den Batzen Geld, den ich ihm gegeben habe. Wenn das kein verteufelter Diebstahl ist, also …! Was bleibt mir da anderes übrig, als ihm das Gesicht zu zerschlagen, wenn er nicht sofort alles in Ordnung bringt und jeden Penny zurückgibt, den sie ihm bezahlt hat?"

Die Falten in Dans Gesicht vertieften sich beim Zuhören. Er saß mit gesenktem Kopf da, als sei er es selbst, dem Diebstahl zur Last gelegt wurde. Als der Ire seine Geschichte beendet hatte, herrschte ein langes Schweigen. Dann hob Dan den Kopf, und in seinem Blick stand ein Ausdruck, als habe er soeben einen tödlichen Schlag hingenommen.

„Sagen Sie mir, Mr. McGowan, sind Sie absolut sicher, daß es sich nicht um einen Irrtum handelt? Es fällt mir schwer zu glauben, daß ein Ältester unserer Kirche so etwas ... so etwas ..." Seine Stimme versagte ihm.

Deborahs Bruder sprach nun etwas gefaßter, als er antwortete: „Wo kann da ein Irrtum sein, Sir, wenn ich ihm doch das Geld in die Hand gezählt habe, nachdem er mir den Betrag genannt hatte. Und dann hat er mir auch noch versprochen, Deborah als Überraschung von mir die Papiere auszuhändigen!"

„Sie haben ihm das Geld gegeben, sagen Sie?"

„Und ob! Sogar in Goldmünzen. Ich hatte nämlich einen Scheck, glatte tausend Dollar war er wert, und damit bin ich hier zur Bank gegangen. Ich weiß noch, wie der Mann am Schalter mich dazu überreden wollte, diese dreckigen Papierscheine dafür zu nehmen, aber nicht mit mir, sag' ich! Und Sie hätten sie auch nicht genommen, wenn Sie so lange wie ich im Westen gewohnt hätten, wo die Leute pures, hartes, glänzendes Gold in den Taschen haben. ‚Ich nehm' nur Goldmünzen', sag' ich zu ihm; ‚sauberes Gold, um damit saubere Schulden zu bezahlen.' Volle achthundertundfünfzig davon hab' ich dem Richter in die Hand gezählt, einhundertundvierzig hat der Totengräber verlangt, und die restlichen zehn hab' ich Denny zum Abschied in die Hand gedrückt. Dem Priester hab' ich die Messe von dem Geld bezahlt, das ich im Gürtel hatte."

„Kommen Sie", sagte Dan, „wir müssen zur Bank gehen!"

Unverzüglich machten sie sich auf den Weg. Im hinteren Raum der kleinen Bankfiliale stellte Dan dem Filialleiter, Colonel Dunwood, den Mann aus Irland vor. Colonel Dunwood war damals am Schalter gewesen.

„Ich glaube, Mr. McGowan und ich kennen uns schon", sagte der Colonel mit einem Lächeln. „Sie sind doch Mrs. Mulhalls Bruder, nicht wahr? Sie waren hier, als Jack ums Leben gekommen war."

„Ja, Sir, so ist es. Freut mich, Sie wiederzusehen."

„Erinnern Sie sich an einen Scheck, Colonel, den Sie für Mr. McGowan eingelöst haben?" fragte Dan.

Der Colonel lachte.

„Das kann man wohl sagen! Eintausend Dollar in Gold

vergißt man nicht so leicht. Ich habe versucht, ihn zu Banknoten zu überreden, aber da war nichts zu machen; ich kann von Glück sagen, daß wir den Schalter zwischen uns hatten!“

Dan erklärte die Lage mit kurzen Worten.

Als er geendet hatte, sprang der Colonel mit einem Ausruf auf die Füße.

„Jetzt wird mir einiges klar!“ sagte er. „Warten Sie, ich bin gleich wieder da.“

Er verließ den Raum und kam wenig später mit einem Formular zurück.

„Wissen Sie noch das genaue Datum, an dem Sie mit Ihrem Scheck zu uns gekommen sind?“ fragte er McGowan.

„Es war am Tag nach der Beerdigung. Das Datum weiß ich nicht mehr, aber das läßt sich leicht feststellen.“

Der Colonel nickte.

„Aus unseren Büchern geht hervor, daß ich Ihnen das Geld am sechzehnten ausgehändigt habe. Und hier“, sagte er und legte ein Formular auf den Tisch, „ist ein Einzahlungsschein, von Richter Strong unterschrieben und auf den siebzehnten datiert, der den Betrag von achthundertundfünfzig Dollar in Gold bei uns als deponiert verzeichnet. Das war es auch, Mr. Matthew, was uns ein solches Kopfzerbrechen bereitet hat – ich meine, daß der Richter einen solchen Betrag in Gold deponiert, obwohl in unserer Gegend kaum mit Gold bezahlt wird. Gold als Zahlungsmittel ist auffällig. Hier, ich habe noch mehr Beweise für Sie.“ Er wandte sich an Mike. „Mr. McGowan, haben Sie noch mehr von Ihrem Gold hier in Corinth ausgegeben?“

Mike erzählte ihm von dem Bestattungsunternehmen. Kurz darauf legte der Colonel ihnen einen Beleg vor, von dem Besitzer des Unternehmens einen Tag später datiert und über die Summe von einhundertundvierzig Dollar in Gold ausgeschrieben.

„Sehen Sie, wie leicht sich die Spur verfolgen läßt?“ sagte er.

„Colonel Dunwood“, sagte Dan, „wäre das ein ausreichender Beweis vor Gericht, um ...“ Er zögerte.

Der Colonel stieß ein Schimpfwort aus.

„Und ob, Sir! Die Hälfte von meinen Beweisen reicht ja schon aus, um diesen hochnäsigen, elenden Heuchler dahin zu bringen, wo er hingehört! Er ist zwar einer unserer besten Kunden, aber diese Bank begnügt sich herzlich gern damit, ohne sein dreckiges Geld auszukommen. Sie müssen entschuldigen, Sir, aber ich habe vergessen, daß er ein Ältester in Ihrer Kirche ist."

Dan lächelte traurig.

„Es ist wohl eher seine als meine Kirche, Sir", sagte er. Dann machten sie sich auf den Rückweg, während Colonel Dunwood verwundert über die Bemerkung des Pfarrers nachdachte.

An diesem Abend stattete Dan dem Richter einen Besuch ab. Er hatte Mike McGowan dazu überredet, ihm die Angelegenheit zu überlassen, denn er befürchtete, daß der Ire mit seinem stürmischen Temperament die Dinge noch schwieriger machen könnte, als sie schon waren, so daß Deborah am Ende nicht zu ihrem Recht kam.

Dan fand den Richter in seiner Hausbibliothek vor.

Mit größter Traurigkeit brachte er sein Anliegen vor. Der Älteste begehrte empört auf. Er leugnete alles, warf Dan vor, sich in die Angelegenheiten anderer eingemischt zu haben, drohte ihm mit der Ausschließung aus der Gemeinde und dem ganzen Kirchenverband, beschuldigte ihn einer einseitigen Einmischung zu Gunsten der Witwe und machte höhnische Bemerkungen über Dans Freundschaft mit Miss Farwell und deren Schützling.

Die Traurigkeit in Dans Gesicht vertiefte sich mit jedem Wort des Richters, doch bei der letzten Anklage unterbrach er ihn scharf, und mit einer metallen klingenden Stimme sagte er leise: „Richter Strong, wegen Ihrer Beleidigung dieser rechtschaffenen Frauen werde ich Sie später belangen. Erwähnen Sie ihre Namen nicht in diesem Zusammenhang. Ich bin zu Ihnen gekommen, um die Interessen von Mr. McGowan zu vertreten. Bleiben Sie bei der Sache."

Dann erläuterte er dem Richter, welches Beweismaterial gegen ihn vorlag und wie eindeutig es ihn überführte.

Nun wurde dem Richter angst, wenn er auch zu stolz war, um dies zu zeigen. Hartnäckig leugnete er, je einen Geldbetrag für das Haus entgegengenommen zu haben. Dan bat ihn, zur Vernunft zu kommen, und drängte ihn sogar, an das Ansehen der Kirche zu denken. Er erwähnte auch, daß Mike McGowan sich dazu bereit erklärt hatte, von einer Anklage abzusehen, wenn der Richter Schadenersatz leistete.

Überheblich antwortete der Richter, daß er schon zu lange ein treues, respektiertes Kirchenmitglied in der Gedächtniskirche sei, um sich von diesem fremden Grobian einschüchtern zu lassen, der ohnehin keine Beweise dafür hatte, ihm, dem Richter, das Haus abgekauft zu haben.

„Und was Sie betrifft, junger Mann", fuhr er spöttisch fort, „so sollte ich Ihnen vielleicht klarmachen, daß Ihre Zeit in Corinth so gut wie vorbei ist. Ich werde dafür sorgen, daß Sie auch nie wieder eine andere Gemeinde bekommen. Ich werde es Sie schon lehren, daß Pfarrer sich am besten um ihre eigenen Angelegenheiten kümmern und nicht bei anderen Leuten herumzuschnüffeln haben."

Dan sah ein, daß alle weiteren Bemühungen zwecklos waren, und wandte sich zum Gehen. An der Tür blieb er noch einmal stehen und sagte: „Es ist mir völlig unverständlich, Richter Strong, daß Sie meinen Freund dazu zwingen wollen, gerichtlich gegen Sie vorzugehen. Genau das wird er aber tun, wenn ich nicht bis morgen mittag die Urkunden habe, in denen die völlige Tilgung der Summe für das Haus verzeichnet ist; dazu schulden Sie Mrs. Mulhall einen Scheck über jeden Penny an Zinsen, den sie Ihnen seit dem Besuch ihres Bruders bezahlt hat."

Als er allein in seiner Bibliothek saß, verfluchte der Richter die jüngsten Ereignisse. Kurz nachdem er damals das Geld von Mike McGowan für das Haus erhalten hatte, bereute er es schon, das begehrte Grundstück nun verloren zu haben. Das Haus war zwar klein und unscheinbar, aber das Grundstück mit dem Garten war von beträchtlicher Größe, und die Lage war ideal. Da Deborah und Denny keine weiteren Angehörigen hatten, rechnete er damit, daß das Grundstück eines Tages an ihn selbst zurückgehen würde, wenn er nur lange genug wartete. Dann war aber dieser rauhbeinige irische Maurer aufgetaucht, um die Pläne des Ältesten mit einer Handvoll Gold zu vereiteln.

Das Gold! Der Richter erinnerte sich nur zu gut an diesen Tag. Als Mike wieder gegangen war, hatte er vor dem Gold gesessen und die glänzenden, schimmernden Münzen lange betrachtet.

Welch ein Dummkopf dieser Mann doch war, so viel Gold bei sich getragen zu haben! Der scharfsinnige Richter wäre jedoch niemals auf die Idee gekommen, daß das Gold ausgerechnet aus seiner eigenen Bankfiliale stammte. Der Maurer würde am nächsten Tag wieder abreisen. Weil er seine Schwester überraschen wollte, hatte er keiner Seele von seinem Vorhaben erzählt. Auf der Suche nach Arbeit würde er im ganzen Land umherreisen. Es würde Jahre dauern, bis es ihn je wieder nach Corinth verschlagen würde – falls er sich überhaupt einmal wieder hier blicken ließ! Bis dahin würde das Grundstück längst dem Richter selbst gehören!

Es war alles fast zu einfach gewesen, um wahr zu sein, doch einer solchen verlockenden Gelegenheit konnte der Richter nicht widerstehen. Das Gold zu bekommen und das Grundstück, das er für sich selbst haben wollte, in seinen Besitz zurückzuerhalten, das war mehr, als er sich je hatte träumen lassen. Und dabei war es ihm in den Schoß gefallen!

Doch dann war dieser Pfarrer mit dem traurigen Gesicht aufgetaucht. Der Ire war wider Erwarten nach Corinth gekommen, und die Bank besaß Beweise gegen ihn. Je mehr der Richter über Dans ruhige Worte nachdachte, desto deutlicher witterte er Gefahr. Es blieb ihm keine andere Wahl, als sich zu fügen.

So geschah es, daß Dan am nächsten Morgen in seinem Studierzimmer einen Besucher empfing. Es war niemand anders als der gute alte Gemeindeälteste Nathaniel Jordan.

Der Sieg des Verbündeten

Nathaniel war sichtlich erregt, als der Pfarrer ihm die Tür öffnete. Mit unsicheren Schritten ging er in das Zimmer und stolperte gegen den Stuhl, den Dan ihn anbot. Seine Hand zitterte so heftig, daß sein Gehstock gegen die Fensterbank klapperte, als er ihn dort ablegen wollte, und krachend zu Boden fiel. Dan hob ihn auf und legte ihn auf den Tisch.

Endlich fand der Älteste seine Stimme. Sie klang dünn und zitternd.

„Ich bin wegen … wegen Bruder Strong hier“, sagte er.

„Ja“, sagte Dan und verspürte dabei ein tiefes Mitleid mit dem guten alten Mann. „Hat Richter Strong Ihnen etwas für mich mitgegeben?“

Umständlich zog der Älteste einen Briefumschlag aus der Rocktasche hervor. Mit bebenden Fingern reichte er ihn Dan, der ihn öffnete und sich von der Richtigkeit der darin enthaltenen Papiere überzeugte. Langsam steckte er die Urkunden wieder in den Umschlag zurück und sah seinen Besucher abwartend an.

Wieder begann der Älteste und sagte etwas gefaßter: „Eine schlimme Sache, Bruder Matthew, wirklich schlimm.

Der arme Bruder Strong!" Er schüttelte bekümmert den Kopf. Dan sah ihn fragend an, ohne jedoch etwas zu sagen.

„Ja, der arme Bruder Strong!" klagte der Älteste erneut. „Bruder Matthew, ich möchte Sie bitten, Ihren Einfluß bei diesen Leuten dahingehend geltend zu machen, daß diese Angelegenheit nicht an die Öffentlichkeit dringt. Glauben Sie, daß sie noch darauf bestehen werden, die Sache vor Gericht zu bringen, obwohl Bruder Strong nun Ihren Forderungen genügt hat?"

„Und warum", fragte Dan, „warum wünschen Sie, daß die Angelegenheit geheim bleibt?"

Der Älteste sah ihn verwundert an.

„Warum? Nun, wegen der Kirche natürlich! Richter Strong ist eins unserer führenden Mitglieder, ein Gemeindeältester dazu, und das schon seit Jahren. Unser Ruf wäre ja mit einem Schlag ruiniert, wenn alles ans Licht käme!"

„Aber er ist ein Dieb", widersprach Dan ruhig. „Sie werden doch wissen, daß er das Geld gestohlen hat. Hier", und er reichte ihm den Umschlag, „ist sein Schuldbekenntnis."

Die Stimme des Ältesten zitterte erneut.

„Bruder Matthew! Bruder Matthew, ich muß protestieren! So etwas über einen Ältesten zu sagen ist geradezu unchristlich! Sie wissen doch, was in der Heiligen Schrift steht!"

„Stimmt es denn nicht, was ich gesagt habe?" beharrte Dan.

„Ähem! Bruder Strong mag einen Fehler gemacht haben, mag ... ähem, mag etwas Falsches getan haben, aber die Kirche, Bruder Matthew, die Kirche! Wir müssen an den guten Namen der Kirche denken. Und das so kurz nach der Erweckungswoche!"

„Wollen Sie damit etwa sagen, daß die Kirche diesen Mann als Gemeindeältesten beibehalten will, daß Sie ihn in Schutz nehmen, obwohl Sie seinen wahren Charakter kennen, daß er weiterhin in seinem Amt als Führer und Vorbild in der Kirche dienen soll und daß der Gemeinde die Wahrheit verschwiegen werden soll?"

Verständnislos starrte Nathaniel ihn an.

„Aber ... aber wie sollten wir denn ohne ihn zurechtkommen?"

„Wie sind Sie bloß all die Jahre *mit* ihm zurechtgekommen?“ fragte Dan zurück. „Sie wissen doch, was in der Heiligen Schrift über Fundamente und auf Sand gebaute Häuser steht.“

„Aber in ganz Corinth gibt es keinen Mann, der mehr für uns und die Mission getan hat! Nein, Bruder Matthew, wir müssen uns sehr vorsehen.“

„Wegen seiner Spenden und seiner gehobenen Stellung will die Kirche ihm also die Folgen seines Verbrechens ersparen?“

Der Älteste rutschte unbehaglich auf seinem Stuhl umher.

„Haben Sie es so gemeint?“ beharrte Dan.

„Also, ich ... ich glaube nicht, Bruder Matthew, ähem, daß es ... ähem, daß es für unsere Sache in Corinth förderlich wäre, wenn wir die Angelegenheit vor die Öffentlichkeit bringen und einen Aufruhr verursachen. Und ganz gewiß wollen wir unseren schwächeren Brüdern kein Stein des Anstoßes sein, denn sie achten ihre Leiter doch als Vorbilder! Bedenken Sie das doch nur, Bruder Matthew! Bedenken Sie doch einmal, wie empfindlich unsere Arbeit durch so etwas gestört würde! Bruder Strong hat Schadenersatz geleistet. Wir müssen ihm Nächstenliebe und Vergebung erweisen. Sie dürfen nicht zu hart über ihn urteilen. Aber sagen Sie mir doch, sind diese Leute dazu entschlossen, ihn dennoch vor Gericht zu bringen?“

„Aber nein“, antwortete Dan, „ganz und gar nicht. Sie wollten nur zurückbekommen, was ihnen zusteht. Sorgen Sie sich deshalb nur nicht. Wie ich dem Richter gestern abend gesagt habe, ist die rechtliche Seite der Sache ausgestanden, sobald er Schadenersatz leistet. Nur unter dieser Bedingung hat er sich ja dazu bereit erklärt. Ich frage nur deshalb, weil ich erfahren möchte, wie die Kirche so etwas beurteilt, wenn es einen ihrer eigenen Gemeindeältesten betrifft. Wir als Leiter der Gemeinde sind im besonderen Maße zu einem reinen und rechtschaffenen Lebenswandel angehalten. Mich interessierte, wie man in der Gedächtniskirche über diesen biblischen Grundsatz denkt. Ich glaube, Sie haben es in aller Deutlichkeit erklärt: Der gute Älteste wird in Schutz genommen, sein Verbrechen wird übertüncht, und im übrigen hofft man, daß möglichst wenige Leute von der Sache erfahren."

Nathaniel setzte sich aufrechter. Es war beachtlich, wie schnell er wieder auflebte, nachdem Dan ihm versichert hatte, daß keinerlei Gefahr eines öffentlichen Skandals bestand.

So würdevoll, wie es sich für jemanden in seiner geheiligten Stellung gehörte, ging er nun zu anderen Dingen über.

„Ähem, ähem! Ich fürchte, Bruder Matthew, Sie stehen nicht in allen Dingen im Einklang mit unserer Bruderschaft."

Dan schwieg.

„Ähem, der Ton Ihrer Predigten ist in letzter Zeit von einigen unserer geschätzten Brüder ... äh, doch recht in Frage gestellt worden, und Ihre Einstellung zum Vorstand ist längst nicht so einvernehmlich, wie wir es eigentlich erwartet hatten."

„Sprechen Sie aus persönlicher Erfahrung, Mr. Jordan?"

„Aber nein! Nein, ganz und gar nicht, Bruder Matthew. Aber ... aber Bruder Strong fühlt sich seit einiger Zeit recht ... äh, recht kühl von Ihnen behandelt."

Dan hörte noch immer abwartend zu.

„Ein mangelndes Einvernehmen zwischen einem Pfarrer und seinem Ältesten ist eine ernste Sache, sehr ernst. Ähem, ähem! Und aus diesen Gründen haben wir, Bruder Str... will sagen, hat der Vorstand beschlossen, daß es im Interesse aller das beste wäre, wenn die Gedächtniskirche ihr Verhältnis zu Ihnen auflöst."

„Und wann hat dieser Beschluß stattgefunden?" fragte Dan leise.

„Am Tag vor der letzten Erweckungsversammlung. Wir wünschten Bruder Sigmans Rat in dieser Sache zu hören, bevor er abreiste. Er hat mit an der Besprechung teilgenommen, und wir haben die Angelegenheit sorgfältig und im Gebet durchdacht. Ich bin zu Ihnen geschickt worden, um Ihnen unsere Entscheidung mitzuteilen. Vielleicht sollte ich noch hinzufügen, daß die Gemeinde den Beschluß des Vorstands zweifelsohne gutheißen wird. Viele der Mitglieder sind vor der Besprechung von uns aufgesucht worden."

Dan warf einen Blick auf seinen Schreibtisch, wo der Umschlag mit seiner offiziellen Rücktrittserklärung lag. Wegen der Sache mit Mr. McGowan war er nicht dazu gekommen, den Brief zur Post zu bringen.

„Der Vorstand wird mir doch gewiß ein Empfehlungsschreiben ausstellen, mit dem ich mich anderweitig bewerben kann, nicht wahr?" fragte er mit stiller Wißbegier.

„Ähem! Ihre Lehren, Bruder Matthew, scheinen sich nicht recht im Einklang mit der Bruderschaft zu befinden. Wir können sie nicht billigen, und der Ruf, der Ihnen in dieser Stadt anhängt, ist äußerst schädlich für unsere Kirche."

„Macht man mir etwa den Vorwurf, im Widerspruch zu den Lehren Jesu Christi gepredigt zu haben?"

„Dazu kann ich mich leider nicht äußern, Bruder Matthew. Ihre Lehren entprechen nicht dem, was man in einer Kirche wie unserer von der Kanzel hören möchte."

„Glaubt die Kirche, charakterliche Verfehlungen an mir entdeckt zu haben?"

„Aber nicht doch, Sir! Niemand glaubt so etwas, aber Sie ... äh, Sie haben sich recht unklug verhalten. Es hat viel Gerede über Sie gegeben, wie Sie wissen."

„Wer hat denn über mich geredet?" unterbrach Dan ihn.

Der Älteste fuhr fort, ohne die Frage zu beantworten.

„Solche Dinge verfolgen einen Pfarrer sein ganzes Leben lang. Wir können einen Mann von so fragwürdigem Ruf unmöglich einer unserer Schwestergemeinden empfehlen. Es würde ein schlechtes Licht auf uns werfen."

„Aus dem gleichen Grund, aus dem Sie einen gewissenlosen Dieb, der keine Reue zeigt, in dem hohen Amt des Ältesten behalten wollen?" fragte Dan.

Nathaniel erhob sich.

„Also wirklich, Bruder Matthew, solche Grobheiten über unseren Ältesten kann ich mir nicht länger anhören."

„Ich bitte um Verzeihung, Sir", sagte Dan. „Ich habe wohl nur laut gedacht. Verzeihen Sie, bitte."

„Es tut mir sehr leid, Bruder Matthew", sagte Nathaniel.

„Das glaube ich Ihnen wirklich", sagte Dan nachdenklich. „Haben Sie meinen Dank."

Als der Älteste wieder gegangen war, kehrte Dan in sein

kleines Studierzimmer zurück, das zeichenhaft für alles stand, dem er sein Leben geweiht und für das er so viel geopfert hatte.

Langsam trat er an seinen Schreibtisch und betrachtete die Arbeit, die darauf verstreut lag. Die letzte Würde, seinen Rücktritt mit erhobenem Haupt und unverletztem Stolz anzumelden, sollte ihm nun versagt bleiben. Er nahm seinen Brief und zerriß ihn in Stücke, bevor er ihn in den Papierkorb warf.

Dann wandte er sich zu seinen Büchern um und strich liebevoll über viele der vertrauten Bände. Auf dem Tisch lagen seine Kirchenzeitschriften, die Missionsblätter und die Gemeindeberichte. Der Brief von Richter Strong fiel ihm ins Auge.

Mechanisch nahm er seinen Hut und machte sich auf den Weg, um den Brief seinen Freunden jenseits des Gartens zu bringen. Von der anderen Straßenseite winkte ihm der Doktor einen Gruß zu, doch er bemerkte es nicht.

Mit einer kurzen Erläuterung gab er den Brief ab, verließ seine Freunde und wanderte dann mit verstörtem, verwirrten Sinn durch die Straßen, ohne recht zu wissen, wohin ihn sein Weg führte, bis er durch die Zaunlücke den alten Akademiehof betrat.

Doch hier konnte er nicht bleiben. Die schwermütige Stimmung dieses Ortes drohte ihn zu ersticken. Nein, er mußte weiter! Er wandte sich zu dem offenen Land um, doch die Felder und Wälder wollten ihn heute nicht locken. Es war sein kleines Studierzimmer mit seinen Büchern und seiner Arbeit, das ihn rief.

Wie jemand, der am Totenbett seines Freundes sitzt, wohl wissend, daß der Freund selbst nicht mehr da ist, die Erinnerung an ihn aber noch lebendig ist, ging Dan nun in sein Zimmer zurück zu seinem Schreibtisch, seinen Büchern und Zeitschriften. Dort hatte er einmal sein Lebenswerk gesehen.

Tiefe, leidenschaftliche Gedanken bewegten ihn. Sein Sinn für Gerechtigkeit war verletzt worden. Dies war doch nicht das Christentum, das er leben wollte, dieses üble, bösartige Fallnetz, dem er in die Fänge gegangen war! Was war aus der Kirche geworden, wenn sie nicht mehr den Christus darstellte, der ihr Haupt sein sollte? War sie denn nichts als leerer, trügerischer Hohn?

So fand der Doktor ihn am späten Nachmittag vor, seine große Kraft erschüttert vor Zorn, Zweifel, Empörung und Schmerz. Und der Doktor sah, daß der Zeitpunkt, den er vorausgesehen hatte, nun gekommen war.

Durch die Brille des Doktors

Als Dan in der Gegenwart seines alten Freundes seine Gefaßtheit und Ruhe wiedererlangt hatte, schickte er sich an, dem Doktor von dem Entschluß der Kirche zu erzählen, aber der Doktor winkte ab.

„Das weiß ich doch schon längst, mein Junge", sagte er.

„Sie wissen es schon?"

„Aber natürlich. Gehört Martha etwa nicht zu der Schar der Auserwählten? Schon am Mittag nach der letzten Erweckungsversammlung haben's die Spatzen ja von den Dächern gepfiffen!"

„Was für ein blinder Narr ich doch bin!" murmelte Dan.

„Unfug! Die wahren Narren sind jene, die zuviel sehen", antwortete der Doktor. „Eine Blindheit wie deine ist ein Geschenk Gottes. Laß dir von einem Quacksalber nur keine Brille verpassen! Dein Augenlicht ist völlig ausreichend."

Dan warf sich müde auf einen Stuhl.

„Aber woran soll ein Blinder wie ich einen Quacksalber erkennen?" fragte er. „Wenn ich doch nur Ihre Brille hätte, Doktor!"

„Vielleicht", sagte der Doktor versonnen, „leihe ich sie dir nur dieses eine Mal."

„Also gut“, sagte Dan und setzte sich aufrecht, „her damit! Sagen Sie mir, wie Sie die Dinge sehen. Was habe ich getan? Was hätte ich tun sollen? Wofür soll ich mir Vorwürfe machen? Welchen tödlichen Fehler habe ich begangen? Trotz der besten Vorsätze, trotz ...“

Er zögerte, um dann fortzufahren: „Nun, Ihnen kann ich es sagen, Doktor, und das werde ich auch: trotz des größten Opfers der Welt bin ich in Ungnade gefallen, und man will mich loswerden. Warum nur? Wenn ich nur einen Grund finden könnte, dann wäre es erträglicher für mich.“

„Es ist deine Blindheit, Junge. Du kannst nichts dafür. Du bist blind geboren. Seitdem ich dich kenne, bist du blind. Daher wußte ich doch, daß dieser Tag irgendwann kommen würde. Er kommt für jeden Mann und jede Frau, die sich gegen die Strömung stemmen und der Wahrheit gehorchen, anstatt sich dem Willen ihrer Mitmenschen zu unterwerfen.“

„Sie haben es wirklich vorausgesehen?“ fragte Dan überrascht.

„Ja, von Anfang an. Seit einem halben Jahrhundert beobachte ich nun schon den Geist dieser Institution. Wohlgemerkt: ich meine den Geist der Institution, nicht den Geist ihrer Menschen. Starke Menschen, Dan, leben manchmal inmitten eines kranken Klimas. Die besten Menschen der Welt verfangen sich zuweilen an den bösen Umständen, die sie mit ihren edlen Vorsätzen selbst geschaffen haben. Die Leute in der Kirche sind das Salz der Erde. Ohne ihre Herzensgüte wäre die Institution der Kirche längst eingestürzt. Trotz aller ihrer Ansprüche ist es aber nicht etwa die Kirche, die die Menschen rettet, sondern die Menschen retten die Kirche. Weißt du, Dan, ausgerechnet jene, die dir am meisten zu schaffen gemacht haben, achten dich und glauben dir im Grunde ihres Herzens; aber sie sind Gefangene ihres Systems. Wenn sie jemanden wie dich sehen, der kein Sklave dieses Systems ist und der sich anschickt, die Dinge zu ändern, dann sind sie innerlich zerrissen; zerrissen und machtlos.“

Dan stieß ein Lachen aus, wie es der Doktor noch nie aus seinem Mund gehört hatte.

„Achten! Glauben! Warum unternehmen sie denn dann nichts?“

„Weil“, antwortete der alte Mann, „weil ihre Religion ihnen vorschreibt, eine Einrichtung anzubeten anstatt Gott, einem System zu dienen anstatt ihren Mitmenschen. Sie ahnen natürlich nicht, daß das so ist. Sie glauben, daß ihre religiösen Aktivitäten und ihre kirchlichen Veranstaltungen ein Zeichen wahren Glaubens sind. Daß sie aber nur eine Einrichtung, einen Club, einen Verein anbeten, das wissen sie nicht. Das ist ja gerade das Schlimme an der Sache, daß sie nichts davon sehen. Die Geschichte lehrt uns das, mein Junge! Jede Reformation beginnt mit der Verfolgung des Reformators und endet damit, daß die Anhänger des Reformators alle Andersdenkenden verfolgen. So geschieht es sowohl in großen Bewegungen als auch in kleinen Ortsgemeinden, und das Ergebnis ist immer gleich. Wenn jemand an den gegenwärtigen Zuständen, den sogenannten Traditionen der Väter, etwas ändern will, dann wird er zerkaut und ausgespien. Irregeleitete religiöse Menschen haben schon immer ihre Retter gekreuzigt, und so wird es auch in alle Ewigkeiten bleiben.“

Dan schwieg. Diese Seite an dem Doktor, diese tiefe Einsicht in geistliche Dinge, war ihm neu. Was sein Freund ihm offenbarte, hörte er mit stummer Ehrfurcht.

Doch der Doktor sprach weiter.

„Der bitterste Haß ist der, mein Junge, der einer religiösen Liebe entspringt. Die scheußlichste Falschheit ist jene, mit der die Wahrheit verteidigt werden soll. Das schändlichste Verbrechen ist jenes, das im Namen der Gerechtigkeit begangen wird, und das furchtbarste Fehlurteil ist jenes, das im Namen des Erretters der Welt verkündet wird.“

„Was kann ich denn nun tun?“ fragte Dan.

Der Ton des Doktors wechselte. Seine Antwort war eher eine Frage als eine Aussage.

„Gibt es andere Kirchen?“

Dan lachte mit hoffnungsloser Bitterkeit.

„Dafür haben sie auch gesorgt. Sie weigern sich, mir ein Empfehlungsschreiben auszustellen.“

„Du bist nicht der erste Pfarrer, der bei seiner Gemeinde

ins Gerede kommt und der im Namen des Herrn vom Vorstand mit dem Zeichen des Satans gebrandmarkt wird. Auch sind nicht immer die Pfarrer allein die Leidtragenden. Vielerorts nehmen die Pfarrer selbst den Platz des Richters Strong ein und tun sich mit den regierenden Machthabern zusammen, um jeden in die Flucht zu schlagen, der es wagen sollte, eine andere Wahrheit als die von ihnen anerkannte zu verkündigen. Solche Menschen müssen sich letztendlich andere Kirchen suchen, wenn sie Gott im Pfarramt dienen wollen. So mußt auch du es halten. Geh fort von hier, such dir irgendwo eine kleine, unbedeutende Gemeinde und bleib lange genug dort, um eine erfolgreiche Arbeit aufzubauen. Verhalte dich unauffällig und ruhig und bleib den Konferenzen fern."

„Aber Doktor", rief Dan aus und sprang auf die Füße, „ich habe nichts Unrechtes getan. Warum sollte ich mich verstecken, als hätte ich etwas zu verbergen, nur um einer Kirche zu dienen, die mich nicht einmal haben will? Soll es etwa so im Amt des Geistlichen zugehen? Soll das etwa der wahre Dienst für den Herrn sein? Nennt man so etwas Berufung?"

„Was Berufung ist, weiß ich nicht", antwortete der Doktor bedachtsam. „Insbesondere weiß ich nicht, was Dan Matthews Berufung ist. Das kann dir nur der Eine sagen. Was aber das Pfarramt betrifft, die offizielle Leitung einer bestimmten Kirchengemeinde, so ist das Ränkeschmieden wohl ein beträchtlicher Teil davon, fürchte ich. Mein Junge, wegen der Dinge, die sie gar nicht getan haben, versuchen Pfarrer angestrengt, sich zu verstecken. Warum das so ist, weiß ich nicht, in diesen Dingen scheine ich zuweilen etwas kurzsichtig zu sein."

„Ich kann das nicht, Doktor!"

„Nein, das ist dir wohl unmöglich", sagte der alte Mann sanft. „Ich wäre unsagbar enttäuscht von dir gewesen, wenn du es gekonnt hättest."

Dan blieb ihm eine Antwort schuldig und erzählte dem Doktor statt dessen von der Rücktrittserklärung, die er verfaßt hatte.

„Begreifen Sie denn nicht, daß ich keine neue Gemeinde übernehmen könnte, auch wenn mir eine angeboten werden sollte? Begreifen Sie nicht, was diese Entlassung mir angetan hat? Es geht ja nicht um die falschen Anklagen. Es geht um diesen Geist, diese Einstellung, die zu einer solchen Entscheidung seitens der Kirche geführt hat. Daß Männer und Frauen, die allem Anschein nach rechtschaffene Leute sind, bei einer solchen Verleumdung und solchen falschen Urteilen mitmischen können, und das obendrein noch im Namen des Christentums und der Wahrheit! Daß sie den Mißständen in ihren eigenen Kreisen gegenüber so blind sind! Wie konnte es nur so weit kommen? Mich quälen die größten Zweifel, nicht nur an diesen Leuten und an dieser Kirchengemeinde, sondern an allem: an mir selbst, an der Christenheit, an Gott, an dem Sinn des Glaubens. Wie kann ich nur eine Arbeit tun, an der ich zum ersten Mal im Leben Zweifel habe?" Seine Stimme klang mutlos.

Dem alten Mann, der den jungen Pfarrer so gut kannte, war plötzlich zumute, als habe er einen ungehinderten Einblick in das Herz seines Freundes gewährt bekommen. Nun wußte der Doktor, daß in der Tat die Stunde gekommen war.

Es gibt viele, die dem Leben nur ein Geringes geben können und auch nur geringe Erwartungen an das Leben stellen. Solchen schwachen Kreaturen können Zweifel nicht viel anhaben. Weil sie den Sinn des Lebens nicht ergründen, stellen sie keine Fragen, und die Zweifel, die sie empfinden, sind oberflächlich und vorübergehend. Ihre Wurzeln reichen nicht in die Tiefe. Nur durch ehrliche Fragen meißelt man die Wahrheit in aller Schärfe aus dem Hintergrund hervor. Die Wahrheit hält dem prüfenden Blick aus allen Richtungen stand. Sie läßt sich herausfordern, anfallen und mit allen Waffen des Zweifels attackieren und hält doch stand. Zweifel tun der Wahrheit niemals Abbruch, sondern stärken sie nur.

Menschenseelen wie die des Dan Matthew, die zur völligen Hingabe ihrer selbst fähig sind, erwarten einen großen Gewinn aus dem Werk, dem sie sich mit aller Kraft widmen. Für solche Menschen ist der Zweifel zugleich Zerstörung und Zement ihres Wesens. Männer mit einem großen, offenen Herzen werden von Zweifeln zutiefst erschüttert, während sich im Verborgenen Glaube und Charakter festigen. Weil Dan so gänzlich von der Kirche überzeugt gewesen war, war sein Einsatz fehlgeschlagen. Wenn er nicht so hingebungsvoll an sie geglaubt hätte, wäre er gegen den Sturz gefeit gewesen und hätte sich anpassen können. Weil er jedoch vor seiner Ankunft in Corinth keine Zweifel gehabt hatte, war seine Erschütterung nun um so größer.

Theoretisch beruht die Kraft der Kirche auf ihrem Festhalten an dem, was sie als wahr bekundet. In Wirklichkeit beruht die Kraft der heutigen Kirche jedoch auf ihrer stillschweigenden Annahme ihres eigenen Unglaubens. Weil die Kirche, von den Lehren ihres Gründers abweichend, die Methoden der Welt um sie her übernommen hat, besitzt sie heute so viel Macht. Kaum auszudenken, was geschehen würde, wenn wir darauf bestehen sollten, daß unser Tun unserem Wort entspricht! Man stelle sich vor, die Kirchen verlangten plötzlich, daß ihre Anhänger die Lehrsätze befolgen anstatt sie nur zu verkünden, daß sie ihren Glauben in die Tat umsetzen anstatt in Worte, daß ihr Glaube lebendig anstatt nur ein Glaube an Buchstaben sei! Unsere Kirchenportale wären weit geöffnet – wobei nicht sicher ist, ob sich dadurch unsere Gebäude leeren oder füllen würden. Doch die Überlegung ist müßig, denn seit dem Beginn der Kirchengeschichte hat es wenig solcher Forderungen gegeben, und wir haben kaum Anlaß zu meinen, eine solche radikale Änderung werde in der nahen Zukunft stattfinden.

Dans Wesensart verbot ihm, Dinge zu predigen, von deren Richtigkeit er nur halbwegs überzeugt war. Er mußte sich völlig sicher sein! Er mußte ergründen, welchen Platz die Kirche, das Pfarramt und die Lehren seiner Eltern in dem gesamten Gefüge seines Glaubens einnehmen sollten. Er mußte herausfinden, wozu er berufen war.

Auf diesen Moment in Dans Leben hatte der Doktor gewartet, denn der alte Mann wußte um die Bedeutung eines solchen Augenblickes.

Der Doktor erhob sich und ging an das Fenster mit dem Ausblick auf den Garten.

„Komm her!“ sagte er zu Dan. „Ich möchte dir etwas zeigen.“

Gemeinsam schauten sie auf den kleinen Garten mit den sprießenden Gemüsereihen hinaus, wo Denny, ein munteres

Lied auf den Lippen, emsig bei der Arbeit war. Der Arzt sprach mit einer tiefen Bewegtheit, wie er sie noch nie zuvor gezeigt hatte, und Dan hörte seinem Freund trotz seines Kummers mit Ehrfurcht und Verwunderung zu. Der Doktor war in diesen Dingen gewöhnlich sehr zurückhaltend.

„Dan", sagte er, „du hast um meine Brille gebeten. Es ist immer eine gefährliche Sache, die Welt durch die Brille eines anderen zu sehen, aber hier hast du meine." Er deutete nach draußen.

„Dort unten sehe ich die Kraft von Gottes Schöpfung. Dort liegt sie, lebendig, sich stets wandelnd in dem immer wiederkehrenden Kreis der Jahreszeiten. Zuweilen schlummert sie, doch die lebensspendende Kraft des Bodens ist immer vorhanden. Zu jeder Jahreszeit bringt der Boden die Frucht hervor, die zu dieser Zeit gehört, und seine Kraft und seine Macht nimmt er von dem Gott aller Kraft und aller Macht, dem Schöpfer allen Lebens. Zugleich ist er aber auch von der Arbeit des Menschen abhängig. Wenn dieser Boden dort unten, in dem das Leben Gottes liegt, seine Frucht in Fülle hervorbringen soll, so braucht er einen Gärtner.

Vielfalt, Harmonie, Gesetz, Freiheit, Wachstum und Glauben – all das ist ein Teil von Dennys Garten! Denn Gott wirkt dort! Er hat den Boden und die Pflanzen und das Wasser und das Sonnenlicht geschaffen! Dort wächst etwas für jeden Geschmack: Kartoffeln, Erbsen, Rüben, Kohl. Wer kein Freund von Salat ist, wird sich vielleicht an Rettichen gütlich tun. Und dort, inmitten seiner Kirche, dient mein Pfarrer seiner Gemeinde und damit allen Mitmenschen. Der mißgestaltete, geduldige Denny gibt seine ganze Kraft, sein ganzes Wesen her, um den Garten gedeihen zu lassen. Und wie er gedeiht! Prächtig! Er bringt Nahrung für die Leute dieser Stadt hervor, denn so ist es überall, wo gehegt und gepflegt wird, was Gott gibt: es wächst, es gedeiht, es bringt Frucht und verbreitet neues Leben.

Aber schau dir nur den großen Felsbrocken mitten auf dem Grundstück an! Wie oft hat Denny sich gewünscht, ihn los zu sein! Einmal habe ich Denny dabei ertappt, wie er unter dem Brocken gegraben hat, um in Erfahrung zu bringen, wie tief er in der Erde steckt und wie groß er ist. Drei

Tage lang habe ich ihn graben gesehen. Dann hat er aufgegeben. Die Arbeit ging ihm über die Kräfte, und er faßte den weisen Entschluß, seine Zeit lieber auf den Boden um den Felsbrocken her zu verwenden.

In jedem Garten gibt es einen solchen Stein, Dan. Die Grundsätze des Christentums und ein Leben der Nachfolge wachsen immer um das Unerforschliche. Es gibt Hindernisse. Es gibt Dinge, die wir nicht erfassen können. Es gibt Zweifel, deren Tiefe wir wie die Tiefe des Felsbrockens niemals erforschen werden. Dennys Arbeit hat jedoch nichts mit dem Stein zu tun, sondern mit den Pflanzen, die um ihn her wachsen. Dennys Berufung, wenn man dieses Wort benutzen will, besteht darin, seiner Stadt durch die Pflege des Gartens zu dienen, nicht darin, den Stein auszugraben. Seine Aufgabe liegt in der Erde, in den Wurzeln, im Wachstum, im Bewässern. Er soll das Seine dazutun, damit Frucht aus der Erde hervorsprießt und das Leben in seinen Freunden und Nachbarn nährt. An dem Stein soll er sich nicht stören. Der Stein ist Gottes Angelegenheit. So besteht auch das Christsein aus den Dingen, die gewiß sind, nicht aus den unerforschlichen. Dort müssen Menschen wie du es auch suchen: nämlich in dem, was man wissen kann und darf, in dem Boden, aus dem Gott Frucht hervorwachsen läßt. Schließlich wurde der Felsbrocken – sowohl deiner als auch Dennys – nicht von Menschenhand in den Garten gebracht. Er ist ein Teil der Erde selbst."

Der Doktor hatte den Blick während seiner langen Rede nicht von dem Jungen im Garten gewandt. Nun sah er den jungen Mann an seiner Seite zum ersten Mal an. In Dans Augen stand der weite, fragende Ausdruck seiner Mutter. Der alte Arzt ging langsam an das andere Fenster.

„Und jetzt komm und schau dir an, was die Menschen getan haben." Er deutete auf das gußeiserne Denkmal. „Die Leute hier werden dir sagen, daß es zu Ehren meines Freundes errichtet wurde. Er besaß Güte, Herzlichkeit und Wärme; seine Seele war groß genug, um sich nach seinen Mitmenschen auszustrecken. Was kann aber dieses harte, kalte, starre Gebilde dort von ihm erzählen? Wie kann dieses von Menschenhand gemachte Ding mit der Politik von gestern – die längst nichts mehr mit dem Leben von heute zu tun hat – etwas von dem großherzigen Mann erzählen, der sein Leben dem Dienst an der Menschheit geweiht hatte?

So sehe ich die Kirche durch meine Brille. Wie kann eine Institution, ein System der theologischen Ansichten mit seinen gußeisernen Vorurteilen, seiner gußeisernen Verlorenheit in vergangene Zeiten, seiner gußeisernen Gleichgültigkeit für die himmelschreienden Sorgen unserer Zeit, seinen gußeisernen Auslegungen und Anschauungen und seiner gußeisernen Herzlosigkeit für die Lebendigen, die überall um sie her im Kampf ums Überleben stehen: wie kann eine solche Einrichtung Zeugnis ablegen für den großen, liebenden, mitfühlenden, helfenden Heiland, dessen Namen sie trägt – so wie das Denkmal dort draußen den Namen meines Freundes trägt?

Käme es aber den Leuten dieser Stadt in den Sinn, das Denkmal aus Ehrerbietung vor meinem verstorbenen Freund abzureißen, wenn Denny seinen Garten verließe und dies von ihnen forderte? Ha! Sie würden ihm sagen, daß sie das Denkmal gerade aus Ehrerbietung vor dem Staatsmann gebaut haben, und davon sind sie sogar überzeugt. Sie glauben es, weil sie nicht wissen, daß wahre Liebe lebendig ist und nichts mit dem Errichten von Denkmälern zu tun hat.

Nun, sie sollen ihr Denkmal behalten, und Denny soll weiterhin in seinem Garten arbeiten. Und siehst du auch den Hohn des Ganzen, Dan, daß haargenau jene, die das Denkmal so wortreich verteidigen, in bezug auf Nahrung auf Dennys Garten angewiesen sind? Dabei rümpfen sie die Nasen und finden seine Arbeit unwichtig; für sie sind nur ihre Kirchengruppen und Glaubenskonferenzen – gewissermaßen ihre Denkmalsbauten – von Bedeutung. Ihre Blindheit könnte einen alten Mann wie mich glatt zum Lachen bringen, wenn sie nur nicht so viel Kummer damit anrichteten!“

Er hielt inne, holte tief Luft und sah Dan an.

„So, genug davon. Eben hast du die erste und letzte Predigt gehört, die ich je gehalten habe!“

Die höhere Berufung

Der Tag kam, an dem Dan seine Abschiedspredigt halten sollte. Der Abendgottesdienst war dafür vorgesehen.

John Gardner, der sich wie versprochen regelmäßig zu den Gottesdiensten eingestellt hatte, war auch an diesem Sonntagmorgen in der Kirche. Am Nachmittag suchte er Dan in dessen Studierzimmer auf.

„Hören Sie, Dan“, sagte er, „ich glaube, Sie machen da einen großen Fehler. Sie haben doch viel Gutes in dieser Stadt getan.“

„Sie auch, John.“

„Sie haben mir mehr geholfen, als Sie ahnen“, sagte der Farmer.

„Das gleiche kann ich auch von Ihnen sagen.“

„Sie wissen schon, wie ich's meine. Bei Ihren Predigten habe ich die Ohren gespitzt, und viele andere auch. Seitdem bekannt ist, daß Sie fortgehen, habe ich mich mit allerhand Leuten aus der Gemeinde unterhalten, einfache Leute wie ich, wissen Sie.“

Dan lächelte.

„Wir wissen alle, worauf Sie mit Ihren Predigten hinauswollten, und wir wissen auch recht gut, wie die, die in dieser Kirche hier das Sagen haben, darüber denken und warum sie Sie loswerden wollten. Kein Mensch gibt einen Heller auf das Gerede über Sie, nicht mal der Richter selbst. Ich bin zu Ihnen gekommen, um Ihnen zu sagen, daß viele von uns Sie gern hier in Corinth behalten möchten. Wir könnten hier in Corinth unsere eigene Kirche gründen. Wir haben genug Leute, die hinter Ihnen stehen, und wir meinen es ernst."

Dan schüttelte traurig den Kopf.

„Danke, John", sagte er schlicht. „Ich kann Ihnen gar nicht sagen, wieviel Ihre Worte mir bedeuten und wie gut sie mir tun. Aber so etwas kann ich nicht tun. Corinth braucht nicht noch eine Kirche. Es gibt schon mehr als genug davon hier. Eine neue Kirche ist nicht der richtige Weg, um Veränderungen zu bewirken oder das Evangelium in eine Stadt zu bringen. Auf die Leute kommt es an, John, nicht auf die Kirche. Nein, Sie und Ihre Freunde sollten in den Kirchen bleiben, die es schon gibt, und das Evangelium mit Ihrem Leben bezeugen. Wenn genug Leute es so machen, dann wird diese Kirche eines Tages zu dem werden, zu dem sie bestimmt ist."

John Gardner sah ein, daß Dan nicht umzustimmen war.

„Also", sagte der Farmer schließlich und stand zum Abschied auf, „dann werde ich wohl Mitglied in der Kirche bleiben. Mein Christentum werde ich aber dann in meinem Alltag ausleben müssen."

„Und das", sagte Dan und ergriff die Hand seines Freundes, „ist der beste Ort dazu, den ich kenne. Wenn man Gott nicht im Alltag dienen kann, John, dann wird man ihm auch nicht am Sonntag in der Kirche dienen."

Dans Abschiedspredigt hat bis zum heutigen Tag einen bleibenden Eindruck in Corinth hinterlassen. Sie zählte zu den Predigten, über die wenig gesagt werden konnte, doch die man nicht vergaß.

Und auch der Anblick des hochgewachsenen jungen Mannes, dessen starke, muskulöse Gestalt wie unter einer großen Erschöpfung geradezu zu welken schien, dessen offene Gesichtszüge Furchen trugen, dessen klare, braune Augen von

Kummer und Schmerz überschattet waren und dessen Stimme die Traurigkeit einer großen Seele verriet, dieser Anblick wird denen, die an diesem Abend anwesend waren, ebenfalls unvergeßlich bleiben.

Die Kirche war gedrängt voll. Der siegesbewußte Richter und seine Freunde hatten sich eingefunden und konnten kaum hinter den frommen Gesichtern die Zufriedenheit und den Stolz verbergen, den sie nun auskosteten. Auch die übrigen Gemeindemitglieder waren geschlossen erschienen, um zu hören, was Dan zu seinem Abschied zu sagen hatte; sie fragten sich im stillen, ob er etwas über die Methoden wußte, mit denen man seine Entlassung erwirkt hatte. Dan tat ihnen leid, und sie verspürten sogar ein gewisses Maß an Empörung um seinetwillen, doch ihre vermeintliche Machtlosigkeit nahm allem Mitleid und aller Empörung den Wert. Mit den gleichen Gefühlen, jedoch mit der Freiheit, diese auch zum Ausdruck zu bringen, hatten sich viele weitere Stadtbewohner eingefunden. Viele der Gemeindeglieder schätzten Dan als Freund, doch als Pfarrer galt er ihnen seltsamerweise als gefährlich und daher als untragbar.

Es wäre nicht angezeigt, Dans Predigt hier zu wiederholen, denn vieles von dem, was er sagte, war nicht für die gedruckte Seite bestimmt. Doch seine abschließenden Worte lauteten wie folgt:

„Es ist nicht der Geist des Wohlstands, der Bildung oder der Kultur, der der Kirche Gottes ihren Wert und die Macht zum Guten und zur Gerechtigkeit in dieser Welt verleiht, sondern allein der Geist Christi. Nicht die Treue zur Vergangenheit, sondern die Treue zur Nachfolge in der Gegenwart macht die Kirche wahrhaft christlich. Nicht die Ansichten der Menschen, sondern nur Jesus Christus und die ewigen Satzungen Gottes heiligen sie.

Die Kirche ist nur in dem Maße heilig, wie Gott ihr innewohnt. Die Wohnung Gottes findet sich jedoch ebensogut in unserem Alltag, wenn wir Christus nachfolgen und in den Kornfeldern, in den Wäldern und den Erzminen nach den Gesetzen der Natur durch deren Anwendung die Erzeugnisse von Feld, Wald und Mine zu Dingen des täglichen Bedarfs machen. Dann ist der Alltag nicht weniger heilig als diese Kirche. Und genauso heilig kann auch die Arbeit in den Farmen, den Erzminen, den Fabriken und Werkstätten, den Sägewerken und Eisenbahnstrecken, den Geschäften und Büros sein – wo auch immer Männer und Frauen mit der Kraft ihres Körpers oder ihres Geistes im Dienste Christi stehen und für das Wohl ihrer Mitmenschen arbeiten. Gott beruft die Menschen nicht dazu, in dem Sinne religiös zu leben, wie so viele unserer kirchlichen Traditionen es vorschreiben. Die Berufung Gottes an Sie und mich ist eine Berufung, ganz auf Christus, den Felsen, zu bauen und seine Lehren in unserem Leben in die Tat umzusetzen. Einzig diese Berufung ist ihres Namens würdig.

Weil ich von diesen Dingen zutiefst überzeugt bin, werde ich von dieser Stunde an nicht mehr als Pfarrer arbeiten, der von einer Konfession oder von Gemeindeoberhäuptern bezahlt und beaufsichtigt wird. Mit dem heutigen Tag endet mein Dienst im üblichen Sinne. Das bedeutet jedoch keineswegs, daß mein Dienst in dem Sinne, wie ich ihn verstehe, ebenfalls aufhören soll. Ich hoffe und bete in aller Aufrichtigkeit, daß der heutige Tag eher den Beginn als das Ende meiner Berufung kennzeichnet, einer Berufung nämlich, Gott in ganzer Hingabe an ihn und meine Mitmenschen zu dienen. Das ist, so meine ich, die höchste von allen Berufungen."

Am Ende des Gottesdienstes wurde er von der Gemeinde umringt. Alle brachten ihr Bedauern über seinen Weggang zum Ausdruck. Es täte ihnen leid, daß er das Pfarramt verließe, denn die Kirche bräuchte Männer mit seiner großen Befähigung; sie würden Gottes reichen Segen erbitten, der ihn auf allen Wegen begleiten sollte; all das und vieles mehr wurde ihm unter Händeschütteln und Tränen von jenen Kirchenmitgliedern gesagt, die sein Bleiben verhindert hatten.

So bald, wie er nur konnte, verließ Dan die Kirche und ging mit dem Doktor nach Hause. Kein Wort fiel zwischen den beiden Freunden, bis sie das Denkmal erreicht hatten. Hier blieben sie stehen und betrachteten schweigend die gußeiserne Gestalt.

„Das Gußeisen ist gewiß von erster Qualität", sagte Dan endlich mit einem Lächeln.

Dann, als sei die ganze Angelegenheit nun für ihn erledigt, nahm er seinen betagten Freund beim Arm und sagte mit einem Unterton der Freude, der viele Monate lang in seiner Stimme gefehlt hatte: „Einen Gefallen werden Sie mir doch tun, bevor ich abreise, nicht wahr?“

„Welchen denn?“ fragte der Doktor.

„Gehen Sie doch bitte morgen mit mir angeln!“

Letzte Begegnung

Früh am nächsten Morgen machten Dan und der alte Doktor sich auf den Weg nach Wheelers Niederung. Es war nicht weit bis dorthin, und obwohl es sich dort nur mäßig angeln ließ, zog es die beiden Freunde an keinen anderen Ort. Der Zweck dieses Angelausflugs lag ohnehin nicht im Fischefangen.

Die beiden Freunde ließen ihre Kutsche an der Straße in der Nähe des Zauns zurück und wanderten flußaufwärts. Hin und wieder warfen sie den Köder aus und fingen ein paar Fische, oft blieben sie stehen, um den ständig wechselnden Anblick des silbernen Wassers, der überhängenden Bäume, der bewaldeten Abhänge, der steinigen Böschung und der grünen Wiesen zu bewundern.

Zum Mittagessen kehrten sie an ihre Kutsche zurück und versorgten das alte Pferd. Am Nachmittag wanderten sie ein Stück flußabwärts; diesmal ließen sie ihre Angeln in der Kutsche.

„Weißt du", sagte der Doktor, „das Angelgerät ist doch eine lästige Sache bei einem solchen Angelausflug!"

Dans Gelächter über diese weise Bemerkung erscholl so frei, daß die Wälder auf der anderen Seite des kleinen Tals ein Echo des fröhlichen Klangs anstimmten.

Dan fühlte sich seltsam erleichtert und unbeschwert. Dem Doktor erschien er so natürlich und ausgeglichen wie schon lange nicht mehr. Dans Lebensfreude glich der Freude eines Heimkehrers. Ihm war wie einem Reisenden zumute, der nach Jahren im Ausland wieder zu seiner Heimat und seiner Familie zurückkehrt. Endlich war er wieder ein Mensch unter Menschen, und nichts trennte ihn mehr von anderen. Er war in die Welt zurückgekehrt, in die er gehörte, und es war eine gute Welt.

Auch empfand er ein sonderbares, frohmachendes Gefühl der Nähe zu der Frau, die er liebte. Er hatte seit ihrer Abreise von Corinth nichts von ihr gehört und wußte nicht einmal, wo sie sich aufhielt. Vielleicht würde er sie niemals im Leben wiedersehen, doch er gehörte nun nicht mehr einer Welt an, die ihn von ihr trennte. Er fühlte sich jetzt noch verbundener mit ihr als damals während ihrer letzten Begegnung auf dem Schulhof vor der alten Akademie.

Dan war sich einer Freiheit bewußt, einer weiten, tiefen Erfüllung, wie er sie noch niemals erlebt hatte. Durch die Worte des alten Doktors, die sein Denken in neue Bahnen gelenkt hatte, war er aus seiner Betrübnis mit einer Erkenntnis hervorgekommen, die ihn innerlich gestärkt hatte.

Er hatte sich selbst gefunden, auch wenn er noch nicht wußte, was er nun tun würde. Zwar hatte er einige noch unbestimmte Vorstellungen, doch vom ersten Schritt war er noch weit entfernt.

Was machte das schon aus? Irgendwo wartete sein Garten auf ihn, und zur rechten Zeit würde er schon darauf stoßen. Er war frei von dem lähmenden Einfluß des gußeisernen Denkmals, und das war vorerst genug. Was seine Arbeit in Corinth betraf, so war ihm von all den dunklen Wolken seiner Amtszeit dort nur noch ein einziger Schatten geblieben. Wenn dieser erst beseitigt war, würde er Corinth endlich für alle Zeiten den Rücken kehren können. Solange dieser Schatten jedoch noch vorhanden war, fühlte er sich nicht frei, um Corinth zu verlassen.

Sie hatten sich an dem grünen Ufer einer Waldweide niedergelassen, wo eine Herde Kühe im Schatten der Bäume weidete.

„Ich glaube, ich werde dich begleiten", sagte der Doktor nach einem langen Schweigen. Es war, als hätte er die Gedanken seines jungen Freundes erraten.

„Wohin?" fragte Dan und stützte sich auf den Ellbogen auf.

„Nun, nach Hause zur Hammelsteige natürlich. Du wirst sicher bald abreisen, wette ich."

„Das vielleicht schon", sann Dan, „aber nicht nach Hause."

Der alte Doktor setzte sich aufrecht.

„Nicht nach Hause?"

„Nein, noch nicht", lächelte Dan. „Zuerst möchte ich mich ein wenig in der Weltgeschichte umschauen."

„Willst wohl Gras über die Sache wachsen lassen, bevor du deinen Eltern unter die Augen trittst, wie?"

Dan lachte.

„Vielleicht will ich mich auf die Suche nach meinem Garten machen", sagte er.

„Gut!" rief der Doktor aus und wurde ernst. „Laß dir dabei von mir helfen. Du weißt doch, was ich mir immer erhofft habe. Mein Berufsstand braucht ..."

„Nein, Doktor, nicht das", unterbrach Dan ihn sanft. „Ich habe eine Idee, aber sie ist noch zu unausgegoren, um darüber zu sprechen. Wenn ich soweit bin, daß ich nach Hause fahren kann, schreibe ich Ihnen, und Sie können dort auf mich warten. Werden Sie das tun?"

Der alte Mann verbarg seine Enttäuschung und antwortete eifrig: „Aber gern! Ich sorge dafür, daß ich vor dir da bin, damit ich dabei helfen kann, das gemästete Kalb zu schlachten." Er verschwieg jedoch, daß Dans Mutter ihn in einem Brief gebeten hatte, sie und ihren Mann zu besuchen, und daß er ihr zugesagt hatte, sich zu Dans Heimkehr einzufinden.

Die Schatten streckten sich schon auf den Fluß zu, und das Vieh trottete allmählich zu der Farm zurück, die irgendwo hinter dem Waldrand versteckt lag, als die beiden Freunde sich langsam auf den Rückweg zu ihrer Kutsche an der Straße machten, um bald wieder nach Hause zu fahren.

Am Zaun blieben sie stehen, um zuzuschauen, wie sich

ein Kutschwagen von der gegenüberliegenden Flußseite der Niederung näherte. Beim Durchqueren des Flusses blieben die Pferde stehen, um sich an dem kühlen Naß zu laben.

„Da schau nur her", murmelte der Doktor. „Da ist ja unser Freund, der Richter!"

Im gleichen Moment hatte auch Dan den Mann auf dem Kutschbock erkannt. Alle Lebensfreude wich ihm aus dem Gesicht, und Betrübtheit überfiel ihn.

„Doktor", sagte er und sprang vom Zaun, auf den er gestiegen war, „entschuldigen Sie mich einen Moment. Ich muß mit dem Mann sprechen."

Der Doktor setzte sich auf die oberste Zaunlatte, während Dan auf die Straße ging. Die Pferde bahnten sich ihren Weg durch den Fluß und blieben stehen, als sie Dan erreicht hatten.

„Wunderschönen guten Tag, Doktor!" rief der Richter laut. Zu Dan sagte er: „Und Sie, junger Mann, was wollen Sie noch von mir?"

Dan stand neben den Köpfen der Pferde; den Blick hielt er auf den Kutscher gerichtet. Die Traurigkeit in Dans Blick deutete der Richter wie immer falsch.

„Richter Strong", sagte Dan, „Sie sind der einzige Mensch auf der Welt, mit dem ich noch nicht ins reine gekommen bin. Ich kann Corinth nicht ruhigen Gewissens verlassen, Sir, solange noch etwas zwischen uns steht."

Der scharfsinnige Richter glaubte, die Lage durchschaut zu haben. Er faßte Dans Worte als Geständnis der Niederlage, als Bekundung der Unterwürfigkeit auf. Der Älteste hatte nie recht geglaubt, daß der junge Mann tatsächlich das Pfarramt für alle Zeiten aufgeben wollte. Gewiß hatte Dan inzwischen die Macht erkannt, die ihn um Amt und Stellung gebracht hatte, und wollte nun einen Frieden mit dem Richter aushandeln, um mit dessen Hilfe eine neue Anstellung zu bekommen. „Aha, so haben wir den kleinen Schwärmer also doch gezähmt!" dachte der Richter bei sich.

„Nun?" sagte der Älteste hochmütig.

Dan zögerte.

„Ich möchte Sie um einen Gefallen bitten, Sir", sagte er dann. „Es handelt sich um etwas, das mir ein ehrlicher Christ gewiß nicht abschlagen würde."

Der Richter fühlte sich seines Einflusses und seiner Macht sicher. Seine Miene wurde noch ehrwürdiger, und er sah mit dem Blick eines Herrn und Meisters auf Dan herab.

„Also, raus mit der Sprache! Es wird spät, und ich muß weiter."

„Sie werden sich erinnern, Sir, daß Sie bei meinem letzten Besuch in Ihrem Haus gewisse Anschuldigungen verlauten ließen, die sich gegen zwei aufrichtige Frauen richteten."

„Ich habe nur das wiederholt, was die Spatzen von den Dächern ..."

„Warten Sie bitte!" unterbrach Dan ihn. „Es geht um etwas Persönliches. Ich weiß, daß Sie ärgerlich waren und vorschnell geurteilt hatten. Deshalb möchte ich Sie jetzt bitten, diese Worte zurückzunehmen."

Dans Stimme klang beinahe flehend. Er sah den Richter bittend an.

Verärgert darüber, daß Dans Anliegen so anders als erwartet ausgefallen war, antwortete der Richter kurz angebunden: „Aus dem Weg! Für so etwas habe ich keine Zeit."

Doch ruhig und fast wie zufällig legte Dan dem Pferd vor sich die Hand nahe am Zügel auf den Hals und trat einen Schritt dichter an die Kutsche heran.

„Sir, Sie scheinen mich nicht zu verstehen. Miss Farwell und ich ... oder besser gesagt, ich hatte gehofft, sie zu heiraten. Wir haben uns wegen der Kirche getrennt."

Dem Doktor auf dem Zaun gab der Schmerz, der in Dans Stimme lag, einen Stich ins Herz.

„Ich sage Ihnen das, Sir, damit Sie Klarheit gewinnen", fuhr Dan fort. „Gewiß werden Sie Ihre Worte in Anbetracht der Lage nun zurücknehmen, denn jetzt wissen Sie, daß es an meiner Freundschaft mit Miss Farwell nichts zu beanstanden gab."

„Aha!" rief der Richter höhnisch aus. „Erst verlieren Sie das Mädchen wegen der Kirche, und dann geht Ihnen die Kirche obendrein auch noch verlustig. Da haben Sie aber einen schönen Schlamassel angerichtet mit Ihrer Angewohnheit, immerzu die Nase in anderer Leute Angelegenheiten zu stecken, nicht wahr?"

Dann sah der Richter geradewegs in Dans traurige, bittende Augen und lachte lauthals.

„Der alte Narr!“ murmelte der Doktor auf dem Zaun.

„Wollen Sie mir damit zu verstehen geben, daß Sie sich auch nach meiner Erklärung noch weigern, Ihre Anschuldigungen zurückzunehmen?“ Dans Stimme verriet stille Fassungslosigkeit.

Der Richter hätte nicht zufriedener über das Gehörte sein können.

„Ich habe absolut nichts zurückzunehmen, junger Mann.“ Erneut brach er in Gelächter aus. „Wenn das alles ist, gehen Sie mir aus dem Weg!“

Er ließ die Peitsche knallen und hätte Dans Hand um ein Haar damit erwischt. Die Pferde stoben los, und Dan sprang gerade noch rechtzeitig zur Seite, um nicht von dem Rad der Kutsche getroffen zu werden. Als er der Staubwolke nachsah, die in der Ferne kleiner wurde, konnte er noch das Gelächter des Richters hören.

Dan wandte sich zum Zaun um.

„Nun, mein Junge, du hast es wenigstens versucht.“

Dan dachte über seine Worte nach; dann erhellte ein Lächeln sein Gesicht. Er warf den Kopf zurück und erwiderte das Gelächter des Richters ebenfalls mit einem Lachen.

„Also“, sagte er, „wenn ich mich schon nicht mit meinem Feind aussöhnen kann, bevor ich Corinth verlasse, dann wird's vielleicht Zeit, daß ich trotzdem abreise!“

So fuhren die beiden Freunde in der Abenddämmerung nach Hause zurück.

Zwei Tage später verbrachte Dan seinen letzten Abend in Corinth bei Dr. Harry, und am Morgen darauf fuhr er ab.

Und Corinth?

Corinth spricht noch immer von seiner großartigen Vergangenheit und seiner noch großartigeren Zukunft. Die Gegenwart dagegen ist tot und von dem gußeisernen Denkmal überschattet, das nach wie vor seinen Platz im Herzen der Stadt einnimmt und Corinth zu einem einladenden Zuhause für den Verbündeten macht.

Richter Strongs Ruhm ist durch seine fortgesetzte Mitarbeit und gehobene Stellung in der Gedächtniskirche sowie im Kirchenverband noch größer geworden; auch tragen seine Spenden in die Kassen der kirchlichen Arbeit weit über Corinth hinaus zu seinem stetig wachsenden Ansehen bei.

Der Gemeindeälteste Jordan ist zu seinen Vätern versammelt worden. Zuvor war Nathaniel jedoch die große Freude beschieden, seine Tochter voller Stolz als Ehefrau und Helferin des Nachfolgers von Dan Matthew zu erleben. Das junge Ehepaar wohnt in dem alten Haus der Jordans, und man sagt dem Pfarrer nach, er sei der erfolgreichste Geistliche, den die Gedächtniskirche je in ihren Diensten hatte. Er hat gute Aussichten, noch viele Jahre lang dieses Amt zu bekleiden.

Dr. Harry zählt noch immer zu den Mitgliedern der Gedächtniskirche, allerdings nicht zum inneren Kreis. Nach wie vor arbeitet er zu hart und hofft darauf, daß ihm eines Tages eine geschulte Krankenschwester assistieren wird.

John Gardner pflanzt noch immer Weizen auf seiner Farm an. Er habe nie wieder einen Mann wie Dan Matthew erlebt, so behauptet er, weder auf der Kanzel noch auf dem Erntefeld. Seine Kameraden nennen ihn den Philosophen der einfachen Farmersleute, denn er spricht häufig von dem Dienst Gottes im Alltag auf den Feldern und der Schöpferkraft im Boden und in allem, was wächst.

Durch die Hilfe eines Freundes, eines Geistlichen, hat Denny seine Ausbildung inzwischen abgeschlossen, und er hegt nun, umgeben von den Büchern, nach denen er sich so sehr gesehnt hatte, einen anderen Garten. Die Nahrung, die er dort züchtet, ist so lebenswichtig wie Kohl und Kartoffeln. Deborah ist stolz auf ihren Sohn, der zwar ein körperliches Leiden hat, doch ein Herz und einen Verstand besitzt, wie sie nicht vielen Sterblichen gegeben sind.

Der Doktor geht nur noch selten angeln, doch er pflegt nach wie vor seine Rosen und mischt sich, wie er sagt, in die Angelegenheiten seiner Nachbarn ein. Er sitzt gern auf seinem Stuhl auf der Veranda, um die Welt vor seiner Haustür zu beobachten. Martha meint, daß die Welt für den Doktor immer mehr das bedeutet, was dieser Pfarrer, dessen Laufbahn hier in der Stadt ihren Anfang genommen hatte, dieser Dan Matthew, getan und gepredigt hatte.

Über einen Monat, nachdem Dan Corinth verlassen hatte, schrieb er seinem alten Freund, daß er bald in seine Heimat zurückkehren wolle. Der Doktor packte sein Angelzeug ein und machte sich unverzüglich auf den Weg zur Hammelsteige.

Die Heimkehr

Und nun wandert die Geschichte zurück in die Berge, um dort zu enden, wo sie begann; zurück zu den bewaldeten Hügeln und Kuppen, die sich bis in den fernen Horizont hinein erstrecken, zurück zu den weitläufigen Wäldern, die zitternd im Wind stehen und im Sonnenschein schimmern, zurück zu dem weichen, blauen Dunst, der im Spätsommer über dem Land brütet.

Hinter dem Wolfsgrat, am Jake-Bach und Indianerbach entlang und sogar bis an den Herbstbach erstrecken sich die reichen Blei- und Zinkminen. In Garber stampfen die hochbeladenen Güterzüge, auf den steilen Strecken keuchend und zischend, die Stille der Wildnis mit ihren schrillen Pfiffen zerreißend, auf den Schienen davon.

Doch in der Gegend um die Hammelsteige gibt es bislang noch keine Bergwerke mit ihren unansehnlichen Schlackenhaufen, rußgeschwärzten Gebäuden und aneinandergereihten Arbeiterhütten, die die Landschaft verunstalten. Die Dewey-Kuppe erhebt noch stolz ihr Haupt über dem weißen Nebel, der sich wie eh und je zuweilen durch das Tal wälzt. Die Pfade haben sich nicht verändert. Von dem Haus der Familie Matthew hat man den gleichen Ausblick wie vor

Jahren. Die Fichten zeichnen sich schwarz gegen den Abendhimmel ab, und vom Haus führt noch der Pfad, von dem niemand weiß, wie alt er ist, an der Wildweide und Sammys Ausblick vorüber und um die Schulter der Dewey-Kuppe, von wo aus man in die große Welt jenseits der Berge blicken kann.

So ist das Leben.

Bei all den Neuerungen, die die Zeit mit sich bringt, bei all den Errungenschaften unserer Zivilisation, bei unseren Erfindungen und unserem Fortschritt ist es unerläßlich, daß einige Dinge unverändert bleiben. Die großen Grenzsteine des Lebens und des Glaubens, die Hügel, Täler und Dunstschleier müssen unangetastet bleiben. Es gibt Dinge, die sich – Gott sei's gedankt! – der Macht unserer Errungenschaften entziehen.

Hier und da weist das Haus der Familie Matthew geringe Veränderungen auf, doch Dans Vater und seine Mutter sind trotz all der Jahre immer noch als Young Matt und Sammy bekannt.

Zu der besten aller Jahreszeiten in den Ozark-Bergen, im goldenen Oktober, saßen die beiden mit dem alten Doktor, der am Nachmittag eingetroffen war, auf der Veranda vor ihrem Haus zusammen.

„Nun, Doktor", sagte die Mutter, „erzählen Sie uns doch bitte die ganze Geschichte!"

Keine Beklommenheit lag in ihrer ruhigen Stimme, kein Schatten der Sorge in ihren Augen. Der Vater des Jungen neben ihr zeigte die gleiche zuversichtliche Gelassenheit. Aus Dans Briefen wußten sie, daß ihr Sohn eine schwierige Zeit durchzustehen gehabt hatte, und oft hatten sie ihn ihres Beistands und ihrer Gebete versichert.

„Ja, Doktor", sagte der Vater mit seiner tiefen Stimme, „wir haben zwar Dans Briefe bekommen, aber der Junge ist keiner von denen, die ihre inneren Kämpfe gleich zu Papier bringen. Sagen Sie uns, wie alles gewesen ist."

Und so erzählte ihnen der Doktor von den Ursachen, die dazu geführt hatten, daß Dan sein Amt verloren hatte, und von den Umständen, die ihn dazu veranlaßt hatten, seine Ansichten über die Kirche, das Pfarramt und seine Berufung von Gott zu ändern. Er erzählte ihnen von den Mächten, die sich ihm in den Weg gestellt hatten, wie der junge Mann diesen Mächten begegnet war und wie er mit sich selbst gekämpft hatte. Alles, was der Doktor während der vergangenen Monate beobachtet hatte, berichtete er nun in aller Offenheit den liebenden Eltern.

Mehrmals wurde der Erzähler durch das tiefe, herzliche Lachen des Vaters oder einem Ausruf der Zustimmung unterbrochen. Hin und wieder stellte auch die Mutter eine kurze Frage, um das Geschehen besser deuten zu können. Oft hörte der Doktor auch einen halb geflüsterten Ausruf der Verwunderung, der Bekümmerung oder der Empörung.

„Als er von Corinth abreiste", sagte der Doktor abschließend, „hatte er noch keine festen Pläne für die Zukunft; er hat nur von einer noch ungewissen Möglichkeit gesprochen."

„Aber Doktor", fragte die Mutter, „haben Sie nicht einen wichtigen Teil der Geschichte ausgelassen?"

„Was soll ich denn ausgelassen haben?" fragte er zurück.

„Nun, das Mädchen natürlich. Was ist aus dem Mädchen geworden?"

„Das wird Dan Ihnen wohl selbst erzählen", antwortete der Doktor. „Ich selbst habe nichts mehr über sie gehört."

Am nächsten Tag traf Dan ein, und nach einer frohen Begrüßung führte er die Erzählung dort weiter, wo der Doktor aufgehört hatte.

Von Corinth aus hatte Dan den Direktor des großen Stahlwerks aufgesucht, den er während der Glaubenskonferenz kennengelernt hatte. Mit dem Rat und der Hilfe des Direktors hatte er sich in mehreren Bergwerken und Schmelzereien umgeschaut, um etwas über Zink und Blei zu lernen. Er hatte seine Pläne reifen lassen und mehrere Investoren angesprochen, und nun war er nach Hause gekommen, um mit seinen Eltern die Öffnung der Mine unter der Dewey-Kuppe zu besprechen.

Er erläuterte ihnen die Möglichkeiten, Gutes zu tun, die der Reichtum mit sich bringen kann, und die Heiligkeit eines solchen anvertrauten Reichtums. Er sprach über die Anna Conners und die körperlich behinderten Dennys dieser Welt; sie brauchten ältere Brüder, die sich mutig zu ihnen bekannten. Er berichtete ihnen von neuen Entwicklungen in der Industrie, durch die der Schaden an der Natur verringert werden konnte; er hoffte, die alte Landschaft fast unverändert zu belassen.

Als er geendet hatte, küßte ihn seine Mutter, und sein Vater sagte: „Dafür, mein Sohn, haben deine Mutter und ich die alte Mine dort unten aufbewahrt. Wir glauben, daß Gott den Reichtum nicht zu unserem Nutzen allein in die Berge gelegt hat, sondern zum Nutzen der ganzen Menschheit. Die Mine ist ein heiliges Gut, zu dessen Verwaltung wir uns bislang nicht in der Lage gefühlt haben. Wir haben immer gehofft, daß unser Erstgeborener es als sein Lebenswerk, seinen Dienst an der Menschheit übernehmen würde."

So fand Dan seinen Garten und folgte damit einem Ruf, durch den sein Leben ein Dienst und ein Segen für die Menschheit wurde.

Am nächsten Morgen war seine Mutter zeitig auf den Beinen und sattelte ihr Pferd. Beim Frühstück kündigte sie an, sie wolle zur Jones-Ranch auf der anderen Seite der Dewey-Kuppe reiten.

„Und was hast du dir für heute vorgenommen?" erkundigte sie sich bei Dan, als dieser ihr aus dem Haus ins Freie folgte.

„Ich wollte eigentlich auch über die Kuppe gehen", antwortete er. „Dachte, ich sollte mir den Boden dort genauer ansehen." Er lächelte ihr zu. „Aber jetzt kann ich ja mit dir reiten. Wenn du nur einen Moment auf mich wartest, sattele ich mir schnell ein Pferd."

Sie lachte.

„Aber nicht doch! Ich reite allein zu der Jones-Ranch."

„Du, Mutter, ich möchte unterwegs mit dir reden. Ich habe dir etwas zu erzählen."

„Ja, ich weiß", nickte sie. „Du hast mir schon in deinen Briefen von ihr erzählt."

„Hat der Doktor etwa ...?" brach es aus ihm hervor.

„Nein, nichts dergleichen! Du weißt doch, daß Dr. Oldham so etwas niemals tun würde. Jeder, der Augen im Kopf hat, konnte es doch in deinen Briefen zwischen den Zeilen lesen. Und ..."

Sie unterbrach sich. „Ich dachte, du erzählst mir den Rest der Geschichte am besten heute abend. Geh mit deinem Vater und dem Doktor und verschaffe dir einen Überblick über unseren Viehbestand. Erledige deine Geschäftspost, während ich mich um meine Geschäfte kümmere. Gleich nach dem Mittagessen gehst du dann allein auf die Kuppe und arbeitest deine Pläne aus. Vielleicht treffe ich dich auf dem Rückweg. Du siehst schon, ich habe an alles gedacht."

„Ja, Mutter", antwortete er langsam, „du denkst immer an alles, nicht wahr? Was für eine wunderbare Mutter du bist! Auf der ganzen Welt gibt es nur eine Frau, die dir ähnlich ist." In seiner Stimme lag eine Traurigkeit, die er nicht verbergen konnte.

„Ja, ich weiß, mein Junge", sagte sie. „Ich habe immer gewußt, daß es eines Tages soweit kommen würde, und ich bin froh, mein Junge, so froh! Aber jetzt muß ich losreiten. Bis bald!"

So ließ sie ihn am Zaun zurück und ritt allein auf dem alten Pfad der Familie davon, während Dan verwundert über ihre Worte nachsann.

Er verbrachte den Vormittag mit seinem Vater und Dr. Oldham, und nach dem Mittagessen machte er sich auf den Weg.

Der alte Pfad

Unterhalb der Lichtung verließ Dan den Grat und ging bergab in die tiefe Schlucht unter Sammys Ausblick, von wo aus sich die Hammelsteige öffnet.

Eine Stunde lang streifte er umher und dachte dabei über seine Pläne zur Erschließung des großen Reichtums im Herzen des Berges nach. Er überlegte, wie er die Einkünfte aus der Mine verwalten sollte. Dann erklomm er, noch immer in Gedanken versunken, das Ende der kleinen Schlucht, erreichte den Grat in der Nähe des Höhleneingangs und stieg dann den steilen Hang hinauf bis zum Gipfel der Dewey-Kuppe. Von hier aus hatte er einen Ausblick über die Landschaft, so daß er sich einen möglichen Verlauf der Nebenstrecke überlegen konnte, die in Garber von der Bahnlinie abzweigen, um den Fuß des Berges führen und die Mine durch die kleine Schlucht westlich von hier erreichen sollte.

Vom Gipfel ging er langsam zu Sammys Ausblick, wo er weiter darüber nachdenken wollte, wie sich seine Pläne in die Landschaft einfügen ließen, und wo er auch nach seiner Mutter Ausschau halten wollte.

Als er sich dem großen Felsvorsprung näherte, der wie ein gewaltiges Gesims aus dem Abhang ragt, erspähte er durch das Gebüsch, daß eine Gestalt an der vertrauten Stelle saß. Seine Mutter mußte wohl früher als beabsichtigt zurückgekehrt sein, dachte er, oder vielleicht war es schon später geworden, als er geahnt hatte.

Er warf einen Blick auf seine Uhr. Nein, es war noch früh. Wie erklärte es sich, daß sie schon auf dem Rückweg war?

Er ging ein Stück weiter und wollte ihr gerade einen Gruß zurufen, als er plötzlich stehenblieb.

Es war nicht seine Mutter!

Er ging ein paar Schritte vorwärts und schob einige Zweige beiseite, um sich eine bessere Sicht zu verschaffen.

Sein Herz machte einen Sprung. Dort sah er das vertraute blaue Kleid mit den weißen Manschetten! Die Gestalt wandte sich zu dem Pfad um, als erwarte sie jemanden. Der breitschultrige junge Mann der Berge wurde von ungläubiger Freude geschüttelt.

Sachte, als befürchtete er, einen schönen Traum zu zerstören, näherte er sich. Plötzlich zerbrach ein trockener Zweig unter seinem Schuh. Die Gestalt drehte sich zu ihm um.

Sie sprang auf die Füße und erwartete ihn mit vor Freude strahlendem Gesicht, während Dan stolpernd auf sie zuhastete.

„Ich dachte schon, du würdest gar nicht mehr kommen“, sagte Irena. „Ich warte ja schon so lange auf dich!“

Dan schloß sie in die Arme, und sie erwiderte seine Umarmung, ihr tränennasses Gesicht gegen seinen breiten, zitternden Brustkorb gelehnt. Eine Zeitlang fielen nur Worte zwischen den beiden, die für unsere Ohren nicht bestimmt sind.

Als er eine Weile später nach einer Erklärung dieses Wunders fragte, lachte sie fröhlich.

„Es steckt das Natürlichste der Welt dahinter! Also, es war so: Dr. Miles kam vor einiger Zeit zu mir, um mir zu sagen, daß er einen Patienten zur Erholung in die Berge schicken wollte. Er fragte mich, ob ich bereit dazu sei, den Fall zu übernehmen. Daß er einen Briefwechsel mit Dr. Oldham geführt hatte, verschwieg er mir. Er hat mir nur gesagt, daß mir die Gegend um die Hammelsteige sicher gut gefallen und daß mir die Reise guttun würde. Du kannst dir nicht vorstellen, wie gern ich zugesagt habe! Ich bin bei Familie Jones untergebracht."

„Wo meine Mutter heute morgen hingeritten ist", warf Dan ein.

Sie nickte.

„Ja", sagte sie mit gesenktem Blick. „Deine Mutter und ich haben ... haben Freundschaft miteinander geschlossen."

„Dann weiß sie also alles?"

Irena errötete.

„Ich mußte es ihr einfach sagen. Aus deinen Briefen hatte sie ja schon allerhand herausgelesen. Sie ..."

„Dann hat sie dir gewiß alles über mich erzählt ... ich meine, von meinem Abschied von Corinth und meinen neuen Plänen?" unterbrach Dan sie.

„Ja", antwortete Irena.

„Dann bleibt also nur noch ..." Dan hielt inne. „Wie geht es deinem Patienten?" fragte er dann unvermittelt. „Wie lange mußt du ihn noch pflegen?"

Sie wandte den Kopf ab.

„Mein Patient ist vor drei Tagen in die Stadt zurückgereist."

Als die Sonne die Baumwipfel umfing und das leuchtende Braun und Gold unter dem graublauen Dunstschleier, der stets über Schluchten und Anhöhen liegt, im Abendlicht hell glänzten, da folgten Dan und Irena dem gleichen Pfad, den einst vor Jahren auch Young Matt und Sammy gegangen waren.

Und am Waldrand jenseits der Rehweide trafen die beiden jungen Liebenden das ältere Paar, und sie wurden mit einer solchen Begrüßung empfangen, wie sie nur von jenen gegeben und entgegengenommen werden kann, die mit weiten Herzen und tiefen Seelen dem Pfad folgen, von dem niemand weiß, wie alt er ist.

Nachwort

Es ist nicht auszuschließen, daß der eine oder andere Leser dieses Buches die Kernaussage Wrights mißversteht und ihm damit die prophetische Stimme nimmt, die er meines Erachtens im Hinblick auf unsere Gegenwart hatte. Dieses falsche Verständnis Harold Wrights kann unterschiedliche Formen annehmen:

Erstens wird Wrights scharfe Kritik an der Struktur der Kirche als Organisation möglicherweise als Ausdruck einer Kirchenfeindlichkeit aufgefaßt werden. Nichts liegt der Wahrheit ferner. Harold Wright war Pfarrer von fünf Kirchen in drei Bundesstaaten Amerikas. Das Pfarramt und die Kirche als Institution lagen ihm sehr am Herzen. Er rang für die Kirche, er vergoß Tränen um sie und hoffte inbrünstig auf den Tag, an dem die Kirche ihren Zweck als Gottes Werkzeug in der Welt endlich voll und ganz erfüllte.

Was ich einmal über den Schriftsteller George MacDonald geschrieben habe, gilt auch für Harold Wright: „Er besaß das Recht, die Kirche, ihre Funktion und ihre Steuermänner zum Gegenstand seiner Beobachtungen zu machen, weil er aus ihren eigenen Reihen heraus sprach. Er war kein Außenstehender, der mit dem Finger auf die wunden Punkte zeigen wollte, sondern ein betroffenes Mitglied. Er war selbst Geistlicher. Es ging ihm mit aller Leidenschaft darum, die wahre Kirche Gottes verherrlicht und siegreich zu sehen."

Ein zweiter Fehler wäre es, die Kirchengemeinde dieses Buches, die früheren Zeiten angehört, als ein Ding der Vergangenheit abzutun. Zugegeben, wir veranstalten heute vielleicht keine kirchlichen Damenkränzchen mehr, um Flikkendecken herzustellen. Doktrinäre Linientreue wird heutzutage, zumindest in manchen Fällen, nicht mehr so stark betont wie damals. An der Krankheit des Pharisäertums aber leidet die Kirche immer wieder aufs neue. Es ist eine Krankheit, die in stets neuen Formen und unter verschiedenen Deckmäntelchen auftritt und die lebendigsten und dynamischsten Gemeinden auf ebenso schleichende Weise befällt wie abgestumpfte und verstaubte Kirchen, für die die Gedächtniskirche von Corinth als Beispiel steht. Die Geisteshaltung, die der Verbündete – der Geist der selbstgerechten Frömmigkeit – hier verkörpert, nutzt die geringste Gelegenheit aus, die ihr geboten wird.

Wenn ein Autor eine Aussage hervorheben will, muß er nicht selten seine Darstellung überzeichnen, um sein Anliegen klar herauszustellen. Will ich beispielsweise eine Romanfigur beschreiben, deren Augen von einem solch klaren Blau sind, daß man meint, geradewegs durch sie hindurchzuschauen, dann werde ich die Beschreibung dieser Augen in besonderem Maße ausweiten. Der Leser könnte aus dem, was ich über diese Romanfigur schreibe, den Eindruck gewinnen, diese Figur bestehe aus nichts als einem Augenpaar. Über die Ohren, die Haare – ob gelockt oder glatt –, über die Nase, den Hals und die Handgelenke äußere ich mich wahrscheinlich nicht so ausführlich. Weil ich eine Aussage über die Augen machen will, konzentriere ich meine Beschreibung auf sie. Würde ich dagegen eine mehrseitige Ausführung über jede Einzelheit im Erscheinungsbild meiner Romanfigur schreiben, würde meine Aussage über die Augen darin verlorengehen.

Das ist vielleicht kein sehr gelungenes Beispiel, aber es soll verdeutlichen, wie Wright die Zustände in der Gedächtniskirche überspitzt darstellen mußte, um seine Kernaussage hervorzuheben. In Wirklichkeit ist das Werk des Verbündeten in unseren Kirchen heute – und der Verbündete ist auch in Ihrer Gemeinde am Werk! – viel unterschwelliger, viel versteckter.

Die Gemeindeältesten Ihrer Kirche ziehen weder Pistolen aus Schubladen hervor, noch kündigen sie die Hypotheken von armen Witwen, noch begehen sie ähnlich drastische Gesetzeswidrigkeiten. Die Personen dieser Geschichte sind überzeichnet. Sie entspringen nicht der Wirklichkeit. Sie sind überspitzt dargestellt, um dem Leser eine Aussage zu vermitteln. Um die Wahrheit dieser Aussage aber auf die Realität zu beziehen, muß die Überzeichnung so umgesetzt werden, daß man in der Praxis die weniger drastischen, dafür aber tatsächlichen Zustände erkennt, auf die die Symbole dieser Geschichte deuten.

Das Verbrechen in dieser Geschichte ist ein Verbrechen im wahrsten Sinne des Wortes. Wie viele Verbrechen werden jedoch tagtäglich von unwissenden Christen verübt! Verbrechen gegen das Herz, Verbrechen gegen die Seele, gegen die Selbstachtung, Sünden des falschen Urteils, Sünden des Mißtrauens gegen würdige Männer Gottes, Sünden des Zurückweisens, Sünden des Verletzens – samt und sonders Sünden, die uns der Verbündete am liebsten übersehen oder beschönigen läßt.

Ein dritter Fehler wäre es, diese Geschichte zu wörtlich zu nehmen. Erwarten Sie nicht, zu allen Schilderungen genaue Entsprechungen zu finden.

Wir haben es hier mit einer Parabel zu tun, daß heißt, nicht alles kann genau übertragen werden. Der Verbündete wirkt nicht immer dahin, auf körperlicher Ebene zu zerstören, wie es bei Anna geschah. Wenn jemand, der Ihnen nahesteht, keinen Selbstmordversuch verübt, heißt das nicht, daß er nicht unter dem gleichen Gefühl des Verstoßenseins oder der Einsamkeit leiden kann wie Anna. Es gibt zahllose Beispiele dafür, wie Leute mit vielversprechenden Fähigkeiten still und leise aus den inneren Kreisen einer Gemeinde gedrängt wurden, weil sie – wie Anna – nicht in das herrschende Schema hineinpaßten. Anna ist ein Prototyp, ein Symbol; am Verhalten ihr gegenüber wird etwas sichtbar, das immer wieder in unseren christlichen Gruppen, in unseren Kirchen und Gemeinden geschieht – und zwar gewöhnlich auf so versteckte Art, daß die meisten Kirchenmitglieder es nicht einmal bemerken.

Auch das extreme und offensichtliche, regelrecht kriminelle Verhalten des Richters dient lediglich als allegorische Darstellung einer „richterlichen", verurteilenden Grundeinstellung, die als solche weitaus schwieriger zu entlarven ist. So gut wie jede Kirchengemeinde hat ihren Richter Strong und ihre Frauenhilfe, ihre inneren Führungskreise, zu denen eben nicht jeder gehört. Ob es sich nun um einen Gemeindeältesten, einen Pastor, einen Küster oder einen Koch handelt: wir alle kennen einen Richter Strong. Und wir alle haben einen Evangelisten wie den, der von Wright beschrieben wird, predigen gehört. Die Einzelheiten mögen sich unterscheiden, aber der Verbündete ist überall anzutreffen.

Sollen wir deshalb den Mut verlieren? Ganz und gar nicht! Denn auch der Geist Gottes ist am Werk. Jede Kirche hat auch ihren John Gardner und ihren Harry Abbott. Überall um uns her finden sich aufrichtige, rege Pastoren und Prediger wie Dan Matthew – ja, Geistliche wie Harold Wright und George MacDonald und viele, viele andere –, die es sich zum Ziel ihrer Bemühungen gesetzt haben, den Verbündeten unschädlich zu machen. Mehr noch: jede Kirche hat viele Anna Conners, die verzweifelt unsere Nächstenliebe und unsere Annahme brauchen, in ihren Reihen. Der Garten, in dem Gott wirkt, hat in der Tat enorme Ausmaße, und Denny braucht unsere Hilfe! Und für jede Anna, die von allen Seiten Demütigungen erfährt, gibt es Hoffnung. Paulus schreibt im Römerbrief: „In der Hoffnung ist unsere Rettung schon vollendet" (Römer 8,24). Und: „Diese Hoffnung aber gibt uns die Gewißheit, daß Gott uns nicht fallen läßt" (Römer 5,5). Der Dienst der Hoffnung an den Mitmenschen, die geistlich, seelisch und körperlich leiden, ist jedem von uns aufgetragen und kann viele verschiedene Formen haben.

Ich begegnete meiner eigenen, persönlichen „Irena", die eine solche Hoffnung und persönlichen Frieden verkörpert, als ich den alten Autor namens George MacDonald entdeckte, dessen Bücher mir – wie Irena Farwells Liebe zu Dan

Matthew – den Mut machten, unter schwierigen Umständen durchzuhalten.

Eines ist gewiß: Wenn wir uns mit der Eisenbahn des Lebens einer schweren Zeit nähern, fährt mit dem gleichen Zug auch eine Irena Farwell mit – auch wenn wir ihr Gesicht noch nicht kennen. Diese hoffnungsbringende Irena ist uns gegeben worden, um uns in unseren Schwierigkeiten beizustehen. Sie wird uns nicht enttäuschen und auch dann noch bei uns sein, wenn unsere Not hinter uns liegt. Und am Bahnhof erwartet uns ein Doktor, der uns mit Irenas Hilfe pflegt und stärkt.

Der schlimmste Fehler jedoch wäre es, diese Parabel des kirchlichen Lebens zu lesen, seine Aussage zu verstehen und zu übertragen und sich dann von dem Bazillus des Richtens über andere anstecken zu lassen. Wer sich zum Richter über den Richter Strong in seiner eigenen Welt aufspielt, der muß sich von Jesus sagen lassen, daß der Richtende nach dem gleichen Maß gerichtet werden wird. Die einzige Antwort auf das, was Wright uns sagen will, ist eine tiefe Demut, in der wir beten: „O Gott, sei mir Sünder gnädig! Hilf mir, die Wunden der Anna Conner zu sehen, bevor es zu spät ist, und laß mich ihr mit der Nächstenliebe der Irena Farwell zu Hilfe kommen!"

Keiner von uns wird diese Mißstände dadurch beheben, dem Verbündeten den Krieg zu erklären. Wir werden allein dann etwas ausrichten können, wenn wir unser Denken nicht von dem Gift des Verbündeten verseuchen lassen und wenn wir das tun, was er haßt – nämlich das Werk, das Jesus Christus uns aufträgt. Es ist die Arbeit der Nächstenliebe, des Mitfühlens und der Sanftmütigkeit gegenüber unseren Mitmenschen.

Michael Phillips

Weitere Bücher von Harold B. Wright

Die Geschichte der Eltern von Dan Matthew:

Der Fremde und das Mädchen

Der Fremde hatte die Zivilisation hinter sich gelassen und war in die Wildnis der Berge gekommen. Sein Äußeres verriet Bildung und eine gute Erziehung, aber auch Kummer und tiefe Enttäuschung. Die einfachen Leute aus den Bergen spürten, daß ihn irgendein furchtbares Geheimnis in diese für ihn so fremde Welt getrieben haben mußte ...!
Eine bewegende Geschichte über Männer und Frauen inmitten ihrer Konflikte, über den grundlegenden Gegensatz von Gut und Böse und die Antwort des einzelnen auf Gottes Wort.

Paperback, 277 Seiten
Bestell-Nr. 15 103

In den Herzen ein Feuer

Dick Falkners Aufenthalt in Boyd City beginnt wenig verheißungsvoll. Er, der verzweifelt und ohne einen Cent in der Tasche nach Arbeit sucht, wird von Tür zu Tür abgeschoben – wie so viele vor ihm, die schließlich in bitterster Not irgendwo dahinvegetierten oder gar starben. Ein merkwürdiger Zustand, ist doch Boyd City eine durchaus wohlhabende Stadt mit mehreren Gemeinden gläubiger Christen. Die allerdings wollen mit „denen draußen in der Welt" nichts zu tun haben! Als Dick endlich einen Aushilfsjob bekommt, wird ihm das Schicksal der Ausgestoßenen und Verarmten zu einer Bürde, die ihn zum Handeln zwingt. Er beginnt eine Hilfsgemeinschaft aus begeisterungsfähigen jungen Leuten aufzubauen – gegen den heftigen Widerstand eines der Ältesten aus seiner Gemeinde. Und gerade mit dessen Tochter bahnt sich eine zart aufblühende Liebe an!